SCHÖN, SCHÖNER, TOT

ROXANNE ST. CLAIRE

SCHÖN

SCHÖNER

Aus dem Englischen von
Frank Böhmert

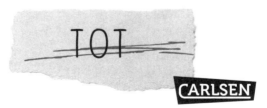

TOT

CARLSEN

Dies ist ein fiktionales Werk. Alle Namen, Figuren, Orte und Vorkommnisse entspringen der Fantasie der Autorin und bilden nicht die Realität ab. Jede Ähnlichkeit zu lebenden oder verstorbenen Personen, Ereignissen oder Schauplätzen ist ganz und gar zufällig.

Deutsche Erstausgabe
Veröffentlicht im Carlsen Verlag
November 2015
Originalcopyright © 2014 Roxanne St. Claire
Published by Arrangement with Roxanne St. Claire Frisiello
Originalverlag: Random House / Delacorte Press
Originaltitel: »They all fall down«
Dieses Werk wurde vermittelt durch die Literarische Agentur
Thomas Schlück GmbH, 30827 Garbsen.
Copyright © der deutschsprachigen Ausgabe:
2015 Carlsen Verlag GmbH, Hamburg
Aus dem Englischen von Frank Böhmert
Lektorat: Anna Herberhold
Umschlagbild: shutterstock.com © Pacrovka / Plateresca / Baksiabat /
Robyn Mackenzie / Armin Staudt / Eisfrei
Vignetten: shutterstock.com © Baksiabat / Eisfrei / Pacrovka
Umschlaggestaltung: formlabor
Corporate Design Taschenbuch: bell étage
Satz: Pinkuin Satz und Datentechnik, Berlin
Herstellung: Karen Kollmetz
Druck und Bindung: GGP Media GmbH, Pößneck
ISBN 978-3-551-31461-1
Printed in Germany

Carlsen-Newsletter: Tolle Lesetipps kostenlos per E-Mail!
Unsere Bücher gibt es überall im Buchhandel und auf carlsen.de.

Für Mia, meine Tochter,
meine Inspiration,
meine beste Freundin:
Sine te nihil sum.

TEIL I

Bene qui latuit bene vixit.
Wer verborgen gelebt hat, hat gut gelebt.

KAPITEL 1

Ich laufe während eines Wolkenbruchs von zu Hause weg.

Schuldgefühle bahnen sich ihren Weg durch meinen Bauch und verknoten da alles, bevor sie meine Kehle zusammen-drücken und jedes Schlucken und jeden Atemzug unmöglich machen. Aber atmen muss ich. Ich muss den Nachgeschmack der Worte loswerden, die meine Mutter und ich uns gerade an den Kopf geworfen haben.

Du darfst da nicht hinfahren, Kenzie. Das ist gefährlich! Du könntest sterben.

Es ist ein verdammter Bus nach Philadelphia, Mom, keine Mondrakete!

Busse verunglücken! Sie haben keine Sicherheitsgurte! Was ist, wenn der Fahrer trinkt?

Du erdrückst mich! Ich hasse dich! Ja, ich HASSE dich!

Ich warf die Tür hinter mir zu. Es knallte wie ein Schuss, aber Mom folgte mir und rief in atemloser Verzweiflung meinen Namen. *Mackenzie Grace Summerall! Wage es ja nicht, bei diesem Wetter Auto zu fahren!*

Ich ignorierte das Verbot und der Regen übertönte ihr letztes Aufschluchzen, als ich mich auf den Fahrersitz warf. Selbst dabei weigerte ich mich noch, zu ihr nach hinten zu sehen.

Eigentlich hasse ich meine Mutter nicht. Aber dieser gequälte, traurige, verletzte, schmerzerfüllte Blick, der Libby Summeralls graue Augen in zwei ausgebrannte Stücke Holzkohle verwandelt, macht mich wahnsinnig. Ich hasse ihre Angst. Ich will keine Angst vor dem Leben haben – ich will es leben.

Der Nachhall des Streits hängt noch im Wagen. Ich versuche nicht, ihn mit Musik zu übertönen, das überlasse ich dem Regen, der aufs Dach trommelt. Ich schreie Mom nie an – heute Abend war eine Ausnahme. Normalerweise koche ich unter dem Druck ihrer Sorge einfach vor mich hin, weil ich verstehe, warum sie mir diese Last aufbürdet. Aber ab und zu muss ich einfach ausbrechen.

Ich halte das Lenkrad fest gepackt und arbeite mich durch die dunklen Straßen unseres Viertels im Westen von Vienna, Pennsylvania, bis ich auf die Route 1 fahren kann, heilfroh über die Lichter einer Einkaufsmeile und einiger Ampeln, die mir in dem prasselnden Regen Orientierung geben. Wenigstens sind kaum Autos auf den Straßen. Nicht an einem solchen Abend.

Ich trete aufs Gas und schieße rüber auf die linke Spur, diese »Spur der Gefahr«, auf die ich mich in meinem Jahr als Fahranfängerin nie vorwagen durfte, weil meine Mutter es mir verboten hatte. Aber jetzt habe ich meinen Führerschein und damit die Freiheit und ein Auto, das ich mir von dem Geld für Nachhilfestunden und mit einem kleinen Zuschuss von Dad gekauft habe. Ich bin jetzt praktisch auf der linken Spur zu Hause.

Ich erhöhe trotz des Regens noch ein bisschen das Tempo. Die Reifen klatschen durch Pfützen und Schlaglöcher und der elf Jahre alte Accord lässt mich jede einzelne seiner 140 000 Meilen spüren. Die nächste Ampel ist grün, also gebe ich noch ein bisschen Gas und mein Auto gerät für den Bruchteil einer Sekunde ins Rutschen, was genügt, um Panik in mir aufwallen zu lassen. Auf diese Weise beruhige ich mich bestimmt nicht. Ich muss mich mit angenehmen, beschwichtigenden Gedanken beschäftigen. Mich mit etwas entspannen, das ich verstehe, das unverrückbar feststeht.

Während sich vor mir die Scheibenwischer abmühen, wechsle ich hinüber auf die tröstlichere Seite meines Gehirns, fort von Schuld und Sorge und Diskussionen, die ich nicht gewinnen kann. Ich dekliniere das lateinische Wort für »stark«. *Fortis, fortis, forti, fortem, forte ...* Diese Sprache holt mich praktisch sofort wieder runter. Ihre Regeln mögen komplex sein, aber sie ergeben Sinn. Ich liebe Sachen, die Sinn ergeben, die immer wieder genauso sind, wie sie sein sollen. Keine Überraschungen, keine willkürlichen Veränderungen, keine Teile, die nicht passen. Latein besitzt eine Klarheit, die in meiner Welt meistens fehlt; es kommt mir so leicht über die Lippen, dass ich mich manchmal frage, ob ich vielleicht ein früheres Leben im alten Rom verbracht habe.

Und darum könnte ich durchaus die landesweite Nummer eins in Grammatik werden. Wenn ich bloß in diesen verdammten Bus nach Philadelphia steigen und zum Lateinwettbewerb fahren dürfte. Aber nein ... das würde ja viel zu viel *Sinn* ergeben.

Die Erinnerung an den Grund unseres Streits lässt mich gleich wieder sauer auf Mom sein. Sie wollte sich die Einverständniserklärung der Eltern nicht mal *durchlesen*, von unterschreiben und beglaubigen lassen ganz zu schweigen. Also darf ich nicht zum Lateinwettbewerb.

Dass ich mein Zuhause verlassen könnte, ist nämlich Moms

schlimmster Albtraum geworden. Also einer davon, neben alleine Auto fahren, während eines Gewitters duschen, ein Messer benutzen, zu einem Date gehen oder ... leben. Im Grunde hat meine Mutter Angst vorm Leben, weil ... *accidentia eveniunt.* Mit anderen Worten: Shit happens! Das könnte das Motto meiner Mutter sein. Nur dass sie fest entschlossen ist, jedes Unglück zu verhindern. Jedes *weitere* Unglück.

Der Hauch einer Erinnerung regt sich in mir, ein frustrierend flüchtiger Eindruck von Conners Stimme. Ich kann mich immer noch an vieles erinnern, was ihn betrifft, aber seine Stimme bekomme ich irgendwie nicht mehr zu fassen. Ich versuche es mit allem Möglichen – wie sich sein Lachen angehört hat, wie er sich verabschiedet hat, wenn wir uns vor der Schule getrennt haben.

Los, Mack, schnapp sie dir.

Als ob ich *irgendetwas* so hinkriegen könnte wie er – ganz locker und entspannt. Er ist so begabt gewesen. Er hat mich sein Leben lang überragt. Und überragt mich auch jetzt immer noch, im ...

Mors, mortis, morti, mortem, morte ...

»Tod« zu deklinieren hilft mir jetzt auch nicht weiter. Ich blinzle in die Dunkelheit und kann die nächste Ampel in vielleicht einer halben Meile Entfernung kaum erkennen. Sie ist grün, glaube ich, aber bis ich dort bin, schaltet sie vielleicht auf Gelb. Ich hasse dieses Abwägen, weil ich mir nie sicher bin, ob ich es in einem Stück über die Kreuzung schaffe.

Hör dich bloß reden! Du klingst schon genauso wie sie.

Lichter blitzen hinter mir auf, die grellen hohen Halogenscheinwerfer eines teuren SUV. Leise fluchend ziehe ich nach rechts rüber, um ihn vorbeizulassen, und die Wischer machen die Scheibe gerade lange genug frei, damit ich noch einen dieser dämlichen Familienaufkleber am Heck des Wagens erkennen kann. Wieso müssen die Leute immer unbedingt damit angeben, was für eine perfekte kleine Familie sie haben? Mutter, Vater, Fußballer-Sohn, Ballerina-Tochter. Alle perfekt. Alle ... am Leben.

Als die Scheibe das nächste Mal frei wird, fahre ich gerade über eine flache Hügelkuppe und sehe einen Pick-up-Truck von der Seite kommen, der wahrscheinlich gleichzeitig mit mir an der Kreuzung sein wird. Ich habe meinen Führerschein zwar erst seit einem Monat, aber die Grundregel für Trucks kenne ich: Sie schneiden dich *immer*. Also bleibe ich auf der Spur für Feiglinge, tippe auf die Bremse – und fange an wild zu rutschen.

Mit einem Keuchen rucke ich am Lenkrad, um den Wagen wieder auszurichten. Wogen von Regenwasser spritzen von den Reifen hoch und Adrenalin schießt in meinen Magen. In der nächsten Pfütze bin ich versucht voll auf die Bremse zu treten, aber ich erinnere mich noch deutlich an die entsprechende Seite im Lehrbuch der Fahrschule. *Auf nassem Straßenbelag wiederholt leicht auf die Bremse treten, um ...* was noch gleich zu vermeiden? Das Eindringen von Wasser? Ich habe keine Ahnung, in welches Autoteil Wasser eindringen könnte, aber ich will es lieber nicht riskieren. Also berühre ich wieder das Bremspedal, übe nur ganz leichten Druck aus, einmal, zweimal. Aber es tut sich nichts. Im Gegenteil, der Wagen wird auf dem Weg den Hügel hinunter sogar noch schneller.

»Scheiße.« Die Scheibenwischer zischen vorbei und ich sehe den Truck, die Ampel, aber dann verschwimmt alles wieder im

Regen. »Nun macht schon!«, schreie ich die Wischer an, damit sie sich schneller bewegen und mir freie Sicht geben. Sie tun es und ich berühre wieder die Bremse.

Nichts.

Ich hole überrascht Luft, dränge die aufsteigende Panik zurück und trete ein bisschen kräftiger auf das Pedal.

Nichts. Mein Auto wird einfach nicht langsamer.

Der schwarze Truck auch nicht. Die Ampel wird gelb und ich ramme meinen Fuß fest auf die Bremse, trete das Pedal bis zum Boden durch. Ich mache mich für das Ausbrechen des Hecks bereit, bezwinge den Drang, die Augen zuzukneifen, und begreife, was unbegreiflich ist: *Ich habe keine Bremsen mehr.*

Mein Accord fliegt jetzt, Wasserwellen spritzen wie Flügel zur Seite weg und wir schießen auf die gelbe Ampel zu, die jeden Moment auf Rot springen wird. Der Truck ist zehn Meter von der Kreuzung entfernt, genau wie ich.

»Halt doch an!«, brülle ich auf ihn und mein blödes Auto und die ganze Welt ein. Aber nichts hält an. Die Wischer kämpfen mit dem Regen, während mein Auto weiterrast und der verdammte Truck auch nicht langsamer wird. Ich taste hektisch auf der Mittelkonsole nach der Handbremse, aber es ist keine Zeit mehr und ich bekomme meine zittrigen Finger nicht um den Griff.

Ich bin zwei Meter von der Kreuzung entfernt, da wird die Ampel rot und ich trete immer und immer wieder auf das nutzlose Bremspedal. Ein Schrei steigt in mir auf, als ich kurz nach rechts sehe und von den Scheinwerfern des genau auf mich zuschießenden Trucks geblendet werde.

»Halt an!«, brülle ich erneut, reiße endlich die Handbremse nach oben, mit jedem bisschen Kraft, die ich aufbringen kann, und suche rechts und links nach einer Ausweichmöglichkeit, während der Wagen auf die Kreuzung rast.

Ich kann mein Kreischen nicht hören, aber ich spüre alles. Meine Muskeln spannen sich in Erwartung des Aufpralls an wie Stahlseile. Eiskalter Schrecken flutet durch meinen Körper. Das Auto bewegt sich wie eine Achterbahn eine Rampe hinunter und ich kann nur noch das gellende, schrille Hupen eines angepissten Truckfahrers hören.

Alles fegt nach links, dann nach rechts und ich schließe die Augen, als die Welt sich dreht und dreht und mein Brustkorb vom Sicherheitsgurt zusammengequetscht wird, der mich an den Sitz fesselt.

Mein einziger Gedanke ist ... *Conner.* Hat er sich so gefühlt, als ihn das Fließband nach unten gerissen hat? Als sein Genick gebrochen ist? Als seine Welt schwarz und kalt und –

Ein heftiger Schlag hält alles an. Das Auto, das Schleudern, die finsteren Gedanken. Nur noch das gleichmäßige Trommeln des Regens ist zu hören, ein technisches Klicken und ein tiefes Brummen, das von einem leisen, in der Stille nachhallenden *Ping* begleitet wird.

Ich brauche volle fünf Sekunden, um mich zur Seite zu drehen, hinaus in den Regen auf die hellgelben Bögen zu starren und zu begreifen, dass das McDonald's-Zeichen richtig herum steht. Dann muss ich auch richtig herum sein. Und was das Beste ist ... ich bin am Leben.

Aber ich rühre mich nicht, sondern checke schnell meinen Körper durch und warte auf den Schmerzensschrei ... irgendwo. Doch mir tut nichts weh und das einzige Geräusch ist dieses wiederholte Brummen auf dem Beifahrersitz.

Mein Handy, wird meinem verwirrten Hirn klar. Eine Nachricht.

Mom! Freude und Entsetzen prallen in meiner Brust aufeinander. Was-wäre-wenn-Momente ziehen wie Filmszenen an mir vorbei. Mom ... mit den Nerven am Ende, als ein Polizist an unserer Tür klingelt und die schlimmste aller Neuigkeiten überbringt ...

Es würde sie umbringen, noch ein Kind zu verlieren. Aber diesmal haben wir die Tragödie abgewendet. Irgendwie. Die einzige schlechte Neuigkeit ist, dass an meinem Auto definitiv die Bremsen hinüber sind und es wahrscheinlich auch nicht mehr seine 150 000 Meilen schaffen wird, aber wen interessiert's? Ich bin am Leben. Und o Gott, es tut mir leid, dass ich zu meiner Mom gesagt habe, ich würde sie hassen.

Weil ich unbedingt mit ihr reden will, taste ich auf dem Beifahrersitz herum, bis ich mein Handy finde. Mir zittern die Hände so sehr, dass ich kaum die Bildschirmsperre wegwischen kann. Ich schaffe es, mich zu den Nachrichten durchzuklicken, und suche nach Moms Foto oben auf dem Display, aber da steht eine Nummer, die ich mir nichts sagt.

Ich schüttle den Kopf, weil mich im Moment nichts anderes interessiert, als meine Mutter anzurufen, mich zu entschuldigen, nach Hause zu kommen und mir zu überlegen, wie sich dieser Beinahezusammenstoß so weit herunterspielen lässt, dass sie nicht völlig ausflippt. Als ob das überhaupt möglich wäre.

Das Handy macht *Ping* und vibriert in meiner Hand; noch eine Nummer, die mir nichts sagt, und ich sehe die dazugehörige Nachricht:

Caveat viator, Quinte.

Mein Talent für tote Sprachen ist gerade ziemlich daneben, aber ich starre auf das Display, bis mein Gehirn die lateinischen Worte erfasst. *Der Reisende soll sich in Acht nehmen, Fünfte.* Was zum Teufel? Ich sehe hoch und versuche durch die regennassen Fenster etwas zu erkennen. Hat mich jemand gesehen? Ist das eine Warnung? Eine fünfte Warnung? Ein Scherz von jemandem aus meinem Lateinkurs? Jemand, der gerade beobachtet hat ...

Sehr langsam nähern sich Scheinwerfer, kommen auf der Gegenspur die Route 1 herangefahren. Hohe, grelle Scheinwerfer von einem ... großen, schwarzen Pick-up-Truck.

Keine Ahnung, wieso, aber ich ducke mich instinktiv. Nein, das ist kein Instinkt, sondern gesunder Menschenverstand. Dieser Idiot hat versucht mich über den Haufen zu fahren.

Ich liege auf der Mittelkonsole, mein Herz hämmert wie wild gegen den Griff der Handbremse, die mir gerade das Leben gerettet hat. Da vibriert mein Handy erneut und macht *Ping*. Ich weigere mich, mir die Nachricht anzusehen, kneife die Augen zu und bete, dass irgendjemand kommt und mir hilft. Irgendjemand ... nur nicht der Typ in dem Truck.

Wieder vibriert mein Handy und mir entweicht ein leises Wimmern. Noch eine Nachricht. Und noch eine. Was ist denn los?

Schließlich bringe ich den Mut auf, mir die Nachrichten anzusehen, und stoße einen Seufzer der Erleichterung aus, als ganz oben *Molly Russell* steht. Meine beste Freundin kommt bestimmt und hilft mir. Dann überfliege ich die restlichen Nachrichten. Noch mehr von Molly. Aber da sind auch mindestens zwanzig neue von Leuten aus meiner Schule; Leute, die ich kenne, Leute, mit denen ich kaum was zu tun habe, und auch ein paar unbekannte Nummern.

Wieso werde ich mit Nachrichten zugeballert? Ich öffne die neueste von Molly.

OMG, Kenzie! Schreib zurück! Hast du gesehen?
Du bist die FÜNFTE auf der Liste!

Die Liste. Welche Liste? Doch nicht ... Nein, das ist unmöglich. Ich könnte es niemals auf *diese* Liste schaffen. Ich rufe weitere Nachrichten auf, verarbeite sie aber kaum, weil ich immer nur auf das eine Wort starren kann, das wieder und wieder und wieder auftaucht.

Fünfte.

KAPITEL II

Heute Morgen hat sich die Aufregung über meinen Unfall so gut wie gelegt, aber Mom ist immer noch ganz fertig von der langen Nacht. Nach meinem Anruf vom Auto aus hatte sie dafür gesorgt, dass Dad mich holen kam und den Unfallbericht aufsetzte. Trotz ihrer Trennung vor einem Jahr, seit der er ein paar Meilen weiter weg in einem Haus in der Stadt wohnt, ist er seinen Vaterpflichten nachgekommen und hat sich um alles gekümmert, auch um das Abschleppen zu einer Werkstatt. Wie immer war er die Ruhe in unserem familiären Sturm – genau was meine Mutter brauchte, um die Qual durchzustehen. Und wie immer fragte ich mich, wieso es die beiden nicht schaffen, sich über die Statistik zu erheben, laut der sich Eltern, die ein Kind verloren haben, unweigerlich scheiden lassen. Auch meine Eltern bewegen sich anscheinend unausweichlich darauf zu, auch wenn sie die Papiere noch nicht unterschrieben haben. Also bleibe ich hoffnungsvoll, obwohl mein Autounfall gestern Abend kaum verheilte Wunden wieder aufgerissen hat.

Ich überlasse Mom ihren Sorgen und warte draußen auf Molly, die mich zur Schule abholen will. Sie kommt um acht in ihrem VW Käfer und ich entfliehe der Spätoktoberkühle und hüpfe rein.

»Du siehst aus wie immer«, sagt sie, als ich die Tür zumache.

»Mir ist nichts passiert«, antworte ich. »Wie ich gestern Abend schon sagte, ich hab mich nur gedreht.«

»Ich meine die Liste.«

O Gott, die blöde Topgirls-Liste. »Die hab ich bei dem ganzen Wirbel komplett vergessen.«

»Vergessen?« Molly streicht eine honigblonde Strähne zurück, wodurch mir auffällt, dass sie heute nicht ihren üblichen Pferdeschwanz trägt, und außerdem ...

»Hast du dich geschminkt?« Es gelingt mir nicht, die Ungläubigkeit aus meiner Stimme herauszuhalten.

Sie zuckt mit den Schultern. »Ich glaube, wir bekommen heute deutlich mehr Aufmerksamkeit als sonst immer.«

Das lässt mich fast schnauben. »Wegen dieser Liste?«

»Kenzie, begreifst du denn nicht? Die adelt jedes Jahr zehn Mädchen aus der Elften und *du* stehst da drauf.« Sie hört sich richtig ehrfürchtig an und ich kann ihr das kaum vorwerfen, aber nicht weil ich plötzlich »geadelt« bin. Ich wusste, dass die Liste diese Woche rauskommt – das wissen alle, die auf die Vienna High gehen. Aber ich hätte mir nie im Leben träumen lassen, dass ich darauf landen würde.

Mit meinen dunkelbraunen Haaren, die trotz Glätteisen immer diese nervige Welle haben, blauen Augen, die nur selten einmal kosmetische Aufmerksamkeit bekommen, und einem unauffälligen Gesicht bin ich nicht gerade ein Mädchen, bei dessen Anblick es zu Auffahrunfällen kommt. Ich habe absolut keine Ahnung, wieso ich jetzt auf der Liste der attraktivsten Mädchen stehe, gewählt von der gesamten männlichen Schülerschaft der Vienna High.

»Also bitte. Geadelt?« Ich mache ein höhnisches Gesicht. »Zunächst einmal ist diese Liste veraltet, bedeutungslos und unglaublich unreif, was schon bei dem schauderhaften Namen Topgirls-Liste anfängt. Ich meine, wer sagt das überhaupt noch?«

»Das hat man in den Achtzigern gesagt, als sie mit der Liste angefangen haben.«

»Und zwar garantiert zu keinem anderen Zweck, als Mädchen zu sexualisieren und in bestimmte Rollen zu pressen und sie vor allem dazu zu bringen, Gott weiß was zu machen, um Stimmen zu bekommen.«

»Angeblich hat Chloe Batista dem gesamten Lacrosse-Team einen geblasen.«

Ich verdrehe die Augen. »Genau mein Punkt.«

»Und sie ist nur Zweite geworden.«

»Muss wohl an ihren Blowjobs gelegen haben«, grummle ich und verstaue meinen Rucksack im Fußraum.

»Na ja, Olivia Thayne war doch für den ersten Platz schon gesetzt, oder? Ich meine, sie ist wunderschön.«

Ich versuche, nicht zur Route 1 zu sehen, als wir abbiegen. Zum Glück geht es in die andere Richtung und ich muss nicht an der Unfallstelle vorbei. »Mag sein, Molly. Jedenfalls bringt es mir nichts für meine Uni-Bewerbung, auf dieser Liste zu stehen.«

»Schon, aber diese Liste ist trotzdem die Eintrittskarte zu einem besseren Leben.«

»Zu einem besseren *Leben*? Ernsthaft?«

»Besser als jetzt. Du kommst jetzt bei *Listenpartys* rein, Kenzie. Ich hab gehört, da ist richtig was los und jeder süße Typ aus der Gegend geht hin. Willst du denn keinen Freund haben?«

»Nicht so sehr, wie ich auf die Columbia will.«

»Immer noch die Columbia, ja?« Sie kann ihre Enttäuschung nicht verbergen. Seit der Unterstufe haben wir davon gesprochen, uns auf der Pitt ein Zimmer zu teilen, aber damals war ich noch nicht alt genug, um zu begreifen, dass Vienna, wo wir leben, eigentlich nur ein Vorort von Pittsburgh ist. Die Uni liegt keine Dreiviertelstunde entfernt – viel zu dicht bei Mom, ich würde ersticken.

»Ach, auf die Columbia komme ich eh nicht.« Es sollte locker klingen, aber meine Stimme bricht. Weil vielleicht ja *doch.* »Jedenfalls haben wir noch ein Jahr Zeit, um uns darüber einen Kopf zu machen.« Ich möchte Molly nicht verletzen, indem ich zugebe, dass ich unbedingt so weit von Vienna wegwill, wie es überhaupt nur geht. Das ließe sich nur damit rechtfertigen, dass ich es auf eine Eliteuni schaffe – kein normales College würde ausreichen, damit Mom mich weglässt – und bei Verwandten wohne. Meine Tante Tina hat mir schon angeboten, dass ich bei ihr in New York wohnen könnte; also ist die Columbia mein Ticket in die Freiheit. Wobei auf diesem Ticket natürlich ein Preis von 50 000 Dollar steht. »Vergiss nicht, dass ich ein Stipendium brauche.«

»Du kriegst ja vielleicht eins.«

Ich bin nicht die Dümmste, aber ein Stipendium zu ergattern ist praktisch unmöglich, solange man nicht vorgeschlagen wird, und mich schlägt niemand vor. Ein Sport-Ass bin ich auch nicht. »Ich hätte eine Chance, wenn ich Bundessiegerin beim Lateinwettbewerb werden würde. Dann könnte ich mich für Altphilologie bewerben, aber Du-weißt-schon-wer will nicht mal die Einverständniserklärung unterschreiben, damit ich im Winter nach Philadelphia zur Landesausscheidung fahren kann.«

»Weil vielleicht ein paar Schneeflocken auf der Straße liegen?« Molly lächelt, aber in ihrem Scherz steckt so viel Wahrheit, dass es wehtut.

»Ja, und das mit dem betrunkenen Busfahrer hat sie auch wieder gebracht.«

»Wie immer.« Molly nickt mitleidig. Sie weiß schon lange über die zwanghafte Art meiner Mutter Bescheid und kennt auch den Grund dafür. Sie hat mir in den dunklen Tagen nach Conners Unfall beigestanden und weiß, dass ich mit dem Gespenst eines verlorenen Bruders lebe. Natürlich weiß sie nicht ... alles. Niemand weiß genau, wieso Conner runter in diesen Lagerraum gegangen ist. Niemand außer der Person, die ihn darum gebeten hat ... *ich.*

»Trotzdem ist das eine Riesensache«, sagt Molly.

Ich stopfe Schuldgefühle und Trauer mühsam wieder in ihre Ecken und kehre zum Gespräch zurück. »Ein Stipendium für die Columbia zu bekommen? Aber hallo —«

»Auf der Liste zu stehen!« Sie seufzt und kann nur über mich den Kopf schütteln. »Kenz, genieße den Moment, okay? Es ist noch ein Jahr hin, bis du dich überhaupt fürs College bewerben kannst, und das ist genau das Jahr deiner Regentschaft.«

»Regentschaft?« Ich pruste. »Die Liste macht aus mir doch keine Prinzessin oder so.«

»Und zwar als Fünfte! Nicht als Zehnte.« Sie hört mir überhaupt nicht zu. »Du bist heißer als fünf andere wirklich heiße Mädchen. Richtig große Namen.«

»Ach, stimmt, Chloe Batista und Olivia Thayne sind ja praktisch Berühmtheiten. Sieh dir bloß die ganzen Paparazzi auf dem Parkplatz an.«

Sie ignoriert meinen Sarkasmus. »Du hast mehr Stimmen gekriegt als Shannon Dill.«

»Die ist so doof, dass es wehtut.«

»Und Bree Walker! Das sind total beliebte hübsche Mädchen. Und wir ...« Sie verstummt und ich muss lachen.

»Wir nicht«, beende ich den Satz für sie und sage damit etwas längst Bekanntes.

»Na ja.« Sie bringt ein Lachen zu Stande. »Wir sind Nerds.«

»Sprich für dich selbst. Ich bin nicht im Schulorchester.«

»Du leitest den Lateinklub, hast vier Fächer auf Uni-Niveau belegt und gibst Nachhilfe in Mathe. Mehr Nerd geht gar nicht.«

Na schön, dann bin ich eben ein kleiner Geek. »Keine Ahnung, was eine blöde Liste daran ändern soll.«

»Du bist Fünfte!«, ruft sie wieder, als könnte sie diese Zahl gar nicht oft genug sagen. »Ich meine, du kommst gleich hinter Kylie Leff und Amanda Wilson, Kapitänin und stellvertretende Kapitänin des Cheerleader-Teams und dreimal in Folge unangefochtene Homecoming-Prinzessinnen.« Sie zählt ihre Positionen auf, als würde sie ihre Lebensläufe vorlesen.

»Gemeinsam auf der Liste wie auch im Leben. Machen die zwei je was getrennt?«

»Lenk nicht vom Thema ab. Du weißt, dass sich unser Leben ändern wird.« Sie grinst kurz herüber. »Ja, ich habe *unser* Leben gesagt. Du hast hoffentlich nichts dagegen, wenn ich auf der Leiter zum Erfolg mit ins Boot springe!«

»Klar, misch die Metaphern und spring ruhig kletternd auf mich drauf.«

Sie zuckt die Schultern. »Mach nur ruhig deine Witze. Das ist eine Riesensache.«

»Da hast du wohl Recht. Sonst wäre ich gestern Abend nicht mit Nachrichten bombardiert worden.«

»Echt?« Sie setzt sich anders hin, als könnte sie sich vor Aufregung kaum noch hinter dem Lenkrad halten. »Irgendjemand Gutes dabei? Lies mir ein paar vor.«

»Ein paar sind ... interessant.«

»Zum Beispiel?«

»Na ja, du weißt schon, Jungs halt.« Ich bin mir nicht sicher, ob ich ihr diese komische Nachricht auf Latein wirklich vorlesen will. Aber gestern Nacht vorm Einschlafen habe ich mir jede einzelne Nachricht durchgelesen und das war immer noch die merkwürdigste.

Caveat viator, Quinte.

Geschickt von einer Nummer, die nirgendwo auf Google auftaucht. Eine Vorwahl, die es in den Staaten gar nicht gibt. Dahinter steckt bestimmt irgendein Hirni aus meinem Lateinkurs. Aber wieso wurde »der Reisende« unmittelbar nach meinem Unfall gewarnt?

Ich ignoriere die Ganzkörperschauer, die mich durchrieseln, und hole mein Handy aus dem Rucksack.

»Mal gucken.« Ich scrolle die Liste durch. »Die meisten Nachrichten sind, hm, von der Mittagspausentruppe und vom Lateinklub. Drew Hickers schreibt: ›Ganz groß, Mädchen.‹«

»›Ganz groß‹?« Molly lacht schallend auf. »Wer *redet* denn so?«

»Icky Hicky eben.« Der eklige Hicky – so lautete in der Siebten unser Spitzname für den ersten Jungen, den ich je geküsst habe.

»Die müssen sich alle richtig Mühe geben, ihre absolute Verblüffung zu verbergen und mich nicht mit einem ›Wie konnte das überhaupt passieren‹ zu beleidigen. Wir wissen doch alle, dass sie sich mit den Stimmen verzählt haben und ich drei bekommen habe. Inklusive Hickman.«

»Meinst du? Ich hab gehört, die Auszählung wird strengstens überwacht. Aber wer weiß? Über dieser Liste liegt der Mantel des Schweigens.«

»›Der Mantel des Schweigens‹?« Ich unterdrücke ein Lachen. »Wer redet denn so?«

»Na ja, tut er eben. Weißt du, wer die Stimmen auszählt?«

Ich antworte nicht, weil ich immer noch am Scrollen bin. Jetzt bin ich die ganze Liste durchgegangen, aber die Nachricht auf Latein ist nicht zu finden. Ich fange noch mal ganz oben an.

»Ich hab gehört, dass die Jungs Druck kriegen, mit abzustimmen«, sagt Molly. »Anscheinend gibt es irgendwelche fiesen Strafen, wenn sie nicht mitmachen.«

Sie ist weg. Die erste Nachricht, die ich nach dem Unfall gelesen habe, ist verschwunden.

»Und ein paar Leute wollten mal eine Aktion zur Umbenennung der Liste in ›Heiße Liste‹ starten, aber ...«

Ich höre kaum zu. Wie kann das sein? Nachrichten verschwinden doch nicht einfach und ich habe sie definitiv nicht gelöscht. Oder doch?

»Die wurden umgebracht.«

»Was?« Ich sehe schockiert auf.

»Ich glaube, das ist nur Orchester-Klatsch.« Schalk blitzt in ihren dunklen Augen. »Komm, wir sind schon fast da. Lies mir die Nachrichten vor. Hat dir jemand richtig Beliebtes geschrieben?«

»Molly!« Klar, sie war immer ein bisschen versessener auf diesen ganzen Beliebtheitskram, aber jetzt übertreibt sie.»Was ist daran so wichtig?«

»Dass uns zum ersten Mal ein paar Türen offen stehen, die sonst immer verriegelt und verrammelt gewesen sind«, gesteht sie leise und fährt auf den Parkplatz für die Elftklässler hinter der Turnhalle.»Ist doch kein Wunder, wenn ich jetzt darauf brenne, meinen sozialen Status zu erhöhen. Hey, du musst eine Listenparty machen! Dann gibt es wenigstens eine, zu der ich eingeladen werde.«

»Als ob meine Mutter fünfzig Bier saufende Irre für eine Listenparty in unseren Keller lässt.«

»Dann nimm mich eben zu denen mit, auf die du gehst.«

»Das mache ich.« Ein leichtes Versprechen, weil mir meine Mutter das sowieso nicht erlauben wird. Ich schaue wieder auf mein Handy, weil ich unbedingt diese Nachricht finden will.

»Schwöre«, verlangt Molly.»Du wirst auf keinen Fall beliebt, ohne mich mitzunehmen.«

»Ich schwöre.« Könnte es sein, dass ich mir die Nachricht nach dem Unfall eingebildet habe? Ich war ziemlich durch den Wind. Aber nein, ich hab sie doch noch mal gelesen, bevor ich ins –

Ein lauter Schlag auf den Kofferraum lässt mich zusammenzucken und Molly stößt einen Schrei aus.

»O mein Gott, Kenzie«, flüstert sie mit einem Blick in den Rückspiegel und packt mich am Arm.»Guck, wer das ist. Nein, bloß nicht. Doch, mach. Aber bleib cool.«

Ohne den Kopf zu bewegen, lasse ich meinen Blick zum Seitenspiegel gleiten und kneife die Augen zusammen. Vor der Morgensonne zeichnet sich eine große Silhouette ab. Sehr groß, sehr breit, mit einer Jacke der Wildcats; das ist die Schulmannschaft. Ich kenne diese Silhouette, ich habe sie schon aus jedem erdenklichen Winkel betrachtet.

»Also was sagt man dazu, Frau Mir-ist-die-Liste-total-egal«, sagt Molly und verzieht ihr elfenhaftes Gesicht zu einem schrecklich süffisanten Grinsen. »Das ist Josh Collier, der Mann deiner Träume.«

»Er ist nicht —«

Sie droht mir mit dem Zeigefinger. »Versuch nicht mal, mich anzulügen. Du stehst seit der achten Klasse auf ihn.«

»Seit der siebten«, korrigiere ich sie und unterdrücke ein Lächeln.

»Ganz groß, Kenz!« Josh klopft nun aufs Dach und schlendert auf meine Seite des Autos.

Molly und ich starren uns nur an. »Wer *redet* so?«, flüstern wir im perfekten Beste-Freundinnen-Chor.

»Kenzie?« Er klopft an die Scheibe und ich drehe mich um, hin und weg von seinem total süßen schiefen Grinsen. Er reißt die Tür auf, als würde das Auto ihm gehören.

»Hallo«, sage ich. Neben mir ächzt Molly enttäuscht. Was hat sie erwartet, einen coolen Spruch?

»Wow, Kenzie.« Er beugt sich runter und seine Augen von der Farbe eines Sommerhimmels lassen mein Gesicht heiß werden. »Du hast es auf die Liste geschafft.«

Ich sehe ihn unsicher an. »Hab ich gehört, ja.«

»Weißt du, was das bedeutet?«

Molly nimmt ihren Rucksack vom Rücksitz und grinst. »Sie fängt gerade an, es herauszufinden.« In ihrem Trällern schwingt ein »Ich hab's dir doch gesagt« mit.

Er beachtet sie gar nicht.»Das ist eine Riesensache. Die Platzierung ist auch gut. Fünfte.« Er zwinkert und ein Schauer fährt durch meinen Magen und mein Rückgrat runter.

»Danke.« Ich greife nach meinem Rucksack im Fußraum und bin mir bewusst, dass Molly sich sehr viel Zeit mit dem Aussteigen lässt. Sie will eindeutig lauschen.»Aber so eine Riesensache ist es auch nicht.«

»Ich hab für dich gestimmt«, sagt er mit leiser, bebender Stimme. Anscheinend nehme ich die Ehre nicht ernst genug.»Das ist ...«– eigentlich kaum zu glauben –»... nett.«

»Du wärst fast Vierte geworden.«

Ich reiße die Augen auf.»Ich dachte, die Auszählung ist streng geheim.«

»Ist sie ja auch, aber ich hab *Beziehungen*, Süße.«

Süße? Hat mich Josh Collier gerade *Süße* genannt?

Als ich aussteige, richtet er sich auf und deutet mit dem Kopf rüber zur Schule, ohne mich aus den unglaublichen silberblauen Augen zu lassen.»Wollen wir zusammen reingehen?«

Ich sehe Molly an. Sie winkt lässig.»Mach nur.«

»Nein, komm mit, Moll.« Schließlich wollte sie sich in Sachen Beliebtheit an mich ranhängen, und beliebter als Josh Collier geht gar nicht.

»Na ja, ich muss eigentlich noch rüber in den Musikraum ...«

Er ignoriert sie und tritt nahe an mich ran.»Ich wette, du warst sprachlos, als du die Liste gesehen hast.«

Molly zieht sich zurück und fängt meinen Blick ein.»Geh nur, Kenz. Wir sehen uns beim Mittagessen.«

Nach einem peinlichen Moment zischt sie ab und lässt mich mit dem Typen allein, den ich kissengeküsst habe, seit ich überhaupt wusste, dass es so etwas wie Küssen gibt und dass Kopfkissen dazu da sind, sich in dieser Kunst zu üben.

»Bist du da nicht ausgeflippt?«, hakt er nach.

»Irgendwie schon, ja.« Ich hänge mir den Rucksack über die Schulter und bin mir schmerzlich bewusst, dass die coolen Mädchen mit winzigen Handtaschen und deutlich weniger Büchern rumlaufen ... aber die versuchen auch nicht, ein Altphilologie-Stipendium für die Columbia zu ergattern. Ich streiche mit der freien Hand eine Haarsträhne zur Seite und bin einigermaßen genervt, weil mein Atmen angestrengt klingt und meine Hände schwitzen und ich in Sachen Make-up nicht so vorausschauend gewesen bin wie Molly.

»Besonders froh scheinst du ja nicht zu sein.« Er legt mir beiläufig eine Hand auf die Schulter und ich spüre ihre Wärme noch durch die Jeansjacke.

»Na ja, ich ...« Mir wird doch wohl noch etwas anderes einfallen als »Du machst mich sprachlos«! »Ich hatte gestern Abend einen Autounfall.«

»Ernsthaft? Ist ja heftig.«

»Kein Witz.«

»Gratuliere, Kenzie!« Ein Mädchen, dessen Namen ich nicht weiß, hält mir im Vorbeigehen eine Handfläche zum Einschlagen hin.

»Danke.« Ich streife ihre Hand. Wird das heute den ganzen Tag so gehen? Sieht so die Macht der Liste aus?

»Kommst du zum Spiel heute Abend?«, fragt Josh, als wir bei der breiten trapezförmigen Treppe angelangen. Ich habe gerade so weiche Knie, dass ich die schiefen Stufen kaum raufkomme.

»Das Footballspiel?«

Er lacht leise.»Nein«, verlegt er sich auf Sarkasmus.»Das Volleyballspiel der Mädchen.«

»Nein, da ...« Ich schüttle den Kopf. Ich will ihn nicht vor den Kopf stoßen, weil ich weiß, dass er zur Schulmannschaft gehört, aber ich bin zu keinem Highschool-Footballspiel mehr gegangen, seit ... Conner gespielt hat und ich noch auf der Grundschule war.»Vielleicht«, gehe ich auf Nummer sicher.

»Kylie und Amanda schmeißen danach eine Party. Wollen wir da zusammen hin?«

Ach du heilige –

»Hey, Collier!« Ein Junge im Sweatshirt der Wildcats kommt angetrabt und nickt mir zu.»Was geht, Kenzie.«

Tyler Griffith hätte mich gestern kaum angesehen, geschweige denn mit dem Namen angesprochen.

»Alter, du störst«, witzelt Josh mit einem betonten Blick zu mir.

»Irrtum, ich bewahre dich davor, auf der Reservebank zu sitzen«, sagt Tyler.»Der Trainer will, dass wir in der ersten Stunde in den Kraftraum kommen.«

Josh flucht leise, dann legt er mir wieder eine Hand auf die Schulter und dreht mich von seinem Freund weg.»Also sehen wir uns heute Abend?«

Die Liste ist vielleicht unglaublich billig und dumm, aber ein Date mit Josh Collier ist ... außergewöhnlich. Teufel, überhaupt ein Date ist außergewöhnlich.

»Vielleicht, wenn ich kann.«

»Ich schreib dir.« Er beugt sich näher an mein Ohr heran. »Fünfte.«

KAPITEL III

Ich kapier's nicht. Unbestimmte Integrale und Riemann-Summen ergeben überhaupt keinen Sinn; da kann ich in Mathe noch so viel mitschreiben. Wobei mich ständig mein Handy ablenkt – hat jemand meine Nummer auf Facebook gestellt? Bei jeder Nachricht von einem unbekannten Teilnehmer durchzuckt es mich ein bisschen, dabei sind es dann doch immer nur Glückwünsche, einer freundlicher als der andere.

Molly hat Recht mit dem Adelsfaktor. Es ist verrückt und komisch und, na gut, jetzt nicht total schrecklich.

Ich überfliege unter dem Tisch ein paar neue Nachrichten. Drei Leute schreiben mir, dass die Mädchen auf den Plätzen neun und zehn meinen, am Wahlergebnis wäre herumgepfuscht worden. Und Austin Freeholder ist anscheinend so sauer, weil seine Zwillingsschwester Alexia nicht auf der Liste steht, dass er eine Neuauszählung verlangt.

»Ist es eine, Kenzie?«

Als mein Name fällt, schaue ich hoch und kriege einen Schreck, weil Mr Zeller seine Lesebrille lüpft, um mich besser sehen zu können. Ist was eine ... *was?*

Als ich ihn ratlos ansehe, legt er den Kopf schief. »Ist es in diesem Fall eine horizontale Asymptote?«

Ich schließe die Augen und schüttle den Kopf. »Kann ich bitte auf die Toilette gehen, Mr Zeller?«

Er stößt seinen typischen Seufzer der Enttäuschung aus, aber er kann mich gut leiden und lässt mich nicht lange zappeln. »Beeilen Sie sich, damit Sie die Hausaufgaben nicht verpassen.« Ich murmle ein Dankeschön, verschwinde nach draußen auf den leeren Gang und bin heilfroh über ein bisschen Ruhe.

Auf einmal erinnere ich mich wieder daran, wie es sich anfühlt, Aufmerksamkeit zu bekommen. Als mein Bruder vor fast zwei Jahren gestorben ist, haben mich alle angestarrt. Nicht vor Neid, sondern aus Mitleid. Und aus Traurigkeit natürlich, weil ich sie daran erinnerte, dass einer der hellsten Sterne der Schule bei einem tragischen Unfall ausgelöscht worden war. Aber da war ich neu hier gewesen, versunken in meine Trauer und von dem ganzen Highschool-Kram sowieso überfordert. Ich erinnere mich praktisch kaum noch an die Zeit. Im zweiten Jahr dann bin ich in der Menge untergegangen.

Bis heute. Und jetzt sind die Blicke nicht mehr mitleidig oder traurig. Den ganzen Morgen über haben mich Leute abgecheckt. Während der Pausen konnte ich mir richtig vorstellen, was sie dachten. *Die hat es auf die Liste geschafft? Die Dünne mit den braunen Haaren? Also von weitem hat sie ja bestimmt nette Augen und ein brauchbares Lächeln, aber ... das soll schon für die Liste reichen?*

Einige Blicke jedoch stammten von Jungs, die mich wie ein neues Ziel beäugten, das in ihrem Spiel aufgetaucht ist. Keine Ahnung, wie ich das finde, nicht mal bei Josh Collier. Ich bin schließlich immer noch dieselbe wie gestern, nur dass ich jetzt auf der Liste stehe.

Die Toilette ist gleich nebenan, aber ich will mir noch ein

bisschen die Beine vertreten, deshalb schlüpfe ich ins Treppenhaus und gehe runter ins Erdgeschoss, wo auch mein Schließfach ist.

In meiner Hosentasche vibriert wieder das Handy, aber ich ignoriere es. Kurz überlege ich, Molly zu schreiben, ob wir auf dem Hof frische Luft schnappen wollen, aber sie hat Geschichte und Moriarty lässt sie garantiert nicht weg.

Als ich um die Ecke biege, stelle ich erleichtert fest, dass der Gang leer ist. Das Reden der Lehrer hinter den Türen, das Gelächter und sogar die Stille während eines Tests beruhigen mich irgendwie. Dieser Teil der Schule ergibt einen Sinn: das Lernen, die Klassenzimmer, die Lehrer, die Hausaufgaben.

Im Gegensatz zu meinem Bruder, der das Klischee vom »König des Schulhofs« absolut verkörpert hat, war ich nie sonderlich geschickt mit den ganzen sozialen Sachen. Conner kannte praktisch jeden, aber ich habe mich mein ganzes Leben lang mit meiner Schüchternheit herumgeplagt und nach seinem Tod wurde es nur noch schlimmer.

Darum ist das mit der Liste vielleicht gar nicht so schlecht. Vielleicht ändert sich ja *wirklich* was für Molly und mich. Ich halte mich an diesem Gedanken fest und spaziere am Biologielabor vorbei, wo es leicht nach Formaldehyd riecht und kräftig nach Jungs, die sich mit Axe eingesprüht haben. Meine Füße folgen dem blau-weißen Muster des Linoleumbodens von circa 1940.

Bevor ich beim neuen Flügel der Schule ankomme, biege ich zu den hintersten Schließfächern ab; in dem kurzen Seitenflur gibt es vielleicht vierzig Fächer und zwei Klos. Molly und ich haben letzten Sommer gejubelt, als uns in dieser angesagten Ecke, die normalerweise für Schüler im letzten Jahr reserviert ist, zwei Fächer zugeteilt wurden. Die Schränke sind so alt wie das ganze ursprüngliche Gebäude und darüber an der Wand lässt eine Reihe Glasbausteine an sonnigen Tagen natürliches Licht rein. Dass das Metall rostig ist, interessiert niemanden; diese Schränke sind *old-school* (buchstäblich) und liegen schön abseits. Was ich noch nie so toll fand wie jetzt gerade.

Ich stehe vor meinem Fach, lege eine Hand auf das kühle kobaltblaue Metall und hole tief Luft. Was ist denn heute los mit mir?

Liegt es wirklich bloß an der Liste, dass ich so komisch drauf bin? Oder an dem Unfall gestern Abend? An dem Streit mit meiner Mutter davor? Daran, dass Josh Collier sich mit mir verabredet hat und Leute, die mich sonst nie wahrgenommen haben, auf einmal mit mir einschlagen wollen?

In den letzten zwölf Stunden hat sich dermaßen viel verändert, dass ich ein bisschen neben der Spur bin. Na schön, *sehr*.

Ich habe um diese plötzliche Berühmtheit nicht gebeten, und während ich einerseits im Glanz von etwas baden will, das ich so noch nie gekannt habe, will ich andererseits nur so schnell wie möglich ganz weit von hier weg.

Ich lehne den Kopf an das Schließfach und seufze.

»Alles okay, Mack?«

Die Stimme eines Jungen, so dicht hinter mir, dass sich meine Nackenhaare aufstellen. Ich fahre herum. Das Sonnenlicht fällt durch die Glasbausteine genau auf sein Gesicht, es betont die langen Wimpern seiner schockierend dunklen Augen und malt Schatten unter seine hohen Wangenknochen. Keine Ahnung, wie er sich so an mich ranschleichen konnte oder wieso er mich bei einem Spitznamen nennt, den niemand sonst benutzt – also jedenfalls seit Conners Tod nicht mehr –, aber ich weiß genau, wer das ist.

Levi Sterling.

»Ich ...« Ich glaube nicht, dass ich ihm je so nah gewesen bin. Das hätte ich genauso wenig vergessen, wie wenn der Teufel persönlich mich gestreift hätte. »Mir geht's gut.«

»Siehst aber nicht so aus.«

»Na ja ... du weißt schon.« Nein, wieso sollte er? Wir haben noch nie miteinander geredet. Wir haben noch nie einen Blick gewechselt. Levi Sterling ist gefährlich; dass er noch nicht von der Schule geflogen ist, grenzt an ein Wunder.

Er hat sich geprügelt, er hat in Handschellen gesteckt, er hat im Jugendknast gesessen. Und jetzt rückt er so nahe an mich ran, dass mir buchstäblich die Luft wegbleibt.

»Ich weiß.« Er kommt einen Schritt näher und ich will am liebsten nach hinten in mein Schließfach zurückweichen. Er ist kein solcher Riese wie zum Beispiel Josh Collier, aber er ist stark. Er ist ... eine Naturgewalt. »Du hast es auf die Liste geschafft.«

Ich ziehe eine Schulter hoch und muss mir richtig Mühe geben, ihm in die Augen zu sehen, anstatt zu seinen dunklen Augenbrauen und dem Grübchenkinn abzuschweifen. Oder jede Locke seiner dichten schwarzen Haare zu studieren, die aussehen, als hätte er sie auf seinem Motorrad vom Fahrtwind trocknen lassen, und die in seidigen Strähnen bis zu seinen Schultern herabfallen. *Was ist denn los mit mir?*

»Das ist keine große Sache«, sage ich zum wahrscheinlich zwanzigsten Mal heute. Ich möchte mich zu meinem Fach umdrehen und ihn einfach machen lassen, wozu er hergekommen ist – doch ganz bestimmt *nicht*, um mich hier in die Ecke zu drängen und mir weiche Knie zu machen –, aber ich tue es nicht.

Seine Augen nageln mich buchstäblich an der Wand fest und ich schaffe nicht mehr, als seinen Blick zu erwidern wie ein hilfloses Rehkitz, das auf einen Waldbrand starrt.

»Und, wie ist es so, Schulgeschichte zu schreiben?«

Mir fällt nichts Schlagfertiges ein, also entscheide ich mich für Ehrlichkeit. »Lahm.«

Er bedenkt mich mit einem Lächeln; ganz langsam kommen perfekte weiße Zähne und, o weh, ein Grübchen auf nur einer Seite zum Vorschein. Du lieber Himmel, muss das denn sein?

»Stimmt, es ist lahm.«

Endlich ein Mensch in der gesamten Schule, der noch klar denken kann. Der außerdem vorbestraft ist, aber trotzdem. »Alle reden über nichts anderes«, sage ich.

»Weil sie nicht auf der Liste stehen. Was sie zu Verlierern macht.«

»Zu jämmerlichen Verlierern«, setze ich noch einen drauf.

Das lässt ihn lachen, ein kurzes tiefes Grollen in seiner Brust.

»Du musst die Einzige hier sein, die findet, dass ein Platz auf der Topgirls-Liste keine tolle Leistung ist.«

»Ist er ja auch nicht. Obwohl du bestimmt genauso mit abgestimmt hast wie alle anderen.«

»Bin ich tot? Klar hab ich mit abgestimmt.«

Wenn auch wahrscheinlich nicht für mich. Trotzdem ist er der erste Junge, der offen über die Wahl redet, und jetzt bin ich neugierig. »Und? Gibt es einen Stimmzettel zum Ankreuzen oder muss man die Namen selber draufschreiben?«

Er neigt den Kopf und ich höre einen winzigen Seufzer der Ernüchterung. »Es ist dir also doch nicht egal.«

Ich habe tatsächlich das Gefühl, ihn enttäuscht zu haben, was verrückt ist. »Und ob es mir egal ist«, sage ich viel zu schnell. »Ich bin bloß neugierig, weil ich gar nicht auf diese Liste gehöre.«

»Das möchte ich bestreiten.«

Das Kompliment verblüfft mich und mir wird warm, während eine peinliche Sekunde verstreicht. Er steht einfach da, also starren wir uns praktisch aus dreißig Zentimetern Abstand an.

»Jedenfalls ...« Ich bewege die Augen nach links und rechts, um auf unsere Umgebung hinzuweisen. »Was machst du eigentlich hier?« Sein Schließfach ist ganz woanders, da bin ich mir sicher. Levi Sterling geht nicht in der Menge unter. Wenn er hier sein Schließfach hätte, wüsste ich das. Andererseits braucht jemand wie er wahrscheinlich gar kein Schließfach, weil er gar keine Bücher hat. Über ihn sind jede Menge Gerüchte in Umlauf. Ich habe gehört, dass sich in seiner alten Schule ein Mädchen angeblich seinen Namen mit einer Rasierklinge in den Oberschenkel geritzt hat.

»Ich schwänze eine Stunde.«

Ich nicke, als wäre Schwänzen etwas, das ich kenne und selber schon gemacht habe.

»Und du?«

»Ich hab mich gerade aus dem Mathe-Leistungskurs verkrümelt.«

Belustigung schimmert in seinen Augen auf, da das vielleicht das nerdigste Eingeständnis aller Zeiten sein könnte.

»Leistungskurs?« Er zieht die Augenbrauen hoch. »Und ich falle gerade im Grundkurs durch.«

»Mathe kann einen echt fertigmachen«, sage ich und kann nicht fassen, wie gönnerhaft das klingt.

Er kommt noch ein Stück näher, reibt sich das Kinn und sieht mich an. »Weißt du, was mich fertigmacht?«

Du. Du machst mich fertig. Ich zucke mit den Achseln. »Keine Ahnung.«

Er steht jetzt so dicht vor mir, dass ich kaum noch denken kann. »Die Textaufgaben«, flüstert er.

Die Text ... Meint er in Mathe? Ich stoße ein dumpfes Lachen aus, weil es dermaßen klischeemäßig ist, die Textaufgaben zu hassen, und weil er so ... nah ist.

»Ja, die können ganz schön knifflig sein.«

»Ich wette, du hast mit den Scheißdingern überhaupt keine Probleme.«

Ich blicke zu Boden. »So schwierig sind sie nun auch wieder nicht.«

»Dann bist du also hübsch *und* schlau«, sagt er.

Ich sehe ihn an, weil ich nicht recht weiß, was hier läuft. »Das ist beides subjektiv.«

»Und außerdem bist du eine Expertin für tote Sprachen, hab ich gehört.«

Ich blinzle ein paarmal, bis ich begreife. »Du meinst Latein? Das mit der Expertin weiß ich nicht.«

Sein Blick wandert über mein Gesicht und bleibt an meinem Mund hängen.

»Sag mal ... *flirtest* du mit mir?«, frage ich mit einem nervösen Lachen.

»Ich versuch's jedenfalls.«

Mit Erfolg. Langsam breitet sich Wärme in meiner Brust aus. Eine Mischung aus ängstlicher Erwartung und Aufregung durchschießt mich und ich fühle – nein, das kann nicht sein.

Es ist aber so. Ich fühle mich zu ihm hingezogen.

Zu ihm? Ich sollte um mein Leben laufen und nicht mit ihm flirten. Und so oder so sollte ich im Matheunterricht sein. »Ich flirte nicht«, sage ich und das ist mir genauso peinlich, wie es klingt.

»Dafür kannst du es aber ganz gut.«

Zum ersten Mal in meinem Leben verstehe ich die volle Bedeutung des Wortes »schwärmen«. Und es gefällt mir kein bisschen. Schwärmen ist gefährlich, macht einen hilflos und fühlt sich gar nicht gut an. Soweit ich weiß, könnte der Typ schon wegen Vergewaltigung und Mord vorbestraft sein.

Schließlich drehe ich mich zu meinem Fach um. Wenn ich aufschließe, wird er schon weggehen. Aber er lehnt sich nur rechts von mir an Mollys Fach und lässt sich von meiner ungeschickten Abfuhr gar nicht abschrecken.

Ich spüre seinen Blick auf meinen Händen. Er merkt sich garantiert gerade die Kombination ... und sieht, wie meine Finger zittern.

»Wovor hast du Angst, Mack?«

Vor dir. »Niemand nennt mich so«, sage ich und stelle weiter die Zahlenfolge ein. Nur mein Bruder hat das getan und da ich mich nicht mehr an den Klang seiner Stimme erinnere, möchte ich seinen Spitznamen für mich nicht hören. Ich rucke am Schloss und ächze leise, als das Mistding nicht aufgehen will.

»Lass mich.« Er schiebt mich mit der Schulter zur Seite, eine Mischung aus Mann und Muskeln und etwas, das garantiert kein Axe ist. Er dreht zuversichtlich am Schloss, stoppt bei der Vierzehn, dreht weiter zur Einundzwanzig und dann nach rechts zur Fünf.

Klick.

»Wie hast du das gemacht?«

»Mir zittern nicht die Hände.«

Verdammt. »Aber woher hast du meine Kombination?«

»Fotografisches Gedächtnis.« Er grinst mich an. »Und praktische Erfahrung im Einbrechen.«

Keine Ahnung, ob das ein Witz sein soll, also lege ich eine Hand an die Seitenwand des Schranks und bringe alles in mir ins Gleichgewicht, was am Schwanken ist. »Dann tausche ich wohl besser mal das Schloss aus«, sage ich.

Er nimmt es mir ab und hängt es sich über den Finger, dann löst er sehr langsam den Riegel und öffnet die Tür. »Ist nicht nötig.« Er gibt mir einen leichten Schubser mit der Schulter. »Ich mache alles Mögliche, aber klauen tue ich nicht.«

»Das vielleicht nicht«, räume ich ein. »Aber flirten tust du.«

Er lehnt sich an die offene Tür, verschränkt die Arme und sieht mich an. »Ich könnte es dir beibringen.«

»Wie man flirtet?«

»Könntest du für deinen neuen Status bestimmt gebrauchen.«

Dagegen lässt sich schlecht etwas einwenden, also starre ich bloß in mein Fach und frage mich, was ich überhaupt rausholen könnte. Ich bin ja nur so hierhergekommen.

»Und als Gegenleistung«, sagt er und beugt sich gerade weit genug vor, dass ich seinen Atem an meinem Ohr spüren kann, »gibst du mir Nachhilfe.«

»In Mathe?«

Er zieht die Augenbrauen hoch und lässt die Frage unbeantwortet.

»Wieso schummelst du nicht einfach?«

Kurz flackert Verletzung in seinen Augen auf. »So flirtet man nicht, Mack. Man beleidigt sein Gegenüber nicht.«

Nun kribbelt eine andere Hitze in mir. Scham. Wie macht er das, dieser Kerl mit dem Vorstrafenregister und dem schlechten Ruf? Wie schafft er es, dass *ich* mich schäme? »Tut mir leid«, murmle ich und meine es ernst.

»Wenn es dir wirklich leidtäte, würdest du mir Nachhilfe geben.«

Ich erstarre, während ich nach einem Schulheft greife, dass ich gar nicht brauche. Ihm Nachhilfe geben? Das nenne ich mal eine schlechte Idee. Schlecht auf allen möglichen Ebenen.

»Mein Nachhilfestundenplan ist ziemlich ... voll.«

Er rückt noch ein bisschen näher, so dass wir jetzt beide fast in dem Schließfach stecken. »Jetzt sag bloß nicht, ich bin dir umsonst hierher gefolgt, um dich um diesen Gefallen zu bitten.«

Er ist mir hierher gefolgt? Ein Frösteln kriecht meinen Rücken hinauf und prickelt im Nacken. Ich lasse das Heft los, halte mich am Rahmen des Schließfachs fest und wage es, mich umzudrehen und ihm direkt in die Augen zu sehen.

»Nein«, sage ich schlicht. Wenn ich ihm die Wahrheit sagen muss, dann werde ich es tun: Er macht mir eine Höllenangst.

Dieser Junge ist bedrohlich und einschüchternd und viel zu gut im Flirten. Meine Mutter würde wahrscheinlich in Ohnmacht fallen, sobald sie ihn nur sieht.

Josh Collier? Ja, der ist einfach bloß beliebt und sportlich und auf harmlose Weise attraktiv. Levi Sterling? Er stellt eine Bedrohung für das Herz, den Verstand, die Gesundheit und höchstwahrscheinlich auch für die Jungfräulichkeit dar.

»Ist dir die Liste schon zu Kopf gestiegen, Mack?«

Diese Bemerkung lässt mich ein Stück zurückweichen und ich packe den Rahmen des Schließfachs ein bisschen fester; meine Finger gleiten das Scharnier entlang. »Mir ist gar nichts zu Kopf gestiegen.« *Außer diese sündhaft langen Wimpern und der Geruch der Seife, die du benutzt.*

Er kneift die Augen zusammen und ist mir so nahe, dass ich seinen Atem spüren und die Stoppelhaare an seinem Kinn zählen kann. *Auch sexy,* denkt mein verräterisches Hirn.

»Dann gib mir Nachhilfe.« Er rückt näher, lehnt sich mit dem Körper gegen die Innenseite der Schließfachtür.

»Ich gebe dir keine – *au!*« Weißglühender Schmerz durchschießt meine Hand wie ein elektrischer Schlag und ich reiße sie von dem Scharnier weg, das gerade meinen Mittelfinger eingequetscht hat. »O mein Gott!«

Levi begreift sofort, dass er das war und springt beiseite. Ich drehe mich weg, umklammere meine Hand, beiße mir auf die Lippe und unterdrücke einen Schmerzensschrei.

»Scheiße, tut mir leid, entschuldige.« Er will nach meiner Hand greifen, aber ich ziehe sie weg und meine Verlegenheit und meine Wut sind genauso heftig wie der Schmerz.

»Lass ... einfach gut sein.« Ich schüttle meine Hand, sehe sie mir an und verziehe das Gesicht.

»O Gott, sieh dir das bloß an.« Er fängt meine Hand ein. Die Haut ist aufgeschlitzt und der Fingernagel ist knallrot. »Verdammt, damit musst du zur Krankenschwester.«

»Ach, das geht schon.«

»Mack.« Er kommt einen Schritt näher.

Ich schüttle den Kopf. »Hör auf, mich so zu nennen!«, schreie ich. Irrational, ich weiß, aber es tut total weh und ich habe schon genug damit zu tun, die Tränen zurückzudrängen. »Lass mich einfach in Ruhe.«

»Ich komme mir so mies vor. Tut mir leid.« Er macht das Schließfach zu. »Lass mich einen Blick drauf werfen.«

»Nein.« Ich will bloß von ihm weg. Ich sollte mit so jemandem nichts zu tun haben. Er macht mich nervös und ... Mir kommt ein neuer Gedanke. Hat er das mit Absicht getan? Weil ich ihm keine Nachhilfe geben wollte?

»Das geht schon«, sage ich erneut.

Er lässt das Schloss so fest zuschnappen, dass es durch den Seitengang hallt. »Ich bring dich ins Krankenzimmer.«

»Nein danke.« Ich halte meine verletzte Hand und laufe los, hinaus auf den Flur, wo es gerade klingelt und die Klassenräume sich leeren, und die Menge verschluckt mich und trennt mich von dem Jungen, der zugegeben hat, dass er mir gefolgt ist.

Wieso? Weil ich die Fünfte auf einer Liste bin, die ihn angeblich gar nicht interessiert? Weil er Nachhilfe braucht? Weil er mich attraktiv findet? Damit er mir den Finger brechen kann, falls sich mein Herz zufällig nicht als verfügbar erweist? Keine dieser Möglichkeiten kommt mir sehr wahrscheinlich vor, aber ich mache mir trotzdem Gedanken.

KAPITEL IV

Die Assistentin der Schulkrankenschwester hat mich in ein Zimmer verfrachtet, das nach Bleichmittel riecht. Hat sich hier zuletzt jemand so übergeben, dass sie alles desinfizieren mussten? Bei der Vorstellung wird mir ein bisschen mulmig – aber vielleicht liegt das auch bloß an dem pochenden, blutenden dunkelroten Mittelfinger meiner rechten Hand.

Dabei tut es gar nicht mal besonders weh. Der Schnitt ist ziemlich flach und die wirklich schlimme Stelle unter dem Nagel ist fast taub. Obwohl ich auf der Toilette Papiertücher herumgewickelt habe, weiß ich, dass er schlimm aussieht. Schlimm genug, dass ich mir gar nicht erst die Mühe gemacht habe, Molly für eine zweite Meinung aufzutreiben – beziehungsweise für eine dritte, wenn man Levi Sterling, verantwortlicher Übeltäter, mitzählt –, sondern gleich zum Krankenzimmer gegangen bin.

Ich hocke mit geschlossenen Augen auf der Kante einer Plastikliege und durchlebe das Gespräch mit Levi noch mal. Ich komme mir total blöd vor, weil ich mich so von seinen Augen und seinen Spielchen und seinem Vorschlag mit der Nachhilfe habe ablenken lassen, dass ich, ohne es zu merken, mit dem Finger in den Türspalt gekommen bin. Darum kann ich ihm eigentlich gar nicht die Schuld geben.

Obwohl ... er hat ja bekanntermaßen schon andere Leute verletzt. So geht jedenfalls das Gerücht. Hat einen Typen krankenhausreif geschlagen, heißt es. Musste eine Zeit lang in eine Einrichtung für Schulverweigerer. Ach, verdammt, angeblich hat er Banken ausgeraubt und Autos geklaut, und wenn in Vienna irgendein Verbrechen begangen wird, gehen die Cops quasi als Erstes zu ihm.

Wieso wollte er überhaupt mit mir reden? Er hat zugegeben, dass ihn die idiotische Topgirls-Liste überhaupt nicht interessiert. Oder war das nur ein Spruch?

Ein Klopfen reißt mich aus meinen Gedanken. »Kenzie Summerall?«, fragt eine Frau durch den Türspalt.

»Sie können reinkommen.«

Die Schulschwester tritt ein und lächelt mich kurz an, während sie eine eisblonde Strähne zurückstreicht, die aus ihrer Haarklammer gerutscht ist. »Wo fehlt's denn?«, fragt sie munter.

»Sie haben sich am Finger verletzt?«

Ich halte die komplette Hand hoch, denn ihr nur den Finger zu zeigen könnte mir Nachsitzen einhandeln.

Sie zieht die Augenbrauen hoch. »Blutet es?«

»Ein bisschen.«

Sie kommt näher, mustert mein Gesicht. »Sie sehen blass aus.«

Ich berühre meine Wange, die kühl ist. »Da müssen nur ein bisschen antiseptisches Spray und ein Pflaster drauf.«

»Schauen wir mal.« Sie setzt sich mir gegenüber und ihr beachtlicher Umfang lässt den Stuhl knarren, als sie ein paar Latexhandschuhe aus einer Schachtel zieht.

»Werde ich den Nagel verlieren?«, frage ich, als sie meine

Hand nimmt, und fürchte mich vor der Antwort, denn das ist im Moment meine größte Angst.

Sie schüttelt den Kopf und drückt an der Schnittwunde herum. »Wie ist das passiert?«

Flirt-Unfall. »Schließfach-Verletzung.«

Sie sieht auf und in ihren schönen blauen Augen funkelt Humor. »Die bekommen wir hier nicht so oft zu sehen.«

»Ich war ... abgelenkt.« Ich werde ihr auf keinen Fall die Wahrheit gestehen.

»Die ganze Aufmerksamkeit wegen der Liste, nehme ich an.«

Ich bin verblüfft und meine Hand zuckt kurz. »Das Schulpersonal weiß von der Liste?«

Sie legt meine Hand wieder auf meinem Oberschenkel ab, steht auf und geht zu einem Schrank. Als sie die Tür aufmacht, kann ich ihr Profil nicht mehr sehen. »Teilweise jedenfalls. Wobei ich natürlich sowieso eingeweiht bin.« Sie kommt hinter der Tür hervor, so dass ich sehen kann, wie sie den Kopf in einer Filmstarpose schief legt. Das sieht ein bisschen komisch aus, aber auch irgendwie niedlich. »Nummer neun, 1988.« Sie zwinkert. »Und damit bin ich, falls Sie Kopfrechnen können, zweiundvierzig.«

»Sie waren auf der Liste?«, frage ich geschockt und bereue es sofort, weil ich genau weiß, wie sich das anhört – und wie sie sich jetzt fühlen muss.

»Kaum zu glauben, ich weiß. Aber damals habe ich knackige 55 Kilo gewogen und meine Haut war noch unversehrt von den Sommernachmittagen mit Babyöl und Jod.« Sie streicht sich wehmütig über das Gesicht. »Und manchmal sind die überraschendsten Mädchen auf die Liste gekommen.«

Ich zum Beispiel.»War das damals eine große Sache?«

»Aber ja.« Sie stellt eine Flasche auf ein steriles Tablett, legt Verbandsmaterial dazu und setzt sich wieder hin. »Alle sehen einen mit anderen Augen.«

»Das können Sie laut sagen«, gebe ich zu. »Bloß, dass ich nicht anders bin.«

Sie nimmt meine Hand und stößt einen Seufzer aus. »Sie sind jetzt in einem sehr exklusiven Klub.«

Das antiseptische Mittel brennt und lässt mich zischend einatmen. »Nichts für ungut, Ms Fedder, aber ich wollte eigentlich gar nicht in diesen Klub. Ein Studienplatz interessiert mich viel mehr.«

»Was ja auch vernünftig ist.« Sie tupft leicht. »Ich war keine große Schönheit, das können Sie mir glauben. Entsprechend verblüfft war ich, auf der Topgirls-Liste zu landen.«

»So geht's mir auch.«

Sie mustert erneut mein Gesicht, diesmal mit einem weniger klinischen Auge. »Sie sind doch hübsch.«

So wie sie das sagt, muss ich lachen. »Hübsch durchschnittlich.«

»Nein, hübsch.« Sie lächelt langsam, traurig. »Sie sehen aus wie Ihr Bruder, und das meine ich als großes Kompliment.«

Ich schaffe es, einfach nur zu nicken, weil ich schon Übung darin habe, so zu reagieren. Ich habe das schon hundert Mal gehört. Tausend Mal. Ich habe dieselbe Haarfarbe, dieselbe Gesichtsform, aber Conner war richtig schön und hat irgendwie gestrahlt, auch von innen heraus.

»Er war ein sehr netter Junge.«

»Ja, danke.«

»Und hat sich immer so gern unterhalten.«

Da muss ich lächeln. »Bei uns zu Hause war es nie leise.« Jetzt ist es dagegen fast die ganze Zeit totenstill.

»Es ist jetzt ungefähr zwei Jahre her, oder?«

Ich versuche zu schlucken. »Ungefähr, ja.«

»Tut mir leid.« Sie tätschelt meine Hand, die sie in ihrer hält. »Ich wollte Ihnen nur sagen, dass er wirklich ein außergewöhnlicher junger Mann gewesen ist.«

Das überrascht mich kaum. *Alle* fanden Conner toll. Ohne Ausnahme. »Das war er«, sage ich. Meine Stimme klingt schroff. »Was für ein Schock, dieser Unfall. Wie schrecklich.«

Bitte nicht. Nicht dahin. Dorthin will ich nicht. Sie merkt wohl, wie meine Hand in ihrem Griff erstarrt, denn sie lächelt knapp. »Und nein«, versichert sie mir, »Sie werden diesen Nagel nicht verlieren.« Sie wickelt einen Streifen Gaze ab. »Aber wenn jetzt jemand behauptet, Sie gehören nicht auf die Topgirls-Liste, dann können Sie dem richtig schön den Finger zeigen.«

»Die Liste« – ich atme scharf ein, als sie mit dem Verbinden anfängt – »ist mir egal.«

»Ach, das ändert sich noch«, sagt sie entschieden.

»Wirklich, die ist mir nicht so wichtig.« Für sie war es ja vielleicht der Höhepunkt ihres Lebens. Der größte Erfolg ihrer Highschool-Zeit. Aber so soll das bei mir nicht laufen.

»Die Liste an sich ist gar nicht so wichtig. Sondern die Freundschaften fürs Leben, die man durch die Liste schließt.«

Ich bezweifle sehr, dass ich mich mit Leuten wie Olivia Thayne und Chloe Batista anfreunden werde.

Sie ist jetzt fast mit dem Verband fertig. »Ich werde den anderen erzählen, dass ich Sie kennengelernt habe.«

Für einen Moment weiß ich nicht, ob ich sie richtig verstanden habe. »Welchen anderen?«

»Den anderen Topgirls.« Sie lacht leise. »Ich weiß, es klingt verrückt, wenn wir uns so nennen, wo manche schon über vierzig sind, aber einmal ein Topgirl, immer ein Topgirl, wie wir sagen.«

»Es gibt einen Klub?« Wow, noch etwas, wo ich nicht reinmöchte.

Sie lächelt nur. »Der feiert jetzt schon sein Dreißigjähriges. Wir haben einen E-Mail-Verteiler, treffen uns ab und zu, nehmen an Hochzeiten teil und ...« Sie schüttelt den Kopf. »Auch an ein paar herzzerreißenden Beerdigungen.«

»Muss ich diesem Klub beitreten?«

»Sie *sind* schon drin.« Sie bringt das letzte Stück Pflaster an dem großen weißen Gazeklumpen an, der einmal mein Mittelfinger gewesen ist. Ohne mich anzusehen, steht sie auf und räumt ihre Utensilien weg. »Ob es Ihnen gefällt oder nicht.« Es schwingt ein tiefes Seufzen darin mit.

»Nicht«, sage ich schnell.

»Wenn Sie so weit sind, können Sie sich gern an mich wenden.« Sie wird ernst, sieht mich fast traurig an. »Ich werde natürlich nicht alles erklären können, aber im Laufe der Jahre haben wir doch das eine oder andere gelernt.«

Seltsames Verhalten zum Beispiel. Ich stehe auf, nicke ein Dankeschön und will bloß weg hier. »Sind wir fertig? Muss ich noch zum Arzt oder brauche ich ein Attest oder so?«

»Lassen Sie das ein, zwei Tage lang abgedeckt und schonen Sie den Finger, dann werden Sie den Nagel nicht verlieren. Und falls Sie gerade eine Unterrichtsstunde versäumen, können Sie sich am Empfangstresen eine Entschuldigung geben lassen.«

»Alles klar, danke.« Als ich zur Türklinke greife, spüre ich ihre Hand auf meinem Rücken und zucke zusammen.

»Und, Kenzie?«

Ich drehe mich nicht um, sondern wappne mich für einen Abschiedsspruch über meinen wunderbaren, unvergesslichen toten Bruder.

»Haben Sie keine Angst ...«

Ich drehe mich um und sehe sie an, während sie an mir vorbei durch die Tür geht. »Wovor denn?«

»Die meisten von uns haben Glück gehabt. Aber ...« Sie hebt eine Schulter. »Nehmen Sie sich in Acht.«

Sofort spukt mir wieder die Textnachricht im Kopf herum.

Caveat viator, Quinte.

Reisende, nimm dich in Acht. Ich versuche, mir nichts anmerken zu lassen. »Wie meinen Sie das?«

Ihr Lächeln wirkt verkniffen. »Rufen Sie mich einfach an, wenn Sie ...«

»Was?«

Sie presst weiterhin die Lippen zu einem aufgesetzten Lächeln zusammen, als könnte ihr sonst irgendetwas herausrutschen. Bevor ich noch einmal nachhaken kann, verschwindet sie den Gang hinunter und um die nächste Ecke.

Ich stehe da und lasse mir das Gespräch noch einmal durch den Kopf gehen. Wieso sollte ich sie anrufen? Wenn ich ... *was* wissen will? Etwas wegen Conner? Oder wegen der Liste? Oder dieser Verletzung? Da ich mir keinen Reim auf ihre Andeutungen machen kann, gehe ich am Anmeldetresen vorbei nach draußen.

»Moment noch! Kenzie!«

Ich drehe mich um und rechne halb wieder mit Ms Fedder, aber es ist die Frau von der Anmeldung. Sie winkt mit einer Entschuldigung für meinen Physiklehrer.

Ich hole mir den Zettel.»Danke.«

»Und er dort wartet auf Sie.«

Ich werfe einen Blick in die Wartezone und schnappe nach Luft, weil Levi Sterling auf dem Sofa sitzt, die Füße auf dem Couchtisch, neben sich meine Bücher und meine Handtasche.

»Ich bin kurz bei Zeller rein und hab deine Sachen geholt«, erklärt er, als wäre es das Normalste der Welt für ihn.»Und nein, ich habe nicht durch dein Portemonnaie geguckt.« Es soll wohl witzig klingen, nur fehlt jede Belustigung. Kann nicht leicht sein, wenn jeder von dir nur das Schlimmste annimmt.

»Danke.«

Er steht auf und blickt auf meine Hand.»Hübsch.«

Ich zeige ihm natürlich den Finger.»Der ist für dich.«

»Tut mir leid«, sagt er leise und, verdammt, ich glaube es ihm.

»Schon okay.« Ich greife nach meinen Sachen. Das klappt irgendwie nicht richtig mit meinem bandagierten Finger, also hebt Levi für mich die Bücher auf.»Danke«, sage ich wieder und kämpfe dagegen an, rot zu werden, als sich unsere Hände berühren.

Du lieber Himmel, Kenzie. Er spielt nicht nur in einer anderen Liga und ist gefährlich – er hat dir auch eben erst die Hand im Schließfach eingeklemmt.

Pass bloß auf.

Ich muss wieder an diese schräge Warnung der Krankenschwester denken. »Ich komme zu spät zum Unterricht, also mach ich mal lieber los.«

»Dann sehen wir uns am Sonntagabend.«

Ich runzle die Stirn. »Sonntagabend?« Habe ich irgendetwas vergessen?

»Zur Nachhilfe.«

»Am Abend?«

Er lacht über meinen ungläubigen Tonfall. »Ja, am Abend.« Als ich den Kopf schüttle, hebt er die Hand und bremst mich aus. »Ich habe mit Mr Zeller gesprochen und er findet, das ist eine gute Idee und meine einzige Chance, die Klausur am Montag zu bestehen.«

Ich hab ganz vergessen, dass Zeller auch normales Mathe unterrichtet. »Ich kann nicht, tut mir lei–«

»Er hat gesagt, dass er dir das anrechnet.«

»Darauf bin ich nicht angewiesen.«

Er drückt seine Schulter gegen meine. »Lügnerin.«

»Ich lüge überhaupt nicht. Ich hab praktisch 100 Prozent –«

»Du hast 89 Prozent. Ich hab sein Kursheft gesehen.«

Ich atme schnaubend aus. »Ich hab 98 Prozent. Deine Schwierigkeiten bei den Textaufgaben haben also vielleicht eher was mit dem Lesen zu tun als mit dem Rechnen.« Ich lächle triumphierend und bin durchaus ein bisschen stolz auf meinen cleveren Konter.

Aber das Grinsen vergeht mir, als ich den Ausdruck in seinen Augen sehe. »Ja«, sagt er leise und guckt weg. »Kann sein.«

Er nickt mir zu, geht in die andere Richtung davon und ich denke: *Scheiße.* Wieso hab ich das gesagt? Vielleicht braucht er ja wirklich Hilfe, um zu bestehen, und ich bin es, die ihn davor bewahren kann, eine Bank auszurauben oder Müllmann zu werden. Er ist jetzt ein paar Schritte von mir weg und mein Gesicht wird warm, als ich mich an all die Gründe zu erinnern versuche, warum ich Nein sagen sollte. Jugendknast, Motorrad, Ärger, Schlafzimmerblick ... Nichts davon wiegt schwer genug, als dass es sich ernsthaft als Ausrede benutzen ließe.

»Samstagnachmittag wäre besser«, rufe ich rasch und er bleibt stehen. So treffen wir uns wenigstens nicht am Abend.

»Da kann ich nicht, da hab ich schon ... was vor.«

Er braucht nicht rumzudrucksen. Ich weiß genau, dass er ein Date meint.

»Treffen wir uns im Starbucks gegenüber vom Giant Eagle?«, schlägt er vor. »Sonntag um acht.«

Das ist nah genug an zu Hause, dass ich zu Fuß gehen kann.

»Für eine Stunde.«

»Toll, Mack. Danke.« Er zwinkert mir kaum merklich zu, aber vielleicht bilde ich mir das auch nur ein. Keine Ahnung, auf was ich mich da eingelassen habe, aber ich hab jedenfalls nicht so viel Angst vor ihm, wie ich sollte.

KAPITEL V

Als Molly mich nach der Schule zu Hause absetzt, sind die Auffahrt und die Garage leer. Ich fühle mich schuldig, weil ich mich insgeheim darüber freue, aber obwohl nur Mom und ich hier wohnen, habe ich das Haus selten für mich. Sie arbeitet als Assistentin in einer Kanzlei gleich hier in Vienna und ihr Chef ist normalerweise ziemlich cool und lässt sie gegen vier gehen, so dass ich nicht oft in den Genuss komme, ein Schlüsselkind zu sein. Bevor Dad letztes Jahr ausgezogen ist, hat sie ihn manchmal dazu genötigt, früher Feierabend zu machen, wenn sie lange arbeiten musste.

Mit einem Ruck mache ich den Briefkasten am Ende der Auffahrt auf. Der Gedanke an ihre Trennung zieht mich runter. Dad verbringt immer noch schrecklich viel Zeit hier, er bringt Sachen in Ordnung und schläft sogar auf der Couch, wenn es zu spät wird. Sie wollen eigentlich gar nicht getrennt sein, aber die Trauer nach Conners Tod hat irgendwie sämtliche Liebe aufgefressen, die sie füreinander empfunden haben. Dad möchte dieses Haus mit seinen Erinnerungen gern hinter sich lassen – das muss er auch, glaube ich. Aber Mom findet, das wäre illoyal dem Sohn gegenüber, den sie hier großgezogen hat.

Ich möchte einfach bloß, dass wir wieder eine Familie sind.

Daraus kann natürlich gar nichts mehr werden. In unserer Familie wird immer ein Loch klaffen. Wenn Conner nur nie gestorben wäre. Wenn er nur nie bei Pharm-Aid runter in diesen Lagerkeller gegangen wäre. Wenn er nur nie wegen meiner Halskette in diesen Spalt gegriffen hätte. Wenn sie mir nur nie runtergefallen wäre. Wenn er nur kein so guter Bruder gewesen wäre, der hatte wissen wollen, wieso ich weine. Wenn nur, wenn nur. *Wenn scheiß nur!*

Mit zusammengeschnürter Kehle rupfe ich die Rechnungen und Prospekte aus dem Briefkasten, ohne auch nur einen Blick darauf zu werfen. Ich hasse es, wenn ich in die Wenn-nur-Spirale abgleite. Also reiße ich mich zusammen, gehe am Haus entlang zur Seitentür und schließe auf.

Ich werfe die Post auf den Küchentresen und streife den knallvollen Rucksack ab, der auf den Stapel draufplumpst und fast noch das Gewürzregal umwirft. Ich schleppe natürlich eine ganze Büchereiladung an Schulbüchern mit mir herum. Garantiert hat von den anderen Mädchen keines seine Mathe-, Latein- und Geschichtsbücher mit nach Hause genommen.

Gleich als Nächstes gehe ich noch mal zur Tür und schließe ab, damit Mom nicht über mich herfällt, wenn sie nach Hause kommt. Eine nicht verriegelte Tür steht auf der Skala der Schicksalsherausforderungen, nach der Mom ihr ganzes Denken und Handeln ausrichtet, irgendwo zwischen nicht durchgebratenen Burgern und einer rutschigen Badewanne.

Ich greife mir eine Packung Chips und eine kalte Cola, dann gehe ich nach oben in mein Zimmer und überlege schon, wie ich Mom dazu bringen kann, dass ich zu dem Footballspiel darf. Das Argument »Der süßeste Junge der Schule hat mich eingeladen«

zieht bestimmt nicht. Ich lasse über einen Stream ein paar Songs von Mumford laufen und logge mich auf Facebook ein. Himmel. 104 Freundschaftsanfragen. Ich gehe die Liste der Leute durch. Den meisten davon wären meine leider sehr unregelmäßigen Posts gestern noch völlig egal gewesen. Ich bestätige sie alle. Genauso wie ich die Nachrichten von Leuten beantwortet habe, die ich nie als Freunde betrachtet hätte und die jetzt aber demnächst mal mit mir abhängen wollen. Wieso auch nicht? Sobald sich der Aufruhr um die Liste ein bisschen legt, vergessen die mich sowieso wieder.

Ich checke auch kurz Instagram, wo viele Schüler der Vienna High jetzt Hashtags wie #TopgirlsListe und #TopTen und, o mein *Gott*, #KenzieSummerallFünfte benutzen und es offensichtlich völlig in Ordnung finden, dass sie heute in der Schule von zehn Mädchen willkürliche Schnappschüsse gemacht haben.

Ein Foto von mir, wie ich auf dem Parkplatz mit Josh Collier rede, lässt mich überrascht blinzeln. Jemand hat mich fotografiert? Daran kann ich mich überhaupt nicht erinnern, davon habe ich nichts mitbekommen. Anderenfalls hätte ich wenigstens versucht, ihn nicht in einem Anfall von Teenager-Verzückung anzustarren, als wäre er Zeus, der herabgestiegen ist, um ein paar Herzen zu brechen.

Wobei er das schon irgendwie ist. Und früher hätte er mich nicht mal nebenbei angelächelt, aber heute hat er mich über den Parkplatz begleitet, an der Schulter berührt und zu einem Date eingeladen.

Genau das ist die Macht der Liste. Sie verschafft einem einfach Aufmerksamkeit und bei manchen Leuten könnte ich da gern drauf verzichten.

Bei Levi Sterling zum Beispiel. Unwillkürlich muss ich Josh mit dem zweiten Jungen vergleichen, der mich heute beschäftigt hat. Könnten sie überhaupt unterschiedlicher sein? Josh wirkt, jedenfalls an der Oberfläche, total strahlend und harmlos und glänzend. Levi dagegen ist dunkel und beängstigend und sexy. Alles, was ich über die beiden weiß, entstammt der Gerüchteküche beziehungsweise Beobachtungen aus der Ferne, also wende ich mich an eine verlässliche Informationsquelle für Teenager: Facebook.

Da sie beide zu der Gruppe meiner 104 neuen Freunde zählen, stalke ich los. Darin bin ich ziemlich gut, muss ich sagen. Ich weiß, wie man Freunde und Familienmitglieder durchforstet und Bilder und Tags findet, die mir alles über jemanden verraten. Und dabei bin ich nicht auf die Leute von der Vienna High beschränkt. Ich hab gelernt, wie man Leuten nachspioniert, die an der Columbia Altphilologie studieren, sogar den Professoren, die mehr auf ihre Privatsphäre bedacht sein sollten, es aber nicht sind. Ich schnappe immer gern kleine Hinweise auf, die mir vielleicht bei meiner Bewerbung helfen können.

Levi und Josh auszuspähen dürfte da mehr Spaß machen, zumal wir jetzt Facebook-Freunde sind und ich nicht nur an ihre Freundesliste und Bilder rankomme, sondern ihre Posts sehen kann. Allerdings schreibt Levi kaum mal was. Seine Bilder sind ein paar Jahre alt und nicht besonders zahlreich. Kein einziges Foto seiner Familie oder seines Zuhauses. Keine Aktivitäten oder Partyfotos, kein Rumalbern. Wahrscheinlich durfte er nichts posten, als er *im Jugendknast gesessen hat.*

Josh dagegen stellt praktisch täglich so blöde Sprüche rein wie »Nicht Schusswaffen töten Menschen, Menschen töten Menschen« – glaubt er etwa, das wäre auf seinem Mist gewachsen? Und er postet tonnenweise Fotos von sich im Football-, Basketball- und Lacrosse-Outfit und natürlich beim Quatschmachen mit seinen unzähligen Freunden.

Also dieser beliebte Kerl interessiert sich plötzlich für eine unscheinbare Lateinklub-Streberin wie mich? Ich weiß natürlich, warum; und ich bin mir nicht sicher, ob mir das gefällt. Warum war ich nicht gut genug, bevor diese Liste rausgekommen ist? Brauchte er die Bestätigung durch »Wählerstimmen« oder nimmt er mich einfach zum ersten Mal wahr? Sollte mir das vielleicht ein bisschen egal sein? Warum nicht? Was wäre so schlimm daran?

Ich finde ein Album namens »Weihnachten«, und weil ich immer noch neugierig bin, mache ich es auf und rechne damit, seine Familie zu sehen. Keine Geschwister anscheinend und auch keine Fotos von seinen Eltern. Nur wieder haufenweise Freunde und ein älterer Mann namens Rex Collier, der mit seinen weißen Haaren wohl sein Großvater sein dürfte.

Ich klicke mich weiter durch die Fotos und höre genau in dem Moment, als der Streamingdienst zur Werbung wechselt, wie die Küchentür aufgeht. Ich weiß, ich sollte Mom eine Begrüßung zurufen, aber ich bin noch nicht bereit, aus meiner Einsamkeit aufzutauchen. Und ich hab wirklich noch keine Lust auf die Diskussion, die fällig wird, sobald ich frage, ob ich zu dem Spiel darf.

Obwohl sich die meisten Menschen in meinem Alter nicht mal die Mühe machen würden zu fragen – sie würden einfach gehen. Aber die meisten mussten auch nie ihren Bruder beerdigen, also bin ich da nicht wie die anderen.

Ich klicke weiter durch Joshs Bilder und gucke mir eines an, auf dem er neben dem brandneuen 60 000-Dollar-Audi steht, den er zu seinem 16. Geburtstag bekommen hat. *Irgendwer* in dieser Familie hat Geld.

Das erinnert mich an meinen alten Accord und ich verlasse Facebook schlagartig. Ich sollte Dad anrufen und fragen, wie groß der Schaden ist, aber eigentlich will ich das gar nicht wissen. Ich mache die Musik aus, höre Mom in der Küche und warte darauf, dass sie mich ruft. Sie wird nicht raufkommen; das tut sie nie.

Ich sehe mir meine Hand an, die eigentlich kaum noch wehtut, aber Mom wird sich trotzdem aufregen. *Wie ist das passiert? Wer hat dir das angetan? Wieso warst du nicht vorsichtiger? War die Tür rostig? Brauchst du eine Tetanusimpfung?*

Mir schnürt sich die Kehle zu und ein ebenso vertrautes wie unwillkommenes Gewicht senkt sich auf meine Brust. »Das Ersticken der Kenzie Summerall« steht kurz bevor und es macht mich jetzt schon total fertig.

Unten ist es ruhig, also schließe ich die Augen und frage mich, wieso Mom bis jetzt noch nicht gerufen hat. Schlechter Tag in der Kanzlei? Manchmal machen diese Lästermäuler von Rechtsanwaltssekretärinnen sie schier wahnsinnig und ich kriege es dann in Gestalt von schlechter Laune ab. Meistens will sie aber unbedingt wissen, wie mein Tag war, und sich davon überzeugen, dass ich ihn überlebt habe. Im wahrsten Sinne des Wortes.

Ich hab längst beschlossen, ihr nichts von der Topgirls-Liste zu sagen. Meine Eltern sind nicht in Vienna aufgewachsen und ahnen nicht einmal etwas von dieser speziellen Highschool-Tradition; da gibt es echt keinen Grund, ihnen davon zu erzählen. Dann hätte Mom nur wieder was, worüber sie sich Sorgen machen kann. *Ach, Kenzie, und wenn durch diesen ganzen Wirbel nun ein Perverser auf dich aufmerksam wird?*

Ich lasse mich zurück aufs Bett fallen und spüre, wie mein Körper in die weiche Ruhe eines kleinen Nickerchens abdriftet, meine aber erneut zu hören, wie unten die Tür geht. Ist Mom noch mal rausgegangen? Hat sie was im Auto vergessen? Ich warte eine gefühlte Ewigkeit, aber die Anstrengungen des Tages lasten anscheinend richtig schwer auf mir.

Bilder von Levi Sterling und Josh Collier prallen in meinem Kopf aufeinander, der eine ganz dunkel, der andere hell, als wären sie Verkörperungen von Böse und Gut. Mein Gehirn spielt mir Streiche und gibt ihnen Tiergesichter.

Hac urget lupus, hac canis.

Die lateinischen Worte treiben durch meinen Kopf und ich muss für die wörtliche Übersetzung ein bisschen tiefer graben als sonst immer. Aber dann fällt es mir ein: *Hier lauert ein Wolf und dort ein Hund.* Ich weiß, das bedeutet Ärger von beiden Seiten, aber ist nicht ein Hund ein bisschen weniger gefährlich als ein Wolf? Levi ist definitiv der Wolf. Aber zugleich ist er derjenige, der mich ein bisschen schwach werden lässt ... na ja, mehr als ein bisschen.

Ich muss so heftig gähnen, dass meine Kiefer knacken und mich am ganzen Körper ein Schauer durchläuft, wodurch ich noch tiefer ins Nichts absinke. Ich bin so unglaublich müde. Ich muss schlafen. Ich muss ...

Neben mir klingelt mein Handy, dicht genug am Ohr, um mich wieder aus dem Schlaf zu reißen. Wow, dieses Beliebtsein ist ganz schön anstrengend. Ich wende den Kopf herum, was irgendwie alles ist, was ich gerade schaffe, und sehe auf das Display.

Mom. Mom ruft an. Moment mal. Was? Wie kann das sein? Ach, wahrscheinlich hat sie sich ausgeschlossen, als sie den Müll rausgebracht hat oder so. Das ist mal wieder typisch für sie, die Frau mit den tausend Schlössern. Ich greife nach dem Handy und bin mir vage bewusst, dass mir mein Nickerchen Kopfschmerzen und einen komischen Geruch in der Nase eingebracht hat … nach verfaulten Eiern. Ekelhaft. Was stinkt denn da so?

Ich greife zum Handy. »Hallo.«

»Schatz, tut mir total leid, dass es so spät wird.«

Ich blinzle, um wach zu werden, was gar nicht so leicht ist. »Wie meinst du das?«

»Mr Hoyt hatte eine eidesstattliche Aussage und wollte, dass ich bleibe, bis der Klient weg ist. Ich weiß, du bist schon zu Hause, seit einer Stunde jetzt? Ist alles in Ordnung?«

»Hab ich dich nicht eben …« Mir bleibt die Stimme weg; dafür stellen sich sämtliche Härchen auf meinen Armen und im Nacken auf. »Dann bist du gar nicht … zu Hause?«

»Wo bist du, Kenzie?«, fragt sie scharf.

»In meinem Zimmer.« Ich drehe mich im Bett auf die andere Seite. Mein Herz schlägt wie wild gegen die Rippen. »Ich bin eingeschlafen.«

Nachdem ich gehört habe, wie du nach Hause gekommen bist.

»Bist du krank? Hast du Fieber?«

Ich reite nie, *niemals* auf etwas herum, das ihr Sorgen bereitet, aber … habe ich nicht jemanden unten gehört?

Ich weiß noch, dass ich die Tür abgeschlossen habe. Ich hab meinen Rucksack abgestellt, den Schlüssel umgedreht, die Post hingelegt … oder nicht? Mein Gehirn ist wie eine träge Nebeldecke.

»Kenzie? Geht es dir gut?« Ihre Stimme erreicht die vertraute Panik ersten Grades. Das ist noch meilenweit weg von Alarmstufe Rot, zu der sie durchaus fähig ist (reserviert fürs Linksabbiegen, ganz gleich wie weit das herannahende Auto noch weg ist), aber sie ist jetzt definitiv beunruhigt.

Also natürlich voll in ihrem Element.

»Mir geht's prima, Mom, bin bloß schläfrig.« Nur starre ich auf meine offene Tür und erwarte fast schon, dass gleich ein Axtmörder ins Zimmer gesprungen kommt. Ich weiß genau, dass ich etwas gehört habe.

Ich kneife die Augen zu; schließlich kann ich meine eigenen Ängste mindestens genauso gut zurückdrängen, wie ich denen meiner Mutter ausweichen kann. Ich muss mir die Geräusche definitiv eingebildet haben.

»Konntest du letzte Nacht nicht schlafen? Davon hast du mir gar nichts erzählt. Ist irgendwas in der Schule?«

O Mann, da haben wir's. »Das war ein Nickerchen, Mom, kein Koma.«

Mein Sarkasmus lässt sie seufzen. »Keine halbe Stunde mehr, dann bin ich da.«

»Alles klar.« Dann fällt mir das Footballspiel ein. »Ach, Mom, hast du schon irgendwelche Pläne für heute Abend?«

»Nur Burger und Pommes, Schatz. Ich dachte, wir könnten einen Film gucken.«

Rums, klappen meine Augen zu. Sie ist einsam, ich weiß, und wenn Dad nicht vorbeikommt, hat sie nur mich. Und schuld daran ist wer? Ich. »Ach so, gut.«

»Weshalb fragst du?«

»Ich dachte nur ...« Dieser Geruch steigt mir wieder in die

Nase, ekelhaft und eindeutig stärker. »Ich dachte, ich gehe vielleicht zu dem Footballspiel in der Schule.«

»Ach, Kenzie.« Ich kann richtig hören, wie sie nach Gründen sucht, wieso kein sicherheitsbewusster oder vernünftiger Mensch zum Highschool-Football gehen sollte. »Hältst du das für eine gute Idee?«

»Ja, Mom.« Ich versuche mir jede Zickigkeit zu verkneifen, aber manchmal fällt mir das wirklich schwer. Eigentlich möchte ich sagen: *Ich finde, an einem angenehmen Herbstabend zu einem Footballspiel zu gehen, wenn du sechzehn bist und der heißeste Junge der Mannschaft dich eingeladen hat, ist eine ganz hervorragende Idee.* Nicht mein Respekt vor ihr hält mich davon ab; ich hab nur gerade einfach nicht die Energie für einen Streit.

»Wir besprechen das, sobald ich zu Hause bin, Kenzie. Pass auf dich auf.«

Ich antworte nicht, weil ich mich total kaputt fühle und die Kopfschmerzen noch schlimmer geworden sind. Außerdem ist »Pass auf dich auf« sowieso ihr Standardspruch zum Abschied. Ich weiß schon lange, dass das ihr Ersatz für »Ich hab dich lieb« ist und warte nicht mehr darauf, das Original zu hören.

Ich lege auf und starre weiter in den Flur. Die Tür gegenüber ist natürlich zu. Conners Zimmer bleibt genauso, wie es an dem Tag gewesen ist, als er nach der Schule zu seinem Job gegangen ist und mich mitgenommen hat, weil ich nicht allein zu Hause sein wollte.

Ich bleibe ganz still und lausche, bin aber trotz des Adrenalinschubs immer noch todmüde. Wenn ich mich nicht bewege, schlafe ich jeden Moment wieder ein, so viel ist klar. Ich kämpfe mit denselben körperlichen Schmerzen, die ich spüre, wenn mein Wecker um halb sieben loslegt, und wälze mich langsam aus dem Bett.

Ich muss runter und nachgucken, ob ich wirklich abgeschlossen habe.

Ich schüttle meinen Kopf, um ihn klarzubekommen, und gehe hinaus auf den Flur. Puh, hier stinkt es noch schlimmer.

Mein Puls ist so laut in meinen Ohren, dass ich kaum meine eigenen Schritte hören kann, geschweige denn, ob sich unten jemand bewegt. Ich ergreife das Treppengeländer und spähe ins Erdgeschoss.

»Ist da jemand?«, frage ich und komme mir prompt unglaublich blöd vor. Und irgendwie ist mir ... komisch.

Übelkeit macht sich in meinem Magen breit und ich halte mich jetzt richtig fest, während ich langsam meine Schritte setze.

Das Haus ist totenstill, aber der Gestank wird stärker. Auf der letzten Stufe zögere ich und muss mich immer noch am Geländer festhalten. Das ist verrückt. Ich habe mir völlig grundlos selber Angst gemacht.

Ich mache einen Satz um die Ecke herum und lande im leeren, stillen Esszimmer.

Jetzt komme ich mir erst richtig dumm vor. Und verdammt, mir ist schwindelig. Ich gehe zur Küche, weil ich mir doch absolut sicher bin, Mom da drin gehört zu haben. Aber der Raum ist genauso still und ruhig und leer wie beim Nachhausekommen. Ich gehe zur Tür und überprüfe das Schloss – es ist natürlich verriegelt, wie es sich gehört.

Na schön, dann war es also nur meine überschäumende Fantasie. Aber was ist das für ein Gestank? Als hätte jemand eine Stinkbombe platzen lassen, verdammt.

Ich drehe mich im Kreis und mein Blick springt vom Türschloss zu meinem Rucksack, zur Post, zur halb geöffneten Tür vom Küchenschrank. Habe ich die offen stehen lassen? Wieder läuft mir ein Schauder die Arme entlang, denn ich schwöre, ich habe diese Tür zugemacht. Ich gehe einen Schritt näher und dann bemerke ich etwas.

Ein leises, kaum hörbares langsames ... *Zischen.*

Was zum Teufel ist das für ein Geräusch?

Ich sehe zum Herd. Der Knopf für die hintere Kochplatte ist nach rechts gedreht – *an* –, aber es gibt keine Flamme. Was hat das zu bedeuten?

Es bedeutet, dass sich im ganzen Haus giftiges Gas ausgebreitet hat, und wenn mir das nicht gerade aufgefallen wäre, hätte es mich in ungefähr zehn Minuten getötet.

KAPITEL VI

Ich stürze zum Herd und drehe den Knopf so fest herum, dass er abreißt. Mit einem Aufschrei beuge ich mich dichter heran und lausche auf das Geräusch des ausströmenden Gases. Komplett ausgedreht. Aber wie –

Nein. Nicht jetzt. Wenn ich jetzt darüber nachdenke, flippe ich aus. Oder schlimmer noch – dann verliere ich das Bewusstsein. Ich muss hier raus.

Hätte Mom mich nicht angerufen, wäre ich im Schlaf gestorben!

Ich schalte hektisch die Dunstabzugshaube auf die höchste Stufe, laufe zur Küchentür, schließe mit bebenden Fingern auf und stoße sie auf. Völlig egal wer da draußen ist oder hier drin war ...

Denkste. Gar nicht egal.

Ich fülle meine Lunge mit Luft und schnaufe und keuche dabei wie jemand, der unter Wasser gedrückt worden ist. Sofort bin ich wieder ein bisschen klarer und sehe mich um, wobei ich keine Ahnung habe, nach was oder wem. Mir schießen tausend Gedanken durch den Kopf.

Ist jemand eingebrochen? Hat Mom den Herd heute früh angelassen? Ist Dad da gewesen? Oder war es jemand anders? Bin ich aus Versehen an den Knopf gekommen? Hatte ich die Tür wirklich abgeschlossen? Was habe ich gehört, als ich dachte, es sei Mom?

Aber die Fragen sind alle nur Hintergrundgeräusche für die Worte, die mein Gehirn brüllt.

Ich wäre fast gestorben. Um ein Haar gestorben. *Um ein verdammtes Haar ... zum zweiten Mal in weniger als vierundzwanzig Stunden.*

Der Garten neben dem Haus ist leer, bis auf die Mülltonnen, die aufgereiht und mit zugeklappten Deckeln dastehen, so wie Mom es haben möchte. So möchte Mom alles haben – ordentlich. Sie ist fanatisch, was Ordnung betrifft. Und Sicherheit. Und Pünktlichkeit. Und sie checkt den Herd bestimmt zehn Mal am Tag, einschließlich vor dem Schlafengehen und vorm Verlassen des Hauses, selbst wenn ihn niemand benutzt hat.

So ist sie einfach.

Wer also hat an dem Herd rumgefummelt? Ein einziger Funke, und das ganze Haus wäre in die Luft geflogen!

Ich kann jetzt klarer denken, mein Atem geht gleichmäßiger und mein Puls ist annähernd ... nein, normal noch nicht. Aber ich wage mich wieder rein, stehe ganz still da und versuche mir vorzustellen, was in aller Welt hier passiert ist.

Ich schaffe es nicht. Darauf gibt es absolut keine Antwort. Hier drin war niemand.

Aber ich *habe* Schritte gehört. Oder doch nicht? Ich war so schläfrig ... Natürlich war ich das! Ich habe Gift eingeatmet und beim Tod angeklopft.

Mit einem angstvollen Seufzen öffne ich den Schrank unter dem Kochfeld, obwohl ich gar nicht weiß, wonach ich eigentlich suche, und sehe sofort, dass dort ein Kabel hängt, das aus der Steckdose in der Wand gezogen worden ist. Ich erinnere mich noch vage daran, wie Dad darüber gesprochen hat, als er das neue Gas-Kochfeld eingebaut hat. Irgendwas von einem Zünder – der sicherstellt, dass es eine Flamme gibt und wir kein Gas einatmen. Wieso ist das Ding nicht mehr eingesteckt? Und wieso war der eine Knopf angedreht?

Ich stöpsle den Stecker wieder ein und lasse mich auf einen Stuhl fallen. Die Abzugshaube ist laut genug, um meine Überlegungen zu übertönen, und der Gasgeruch lässt eindeutig schon nach. Aber ich muss das ganze Haus lüften und dann muss ich ...

Mom anrufen.

Von oben höre ich das leise *Ping*, mit dem mein Handy eine neue Nachricht meldet. Eindeutig Mom im gesteigerten Sorgenmodus. Und aus gutem Grund. Ich trabe die Treppe rauf, um ihr zu versichern, dass ich noch lebe – ausnahmsweise ohne Witz. Das Handy liegt neben meinem Laptop auf dem Bett. Ich entsperre das Display und sehe eine unbekannte Nummer.

Noch mehr Leute, die sich mit mir anfreunden wollen? Die mich irgendwohin mitnehmen wollen, obwohl ich sie kaum kenne? Ich rufe die Nachricht auf und lese.

Lares et penates, Quinte? Aut viam inveniam aut faciam.

Was? Beim zweiten Satz macht es sofort klick – *Entweder ich finde einen Weg oder ich baue einen.* Die lernt jeder Lateinschüler gleich, wenn es mit Redewendungen losgeht.

Aber was soll das heißen? Wer hat mir das geschickt? Und *lares et penates?* Da klingelt überhaupt nichts. Mit immer noch zitternden Fingern schnappe ich mir das Lateinbuch und schaffe es, zum Glossar zu blättern. Hoffentlich ist die Übersetzung drin. Kann sein, dass ich sie kenne, aber mein Verstand hakt gerade. Und wie der hakt ...

Die Laren und Penaten sind die römischen Schutzgeister der Familie. Mir brennen die Augen, als ich den kurzen Absatz lese. »Götter, die über die Sicherheit und das Wohlergehen des Haushalts gewacht haben.« Ich lasse das Buch langsam sinken, weil ich schlicht nicht aushalte, was das bedeutet. Wer immer mir die Nachricht geschickt hat, weiß, was gerade passiert ist.

Dann fällt mein Blick auf den letzten Satz. »Die Penaten waren für den Herd und die Vorratskammer oder den Lagerraum zuständig.«

Ich schnappe mir das Handy, weiche zurück und drücke blindlings die Knöpfe, die das Ding komplett abschalten, damit bloß keine neue gruselige Nachricht mehr ankommen kann. Als ich mich zur Tür umdrehe, bin ich mir sicher, gleich in die Augen eines Mörders zu sehen. Aber da ist niemand ... nur die geschlossene Tür vom Zimmer meines Bruders. *Der in einem Lagerraum gestorben ist.*

Grauen packt mich und ich renne am ganzen Körper zitternd durch den Flur und die Treppe hinunter. Es stinkt immer noch hier drin und bald kommt Mom nach Hause. Und dann flippt sie aus, aber richtig.

Was ist schlimmer? Dieser ... Stalker – oder Mom, wenn sie erfährt, dass ich fast gestorben wäre? Die Antwort liegt auf der Hand, also öffne ich die Küchenfenster und sehe immer noch diese Textnachricht vor mir. Er hat mich *Quinte* genannt.

Fünfte.

Das Festnetztelefon klingelt und ich mache einen Satz und kreische auf wie eine verängstigte Katze. Sofort überwältigt mich wieder dieses Grauen. Bei uns zu Hause ruft nie jemand an. Nie. Wir machen alles per Handy; den Festnetzanschluss haben wir nur noch für den Fall, dass das Mobilnetz zusammenbricht und wir der Feuerwehr sagen müssen, wo wir sind.

Das schrille Klingeln hört nicht auf. Und wenn das wieder so eine Botschaft auf Latein ist? Wenn derjenige, der im Haus gewesen ist, jetzt anruft und mir sagt ... *caveat.*

Nimm dich in Acht.

Mir fällt etwas ein und ich greife zum Hörer: Festnetzanrufe lassen sich zurückverfolgen.

Ich wappne mich für die absolut schlimmste, leise gehauchte Gänsehaut-Warnung und gehe ran. »Hallo?«

»Da bist du ja, Kenzie.« Ich falle fast in Ohnmacht, als ich die Stimme meines Vaters erkenne.

Vielleicht sollte ich es Dad sagen. Dad könnte mir helfen, stimmt's? Dad würde es ernst nehmen, ohne gleich auszuflippen.

»Ja, ich war die ganze Zeit hier.« Mir schwirrt der Kopf.

»Ich hab dich ungefähr vier Mal auf dem Handy angerufen.« Er klingt eher erschöpft als genervt.

»Ich hab's oben liegenlassen.« Ich schließe die Augen und versuche die richtigen Worte zu finden, mit denen ich ihm sagen kann, was passiert ist. Es gelingt mir nicht.

»Ich wollte mit dir wegen deines Autos reden. Ich hab den Kostenvoranschlag bekommen.«

Ihm ist anzuhören, dass es schlechte Neuigkeiten sind. Aber sind sie schlimmer als: *Irgendein irrer Mörder, der Latein kann, hätte mich fast umgebracht?*

»Sieht übel aus, oder?«, frage ich matt.

»Sehr übel. Aber mehr Sorgen mache ich mir wegen der Geschichte mit den Bremsen, Kenzie. Guckst du denn nie auf das Armaturenbrett?«

»Na und ob ich das tue.«

»Und wieso hast du dann die Warnleuchte übersehen, die angezeigt hat, dass die Bremsflüssigkeit erneuert werden muss?« Ich schließe die Augen und stelle mir das Armaturenbrett vor.

»Die hat nicht gebrannt.«

»Muss sie aber«, beharrt er.

»Dad.« Ich kenne doch wohl mein Armaturenbrett. »Ich habe nie eine Warnleuchte brennen sehen. Was war denn los?«

»Das können sie noch nicht sagen. Der Schaden am Wagen ist so groß, dass sich noch nicht beurteilen lässt, wieso die Bremsleitung undicht geworden oder gerissen ist, aber es ist genug Flüssigkeit ausgetreten, um ein Bremsversagen herbeizuführen.«

Ich atme schnaubend aus. »Ich habe keine Warnleuchte brennen sehen, Dad. Wie ist es passiert? Wie geht so eine Leitung kaputt?«

»Normalerweise, indem man auf etwas rauffährt, oder einfach durch Verschleiß. Das Auto hat 140000 Meilen auf dem Tacho.«

»Das weiß ich.« Ich drücke eine Hand an meine Schläfe. Dort pocht jetzt, da das Gas abzieht, eine ganz andere Art von Kopfschmerzen. Irgendetwas wühlt da drin und lässt mir keine Ruhe. Ich muss Bescheid wissen. »Könnte das auch irgendwie anders passiert sein, Dad?«

Er schnaubt. »Außer dass jemand die Leitung durchtrennt hat? Nein.«

O Gott. Ich muss mich an einem Küchenstuhl festhalten.

»Du musst die Bremsen regelmäßig kontrollieren lassen, junge Dame.«

»Okay.«

»Du willst schließlich nicht noch mal einen Unfall bauen.«

Nur dass es eben beinahe zu einem gekommen wäre.

»Ist deine Mutter zu Hause?«

»Bis jetzt noch nicht. Sie musste länger bleiben.«

»Ja, Mr Hoyt hatte heute eine eidesstattliche Aussage.« Dass er Moms Termine weiß, überrascht mich nicht wirklich. »Jetzt hör mir mal zu«, sagt er barsch. »Du erzählst deiner Mutter auf gar keinen Fall etwas von der Bremsleitung.«

»Ich weiß, dass sie dann ausrastet, Dad, aber —«

»Nein, Kenzie. Tu ihr das nicht an. Sie wird nur krank vor Sorge.«

Sie bedeutet ihm wirklich was. Das ist nichts Neues, aber es gibt mir immer wieder aufs Neue einen Stich und erfüllt mich mit brutalen Schuldgefühlen und mit Traurigkeit. Wäre Conner nicht gestorben, dann wären sie immer noch zusammen.

»Diese Woche kann sie damit nicht umgehen«, fügt er hinzu.

»Was ist denn diese Woche?«

Er seufzt. »Erzähl's ihr einfach nicht. Und die Reparaturkosten übernehme ich erst mal. Wir können das später regeln.«

Damit legt er auf. Ich merke, dass ich immer noch mein Handy in der Hand halte, also schalte ich es wieder ein und es meldet sofort eine neue Nachricht. Nein, nicht schon wieder!

Aber sie kommt von Olivia Thayne, dem Topgirl Nummer eins.

Heute Abend Party im Keystone-Steinbruch. Bist du dabei?

Ich gehe wieder zur Nachrichtenliste, um mich dieser Botschaft auf Latein noch mal zu stellen, aber ... Das gibt's doch nicht. Die Nachricht ist weg. Habe ich sie mir eingebildet? Ausgelöst durch diese Gasvergiftung oder so?

Mein Blick fällt auf den Kalender in der Ecke des Displays und ich zucke zusammen. Wie konnte ich vergessen, welches Datum näher rückt und wieso Dad sich wegen Mom Sorgen macht? Nächste Woche vor zwei Jahren ist Conner verunglückt. Verunglückt, weil er mir einen Gefallen tun wollte.

Das Geräusch von Moms Wagentür reißt mich in die Gegenwart zurück. Ich weiß jetzt genau, was ich heute Abend machen werde. Kein Footballspiel. Keine Party im Steinbruch. Sondern Burger, Fritten, ein Spielfilm und freundliches Schweigen mit meiner Mom. So viel wenigstens bin ich ihr schuldig.

KAPITEL VII

Mom hat mich bereits gefragt, ob ich den Samstag mit ihr verbringe, was auf eine Fahrt zu Sam's Club hinausläuft, auch bekannt als meine persönliche Hölle in Gestalt eines Riesenkastens von Kaufhaus. Ich will mich nicht mit ihr streiten, zumal wir den Abend ohne Zoff hinter uns gebracht haben. Klar, sie ist kurz wegen meiner bandagierten Hand ausgeflippt. *Du könntest dir einen resistenten Keim eingefangen haben! Welche Qualifikation hat diese Krankenschwester?* Doch nachdem sie den Verband entfernt und sich die Verletzung angesehen hatte, kam sie schnell wieder runter und entspannte sich ein bisschen. Wir beide zum Glück. Ich habe ihr natürlich nichts von dem Zwischenfall mit dem Gas erzählt. Oder vom Auto.

Bis zum Schlafengehen hatte ich mich selbst vom Naheliegenden überzeugt – jemand musste beim Wegräumen einer Bratpfanne versehentlich das Kabel gezogen haben und ich war beim Reinkommen mit dem Rucksack gegen den Drehknopf gestoßen. Das Geräusch in der Küche? Ein altes Haus arbeitet eben. Die Textnachricht? Durch das Gas hatte mir mein Verstand offensichtlich einen Streich gespielt, denn beim nächsten Blick aufs Handy war die Nachricht weg gewesen. Nachrichten löschen sich nicht von allein.

Aber einen Shopping-Tag mit Mom ertrage ich heute nicht. Molly rettet mich und lädt mich zum Übernachten zu sich nach Hause ein. Das wird Mom nicht gefallen, aber ich habe sämtliche Gründe parat, warum ich die Einladung annehmen sollte. Ich esse Frühstücksflocken und warte, dass sie reinkommt.

Als es dann so weit ist, bewegt sie sich langsam und sieht viel, viel älter aus als vierundvierzig. Sie wehrt sich kaum dagegen, dass ihre Haare grau werden und ihre Wangen erschlaffen. Das bereitet mir gleich wieder Schuldgefühle. Vor zwei Jahren, als unser Haus noch voller Leben und unsere Familie heil gewesen ist und nicht nur wir uns der wohlwollenden Herrschaft des Goldjungen Conner Summerall erfreut haben, da hat Mom sein Leuchten als eine glückliche, schöne, fitte Frau reflektiert. Diese Frau ist an dem Tag gestorben, als sie ihren sechzehnjährigen Sohn beerdigt hat.

»Dann heute also Sam's?«, fragt sie mit einer Munterkeit, von der ich jedes Mal denke, dass sie sie um meinetwillen vortäuscht.

»Ich gehe heute zu Molly.«

Sie runzelt die Stirn.

»Mit Übernachten«, füge ich hinzu, damit gleich alles auf dem Tisch ist.

Sie weicht zurück und bringt sich in Stellung. »Kann sie nicht hier schlafen?«

Das war immer ihre Lösung. Übernachtungen waren okay, wenn sie dabei auf potenzielle Gefahren achtgeben konnte. Gott, ich möchte normal sein. Ich möchte auf Partys gehen und zu Footballspielen und zu Dates. Und zum ersten Mal erwarten mich in Zukunft solche Sachen – dank der Liste. Ich muss mich von Moms Ängsten befreien.

»Sie kann nicht«, sage ich. »Ich muss zu ihr kommen.«

Mom bereitet mechanisch eine Tasse Kaffee zu und an ihrem Gesichtsausdruck lässt sich erahnen, dass sie ernsthaft darüber nachdenkt, Ja zu sagen. Ich klammere mich an diese Hoffnung. »Dann wirst du Dad verpassen. Er kommt zum Abendessen.« Hey, das ist fast schon ein Ja. »Na, ist doch gut. Dann bist du nicht alleine.« Weil ich im tiefsten Innern nicht möchte, dass sie allein zu Haus ist. Und Dad wird natürlich im Wohnzimmer auf der Couch schlafen, das weiß ich genau; erst trinkt er was und dann lässt Mom ihn nicht mehr Auto fahren. Wer weiß, wenn ich nicht da bin, schläft er ja vielleicht da, wo er hingehört ... bei Mom im Bett.

»Wann wolltest du denn los?«, fragt sie.

»Demnächst irgendwann. Du brauchst nicht auf mich zu warten. Molly kann mich abholen oder ich fahre mit dem Rad.«

Sie wirft mir einen Blick zu. »Setz deinen Helm auf.«

Ja! Aber ich bleibe cool und lächle und halte einen Daumen hoch. Wie gut, dass ich gestern Abend bei ihr geblieben bin!

Sumo vestri proeliis. Wähle deine Schlachten mit Bedacht, Mädchen. Und die hier habe ich gewonnen.

Eine Stunde später radle ich rüber zu Molly, mit Wind in den Haaren (ohne Helm – die totale Rebellin) und keinem einzigen Buch im Rucksack, nur Übernachtungssachen. Keine schlechte Leistung für eine Langweilerin, die sonst immer das ganze Wochenende lernt. Ich muss richtig grinsen.

Weil, hey, das mit der Langweilerin ist seit gestern vorbei. Jungs graben mich an, alle in der Schule kennen mich, meine sozialen Netzwerke fließen über vor neuen Freunden und selbst Mom scheint die Rundmail gekriegt zu haben, dass Kenzie Sum-

77

merall die Beliebtheitsskala raufgerutscht ist. Und Molly nehme ich mit.

In meiner Begeisterung trete ich kräftiger in die Pedale. Ich will ihr das alles unbedingt erzählen.

Die letzten Überreste eines schönen Herbstes haben die Welt unter einem blauen Himmel in Bernstein getaucht. Ich fahre um die Kurven und über die Hügel und summe im Kopf ein Lied.

Ich achte kaum auf die Backsteinhäuser oder fast kahlen Bäume und auf diesen Straßen gibt es gar nicht genug Verkehr, dass ich auf Autos aufpassen müsste. Stattdessen schweifen meine Gedanken zu Levi Sterling ab und bleiben da auch, während ich an der Mittelschule von Cedar Hills vorbeifahre, auf die ich früher gegangen bin und die ungefähr in der Mitte auf dem Weg zwischen Molly und mir liegt.

Ich nehme die Abkürzung über den Lehrerparkplatz und an einem Basketballplatz vorbei, wo ein paar Jungs Körbe werfen. An der Baldrick Road hinter dem Schulgelände halte ich an der Fußgängerampel und drücke den Knopf, obwohl niemand an diesem ruhigen Samstagnachmittag im hügeligen Viertel von Cedar Hills mit dem Auto unterwegs ist.

Ich weiß, dass diese Ampel ewig braucht zum Umschalten, weil sie vor einer Schule steht. Soll ich warten?

Ich sehe nach links und rechts – nirgendwo ein Auto. Also rolle ich von der Bordsteinkante und sehe wieder nach der roten Fußgängerampel, die ich gerade überfahre. Dann höre ich einen Motor und sehe links einen dunklen Wagen vom Schulparkplatz fahren.

Hoffentlich biegt er nicht nach rechts ab. Ich trete fester in die Pedale, die plötzlich so schwergängig sind, dass es sich anfühlt, als würde ich durch Schlamm fahren, aber ich erreiche die Mitte der Fahrbahn. Zurück auf den Gehweg kann ich jetzt nicht mehr und ich muss noch drei Spuren rüber nach links wechseln, als der Fahrer Gas gibt. Ich sehe über die Schulter nach hinten, und da ist ein Truck auf der Straße und hält genau auf mich zu.

Einen Moment lang bin ich ganz starr und überlege hektisch: Wieder den Bordstein hoch geht nicht; wenn ich weiterfahre, überfährt er mich vielleicht, also ... bitte *anhalten*.

Aber der Truck kommt immer näher und ich eiere noch mitten auf der Kreuzung rum. Spontan beschließe ich, es noch vor ihm rüber auf die andere Straßenseite zu schaffen. Ich strample los und mein Puls rauscht mir bis in die Ohren. Gerade als ich auf die letzte Spur wechsle, zischt der Truck hinter mir vorbei.

Musste das sein, du Arsch? Stimmt, ich bin bei Rot rübergefahren, aber ernsthaft? Ich reiße den Kopf herum und funkle getönte Fenster an, die so dunkel sind, dass man unmöglich ein Gesicht ausmachen kann. Trotzdem starre ich mit rechtschaffener Entrüstung hin, achte nicht auf mein Gleichgewicht und fange an zu wackeln.

Ich schaffe es, mich mit dem Fuß abzustützen, bevor ich umfalle, und als ich wieder hinsehe, ist der Truck schon weit weg. Kurz bevor er an der nächsten Kreuzung abbiegt, gleitet die Seitenscheibe runter, der Fahrer streckt die Hand raus und winkt mir zu. Er hat *gewinkt*?

So ein *Idiot*!

Zitternd steige ich vom Rad, schiebe es auf den Gehweg und starre immer noch die Straße runter, aber der Truck verschwindet. Hat er mir gerade einfach zugewinkt, als ob das Ganze für ihn ein Witz war?

Ich runzle die Stirn und sehe immer noch seine weit ausgestreckte Hand vor mir. Nein, das war kein *Winken*. Das war ... die Zahl fünf!

Gezeigt vom Fahrer eines dunklen Pick-ups, der ganz ähnlich aussah wie der, von dem ich neulich Abend beinahe totgefahren worden wäre.

Ich packe die Lenkergriffe, um nicht umzukippen, und hole tief Luft. Ich muss damit aufhören. Ich hab sowieso eine blühende Fantasie, die noch dazu von meiner Mom angeheizt wird, aber jetzt dreht sie echt durch. Das muss aufhören.

In Vienna fahren tausend dunkle Pick-ups rum und der Typ wollte sich bloß entschuldigen. Richtig? Er hat wahrscheinlich gerade telefoniert oder eine Nachricht geschrieben und hat mich erst wahrgenommen, als er an mir vorbeigerauscht ist.

Wir wollen auch nicht vergessen, dass ich mitten auf der Kreuzung war, anstatt auf die grüne Ampel zu warten.

Niemand hat gerade versucht mich zu töten! Ich hab mich nur selbst fast umgebracht.

Wenn es überhaupt noch irgendwelche Hoffnung für mein weiteres Leben geben soll, dann muss ich aufhören, ständig überall tödliche Unfälle zu wittern, die auf mich lauern. Und ich darf diese alten Sorgen auf gar keinen Fall mit dieser banalen Topgirls-Liste in Zusammenhang bringen, nur weil da einer mit fünf Fingern gewackelt hat.

Molly wird mir helfen. Sie wird die positiven Seiten der Liste betonen. Neue Freunde, neue Beliebtheit, vielleicht sogar ein neuer Freund!

Ich strample die Steigung zu Mollys Haus rauf und ärgere mich so sehr über mich selbst, dass ich kaum merke, wie steil sie ist. Mit jedem angestrengten Pedaltritt wird der Vortrag, den ich mir im Kopf halte, eindringlicher.

Ich hatte also neulich Abend einen Autounfall. Ich hab ein paar seltsame Nachrichten bekommen und sie aus Versehen gelöscht. Und ich hatte gestern ein kleines Problem mit dem Gasherd. Und eben beim Radfahren habe ich einen dummen Fehler gemacht.

Ich werde mich nicht in meine Mutter verwandeln.

Mein Ziel – das moderne rote Terrassenhaus auf dem Hügel – fest im Blick sehe ich plötzlich, wie Molly raus zur Auffahrt gelaufen kommt und mir hektisch zuwinkt.

»Hey!«, rufe ich außer Atem und muss lachen, weil die letzten dreißig Meter so anstrengend sind.

»Beeil dich, Kenzie!« Bei dem ängstlichen Unterton in ihrer Stimme stockt mir das Herz. Irgendetwas stimmt da ganz und gar nicht.

Ich steige ab. »Was ist denn —«

»Hast du das von Olivia Thayne gehört?«

Ich kann sie nur anstarren. Meine Kehle ist so zugeschnürt, dass ich kein Wort herausbringe. Ich schüttle den Kopf.

»Sie hat gestern Nacht während einer Party beim Steinbruch einen Kopfsprung in den See gemacht.« Molly zieht mich an sich. »Sie ist tot, Kenzie.«

KAPITEL VIII

»Alle treffen sich bei der Schule«, sagt Molly eine Stunde später, während wir immer noch die sozialen Netzwerke durchforsten, Nachrichten lesen und wie verrückt versuchen, den Schock zu verarbeiten.»Schau.«

Sie dreht ihr Handy zu mir herum, so dass ich den neuesten Tweet mit dem Hashtag #TrauerUmOlivia, der sich seit zwanzig Minuten auf Twitter verbreitet, lesen kann.

»Wieso?«, frage ich.

»Um darüber zu reden, vermutlich.« Sie wälzt sich vom Bett und fängt an, in ihren Sachen nach einer Jacke zu suchen, aber ich bleibe liegen.

»Ich will heute nicht in die Schule, Moll.« Ich will das erst noch ein bisschen verdauen. Und Gott, ich will ihr die ganzen komischen Sachen erzählen, die gerade passiert sind, damit sie mir klarmachen kann, wie albern es ist, auch nur versuchsweise einen Zusammenhang zwischen dem Unfall, dem ausströmenden Gas und dem Pick-up, der mich fast über den Haufen gefahren hat, herzustellen. Und jetzt auch noch Olivias Tod. Aber aus irgendeinem Grunde kommt es mir dermaßen lahm vor, das alles in Worte zu fassen, dass ich es gar nicht erwähnen kann. Wozu sollte ich überhaupt damit anfangen?

»Nicht *in* die Schule«, sagt Molly. »Alle sind auf dem Parkplatz. Wir müssen dahin. Wir sind ihre Mitschüler, Kenzie.« Sie seufzt. »Also, wir waren.«

Aber ich hab nie viel mit Olivia Thayne zu tun gehabt, außer ich zähle die Tatsache mit, dass sie mich zu der Party im Steinbruch eingeladen hat. Auf der sie gestorben ist.

Mollys Kopf taucht aus einem Kapuzenpulli auf und sie verwuschelt sich vor dem Spiegel die Haare. »Wäre Schminken unangebracht?«

»Unangebracht? Es wäre gar nicht deine Art und ... Wieso denn?«

Sie dreht sich um, ihre braunen Augen nur Schlitze. »Weil sich coole Mädchen eben schminken.« Beim letzten Wort hebt sie die Stimme, fast wie bei einer Frage, als ob sie gar nicht so genau weiß, was coole Mädchen tun.

»Dann kann ich's ja wohl kaum wissen«, sage ich trocken.

»Na, dann finde es halt mal raus, du bist jetzt nämlich auch eines. Und ich damit auch, stimmt's?«

»Stimmt.«

»Ach, und übrigens ...« Sie wendet sich wieder dem Spiegel zu und bürstet ihre schulterlangen Haare. »Josh ist auch da.«

Ich warte darauf, dass mein Herz einen Satz macht oder zu klopfen anfängt oder wenigstens einen kleinen Stepptanz aufführt. Nichts. »Echt?«

Sie lächelt und fängt meinen Blick im Spiegel ein. »Willst du jetzt mitkommen?«

Will ich? »Schon irgendwie krank, den tragischen Tod einer Mitschülerin dafür zu missbrauchen, einen Typen zu treffen.«

»Dann ist das ein Ja?«

»Keine Ahnung. Vor zwei Tagen wären wir nicht dahin gegangen, oder?«

Sie kann mir nicht folgen und runzelt die Stirn.

»Die Liste«, sage ich. »Du denkst, wenn sich alle treffen, gehören wir da auch hin, weil ich mit der Liste so etwas wie einen Backstage-Pass habe. Aber wir sind immer noch dieselben uncoolen Kids, die beim Orchester und beim Lateinklub mitmachen, wie am Donnerstag.«

»Ich schon, du nicht.« Sie kniet sich aufs Bett und sieht mich eindringlich an. »Du warst ja praktisch mit Olivia im selben Team.«

Ich winke ab und muss an die Bemerkung von Ms Fedder denken, der Krankenschwester. *Die meisten von uns haben Glück gehabt. Nehmen Sie sich in Acht.* Die Warnung hallt in mir nach, aber ich behalte sie für mich. Trotzdem habe ich ein komisches Ziehen im Herz. Als sollte ich zur Schule fahren und Solidarität mit dem toten Listenmädchen zeigen.

»Überleg doch mal, Kenz. In unserem Jahrgang sind wie viele Schüler – vierhundertvierzig? Auf der Liste stehen weniger als ...«

Sie legt die Stirn in Falten. »Ein paar Prozent.«

»Zwei Komma drei«, liefere ich die Lösung.

»Klugscheißerin.«

»Ja, genau. Ich bin klug und ich bin still und ich bin langweilig und ich bin *nicht* heiß, also gehöre ich auch nicht auf diese blöde Liste!« Meine Stimme ist ein bisschen zu laut und Molly weicht vor meinem Ausbruch zurück.

»Wie kannst du das sagen? Du bist doch hübsch.« Sie zieht mich von ihrem Bett herunter und dreht mich zum Spiegel. »Du hast total schöne blaue Augen.«

Ich sehe genau hin, finde aber nichts Schönes.

Sie nimmt zwei Handvoll meiner Haare und hebt sie an wie Engelsflügel. »Du hast tolle Mahagonihaare.«

»Mahagoni?« Ich lache. »Wer *redet* so?«

»Ich. Und guck dir dein Gesicht an.« Sie nimmt mein Kinn, bewegt meinen Kopf hin und her. »Kein einziger Pickel in Sicht.«

»Das macht mich noch nicht hübsch.«

»Kenzie! Was stimmt denn nicht mit dir? Du bist auf die Liste gewählt worden, wieso kannst du das nicht einfach annehmen? Deine Umgebung – und die Jungs um dich herum – sehen dich anders, als du dich selbst siehst. Es wird Zeit, dass du diese schlechte Angewohnheit hinter dir lässt, und dafür kenne ich genau den richtigen Trick.«

»Und der wäre?«

»Ein Freund. Josh Collier.«

Ich kann nicht anders, ich schnaube. »Er will doch bloß nett sein, Molly. Ich tauge nicht als Freundin für jemanden wie ihn.«

»Für wen denn dann?«

Ich brauche Mollys Meinung, also riskiere ich es. »Na, vielleicht für Levi Sterling?«

Sie prustet leise. »Das soll wohl ein Witz sein.«

Ist es einer? »Weißt du noch, wie ich dir erzählt habe, was bei meinem Schließfach passiert ist? Also kurz vor meiner Verletzung hat er mich gebeten, ähm ...« – ich greife nach ihrer Bürste und tue so, als ob ich mir unbedingt die Haare kämmen muss, nur damit ich ihr nicht in die Augen zu sehen brauche – »... ihm Nachhilfe zu geben.«

Ihr bleibt der Mund offen stehen und sie sieht mich misstrauisch an. »Das hast du doch nicht ernsthaft vor, oder?«

»Er braucht Hilfe in Mathe.«

»Du kannst doch niemandem helfen, der sowieso durchfallen wird. Der ein Serienschwänzer ist.«

Ist er das? »Na ja, er hat mich gefragt und –«

»Kenzie, der Typ bedeutet Ärger.« Sie hebt jetzt die Stimme. »Er ist eine Null. Nichts als ein Loser auf dem Weg ins Gefängnis. Wo er bereits eine Zelle mit seinem Namen hat, wie man hört.«

»Wie man *hört.* Aber *wissen* wir das? Wir haben keine Ahnung, was in seiner alten Schule passiert ist.«

»Außer dass sich irgendein Mädchen seinen Namen mit einer Rasierklinge in die Brust geritzt hat.«

»In den Oberschenkel«, korrigiere ich sie. »Und, Himmel, das stinkt doch förmlich nach einem Märchen.«

»Das können ja nicht alles Märchen sein«, schießt sie zurück. »Er klaut, er nimmt Drogen, er dealt, er fährt Motorrad. Ich hab gehört, er hat mal jemanden krankenhausreif geprügelt.«

Das habe ich auch gehört. »Weißt du, als ich mir die Hand eingeklemmt habe, da wirkte er echt besorgt.«

Molly reißt die Augen auf und legt jetzt erst richtig los. »Du hast die Verletzung doch nur, weil er sich an die Tür gelehnt hat. Der ist übel drauf, der Typ. Er bedeutet Ärger.«

»Er ist heiß.«

Molly klappt die Kinnlade so heftig herunter, dass sie eigentlich auf den Boden knallen müsste. »Ja, wenn du auf Ex-Sträflinge stehst.«

»Molly.«

»Kenzie! Als Listenmädchen brauchst du dir von den ganzen Jungen auf der Vienna High nur einen auszusuchen. Du kannst jemand viel, viel Besseres finden als diesen Schläger.«

Seit wann wollen Schläger Nachhilfe? »Vielleicht versteht ihn ja nur niemand.«

Sie ächzt angeekelt. »Dieser Anfall von Wahnsinn geht vorbei, sobald du Josh siehst. Komm.« Sie schnappt sich meine Jacke. »Fahren wir zur Schule und trauern mit.«

Ich kann ihrer verdrehten Logik nicht folgen. »Nein, ich will nicht auf dem Parkplatz abhängen und um ein Mädchen trauern, das mich bis gestern Abend nicht mal mit dem Hintern angeguckt hat.«

»Was war denn gestern Abend?«

»Sie hat mir eine Nachricht geschrieben und mich zu der Party im Steinbruch eingeladen.«

Molly schnappt nach Luft und greift sich mein Handy vom Bett. »Ich fasse es nicht, dass du mir davon nicht erzählt hast! Lass mal sehen. Das könnte echt ihre letzte Nachricht gewesen sein!«

Ich schüttle den Kopf, entsperre das Handy aber. »Das bezweifle ich.« Ich scrolle und suche nach Olivias Nachricht.

»Leute werden die lesen wollen«, sagt Molly.

»Wer denn?« Ich sehe auf. »Die Polizei?«

»Nein, ihre Freunde zum Beispiel. Ihre letzte Nachricht könnte ja irgendwie wichtig sein.«

»Oh.« Ich bin wieder mit der Nachrichtenliste beschäftigt und mein Herz setzt aus und mir wird ein bisschen schwindelig. Nicht schon wieder. »Ich kann sie nicht finden«, sage ich leise. »In letzter Zeit gehen mir ständig Nachrichten verloren.«

»Nicht schlimm.« Sie nimmt mir das Handy weg und zieht mich hoch. »Nun komm. Ich will los.«

»Warum ist das so wichtig, Molly?«

Sie seufzt, beugt sich vor und sieht mir in die Augen. »Kenzie, ich bin gerade noch daran vorbeigeschrammt, eine Außenseiterin zu sein. Ich hab nie was mit den angesagten Leuten gemacht und jetzt habe ich – haben *wir* – die Chance dazu. Die erwarten von dir, dass du kommst. Also lass uns gehen und ... Wie sagt ihr Lateiner noch gleich? *Carpe diem?*«

Ich lächle nur.»Richtig, ja.« Vielleicht sollte ich den Tag nutzen – und herausfinden, was genau diesem Mädchen zugestoßen ist und ob es wirklich nur ein tragischer Unfall war.»Na schön, Molly, du hast Recht. Auf geht's.«

Der Parkplatz für die Elftklässler ist schon an normalen Tagen etwas Besonderes. Er dient nicht nur zum Parken: Das Gelände befindet sich auf einem kleinen Hügel mit Blick über die Gebäude, schattigen Bäumen und viel Platz für alle, die noch nicht mit engen Parklücken klarkommen. Die Schüler im letzten Jahr haben ihren eigenen Parkplatz, der dichter an der Schule liegt, aber zu unserem gehören auch ein paar Picknicktische, wo wir uns morgens treffen oder die Mittagspause verbringen. Die schiefen Treppenstufen, die zur Schule führen, sind jetzt von Blumensträußen, Stofftieren und selbst gemachten Schildern gesäumt, auf vielen kleben Fotos von Olivia und auf einem steht NR. 1 UNSERER HERZEN.

Molly zeigt darauf, als wir aus ihrem Auto aussteigen, um uns unter die Leute zu mischen.»Meinst du, das bezieht sich auf die Liste?«

»Ich würde die Liste gern vergessen«, sage ich.»Finden wir doch einfach heraus, was ihr zugestoßen ist.«

Eine Gruppe Mädchen steht Arm in Arm in einem großen Halbkreis, sie wiegen sich vor und zurück und singen irgendein kitschiges Lied. Die eine sieht mich und winkt halbherzig. Ich glaube, sie will uns gerade hinzurufen, da wandert ihr Blick zu Molly weiter und sie lässt die Hand sinken.

Molly erstarrt neben mir; sie hat es also auch gesehen. »Ich will nicht mit denen reden«, sage ich schnell, obwohl ich den Verdacht habe, dass Molly das schon gern würde. Nein, ich *weiß*, dass sie das will.

»Solltest du aber. Sie stehen alle auf der Liste.«

Sie hat Recht. Amanda Wilson und Kylie Leff bilden Anfang und Abschluss der Reihe, wie sie es als Teamchefinnen auch immer bei den Cheerleadern tun. Weiter in der Mitte erkenne ich Dena Herbert und neben ihr Chloe Batista. Und da gehöre ich mit rein?

Irgendwelche Leute fanden das. Verblüffend, wie hin- und hergerissen ich mich fühle, da rüberzugehen.

Chloe richtet ihre wunderschönen blauen Augen auf mich und ergänzt das um ein langsames einladendes Nicken.

Molly stößt mich an. »Die Bienenkönigin hat dich auserwählt. Geh mal besser in die Honigwabe.«

»Oder werde Teil vom Schwarm«, sage ich leise. »Ohne dich gehe ich da nicht hin, Moll.«

Aber sie zögert merklich. »Warum freundest du dich nicht erst mal mit deinen Listenmädels an, dann kannst du sie langsam an die Vorstellung gewöhnen, dass du ein lebendiges, atmendes Sonderangebot bist. Kauft Kenzie, kriegt Molly gratis dazu.«

Eine Woge der Zuneigung steigt in mir auf und ich schieße ihr ein Lächeln rüber. »Werde ich machen«, verspreche ich. Wir trennen uns und sie geht rüber zu ein paar Leuten vom Orchester, während ich mir einen Weg zu dem Kreis bahne.

»Kenzie!« Dena Herbert, eines der bekanntesten Mädchen des Jahrgangs und eine beliebte Sportlerin, die aber auch schwer feiert, deutet neben sich. »Komm her.«

»Hey, Kenzie«, ruft Amanda. »Schön, dass du da bist.«

Ehrlich? Ich weigere mich, den angenehmen Schauer zu beachten, der mich einfach nur wegen dieser freundlichen Begrüßung durchrieselt. Wir sind hier, weil ein junger Mensch gestorben ist, und niemand weiß so gut wie ich, wie absolut schrecklich das ist. Doch ich kann nichts dagegen machen. Teil einer Gruppe, einer Clique, eines Freundeskreises von Leuten zu sein, die als beliebt gelten, fühlt sich ... gut an. Einfach nur gut.

»›If I die young‹?«, ruft Kylie, Amandas beste Freundin.

»Perfekte Wahl«, schaltet sich Candace Yardley ein, eine hinreißende Asiatin mit hüftlangem Haar.

»O mein Gott«, piepst Shannon Dill. »Ich liebe Taylor Swift!«

Amanda sieht sie kritisch an. »Es ist aber von The Band Perry. Singt, Leute.«

Shannon verdreht über die Verbesserung die Augen, aber gleich darauf stimmt jemand die erste Zeile der schönen Pop-Ballade an. Eine gute Wahl, das muss ich zugeben und ertappe mich dabei, dass ich mich fast sofort mit ihnen wiege und mit schiefer Stimme davon singe, in Satin auf einem Bett aus Rosen bestattet zu werden.

Der Text, den ich fast gar nicht kenne, geht mir richtig nahe, er entlockt mir Tränen und weckt einen allzu vertrauten Schmerz tief in meinem Inneren. Ich sehe mich unter den Gesichtern um – fremde zumeist – und spüre ein seltsames Gemeinschaftsgefühl, eine tröstliche Wärme, von der ich mich für die Dauer des Songs davontragen lasse. Als wir fertig sind, umarme ich Dena spontan, und als ich über ihre Schulter hinwegsehe, sitzt Molly zusammen mit ein paar anderen auf einem Picknicktisch und schaut zu uns herüber.

Ich möchte nicht auf Kosten meiner besten Freundin zu einer Gruppe gehören. Also reiße ich mich von dem Anblick los und lächle rasch Dena an. Das hier sind nicht gerade die besten Umstände dafür, mein soziales Umfeld zu erweitern. Auf der Liste standen schließlich zehn Mädchen und jetzt leben nur noch neun von uns.

Der Gedanke macht mir irgendwie weiche Knie, aber Dena hält mich aufrecht. »Ich weiß, das hier ist echt Mist.«

Ich sehe sie an. »Sie war die Nummer eins.«

Dena wird ein bisschen blass. »Wollen wir hoffen, dass die Pechsträhne da aufhört.«

Neben ihr beugt sich Chloe herüber. »Mach ihr keine Angst, Dena.«

Mein Herz krampft sich zusammen, wird richtig eingequetscht von dem Druck auf meine Brust. »Was meinst du damit?«

Chloe zieht nur geheimnisvoll die Augenbrauen hoch. »Darüber reden wir später«, sagt sie zu uns beiden. »Aber nicht hier.«

Die Gruppe löst sich langsam auf und ich nutze die Gelegenheit, zu Molly zurückzukehren.

In der nächsten halben Stunde hören wir zehn verschiedene Versionen davon, was passiert ist. Soweit sich sagen lässt, waren die Leute im Steinbruch nicht von der Vienna High, weshalb ich mich frage, wieso ich eine Einladung von Olivia bekommen habe und niemand sonst. Sie haben gefeiert und dann hat jemand vorgeschlagen, von einer Klippe zu springen, die gut vier Meter über der Wasseroberfläche liegt.

Olivia ist gesprungen und nicht wieder aufgetaucht.

Ab da wird alles unklar. Gerüchte und Spekulationen schlagen alles, was der Wahrheit nahekommen könnte, und die verschiedenen Geschichten fliegen wie Geschosse über den Parkplatz.

Sie war total blau und ist abgestürzt.

Sie ist wegen einer Mutprobe gesprungen.

Ein paar Jungs sind getaucht, um sie zu suchen, und ihr Bein war zwischen zwei Steinen eingeklemmt.

Eigentlich klingt nur eines realistisch, nämlich dass die Sanitäter und das Rettungsteam ihre Leiche geborgen haben, nachdem jemand den Unfall gemeldet hatte. Was auch immer passiert ist, es ist schrecklich.

Molly und ich landen schließlich bei den Leuten, mit denen wir immer zusammen Mittag essen, sowie ein paar Versprengten, die ich nicht so gut kenne. Sophie Hanlon, ein superschüchternes, aber sehr liebes Mädchen, mit dem Molly seit der Grundschule gut befreundet ist, und dann noch Kara Worthy und Michael Kaminsky, die beide mit mir im Lateinklub sind.

Drüben auf der anderen Seite stehen ein paar Jungs und ich erkenne Josh Collier, der fast einen Kopf größer ist als die anderen, sofort.

Molly bemerkt meinen Blick und stößt mich mit dem Ellbogen an. »Hab dir doch gesagt, dass er hier ist.«

»Ja, ja.« Ich sehe weg und nage an meiner Lippe. »Was glaubst du, was wirklich passiert ist, Moll?«

»Sie war betrunken und ist abgestürzt.«

»Ich hoffe es.«

Ihre Augen werden groß. »Was soll das denn heißen, bitte schön?«

»Was, wenn sie jemand geschubst hat?«

»Das hier ist Vienna, Pennsylvania, Kenzie. Die Verbrechensrate ist niedrig.«

»Ich hoffe es«, sage ich erneut. »Wenn sie nämlich doch ...«

O Mann. Ich höre mich wirklich schon fast an wie meine Mutter, die überall Gefahren wittert, obwohl sie nur eine blühende Fantasie hat.

»Wenn sie nämlich doch was?«

Ich beuge mich ein wenig näher. »Wenn sie doch umgebracht worden ist, weil sie auf der Liste stand?«

Ich ernte genau den Blick, den ich erwartet hatte. Ungläubigkeit gepaart mit einem Lächeln. »Hey, ich bin es doch, die das Ding für eine große Sache hält, und nicht mal ich denke, dass irgendeines der über zweihundert Mädchen, die es nicht auf die Liste geschafft haben, deswegen töten würde. Der Platz wird damit ja nicht wieder frei oder so.«

»Keine Ahnung«, sage ich leise. »Es ist eben einfach gruselig.«

»Der Tod ist gruselig«, stimmt sie mir zu und sieht über meine Schulter hinweg. »Weißt du, was noch gruselig ist?«

»Was denn?«

»Levi Sterling.«

Ohne nachzudenken, drehe ich mich um und begegne seinem durchdringenden Blick, der auf mir ruht. In mir drin verschiebt sich alles ... mein Herz, mein Magen, meine Mitte. Ich bin mir vage bewusst, dass der Anblick von Josh keinen solchen Effekt auf mich hatte.

Levi nickt mir ganz leicht zu, sehr cool, sehr unaufdringlich und *sehr* sexy.

»Apropos Mörder«, murmelt Molly. »Wenn jemand die arme Olivia geschubst haben könnte, dann er.«

Ich verspüre das merkwürdige Verlangen, Levi zu verteidigen. Und zu ... küssen. Ich zwinge mich dazu, wegzusehen, und mein Blick landet auf Josh. Er ist auch süß und ein Stück über mir in der Nahrungskette des Meeres unserer Highschool, aber Levi Sterling? Der ist ein großer Weißer Hai und im Moment guckt er mich an, als wäre ich ein Guppy.

Levi bleibt direkt vor mir stehen und ignoriert alle anderen, die auf dem Tisch sitzen. Ich verschränke instinktiv die Arme vor der Brust wie einen Schutzschild und erwidere seinen Blick.

»Mack.« Er sagt ein Wort – und zwar eines, das ich nicht besonders mag – und mir wird trotz der Oktoberkühle ganz warm. Ich spüre, wie meine Freunde sprachlos zwischen ihm und mir hin und her sehen.

Ich bewege mich nicht, sehe einfach nur zu ihm nach oben, weil ich trotz meines Sitzplatzes auf dem Picknicktisch nicht groß genug bin, um auf seiner Augenhöhe zu sein.

»Komm mit«, sagt er. Und ich kämpfe gegen den Drang an, vom Tisch zu springen und mit ihm überallhin zu gehen, wo er will. Ich antworte nicht, aber nicht weil ich mich für cool halte. Ich traue meiner Stimme einfach nicht zu, ohne Krächzen herauszukommen.

Er legt mir eine Hand aufs Knie und drückt es sanft. »Du bist doch nicht mehr sauer auf mich, oder?«

Ich kann praktisch hören, wie Molly der Kiefer herunterklappt.

»Ich war nicht sauer auf dich.«

Er nimmt meine Hand und sieht sich das Pflaster genau an, mit dem ich den Verband ersetzt habe, nachdem meine Mutter ihn abgewickelt hatte. »Wie geht's dem Finger denn?«

»Tut weh.« Ungefähr genauso wie der Blick in seine Augen. Aber ich gucke trotzdem hin.

Er hebt meine Hand dicht an seinen Mund heran und ich brauche einen Moment, um zu begreifen, dass er gleich meine Fingerspitzen küssen wird. Ich kann die Hand nicht rechtzeitig zurückziehen und seine Lippen berühren das Pflaster.

Er hält weiter meine Hand fest und zieht ein bisschen. »Bitte. Es ist wichtig.«

Ich wehre mich nicht mal ansatzweise, und Molly sehe ich auch nicht an, sondern hüpfe vom Tisch. Meine Turnschuhe landen neben seinen schwarzen Stiefeln. »Bin gleich wieder da«, sage ich zu Molly und vermeide immer noch den Blickkontakt.

Wir gehen außen am Parkplatz entlang. Levi schweigt, was mich total verlegen macht, also fummele ich mit einer Haarsträhne herum, die aus meinem Pferdeschwanz gerutscht ist. Dann frage ich mich, ob ich jetzt wie so eine hohle Haaredreherin aussehe, und lasse die Hände sinken.

»Du brauchst nicht nervös zu sein«, sagt Levi leise, als könnte er mein Unbehagen riechen, so wie ich Leder und Seife und Regen auf Herbstblättern an ihm riechen kann.

»Bin ich gar nicht«, lüge ich, stopfe meine Hände in die Jackentaschen und sehe mich um, als wäre es das Normalste der Welt, mit Levi Sterling irgendwo langzugehen. Beim Blick nach rechts sehe ich genau in die Augen von Josh Collier.

An seinem Blick ist nichts Lässiges. Trotz seines ziemlich

standardmäßigen ›Was geht ab‹-Nickens kann ich sehen, wie sich seine Miene verändert, sogar aus sieben Metern Entfernung. Abscheu, Misstrauen, Missfallen.

Klar, Jungs wie Josh Collier können Jungs wie Levi Sterling nicht leiden. Eigentlich kann niemand Levi Sterling leiden. Ich glaube nicht, dass an dieser Schule irgendjemand mit ihm befreundet ist. Aber er ist auch erst seit dem Frühling des letzten Jahres hier.

»Da rüber«, sagt Levi und bemerkt Josh entweder nicht oder er ist ihm total egal. Er führt mich zu einer Reihe Autos, die ganz am Rand des Parkplatzes stehen, weit weg von sämtlichen Schülern. Wir stehen eine Sekunde lang da. Ich reibe über die Ärmel meiner Jacke und bin mir bewusst, dass ich die Arme verschränke.

»Also, was ist los?«, frage ich.

So wie er vor mir steht, versperrt er mir den Blick auf den Rest des Parkplatzes. Nein, eigentlich zieht er meine gesamte Aufmerksamkeit auf sich, so dass der Parkplatz und die anderen und die Autos und die Geräusche in den Hintergrund treten und mein Fokus zu hundert Prozent auf Levi Sterling liegt.

Einen Moment lang sieht er mich nur an. »Du bist aufgewühlt«, sagt er schließlich.

»Ein Mädchen ist gestorben«, erwidere ich, damit er nicht denkt, dass mit ihm allein zu sein eine so starke Wirkung auf mich hat. »Was ist los?«, frage ich noch einmal.

Er holt tief Luft, atmet lange, leise, wieder aus und sieht über meine Schulter hinweg in die Ferne. Ein innerer Kampf lässt ihn die Stirn runzeln und die Muskeln an seinem Kiefer treten deutlich hervor. Himmel, hat er einen schönen Kiefer.

»Du musst mir einen Gefallen tun.«

Die Bitte reißt mich aus meiner Träumerei über seinen Knochenbau.»Die Nachhilfe wieder?«

Er schafft es irgendwie, noch näher an mich heranzurücken.

»Wo warst du gestern Abend?«, fragt er schließlich.

Mein Magen zieht sich zusammen. Wieso will er das wissen? Die Frage, der Tonfall und seine Nähe machen mich ein bisschen benommen.

»Zu Hause.« Dass ich mit meiner Mutter einen Film geguckt habe, lasse ich lieber weg.

Er sieht mich an. Fast so, als würde er mir nicht glauben.»Und wieso hast du mir dann eine Nachricht geschickt?«

»Was?«, bringe ich hervor.»Ich hab nicht mal deine Nummer.«

Verwirrt kneift er seine dunklen Augen zusammen.»Ich hab aber eine Nachricht von dir bekommen.«

»Du irrst dich.«

Er holt sein Handy aus der Hosentasche.»Ich zeig sie dir.« Er entsperrt es und geht seine Nachrichten durch. Dann blinzelt er. »Was zum Teufel …«

»Vielleicht warst du betrunken und hast sie dir eingebildet.«

Er bedenkt mich mit einem scharfen Blick.»Ich betrinke mich nicht. Und ich habe mir nicht eingebildet, dass du mir geschrieben, ich soll dich beim Steinbruch treffen.«

Ich schnappe nach Luft.»Was?«

»Sie ist weg, verdammt. Ich hab diese Nachricht nicht gelöscht.«

Unbehagen kriecht durch mein Inneres wie eine dunkle Ranke.»So was ist mir neulich auch passiert.«

Er stößt ein frustriertes Seufzen aus. »Tja, wenn die nicht von dir kam, dann wirst du mir nicht helfen können.«

Ich bin trotzdem neugierig und dränge meine Unruhe zurück. Wer hat ihm geschrieben und sich für mich ausgegeben? »Wobei soll ich dir denn helfen?«

Er gibt das Suchen auf, steckt das Handy wieder in die hintere Hosentasche und heftet seinen düsteren Blick auf mich. »Zu erklären, was ich dort gemacht habe, falls jemand fragt.«

»Dann warst du im Steinbruch, als sie gestorben ist?«

»Ich bin gegangen, bevor ...« Er scharrt mit dem Stiefel auf dem Boden und sieht ins Leere. »Als ich gegangen bin, hat sie noch gelebt.«

»Oh«, sage ich, weil ich nicht recht weiß, was die richtige Antwort wäre.

»Aber das wird mir niemand glauben.«

»Warum denn nicht?«

Er schnaubt leise, als wäre die Frage rhetorisch. »Könntest du sagen, dass du dich dort mit mir treffen wolltest?«

Ich schnappe leise nach Luft. »Du brauchst ein *Alibi*, Levi?«

Etwas wie Belustigung flackert in seinen Augen, dann Enttäuschung. »*Et tu, Brute?*«

Hat Levi Sterling gerade klischeehaftes Shakespeare-Latein mit mir gesprochen? »*Ich auch* was?«

»Du denkst auch schlecht von mir.«

Ich möchte nicht schlecht von ihm denken, aber irgendwie tue ich das. »Woher willst du wissen, was ich denke?«

Er stößt ein trockenes Lachen aus. »Weil dein Gesicht ebenso offen wie schön ist. Ich kenne diesen Blick.«

Fast hätte ich mein Gesicht berührt, weil ich mich frage, was in meiner Mimik meine Gedanken verrät.»Und wieso brauchst du jemanden, der bestätigt, wo du gewesen bist?«

»Darum habe ich dich nicht gebeten. Sondern darum, zu erklären, wieso ich dort war. Weil du mir geschrieben hast.« Nur habe ich das gar nicht.»Wem denn erklären? Deinen Eltern?«

»Wohl kaum.«

»Wem dann?« Er antwortet nicht, also hake ich nach.»Wenn nicht deinen Eltern, wem dann? Der Polizei? Oder ... was?«

»Was«, sagt er leise. Seine Stimme bricht dabei ganz leicht und das klingt so unvermutet verletzlich, dass es mich umhaut.

Aber was – wen – meint er?»Verstehe ich nicht.«

Er schüttelt erneut den Kopf, dann macht er einen Schritt nach hinten.»Ist schon gut, Mack. Vergiss, dass ich gefragt hab.«

Als ob ich das je könnte.

Er stopft die Hände in die Taschen, seufzt und guckt zum Parkplatz, wahrscheinlich um nach dem nächsten weiblichen Opfer Ausschau zu halten, das vielleicht für ihn lügt. Ich folge seinem Blick und betrachte den Kreis der weinenden, singenden Mädchen, der immer noch größer wird.

»Traurig, nicht?«, sage ich schließlich.

Er nickt.»Sie war ein nettes Mädchen.«

»Hast du sie ... gut gekannt?«

»Ziemlich gut, ja.« Er lächelt fast und ich bekomme den unbestimmten Eindruck, dass»ziemlich gut kennen« frei übersetzt auch deutlich mehr heißen könnte. Was seltsam ist, weil ich die beiden nie miteinander in Verbindung gebracht hätte. Ich kann mir kaum vorstellen, dass sie miteinander geredet haben, geschweige denn ...

»Wir sind letzten Frühling, als ich nach Vienna gezogen bin, ein paarmal miteinander ausgegangen.«

Sie hatten *Dates*.

»Hey, Kenzie.« Ich höre eine Männerstimme, und als ich mich umdrehe, schiebt sich Josh zwischen den Autos hindurch auf uns zu.

»Ich gehe besser«, sagt Levi. Ich bin überrascht, als er mich ganz sanft am Kinn berührt, so dass ich niemand anders ansehe als ihn. »Wir sehen uns morgen.«

»Morgen?« Er will immer noch, dass ich ihm Nachhilfe gebe?

»Ja, daran hat sich nichts geändert. Bitte sei dort.«

Ich antworte nicht, kann aber auch nicht wegsehen.

»Ich möchte dich wiedersehen«, flüstert er. »Ich muss.«

»Kenzie!« Diesmal liegt mehr Dringlichkeit in Joshs Rufen.

Bevor ich antworten kann, schlüpft Levi an mir vorbei und verschwindet, ohne Josh auch nur zur Kenntnis zu nehmen.

KAPITEL IX

Josh sieht aus, als hätte er geweint, und das lässt mein Herz einen Schlag lang aussetzen. Levi hat eindeutig nicht um Olivia getrauert ... sondern bloß mit einer angeblichen Nachricht, die nie geschrieben worden ist, nach einem Alibi gefischt. Und trotzdem prickelt mein Kinn immer noch an der Stelle, wo er mich berührt hat.

»Wieso redest du denn mit diesem Kerl?«, fragt Josh beim Näherkommen. Seine offene College-Jacke lässt seine Schultern noch breiter aussehen. Er ist so groß, dass ich nach oben sehen muss, um seinem Blick zu begegnen, und ich komme mir auf einmal sehr klein vor.

Ich hole Luft, um ihm alles zu erzählen, dann bremse ich mich. Ein Instinkt, den ich nicht verstehe, rät mir, das mit Levi vorläufig lieber für mich zu behalten. Keine Ahnung, wieso, aber im Augenblick habe ich das Gefühl, niemandem trauen zu können.

»Wir haben uns darüber unterhalten ...«, ich schenke ihm ein schlichtes Lächeln, »wie traurig das ist.«

Er schnaubt leise, als könnte er nicht glauben, dass Levi überhaupt weiß, was Traurigkeit ist. »Der Typ ist ein Problem, verstehst du?«

»Wieso?«, frage ich in der Hoffnung, einmal etwas Konkretes zu hören statt nur wieder so ein Levi-Sterling-Märchen, denn bis jetzt ist er seinem schlechten Ruf nicht gerade gerecht geworden.

»Na, sieh ihn dir doch an.«

Das ist das Einzige, was ich in den letzten zehn Minuten getan habe. »Was ist denn mit ihm?«

»Er ist ein Assi ... Arschloch, Kenzie. Er kann froh sein, wenn er seinen Abschluss schafft und nicht im Gefängnis endet.«

»Wieso sind sich alle so sicher, dass Levi Sterling ins Gefängnis kommt?«

Seine blauen Augen glitzern. »Du magst ihn?«

»Ich kenne ihn nicht mal.«

»Tja, solltest du auch nicht. Er macht Ärger und ich will ihn nicht ...« Er bricht ab und wird rot.

»Du willst ihn nicht was?« Ich will es wirklich, wirklich wissen.

»Ich will ihn nicht in deiner Nähe haben.«

Mir bleibt der Mund offen stehen und hundert verschiedene Gefühle liegen miteinander im Streit. Ärger, Aufregung, Schock und vielleicht auch ein bisschen Wut. »Du *willst* ihn nicht in meiner Nähe haben?«, wiederhole ich und verändere total die Betonung.

»Ich ...« Er schüttelt den Kopf und versucht das Thema zu wechseln. »Ist ja auch egal.«

»Du warst also mit Olivia befreundet?«, frage ich und bin ebenfalls froh, das Thema Levi vorläufig zu beenden.

»Ich kannte sie, klar. Wir hatten zwei Jahre lang Spanisch zusammen und die Firma ihres Vaters hat bei mir zu Hause ein paar Bauarbeiten durchgeführt.« Er sieht in die Ferne. Seine Augen sind feucht. »Sie war echt cool.«

Ich nicke mitfühlend. Diese Verbindung war anscheinend eng genug, dass ein Junge wie Josh ein paar Tränen vergießt. Levi schien nicht gerade zu trauern, dabei hat er Dates mit ihr gehabt.

»Und ihr?«, fragt Josh. »Gute Freundinnen?«

Macht er Witze? Mädchen wie Olivia und die anderen auf der Liste geben sich mit Nerds wie mir nicht ab. Aber das wissen Jungs oft nicht. »Gerade gut genug, um Hallo zu sagen. Gestern haben wir uns zugenickt, nachdem ...«

»... die Liste rausgekommen ist«, beendet er meinen Satz, als ich stocke.

»Ja.« Weil wir jetzt sozusagen im selben Klub waren.

»Ja«, stimmt er zu und auf einmal gibt es einen peinlichen Moment, weil er mich für einen Jungen, der bis gestern kaum ein Wort mit mir gewechselt hat, viel zu intensiv ansieht. Ich raffe meinen Mut zusammen, um ihn danach zu fragen. *Wieso jetzt? Wieso ich?* Ich öffne den Mund, aber dann verschlägt es mir die Sprache, weil er den Arm um mich legt und mich an sich zieht.

»Du hast mir gestern Abend gefehlt«, sagt er mir direkt ins Ohr. Seine Stimme ist geheimnisvoll und sexy und müsste eigentlich jede Zelle meines Körpers in Schwingungen versetzen. »Wo warst du denn?«

»Ich hatte ...« – einen Filmabend mit meiner Mom – »... etwas anderes zu tun.«

Missfallen huscht über sein Gesicht, als er überlegt, was wohl wichtiger gewesen sein kann als sein Spiel, und sein Blick huscht in die Richtung, wohin Levi verschwunden ist. »Warst du mit deinem Knacki aus?«

»Ich war nicht mit ihm zusammen.«

»Gut so, weil es nämlich heißt, dass er am Steinbruch war und sich mit Olivia gestritten hat, bevor sie gestorben ist.«

Im Ernst? »Wer sagt das?«

Er mustert mich. »Verteidigst ihn wohl gleich?«

»Ich will nur rausfinden, was gestern Abend passiert ist.«

Seine Hand auf meinem Rücken entspannt sich und rutscht weiter hinunter. Die Berührung ist zu intim und beunruhigt mich. »Gute Sache, wenn du nicht mit ihm zusammen warst.«

Ich sehe zu ihm hoch und habe einen trockenen Mund. »Wieso ist das gut?«

»Weil ich es dann bei dir versuchen kann«, sagt er mit einem Zwinkern.

Ich antworte nicht, weil ich nicht weiß, was ich sagen soll.

»Und mir misslingt nie etwas«, fügt er hinzu. »Hör mal, ich weiß, dass das unter diesen Umständen und so nicht wirklich lustig wird, aber bei mir treffen sich heute Abend ein paar Leute. Kommst du auch?«

Die Einladung haut mich aus diversen Gründen um. Instinktiv will ich natürlich ablehnen. Meine Mutter und Partys? Kann ich mir abschminken. Aber dann fällt mir ein, dass ich bei Molly übernachte, und ihre Mutter ist ... normal.

»Ich bin heute Abend bei meiner Freundin Molly«, sage ich. Und Junge, wäre sie scharf auf eine Einladung.

Er überlegt jetzt natürlich schnell, was er über Molly weiß, damit er entscheiden kann, ob sie es wert ist, eingeladen zu werden. Mit seiner Entscheidung steht und fällt dann auch, ob ich etwas mit ihm zu tun haben will. Da kann er noch so süß sein. Und beliebt. Und zum Verknallen. Wenn er jetzt sagt –

»Bring sie doch mit.« Er unterstreicht die perfekte Antwort mit dem perfekten Lächeln.»Hauptsache, du kommst.«

»Okay.«

Er beugt sich vor und überrascht mich mit einem sanften Kuss auf die Stirn.»Bis heute Abend, Fünfte.«

Gott, diesen Spitznamen hasse ich sogar noch mehr als Mack. Können diese Jungs mich nicht bei meinem Vornamen nennen? Aber Molly guckt ungeduldig herüber und ich brenne darauf, ihr die Neuigkeit mitzuteilen, dass wir zu einer Party bei Josh eingeladen sind, also nicke ich nur und lächle.»Bis heute Abend.«

Es ist schwer vorstellbar, dass in Mollys Zimmer noch mehr Chaos herrschen könnte, aber es macht einen Haufen Arbeit, sich für eine Party so zurechtzumachen, dass wir dazugehören und trotzdem so aussehen, als wäre uns das total egal. Wir haben laute Musik an und Molly kickt verworfene Oberteile auf dem Fußboden umher, um Platz zu schaffen, während sie Schuhe mit Keilabsätzen und Skinny-Jeans anprobiert.

»Na?«, fragt sie.

»Vielleicht ein bisschen zu schick.« Ich gucke an mir runter auf meine Jeans – na ja, die hab ich mir von Molly geliehen – und das schlichte blaue T-Shirt, ebenfalls geliehen.

»Nur weil du in Turnschuhen gehst und nicht willst, dass ich mich schön mache.«

»Nur weil ich in deine winzigen Schuhe nicht reinpasse. Die hier sind prima.« Ich lehne mich auf ihrem Schreibtischstuhl zurück und wackle mit meinen abgewetzten Sneakers.

»Wir könnten bei dir zu Hause vorbeifahren und –«

»Nein!« Ich werde auf gar keinen Fall nur wegen Klamotten nach Hause fahren. »Damit alarmiere ich bloß die Sorgenpolizei. Und wenn Mom erst mal damit fertig ist zu hyperventilieren und sämtliche Sachen aufgezählt hat, die bei einer Hausparty schiefgehen können und schiefgehen werden, wird sie uns noch begleiten.«

Molly lacht, als hätte ich nur einen Witz gemacht. »Das musst du doch dermaßen überhaben, Kenz.«

»Du kannst es dir gar nicht vorstellen.«

Mit einem gewaltigen Rums fliegt die Tür auf. »Seid ihr taub?«, schreit Mollys zwölfjähriger Bruder uns an. »Wir essen jetzt!«

»Mach, dass du rauskommst, Hunter!«, stürzt Molly los. »Wir ziehen uns gerade um, du Spanner!« Sie knallt ihm die Tür vor der Nase zu. »O mein Gott, ich hasse ihn.«

Aber ich weiß es besser. Bei den Russells gibt es keinen Hass. Sondern Lärm und Lachen und freundliches Necken und jede Menge Liebe.

Ein paar Minuten später bekomme ich von alldem praktisch eine Kostprobe, als ich auf dem Stuhl sitze, der normalerweise für Blake reserviert ist, Mollys achtzehnjährigen Bruder, der seit dem Herbst an der Ohio State studiert. Er war natürlich mit Conner befreundet, weshalb ich froh bin, dass er nicht da ist. Ich stelle mir nur ungern vor, wie Conner jetzt wäre, in seinem ersten Jahr auf der Uni.

Außer Molly und mir sitzen noch Hunter und die neunjährige Kayla und Mollys großartige Eltern am Tisch, die nie aneinander vorbeigehen, ohne sich kurz zu berühren oder sogar zu küssen.

Ich will mir nichts vormachen: Das hier lässt meine zerbrochene Familie noch schlimmer aussehen, als sie ist.

Nachdem wir gebetet haben und alle anfangen, sich Lasagne und Salat aufzutun, wendet Mr Russell seine Aufmerksamkeit Molly zu.»Eine Party, hast du gesagt?«

Ich bin sofort angespannt; will er sie uns ausreden? So wäre das jetzt jedenfalls bei uns zu Hause. Aber das hier sind die Russells und hier gibt es andere Regeln – und Gespräche.

»Bei Josh Collier«, sagt Molly mit ein wenig Stolz in der Stimme, als hätte sie sich schon seit dem ersten Tag an der Highschool danach gesehnt, auf eine solche Party zu gehen.

»Oooh«, gurrt ihre Mutter.»Da bin ich aber neidisch. Das Haus ist ein Traum.«

»Ist sein Dad reich oder so?«, fragt Hunter, während er so viel Lasagne auf seinen Teller schaufelt, dass man damit ein kleines Land ernähren könnte.»Weil dann solltest du ihn heiraten, Molly, und dafür sorgen, dass er mir eine Corvette kauft.«

»Ach je.« Molly legt den Kopf schief und sieht ihn mitleidig an.»Müssen wir dir wieder Antischwachsinn-Pillen verschreiben lassen?«

»Molly«, ermahnt Mr Russell sanft.

»Sein Großvater ist reich«, informiert uns Mrs Russell.»Seine Eltern sind vor vielen Jahren gestorben.«

Ich sehe von meinem Teller auf.»Im Ernst?«

»Aber ja, ein tragischer Unfall.«

Mein erster Bissen Lasagne droht mir im Hals steckenzubleiben und ich trinke schnell einen Schluck Milch.

»Was ist passiert?«, fragt Molly für mich.

»Ein schrecklicher Bootsunfall während ihres Urlaubs

irgendwo vor der Küste von Virginia. Wo genau, weiß ich nicht mehr, aber es kam in den Nachrichten, weil sich die gesamte Familie auf der Jacht befand, als sie gesunken ist.«

»O Mann«, bringe ich zu Stande.

»Traurig«, sagt Molly.

»Cool, eine Jacht«, fügt Hunter hinzu und fängt sich einen giftigen Blick von Molly ein.

»Josh war noch klein und sein Großvater hat ihn vor dem Ertrinken gerettet, wenn ich mich recht entsinne. Aber die Eltern sind beide gestorben. Ihre Leichen wurden nie gefunden. Schrecklich.«

»Ich hab gehört, dass Josh seinem Großvater wirklich nahesteht«, sagt Molly.

»Ist auch besser so, dann kommt er ins Testament«, scherzt Hunter.

»Du bist ein Idiot.«

»Molly ...«

Das Necken und Ermahnen geht noch weiter, aber ich starre nur auf meinen Teller. *Accidentia eveniunt.*

»Was hast du gesagt?«, fragt Hunter mich.

Ich sehe auf. Ich habe wohl laut gedacht.

»Kenzie führt Selbstgespräche auf Latein«, erklärt Molly.

Als Hunter beeindruckt pfeift, lächle ich. »Ich hab gesagt, ›Unfälle passieren‹.«

Mrs Russell seufzt. »Wisst ihr, ich hab mich vor ein paar Jahren sehr um den Auftrag bemüht, die Innenausstattung ihres Hauses zu machen, aber gegen eine große New Yorker Designfirma den Kürzeren gezogen. In Vienna gibt es nicht viele solcher Häuser.«

»Soll ich heimlich Fotos machen, damit du sehen kannst, was sie daraus gemacht haben?«, fragt Molly.

»Ja«, sagt Hunter. »Du kannst für Mom ein paar Ideen klauen.«

Er erntet einen finsteren Blick von seiner Mutter. »Ich brauche keine Ideen zu klauen, junger Mann. Aber ...« Sie wendet sich an Molly. »Ja. Mach ganz viele. Ich habe es nie bis ins Haus geschafft, aber es soll toll sein, mit einem Swimmingpool im Haus und einer Garage für zehn Autos und total schön im Wald gelegen.«

»Und welche Bank hat der Kerl ausgeraubt?«, fragt Mollys Vater.

Mrs Russell nickt; sie weiß eindeutig über die Colliers Bescheid. »Der Großvater, der natürlich im Ruhestand ist, hat ein Vermögen an der Wall Street gemacht, soweit mir bekannt ist. Hat im Boom der Achtziger richtig abgesahnt.«

»Buum? Was haben die denn gesprengt?«, fragt Kayla und bringt alle zum Lachen.

Ich esse still, lausche dem Geplauder und versuche mich nicht davon runterziehen zu lassen, dass es bei uns zu Hause am Esstisch total anders zugeht, sogar an den Abenden, an denen Dad rüberkommt.

»Ich finde es trotzdem merkwürdig, eine Party zu veranstalten, wenn jemand gestorben ist«, sagt Mr Russell.

»Ach Tim, es sind Teenager.« Mrs Russell hält mir mit einem Lächeln die Lasagne hin. »Noch mehr, Liebes? Und es ist bestimmt total heilsam, wenn sie alle zusammenkommen und sich an das Mädchen erinnern.« Sie schüttelt den Kopf. »Ich möchte gar nicht daran denken, wie es ihrer Mutter heute Abend geht.«

Ihre Mutter! Auf einmal fällt mir meine ein. Ich habe seit

Stunden mein Handy nicht mehr gecheckt, aber da sie mich hier noch nicht aufgespürt hat, kann ich wohl davon ausgehen, dass sie noch nichts mitbekommen hat. Wie wird sie reagieren, wenn sie erfährt, dass eine Mitschülerin von mir bei einem Unfall gestorben ist?

Ich kann ihr natürlich versichern, dass ich nicht vorhabe, mich zu betrinken und von einer Klippe zu springen, aber es wird Mom trotzdem aus der Spur werfen.

»Ist schon irgendwas Näheres zu Olivia in den Nachrichten gekommen?«, frage ich.

»Nur dass es ein tragischer Unfall war und man den Zaun um den Steinbruch verstärken will, damit Jugendliche dort nicht mehr feiern können«, sagt Mr Russell. »Die Betreten-verboten-Schilder reichen anscheinend nicht.«

»Was ist mit ...« – ich schiebe Salat umher, sehe nach unten, denke an Levi – »... den anderen, die dort waren. Weiß man schon, wer sie sind?«

»Keine Ahnung«, sagt Mr Russell. »Es wurden noch keine Namen bekannt gegeben. Die könnten alle Ärger wegen unbefugten Betretens bekommen.«

Nur dafür? »Dann geht man also davon aus, dass es ein Unfall war?«

»Bis jetzt schon. Wobei die Untersuchungen bestimmt noch nicht abgeschlossen sind.«

Mrs Russell schüttelt den Kopf und sieht Molly ermahnend an. »Diese Jugendlichen haben getrunken und gekifft.«

»Ach nee«, sagt Molly scherzhaft.

Aber ihr Vater sieht sie genauso streng an. »Wird auf der Party heute Abend getrunken?«

»Keine Ahnung, Dad. Aber Kenzie und ich feiern nicht. Keine Sorge.«

»Euretwegen mache ich mir keine Sorgen. Sondern wegen der Hohlköpfe, die nicht mit Gruppendruck umgehen können. Aber stimmt schon, ihr Mädchen seid vernünftig.«

»Und ruft an, wenn ihr irgendwas braucht«, fügt Mrs Russell hinzu. »Auch eine Rückfahrt.«

Das Gespräch ist für mich dermaßen fremdartig, dass ich nur verblüfft schweigen kann. Meine Mutter würde durchdrehen bei dem Thema. Das hier ist viel, viel besser, ganz einfach und nett und normal.

Gott, ich will das auch haben. Ich weiß, unsere Familie ist zerbrochen und wir werden die Lücke, die Conners Tod gerissen hat, nie wieder füllen können, aber könnten wir es nicht wenigstens versuchen?

»Wir kommen schon klar, Mom«, versichert Molly ihr und schiebt ihren Stuhl zurück. »Lass uns mal losmachen, Kenz.«

Ich stehe auch auf. Im Moment bin ich bei den Russells und gehe gleich auf eine Party und ich möchte die Normalität und den Spaß des Ganzen einfach nur genießen.

»Hey.« Hunter hält Molly am Arm fest. »Samstags bist du mit Kücheaufräumen dran.«

Sie macht ein entgeistertes Gesicht und sieht ihre Mutter an. »Können wir nicht tauschen und ich übernehme morgen?«

Mrs Russell nickt und entlässt uns mit einem Winken. »Kommt noch Tschüss sagen, bevor ihr losfahrt.«

Hunter will protestieren, aber Kayla springt auf und bietet an, das Aufräumen zu übernehmen. Es bricht ein bisschen Chaos aus, während wir aus der Küche schlüpfen und ich bin erstaunt, wie gern ich einfach stundenlang an diesem Tisch bei einer Familie sitzen würde, die so heil und glücklich ist.

Aber dafür, dass ich die nicht habe, kann ich mir nur selbst die Schuld geben.

KAPITEL X

Heilige Scheiße, sind die Colliers reich. Molly parkt ihr Auto am Ende einer Auffahrt, die gefühlt eine halbe Meile lang ist und von Pseudogaslampen beleuchtet wird. Mindestens fünfzig Autos stehen auf dem Grundstück und an der Straße. Manche erkenne ich vom Schulparkplatz her, manche nicht. Diese »paar Leute« sind schon jetzt mindestens hundert, und wir sind früh dran.

»Hey, Kenzie!«

Ich drehe mich zu der Mädchenstimme um und aus einer Gruppe löst sich jemand und kommt auf mich zu. In dem schwachen Licht kann ich nicht erkennen, wer es ist.

»Das ist Chloe Batista«, klärt Molly mich leise auf.

Sie trägt superenge Jeans und Stiefel und ihr bauchfreies T-Shirt lässt der Fantasie nicht viel Raum. Sie ist niedlich – und muss unheimlich frieren –, aber jetzt mal ehrlich, es ist nichts Besonderes an ihr. »Wie hat sie es nur auf den zweiten Platz geschafft?«, flüstere ich.

»Vergisst du etwa die Blowjobs?«

Ach ja. »Hi, Chloe«, rufe ich hinüber.

»Na«, sagt sie superfreundlich und fährt sich mit den Fingern durch die langen blonden Haare, deren Spitzen pink gefärbt sind. Beim Näherkommen kann ich einen kleinen Nasenstecker ausmachen und falsche Wimpern, die sie heute in der Schule noch nicht dranhatte. Anscheinend haben sich viele von uns ein bisschen für die Party heute Abend ins Zeug gelegt.

»Hey, kennst du Molly Russell?«, frage ich sie.

Dazu gezwungen, meine Freundin zur Kenntnis zu nehmen, nickt Chloe knapp. »Hi.« Dann nimmt sie mich beim Ellbogen und lenkt mich ein paar Schritte weg. »Kann ich mit dir reden, also alleine?«

Ich drehe mich zu Molly um und will schon sagen: »Nein, sie ist meine Freundin und bleibt bei mir«, aber Molly nickt. »Wir sehen uns drinnen, Kenzie.«

»Nein, Molly, komm«, beharre ich.

Chloe drückt meinen Arm und sieht mich bedeutungsvoll an. »Das geht nicht, Kenzie. Listenregeln.«

Ich öffne den Mund, um zu sagen: »Scheiß auf die Liste«, aber Molly bremst mich mit erhobenen Händen. »Ehrlich, Kenz, alles bestens. Du findest mich schon, wenn ihr fertig seid.« Sie lächelt Chloe kurz zu, doch die Enttäuschung in ihrem Blick kann sie nicht ganz verbergen.

Bevor ich sie aufhalten kann, verschwindet Molly und Chloe hakt sich bei mir ein. Ihr Deo riecht nach Limonen. »Wir gehen in den Wald.«

»Wieso?«, frage ich, gehe aber mit, weil meine Neugierde siegt und ich nach wie vor gern wissen möchte, was Olivia zugestoßen ist.

»Weil wir uns dort treffen.« Sie drückt mich ein bisschen fester und mustert mein verwirrtes Gesicht. »Wir, die Schwestern, Süße. Nur dass eine fehlt.« Sie schnaubt leise, amüsiert fast. »Die Nummer eins.«

Der totale Mangel an Traurigkeit bei diesen Worten – ganz anders als die Tränen auf dem Parkplatz heute – gruselt mich und lässt mich langsamer werden.

»Komm. Ich hab auf dich gewartet.« Sie zieht mich weiter.

Also folge ich ihr über den weitläufigen Rasen zu einer dicht bewaldeten Stelle, wie sie für diesen Teil von Vienna typisch ist. Das riesige Waldgebiet ist durchzogen von Wegen, Bächen und Felsdurchbrüchen. Ein Paradies für Wanderer und sogar für Jäger, so schön wie ein Nationalpark, aber trotzdem möchte ich mich da nachts nicht hineinwagen.

Doch genau das tue ich jetzt, zusammen mit meiner neuen Freundin Chloe. Laub knirscht unter unseren Schuhsohlen und das Licht wird schwächer, je weiter wir uns vom Haus entfernen.

»Du feierst doch, oder?«

Ich sehe sie nur an, weil ich keine Ahnung habe, was ich darauf antworten soll, denn die Wahrheit wäre ... uncool. Ich habe noch nie einen Tropfen Alkohol angerührt.

»Ich meine, du trinkst, oder?«

Ich werde mich auf gar keinen Fall dabei ertappen lassen, dass ich die totale Langweilerin bin, nicht bei meiner ersten Party mit diesen Leuten. »Ab und zu mal«, sage ich mit einem Achselzucken.

»Na, dann ist jetzt ab und zu mal, Kenzie.« Sie hat mich immer noch untergehakt, drückt wieder meinen Arm und zieht mich weiter.

Als mir das Schweigen zu peinlich wird, sage ich: »Das mit Olivia ist so traurig.«

»Ja, Himmel. Was für eine Idiotin.«

Ich zögere wieder, und nicht nur weil wir die Baumgrenze

erreicht haben und ich nirgendwo jemanden sehe. Wie weit wollen wir denn in den Wald rein?«»Wieso sagst du das? Heute Nachmittag hast du doch noch Trauergesänge angestimmt.«

»Ich bin ja auch traurig. Aber jetzt komm. Wer macht denn so was? Betrunkene Jungs aus West Virginia springen von Klippen runter, nicht normale Mädchen wie Olivia Thayne. Aber ich schätze, damit habe ich jetzt das Sagen, wo ich doch auf dem zweiten Platz bin.« Sie verstummt und wir umrunden ein dichtes Gehölz aus Kiefern. Die Nadeln kratzen an meiner Jacke, als Chloe mich dort hineinführt. »Das ist der Meesha Mound.« Sie kommt dichter heran und senkt die Stimme. »Eine indianische Begräbnisstätte, weißt du. Cool, hm?«

»Total.«

Mein Sarkasmus entgeht ihr und sie lenkt mich einen dunklen Pfad hinunter. Fast sofort kann ich das Leuchten einiger Handys ausmachen. Auf einer Lichtung am Fuß des Hügels sitzen ein paar Mädchen im Kreis.

»Leute, ich hab sie«, sagt Chloe. »Nummer fünf.«

Es ist merkwürdig, auf diese Weise vorgestellt zu werden, aber ich setze mich auf den Platz, wo Chloe hinzeigt, genau zwischen Amanda und Dena, also zwischen den Nummern vier und sechs.

»Willkommen, Fünf«, sagt Dena mit einem leisen Kichern. Ihr Atem riecht nach Bier.

»Na schön, damit sind wir komplett«, sagt Chloe und setzt sich mir gegenüber hin. »Die Schwestern der Liste.«

Ich kann mir ein Schnauben nicht verkneifen; das *muss* ein Witz sein.

Aber acht Augenpaare sehen mich todernst an.

»Ist das der Name, den wir uns geben?«, fragt Amanda.

»Wir geben uns einen Namen?«, platzt es aus mir heraus. Chloe seufzt, als müsste sie einem Kind etwas erklären. »Jedes Jahr geben sich die Listenmädchen einen Namen. Du weißt schon, wie bei einem Geheimklub.«

»Okay«, sage ich langsam. Woher weiß sie, dass das jedes Jahr passiert?

»›Schwestern der Liste‹ gefällt mir«, sagt Kylie Leff und beugt sich zu Amanda. »Wir sind schon seit dem Kindergarten Blutsschwestern.« Sie hält ihr den angewinkelten Zeigefinger hin und die beiden tippen auf die mädchenhafteste und schlaffste Weise die Fäuste aneinander, die die Menschheit je gesehen hat. »Also ist er perfekt.«

»Sollen wir über den Namen abstimmen?«, fragt Shannon Dill, die Nummer sieben.

»Wir brauchen nicht abzustimmen«, sagt Chloe. »Den habe ich festgelegt.«

Dena zischt: »Ist wer gestorben oder warum hast du plötzlich das Sagen?«

Zwei Mädchen schnappen bei der Frage nach Luft; der Rest von uns starrt Dena sprachlos an. Sie schlägt sich die Hände vor den Mund und schreit leise auf. »O mein Gott, so hab ich das nicht gemeint.«

Nach einer Sekunde lacht jemand nervös. »Schon gut, Dena. Wir wissen, dass du es nicht so gemeint hast.«

Chloe greift in einen Rucksack hinter sich und hält eine Flasche aus mattem Glas hoch. »Wir brauchen nicht abzustimmen«, sagt sie noch einmal, ohne auf Denas Fauxpas einzugehen. »Die Tradition verlangt, dass wir darauf trinken. Und unsere Tradition ist jetzt, dank des Freundes meiner Schwester« – sie dreht die Flasche um und liest das Etikett – »Three-Olives-Wodka mit Traubengeschmack.« Sie schraubt den Deckel ab und schnuppert. »Zum Glück bin ich allergisch gegen Erdnüsse und nicht gegen Weintrauben. Mädels, diese Tradition wird euch gefallen.«

»Tradition?«, frage ich und schaffe es nicht, meine Stimme frei von Spott zu halten. »Wie soll es denn eine Tradition geben?«

»Ich bin die zweite Generation«, sagt Chloe stolz, so als würde das alles erklären.

»Du meinst, deine Mutter stand auf der Liste?«, fragt Bree.

Chloe nickt selbstbewusst. »Sie war 1990 die Nummer vier. Damals haben sie sich die ›Bräute der neuen Dekade‹ genannt.«

Ich lache erneut und Dena ebenfalls, nur dass sie richtig laut loswiehert.

»Ihr findet das wohl witzig?«, faucht Chloe.

Die anderen sehen mich an und ich luge zu Dena rüber, die jetzt irgendwie auf meiner Seite steht, weil wir uns heute Nachmittag umarmt haben und jetzt beide lachen mussten.

»Na ja«, sagt Dena gedehnt. »Ich finde das schon ein bisschen albern.«

»Danke«, hauche ich.

»Dann fandest du es wohl auch *albern*, wie Olivia von dieser Klippe gestürzt und ertrunken ist?«

Ich reiße den Kopf herum, weil ich wissen will, wer die Frage gestellt hat. Es war Candace Yardley, die Nummer zehn, die bis jetzt praktisch kein Wort gesagt hat. Wieder einmal bewundere ich für einen Moment ihr gutes Aussehen; sie wäre perfekt für den Laufsteg. Wie ich sie je auf einer Liste heißer Mädchen habe schlagen können, ist eine Frage für zukünftige Generationen.

»Natürlich fand ich Olivias ...« Dena schüttelt den Kopf, sie kann oder will das Wort »Tod« eindeutig nicht aussprechen. »Das fand ich nicht lustig. Aber das hat doch nichts mit dieser Liste oder irgendeinem Geheimklub zu tun.«

Candace zieht eine ihrer perfekt gezupften Augenbrauen hoch. Und in meiner Brust verrutscht irgendwas.

»Du glaubst schon?«, frage ich leise.

Und niemand sagt ein Wort. Die Stille ist gerade lange und drückend genug, dass ich spüre, wie sich jedes Härchen auf meiner Haut einzeln aufstellt. Diese seltsamen anonymen Nachrichten tanzen vor meinen Augen. Das Gefühl, als die Bremsen nicht mehr funktionierten. Der Schock, als ich das Gas gerochen habe. Der Truck, der mich auf dem Weg zu Molly fast überfahren hätte. Alles, nachdem die Liste herausgekommen war.

»Leute«, flüstere ich. »Wollt ihr damit sagen ...«

»Wir wollen überhaupt nichts sagen«, verkündet Chloe schneidend und hält die Flasche in die Kreismitte. »Wir trinken Wodka im Namen der ›Schwestern der Liste‹. Wenn jemand nicht mitmacht, dann ...«

Ich warte und merke, dass ich die Luft anhalte.

»Dann was?«, fragt Dena voller Spott. »Dann gehen wir über die Klippe wie Olivia?«

»Hoffentlich nicht.« Chloe schließt die Augen, setzt die Flasche an und nimmt einen ordentlichen Schluck. Dann gibt sie den Wodka an Kylie weiter. »Drei?«

Kylie tut es ihr nach, verzieht das Gesicht und trinkt noch ein bisschen mehr. Sie lächelt ihre beste Freundin an. »Vier?«

Ich möchte gleichzeitig weglaufen, nervös lachen – mein erster Drink! – und ihnen von den seltsamen Sachen erzählen, die mir passiert sind. Aber ich beschließe, nichts zu sagen. Ich nehme die Flasche und lasse ein paar Tropfen meine Lippen benetzen. Sie schmecken wie bittere Hustenmedizin mit Traubengeschmack.

Ich gebe die Flasche an Dena weiter und sehe sie an. »Sechs?«

»Ihr Schlampen *spinnt*.« Das letzte Wort singt sie mit einem Lachen. »Aber ich muss mich dringend abschießen.« Sie nimmt einen langen, tiefen Zug und beendet ihn mit einem zufriedenen Seufzen, dann dreht sie sich zu Shannon Dill um. »Sieben?«

Shannon trinkt, gibt die Flasche weiter zu Bree Walker, die sie zu Ashleigh Cummings weiterreicht, die sie schließlich Candace hinhält. Die schnippt eine Strähne ihrer langen schwarzen Haare über die Schulter und reckt die Flasche hoch wie für einen Trinkspruch.

»Auf dich, Olivia. Zum Teufel, ich hoffe, das war wirklich ein Unfall.«

KAPITEL XI

Ich trinke nichts mehr und nach ein paar Minuten löst sich die
Runde auf und wir kehren zur Party zurück. Dena schleicht sich
auf dem Weg zum Haus unauffällig neben mich.

»Also, Schwester«, sagt sie mit einem winzigen Kichern in
der Stimme. »Was hältst du von der ganzen Sache?«

Ich verdrehe nur die Augen.

»Du findest die Liste blöd?«

»Ich wollte da nie drauf und hätte es auch nie für möglich
gehalten.«

»Ich muss zugeben, dass ich dich gar nicht auf dem Schirm
hatte.«

Ich gucke zu ihr rüber. »Wie jetzt, ihr setzt euch wirklich hin
und überlegt, wer dieses Jahr wohl gewählt wird?«

»Na klar. Du und deine Freundinnen etwa nicht?«

Ich schüttle den Kopf und werfe einen Blick zum Haus. »Apropos Freundinnen, ich hab meine quasi stehenlassen und suche
sie jetzt besser.«

Dena stolpert im Gras und hält sich an meinem Arm fest. Ich
fange sie auf und sehe ihr in die Augen. »Alles okay?«

»Bin angesäuselt«, gibt sie lachend zu. »Aber mir geht's gut.«

»Sicher?«

Ihre Belustigung verschwindet. »Keine Ahnung. Hat dich das Gespräch eben nicht irgendwie komisch draufgebracht? Das mit Olivias Unfall?«

Soll ich ihr vertrauen? Soll ich ihr von den Nachrichten erzählen und von den seltsamen Sachen, die mir passiert sind? »Ja, irgendwie schon. Da kommt man dann doch ins Grübeln, oder?«

»Also ob sie dafür bestraft worden ist, dass sie auf der Liste steht, oder so?«

Ich überlege und schüttle den Kopf. »Es lässt einen nur begreifen, wie zerbrechlich das Leben ist. Dass es jeden Moment vorbei sein könnte.«

»Kein Scheiß. Gestern hatte mein Fön einen Kurzschluss und ich hätte fast das ganze Haus abgefackelt.«

»Im Ernst? Was ist passiert?«

»Wenn ich das wüsste. Mein Dad meinte, der Elektriker hat irgendwas in der Dose falsch angeschlossen.«

»Und hast du nicht ...« – *total die Todesangst gehabt?* »Hast du dir keine Sorgen gemacht?«

Sie zuckt mit den Achseln und grinst mich an. »YOLO, Süße. Was so viel bedeutet wie ›Sieh zu, dass du Spaß hast‹.« Sie schubst mich mit der Schulter ins Haus. »Und zwar jetzt!«

Das Innere ist eine richtige Sehenswürdigkeit; es haut einen total um. Außerdem drängen sich überall Leute. So viel zum ernsten kleinen Zusammentreffen trauernder Teenager.

Ich kann Bier riechen und über dem lauten Lachen von Jungen und Mädchen ist Rap zu hören. Ernsthaft? Einen Tag nachdem die Mitschülerin gestorben ist, die sie alle nächstes Jahr zur Jahrgangssprecherin wählen wollten? Entweder ist ihnen das egal oder ... sie begreifen nicht, was Sterben heißt.

Deshalb können sie so unbekümmert sein. Sie wissen nicht, wie endgültig Sterben ist. Im Gegensatz zu mir.

Ich schiebe den Gedanken beiseite und suche gerade die Meute nach Molly ab, da legt sich ein Arm um meine Taille und zieht mich an eine breite, starke männliche Brust. »Hey, Fünfte.« Ich spüre seinen Mund dicht an meinem Ohr. »Ich dachte schon, du würdest nie reinkommen.«

Dena neben mir bekommt alles mit und sieht mich amüsiert an. »Wie ich eben sagte ... YOLO.« Sie zwinkert mir zu. »Ich suche mal deine Freundin. Ich weiß, wer sie ist. Entspann dich und hab Spaß.«

Damit ist sie weg und ich stehe für einen Moment total still da. Mein Bauch spannt sich dort an, wo Joshs Arm ihn berührt. »Das ist ein guter Rat, weißt du.« Er dreht mich langsam herum. »Entspann dich und hab Spaß.«

Junge, Junge, sieht er gut aus. Seine dunkelblonden Haare sind zerzaust und seine Augen sehen in diesem Licht rauchblau aus und sind jetzt, da er mich interessiert anguckt, sogar noch attraktiver.

»Hey, Josh«, sage ich.

Er lächelt mich langsam an. »Seit der siebten Klasse, ja?«

Ich runzle die Stirn und gebe mir richtig Mühe, nicht darauf zu achten, wie das schlichte weiße T-Shirt seine Schultern und seine Armmuskeln umschmeichelt. »Was denn seit der siebten Klasse?«

»Bist du schon in mich verknallt.«

Oh, Molly, du Verräterin. Ich will schon heftig protestieren, da sehe ich die Belustigung in seinen Augen. Und noch etwas. Befriedigung.

»Schockierend, nicht wahr?« Ich versuche es mit einem scherzhaften Flirten.

»Weißt du, woran ich mich bei dir noch aus der Unterstufe erinnere?«

Meine Zahnspange? Meine fehlenden Brüste? Meine Unfähigkeit, einen Jungen dazu zu bringen, dass er mich bemerkt? Die Liste ist lang. Ich schüttle den Kopf und bin mir nicht sicher, ob ich es hören will, aber gleichzeitig finde ich das Gespräch auch auf seltsame Weise aufregend.

»Als wir uns in Naturkunde als Elemente verkleiden sollten, warst du Wasserstoff.«

O Gott, ich bin als gigantischer Regentropfen zur Schule gegangen. »Wahrscheinlich nicht gerade mein bester Schulmoment.«

»Ich fand dich süß.«

Ich sehe ihn an und sauge das Kompliment förmlich auf. »Dann sind wir quitt«, sage ich ruhig und beglückwünsche mich innerlich für diese schlagfertige Antwort.

»Willst du was trinken?«, fragt er und lenkt mich vom Eingang zu einem luxuriösen Wohnzimmer hinüber.

»Ich dachte, wir würden uns hier treffen, damit wir um Olivia trauern können.«

»Sie würde wollen, dass wir glücklich sind. Komm, ich stelle dich dem König vor.«

»Wer ist denn das?«

»Mein Großvater.«

»Der König?« Ich lache. »So nennst du deinen Großvater? Was ist aus Opa und Opi geworden?«

Er verdreht die Augen. »Klingt so gar nicht nach meinem

Großvater. Außerdem ist sein Vorname Rex. Du bist die Lateinexpertin. Komm, schöne Mädchen kennenzulernen ist sein Lebenselixier.«

So wie er das sagt, komme ich mir wirklich wie eines dieser schönen Mädchen vor. Während wir durchs Haus gehen, erspähe ich Molly, wie sie zusammen mit ein paar anderen um einen Billardtisch herum steht. Sie lacht ein bisschen zu laut, ihre Augen glitzern vor Aufregung und sie hält einen roten Plastikbecher.

»Warte – ich will sie kurz umbringen, äh, mit ihr reden.« Er lacht. »Sei nicht böse mit ihr. Ich bin daran schuld, dass sie es mir erzählt hat. Und sie ist gerade mitten in einem Beer-Pong-Spiel, also stör sie nicht. Komm, hier lang.«

Er nimmt meine Hand und führt mich in einen anderen Teil des Hauses, einen zwei Stockwerke hohen Raum, der an eine riesige Küche anschließt. Auch hier sind überall Gruppen von Jugendlichen und ich glaube, ich kenne niemanden.

»Ist das hier nicht eine Party für die Vienna High?«, frage ich.

Josh nickt einigen Jungs im Vorbeigehen zu und zieht mich weiter. »Vom Sport kenne ich überall Leute. Ich spiele in zwei Auswärtsteams – hi, Ryan! – und viele hier kommen aus der ganzen Umgebung.«

Auf meinen verblüfften Blick hin sagt er: »Die übernachten alle heute hier. Wir haben jede Menge Platz und morgen spielen wir wahrscheinlich den ganzen Tag lang Touch-Football.« Er lächelt langsam und zieht mich ein Stück näher. »Du solltest auch hierbleiben, dann kann ich dich tackeln.«

»Ich denke, ihr spielt Touch.«

Lachend schließt er die Lücke zwischen uns. »Da kann es ganz schön zur Sache gehen.«

Zum Glück muss ich mir keine Antwort einfallen lassen, weil wir stehen bleiben und mit ein paar Jungs reden, die ich nicht kenne und die aus einer Stadt auf der anderen Seite von Pittsburgh kommen. Und ich dachte, bei Molly zu Hause wäre es lustig. Das hier ist eine völlig andere Welt – Wochenendpartys, Jugendliche von überall her und ein Großvater, dem es anscheinend völlig egal ist, wenn auf seinem Billardtisch Beer-Pong gespielt wird.

»Und wen haben wir hier, Josh?«

Ich drehe mich nach der Männerstimme um und gucke in Augen, die genauso unglaublich blau sind wie Joshs, nur eisiger und mit Krähenfüßen gefiedert.

»Das ist Kenzie Summerall.« So wie er das sagt, haben sie eindeutig schon über mich geredet.

»Kenzie.« Der Ältere nickt zustimmend. »Natürlich.« Er wirft mir ein entspanntes, breites Lächeln zu und sieht zu mir herunter – weit herunter. Ich kann sofort erkennen, wem Josh seine Vorzüge verdankt – seine Größe, seine Statur, diese raue, mit Charme vermischte Männlichkeit, die er ausstrahlt. Muss wohl erblich sein.

Der ältere Mann legt mir vertraulich eine Hand auf die Schulter und ich entspanne mich sofort. »Rex Collier«, sagt er und mustert mich, als könnte ihn nichts davon abbringen, seinen Blick von meinem Gesicht abzuwenden. Es ist beunruhigend – und schmeichelhaft. »Du hattest absolut Recht, Josh. Sie ist eine erfrischende Abwechslung.«

Josh schüttelt nur den Kopf und lacht. »Und du willst Molly umbringen?«, fragt er mich. »Was meinst du, wie ich mich jetzt fühle?«

Rex winkt ab. »Ehrlichkeit hat noch nie geschadet, junger Mann. Habe ich dir denn gar nichts beigebracht?«

»Du hast mir alles beigebracht«, sagt Josh mit einem respektvollen Unterton. »Auch den Blick für Mädchen mit Klasse.«

»Wohl wahr.« Der Ältere mustert mich noch einmal gründlich. »Klasse. Eine deutliche Verbesserung.«

Ich spüre, wie sich meine Augen weiten. »Gegenüber was?«

Das bringt Rex zum Lachen, was ihn aber kein bisschen weniger beeindruckend oder königlich wirken lässt. »Gegenüber den Mädchen, die ihren Busen herausquellen lassen und sich schminken wie Kleopatra.« Er hebt sein Glas. Kein Plastikbecher für den König; er hat ein geschliffenes Wasserglas, das mit etwas Bernsteinfarbenem über Eis gefüllt ist. »Sie trinken kein Bier, nehme ich an.«

»Da liegen Sie richtig.«

»Etwas Wein? Champagner? Ich habe einen schönen Port.«

Der erneute Kontrast zwischen Joshs Familienleben und meinem lässt mich fast lachen. »Ich brauche nichts. Ich fahre nachher.« Jedenfalls wenn das Bier war in Mollys Becher.

»Ein guter Grund, Mackenzie.« Rex lächelt immer noch und geleitet mich irgendwie von Josh weg zu einer Bar, die eine ganze Ecke des Wohnzimmers einnimmt.

Ich frage mich flüchtig, woher er meinen vollständigen Vornamen weiß, aber dann lenkt er mich zu einem Barhocker und setzt sich neben mich. »Mein Enkelsohn mag Sie. Er redet schon eine ganze Weile von Ihnen.«

Diese Erklärung verblüfft mich auf so vielen Ebenen, dass ich gar nicht weiß, wo ich anfangen soll. Also lächle ich nur und bin völlig verdattert, dass dieser ältere Mann – ich kann das Alter von

Leuten nicht gut schätzen, aber er dürfte schon deutlich über sechzig sein – nicht nur an einer Highschool-Party teilnimmt, sondern obendrein in Geheimnisse eingeweiht ist.

»Mögen Sie ihn?«, fragt er.

Ich sehe zu Josh hinüber, der gerade mit ein paar Jungs, die ich nicht kenne, einschlägt und rumalbert.

»Ja, natürlich mag ich ihn.«

»Genug, um mit ihm zu gehen?«

Ich lache leise. »Übernehmen Sie für ihn das Fragen?«

»Er hat gern meinen Segen, was solche Dinge betrifft. Wir stehen uns sehr nahe. Seine Eltern sind verstorben, wissen Sie.«

»Habe ich gehört, ja. Das tut mir leid.« Ich will schon erwähnen, dass ich weiß, dass er Josh das Leben gerettet hat, aber er soll nicht mitbekommen, dass ich mich über die Familie unterhalten habe.

Er nickt mir nachdenklich und traurig zu. »Eine Tragödie. Ich bin einfach nur froh, dass es mir meine Gesundheit und mein Vermögen gestatten, ihm ein gutes Leben zu ermöglichen und sicherzustellen, dass er alles hat, was er braucht.«

»Ja, das hat er eindeutig.« Ich sehe mich um, weil ich das Gespräch langsam gern beenden würde. Aber ich kann Joshs Blick nicht fangen, und einfach zu gehen wäre unhöflich. Außerdem sagt mir irgendetwas, dass man an Rex Collier nicht so leicht vorbeikommt.

»Man hat es als Einzelkind nicht leicht«, sagt er mit einem ernsten Seufzen.

»Nein.«

»Sie sind auch ein Einzelkind.« Er senkt den Kopf und fügt hinzu: »Heutzutage.«

Ach, er weiß es. Keine große Überraschung, Conners Tod war Stadtgespräch, der Verlust eines Jungen aus dem Ort bei einem tragischen Unfall. Mein Herz setzt aus und zerbricht, wie immer. Mir schnürt sich die Kehle zu, Tränen kündigen sich an. Werde ich jemals nicht so reagieren? Es ist jetzt fast zwei Jahre her.

»Traurigerweise ja«, sage ich.

»Wie kommen Ihre Eltern damit zurecht?«

Ich weiß die Frage zu schätzen, weil sich so wenige Leute nach ihnen erkundigen, aber Erwachsene sehen das vermutlich aus ihrem eigenen Blickwinkel. »Sie wollen sich scheiden lassen«, sage ich kühl und bin selbst über meine Ehrlichkeit verblüfft.

»Was sagt die Statistik über Eltern, deren Kind stirbt? Scheidungsrate knapp neunzig Prozent?«

Ich zucke mit den Achseln. »Wäre schön, es trotzdem zu schaffen.«

Er tätschelt meine Hand und setzt sich anders hin. »Lassen Sie uns das Thema wechseln. Wie ich höre, stehen Sie auf dieser Liste, die nichts anderes tut, als schöne Teenagermädchen zu Objekten zu machen.«

Ich bin froh über den Themenwechsel und freue mich sogar noch mehr, dass jemand meine Verachtung für die Liste teilt. »Josh hat Ihnen wirklich alles erzählt, oder?«

»Wir stehen uns sehr nahe«, sagt er wieder. »Welcher Platz?«

Wozu drum herumreden? »Der fünfte.«

»Ah, sehr gut. Hoch genug, um Eindruck zu machen; tief genug, damit sich der Neid in Grenzen hält.«

Ich muss lachen, so treffsicher ist seine Einschätzung. »Da ist was dran.«

»Dann freuen Sie sich bestimmt.«

Also doch nicht so treffsicher.»Ich glaube nicht, dass das so eine große Sache ist.«

»Wie ich höre, aber schon.« Und diesem Gespräch nach zu urteilen hört er alles.

Da ich mich jetzt wohler damit fühle, ehrlich zu sein, sage ich:»Ich glaube nicht, dass es so wichtig ist, für etwas anerkannt zu werden, das nichts mit ... *Leistung* zu tun hat.«

Er hebt zustimmend das Glas.»Braves Mädchen. Sie machen sich mehr Sorgen darum, aufs College zu kommen.«

»Absolut. Aufs College zu kommen hat für mich derzeit die höchste Priorität.« Die zweithöchste wäre, aus diesem langweiligen Gespräch mit einem alten Mann herauszukommen. Irgendwie würde ich lieber wieder mit seinem Enkelsohn flirten.

»Haben Sie sich schon eine Uni ausgesucht?«

»Hmm, das Aussuchen übernimmt wohl eher die Uni, aber ich habe ein paar auf meiner Traumliste.«

»Zum Beispiel?«

»Columbia«, sage ich. Wieso auch nicht? Tod und Scheidung hatten wir ja auch schon.»Ich würde gern Altphilologie studieren.«

Seine Augen leuchten.»Beeindruckend. Ich schätze Mädchen mit Ehrgeiz.«

»Na ja, erst mal muss ich gut genug sein. Und ein Stipendium brauche ich auch noch«, füge ich düster hinzu.»Also schauen wir mal.«

»Sie sollten sich um das Jarvis bewerben. Das würde ich zur Abwechslung gern mal einem Mädchen geben.«

Ich rücke etwas näher an ihn heran. In dem Partylärm habe ich mich doch bestimmt verhört.»Das was?«

»Das Jarvis.« Als ich den Kopf schüttle, lacht er. »Dann gelingt es uns wohl ganz gut, es der allgemeinen Aufmerksamkeit zu entziehen, denn es ist, dem Wunsch von Joshs Vater entsprechend, ausschließlich für Absolventen der Vienna High bestimmt. Der vollständige Name lautet Jarvis-Aurelius-Collier-Gedächtnis-Stipendium.«

Ich starre ihn nur an. »Dann ist ... war Jarvis Ihr Sohn?«

Seine Augen verschleiern sich. »Und ein ausgesprochen fähiger junger Mann, der viel zu früh von uns genommen wurde.«

»Das tut mir leid.«

»Aber sein Vermächtnis lebt weiter, gleich hier hinten im Wald.« Er deutet mit dem Kopf zur Rückseite des Hauses. »Dort liegt er auch begraben.«

Diese Bemerkung lässt mich blinzeln. Mrs Russell hatte doch erzählt, dass Joshs Eltern im Meer ertrunken sind und ihre Leichen nie gefunden wurden.

»Nicht er per se«, fügt Rex rasch hinzu, als er meine Reaktion sieht. »Sondern die Dinge, die ihm etwas bedeutet haben. Ich habe ein Ehrenmal für ihn errichtet.«

Jetzt ist das Gespräch nicht mehr langweilig, sondern peinlich, also halte ich verstohlen Ausschau nach Josh.

Rex bemerkt es, bewegt sich ein Stück zur Seite und versperrt mir den Blick. »Jedenfalls hat Jarvis in seinem Testament festgesetzt, dass jedes Jahr ein Absolvent der Vienna High ein Vollstipendium für ein College seiner Wahl erhält – oder auch eine Absolventin«, fügt er mit einem verschmitzten Lächeln hinzu. »Ohne konkrete Begrenzung der Höhe.«

Gut, das ist nicht mehr langweilig. »Wie kann ich mich bewerben?«

Er lacht glucksend.»Eine Bewerbung ist nicht nötig, meine Liebe. Sie müssen nur den Kletterparcours bezwingen, den Jarvis im Wald gebaut hat.« Er begutachtet flüchtig meinen Körper, setzt eine anerkennende Miene auf und zieht die grauen Augenbrauen hoch.»Sie machen einen ziemlich athletischen Eindruck.«

Eher nicht.»Ich bin mehr der Typ Lateinfan. Besteht die Chance, dass es eine altsprachliche Version des Kletterparcours gibt?«

»Ihre Lateinkenntnisse dürften Ihnen tatsächlich einen unfairen Vorteil geben. Sie treiben keinen Sport?«

»Meine Mom ist ziemlich übervorsichtig und hat ein Problem mit sportlichen Aktivitäten. Also damit, sie zu erlauben.« Ich stoße einen Seufzer aus.»Dasselbe gilt für Exkursionen.«

Er kann seine Fassungslosigkeit kaum verbergen.»Himmel, das ist ... unamerikanisch. Josh treibt jeden Sport, für den er Zeit findet, und das tut ihm nur gut. Da kommt er ganz nach seinem Vater.«

»Ich war beim Turnen bis ...« – *mir Trauer und Schuldgefühle einen Strich durch die Rechnung gemacht haben –*»... vor ein paar Jahren.«

»Ich höre die Wehmut in Ihrer Stimme, junge Dame.« Er beugt sich näher.»Sie haben es geliebt, nicht wahr?«

Für einen Moment glaube ich, er hat nicht »es« gesagt, sondern »ihn« und Conner damit gemeint.»Natürlich.«

»Ich wette, Sie waren auch richtig gut im Turnen.«

»Bestenfalls durchschnittlich, aber ich habe die Herausforderung genossen.«

»Was ist passiert?«

Conner ist gestorben. Aber ich habe keine Lust, über die verrückte Unfallbesessenheit meiner Mutter zu reden, also greife ich zu der üblichen Geschichte, die wirklich passiert ist, aber nicht der Grund dafür war, dass ich mit dem Turnen aufgehört habe.»Ich bin vom Trampolin gestürzt und da fand meine Mom, dass der Sport ein zu hohes Verletzungsrisiko birgt.« Beziehungsweise jeder Sport. Oder überhaupt das Leben.»Darum danke für den Vorschlag, Mr Collier, aber wenn Ihre ›Bewerbung‹ für das Stipendium aus einem Kletterparcours besteht und Sie für eine Minderjährige eine Unterschrift der Eltern benötigen, dann wird daraus nichts.«

Er antwortet nicht sofort, sondern nippt nachdenklich an seinem Drink.»Überlassen Sie es mir, das zu regeln.«

»Hey.« Joshs Hände landen auf meinen Schultern.»Hör auf, dich an mein Mädchen ranzumachen, Rex.«

Der Ältere lacht – laut genug, um mein verlegenes Kichern zu übertönen. Hat mich Josh Collier gerade als sein Mädchen bezeichnet?

So aufregend wie das ist – die Vorstellung, mit dem Stipendium seines superreichen Großvaters tatsächlich komplett die Columbia finanziert zu bekommen, schickt mir einen viel stärkeren Stromstoß durch den Körper. Wie schwer kann so ein Hochseilparcours schon sein? Ich klettere auch heute noch wie ein Äffchen.

»Sie ist zu klug für dich, Josh«, neckt ihn Rex. Jedenfalls denke ich, dass er ihn neckt; es liegt nicht viel Humor in seinem Blick oder seiner Stimme.

»Sie ist das totale Genie.« Josh drückt meine Schultern.»Ich finde das heiß.«

»Absolut«, stimmt sein Großvater zu.

Hier ist nur eins heiß, nämlich mein Gesicht. Es glüht richtig, während sie so über mich reden.

»Komm, Kenz.« Josh schiebt mich vom Barhocker. »Ich weiß, Rex ist ein Charmeur, aber du musst mich beim Beer-Pong anfeuern. Wir sehen uns, Großer.«

Als ich vom Hocker gleite, landet Rex' vom Alter gezeichnete, jedoch kräftige Hand auf meinem Arm. »Kenzie«, sagt er. »Ich wurde noch nie vor eine Herausforderung gestellt, die ich nicht auf die eine oder andere Weise bewältigen konnte.«

Daran habe ich keinen Zweifel. Ich lächle. »Deshalb auch Ihre Vorliebe für Kletterparcours.«

»Die Zeiten, in denen ich auf Bäumen herumgekraxelt bin, sind vorbei, aber wir finden eine Lösung, meine Liebe. Ganz gleich, was es dazu braucht.«

Wortwahl und Tonfall sorgen dafür, dass ich unwillkürlich die Augenbrauen hochziehe.

Er beugt sich nur noch näher. »*Exitus acta probat.*«

Latein geht ihm von der Zunge, als wäre es seine Muttersprache. Und ich weiß genau, wie sich das Gesagte übersetzt.

Der Zweck heiligt die Mittel.

»Manchmal schon«, gebe ich ihm Recht.

»Nicht manchmal«, entgegnet er. »Immer.«

KAPITEL XII

Später sitze ich im Billardzimmer auf Joshs Schoss. Das Beer-Pong-Spiel ist vorbei, viele sind gegangen und wir teilen uns in einer abgeschiedenen Ecke einen sehr plüschigen Sessel.

Ich habe seit meinem einen Schluck Wodka nichts mehr getrunken, aber Molly ist fast schon angetrunken, darum habe ich den ganzen Abend über ein Auge auf sie behalten. Sie redet ganz entspannt mit Jungs, sogar mit fremden, und hat deutlich mehr Spaß, als ich gedacht hätte. Trotzdem fühle ich mich für sie verantwortlich, und da sie vor einer Viertelstunde den Raum verlassen hat, gucke ich immer wieder, ob sie im Flur auftaucht.

»Hey.« Josh dreht mein Gesicht zu sich herum. »Ich bin hier.«

Wir sind uns so nahe, dass ich die goldenen Spitzen seiner Wimpern sehen kann, die verschiedenen Schattierungen des Sommerhimmels in seinen Augen. Ich warte immer noch darauf, dass mich das Verliebtheitsgefühl überkommt, das ich in den letzten vier Jahren beim Anblick dieses Jungen immer empfunden habe. Aber es bleibt aus. Ich finde es aufregend und spannend, ihm so nahe zu sein, aber der süße Schmerz und das Träumerische aus meinen Fantasien lassen auf sich warten.

»Möchtest du nach oben gehen?«, flüstert er. »Dir mein Zimmer ansehen?«

Eigentlich nicht. »Das lassen wir lieber«, sage ich mit einem bedauernden Lächeln. »Sonst denkt Molly, ich bin schon weg. Ich sollte sie besser suchen.«

»Mach dir ihretwegen keine Sorgen. Mach dir lieber Sorgen um mich.« Er zieht mich näher, bringt seinen Kopf an meinen heran. »Darum, mich zu küssen«, sagt er leise.

»Sollte ich das?«

»Dir Sorgen machen oder mich küssen?« Er lächelt und seine Lippen streifen meine. »Was glaubst du wohl?«

Ich meinte eigentlich, ob ich Molly suchen sollte, aber bevor ich ihm das erklären kann, küsst er mich. Sein Mund ist warm, aber fast sofort feucht, weil seine Zunge zwischen meine Zähne gleitet. Darauf war ich noch nicht gefasst, trotzdem lege ich den Kopf schief und versuche, möglichst wenig darüber nachzudenken, dass das hier, abgesehen von drei kurzen Mund-bleibt-zu-Versuchen mit Steven McKeever nach einer Lerngruppe in der Bücherei letztes Jahr und natürlich diesem einen Schmatzer mit Icky Hicky in der Siebten, mein erster Kuss ist.

Auf jeden Fall mein erster Zungenkuss. Ich schließe die Augen und versuche mich darauf zu konzentrieren – und warte immer noch auf Gefühle, die nicht kommen. In meinem Bauch flattert nichts, mein Herz schlägt nicht schneller, und dass seine Zunge nach Bier schmeckt, gefällt mir gar nicht. Außerdem fährt er mit der Hand meinen Hintern entlang.

Ich löse mich. »Ich muss echt nach Molly suchen.«

»Wovor hast du Angst, Kenzie?«

Genau das hat mich Levi Sterling auch gefragt. *Wovor hast du Angst, Mack?* Bei Levi hatte ich Angst vor ihm. Bei Josh habe ich Angst vor … gar nichts.

»Ich hab keine Angst.« Und das will ich mir nicht etwa bloß selber einreden. »Ich will das nur gerade nicht.« Ich schiebe ihn sanft weg. »Ich will nicht rummachen, wenn jeden Moment jemand reinkommen kann.«

»Scheiß drauf.« Er küsst mich erneut, was ich zulasse, und ich gebe mir erneut viel Mühe, es zu genießen. Es klappt nicht. »Josh.« Ich schiebe ihn weg. »Lass mich Molly suchen.«

Ich rechne mit Widerspruch, bekomme jedoch ein langsames, süßes Lächeln. »Ich möchte, dass du über Nacht bleibst.«

Ich ersticke fast. »Über Nacht?«

»Wie ich schon sagte, es übernachten alle möglichen Leute hier. Du brauchst dir keine Sorgen zu machen. Wir machen nichts weiter. Küssen uns nur noch ein bisschen.«

Mollys Mutter würde das nie erlauben – und meine? Ha, das ist ja lächerlich. Außerdem will ich gar nicht. »Danke, aber Molly muss demnächst nach Hause, also gehe ich sie besser holen. Ich bin gleich wieder da.«

Es spricht für ihn, dass er mich einfach aufstehen lässt, aber er kommt nicht mit, als ich zur Küche gehe. Da ist Molly nicht, also sehe ich ins hintere Wohnzimmer, in den Flur, ins große Wohnzimmer. Die Toiletten im Erdgeschoss, jedenfalls die drei, die ich finden kann, sind offen und leer.

Ich gehe so schnell um eine Ecke, dass ich fast mit jemandem zusammenstoße.

»Da bist du ja.« Es ist Chloe Batista, eingerahmt von Amanda und Kylie. *Die Zweite, Dritte und Vierte*, denke ich und mache einen Schritt nach hinten.

»Was denn, verpasse ich schon wieder irgendeine Aktion des Geheimklubs?«

»Du findest das Ganze wohl einfach bloß lächerlich, Kenzie?«, will Chloe wissen.

»Ich finde ...« – *in eurem Leben ist einfach zu wenig los, wenn ihr diese beknackte Liste so wichtig nehmt.* »Ich muss meine Freundin finden und losmachen.«

»Wieso?«, fragt Amanda. »Bleibst du denn nicht bei deinem neuen Freund?«

»Er ist nicht –«

»Und ob er das ist«, sagt Chloe. »Das ist doch das Schöne an der Liste. Dank ihr können auch Mädchen, die ...« Sie mustert mich von oben bis unten und ich mache mich auf eine Beleidigung gefasst. *Hässlich. Reizlos. Langweilig.* »... Durchschnitt sind, einen tollen Typen kriegen.«

Ich verdrehe die Augen. »Es ist bloß eine Liste, Chloe.« Ich verliere allmählich die Geduld. »Kein Liebeszauber.«

»Es ist nicht bloß eine Liste, Kenzie«, schießt sie zurück. »Und wenn du das glaubst, solltest du da vielleicht gar nicht draufstehen.«

»Ich habe nicht darum gebeten, draufzustehen.«

Sie wechseln alle einen Blick, dann legt Amanda den Kopf schief und sieht mich aus zusammengekniffenen Augen an. »Kriegt euch wieder ein, ihr zwei. Rein da.« Sie will mich zu einer offenen Tür schieben, aber ich halte dagegen.

»Ich will nicht –«

Finger schließen sich so fest um meinen Arm, dass ich fast aufschreie. Kylie Leff starrt auf mich runter. »Rein da.«

»Wieso?«

Kylie versetzt mir einen Stoß. »Nun mach schon, Kenzie.«

Ich stolpere in den Raum, der ein Arbeitszimmer oder eine

Bibliothek oder, den Glasregalen voller Flaschen nach zu urteilen, ein Weinlager sein könnte. Es ist ziemlich düster hier drin, und als die Tür zugeht, wird es dunkel.

»Was ist denn los?«

»Leise.« Die anderen bauen sich um mich herum auf, so nahe, dass ich im indirekten Licht der Weinregale gerade noch ihre Gesichter erkennen kann.

Chloe kommt so dicht ran, dass ich jeden Mascara-Strich auf ihren Wimpern sehen kann und wie sich in ihrem dunklen Lidschatten ein paar Linien gebildet haben. Aber vor allem sehe ich einen sehr, sehr ernsten Ausdruck in ihren haselnussbraunen Augen.

»Du hättest nie auf der Liste stehen sollen«, zischt sie, weil sie unseren Streit nicht abhaken kann.

Ach echt, Sherlock? »Hey, ich habe die Wahl nicht in der Hand. Oder dem Lacrosse-Team einen geblasen.«

Ihre Augen bleiben schmal, während sie mich anfunkelt. »Du schnallst es nicht, oder?«

Da hat sie wohl Recht. »Dass ich mit euch Hübschen nicht auf dieselbe Liste gehöre, meinst du?« Mir wird fast ein bisschen schwindelig von der Frustration, die in mir aufsteigt. »Dass ich die Aufmerksamkeit eines Jungen wie Josh Collier nicht verdient habe? Dass ihr mich nicht auf der Liste haben wollt, weil das ihr Ansehen sinken lässt? Ja, ich schätze, ihr habt eure Gründe, aber ich will überhaupt nicht in eurem blöden Klub sein, also warum lasst ihr mich nicht einfach in Ruhe?«

Alle drei starren mich an. Ohne Bedauern oder Mitleid oder Zorn oder so. Sie starren mich einfach nur an ... ausdruckslos. Dann will Chloe sich anscheinend auf mich stürzen, aber Kylie und Amanda halten sie fest. »Hör auf, Chloe. Das hier geht vor.«

»Was denn?«, frage ich. »Ich muss meine Freundin finden.«

Amanda tritt näher. »Ist dir in der letzten Zeit irgendetwas, hm, Gefährliches passiert?«

Mir wird ganz anders, als würde in mir alles zu heißem Quecksilber schmelzen. »Zum Beispiel?«

»Irgendwelche Sachen, die nur ganz knapp noch gut ausgegangen sind?«

Ach du Scheiße. »Du meinst Unfälle?«

Sie rücken noch näher, lassen mir kaum Platz und Luft.

»Kenzie«, flüstert Amanda. »Wärst du in den letzten Tagen fast gestorben?«

Ja. Drei Mal. »Mir sind ein paar ... komische Sachen passiert.«

Sie wechseln einen Blick, der gruseliger ist als jeder Horrorfilm, den ich je gesehen habe. »Wieso?«, frage ich mit krächzender Stimme.

Chloe reißt die Augen auf. »Das ist gar nicht gut.«

Mir wird schwummrig vor Grauen. »Was denn? Wovon redet ihr?«

»Von dem Fluch«, flüstert Chloe und auf meinem Arm breitet sich eine Gänsehaut aus wie ein winziger Bombenteppich.

Ich starre sie nur an und begreife nicht, was sie mir damit sagen will. »Es gibt einen Fluch?«

»Das ist jetzt das dreißigste Jahr der Liste«, flüstert sie und legt ihren Kopf schief, als hätte sie mir gerade das größte Geheimnis aller Zeiten verraten.

Mir fällt wieder ein, dass die Krankenschwester das sagte. »Und?«

Sie wechseln erneut einen Blick, aber diesmal schüttelt Kylie energisch den Kopf. »Du weißt, was deine Mutter gesagt hat, Chloe.«

»Was hat sie denn gesagt?«, frage ich.

Chloe schließt die Augen und atmet langsam durch die Nase aus. »Sei einfach vorsichtig, Fünfte. Ich meine, wir sind wahrscheinlich sicher, aber ...«

»Aber was?« Ich hasse es, wie meine Stimme stockt. »Was ist das für ein Fluch? Ein Gespenst? Ein modernes Märchen? Eine Lagerfeuergeschichte? Wovon zum Teufel redet ihr, Chloe? Sind euch auch komische Sachen passiert?«

»Mein Glätteisen ist vom Regal in die Badewanne gefallen«, sagt Chloe. »Ungefähr zehn Sekunden nachdem ich rausgestiegen bin.«

O Gott.

»Unser Garagentor wollte nicht aufgehen«, sagt Kylie. »Und ich war im Auto und die Tür hat geklemmt und ...« Sie schließt die Augen. »Der verdammte Motor ging nicht aus. Wenn meine Schwester nicht nach Hause gekommen wäre ...« Sie atmet bebend aus.

Ich sehe Amanda an, die sagt: »Abgesehen von einer losen Teppichkante auf der Treppe, über die ich gestolpert bin, nein; aber in der Nacht, als Olivia gestorben ist, habe ich eine echt merkwürdige Nachricht aufs Handy bekommen.«

Ich kann kaum sprechen. »Wie lautete sie?«

»›Eine weniger.‹«

Ich wimmere und halte mir die Hand vor den Mund. »Auf Englisch?«

»Ja klar, auf Englisch. Aber das Merkwürdigste war, dass die

141

Nachricht zehn Minuten später verschwunden war. Ich kann sie nirgends finden, in keinem Ordner.«

»Du hast sie dir eingebildet«, sagt Kylie.

Nein, hat sie nicht.

Das Klopfen an der Tür klingt wie ein Schuss und lässt uns alle kreischend zusammenzucken.

»Kenzie? Bist du da drin?« Es ist Molly und ich weine fast vor Erleichterung.

»Eine Sekunde noch, Moll.«

»Wir können jetzt losfahren«, antwortet sie.

Zwei der Mädchen packen mich bei den Armen und Chloe stößt mir ihre Nase ins Gesicht. »Kein Wort, zu niemandem!«, zischt sie. »Auch nicht zu deiner blöden Freundin.«

»Sie ist nicht blöd«, sage ich leise.

»Sie ist jedenfalls keine von uns«, erklärt Kylie.

»Kein Wort«, knurrt Chloe. »Was meinst du wohl, wieso Olivia tot ist?«

Ich wühle nach gesundem Menschenverstand, um die plötzliche Übelkeit zurückzudrängen, die mich überkommt. »Weil sie getrunken hat und von einer Klippe gesprungen ist?«

Die Türklinke bewegt sich. »Kenzie, komm!«

»Sie ist tot, weil sie über den Fluch gesprochen hat.«

Über den *Fluch*?

Molly klopft lauter. »Kenzie!«

Amanda geht wortlos zur Tür, dreht den Schlüssel und zieht sie so weit auf, dass ich Molly sehe.

»Bin schon unterwegs«, sage ich zu ihr. Dann sehe ich nach hinten und mache mich auf einen finsteren Blick meiner Listenschwestern gefasst, aber mir fällt etwas anderes ins Auge: eine

Bewegung hinter ihnen. Ich blinzle und kann den Schatten eines Mannes erkennen, der auf der anderen Seite des Raums durch eine Tür verschwindet.

Wer war das? Rex? Josh? Egal wer, er hat jedenfalls das komplette Gespräch belauscht. Aber das werde ich diesen Mädchen nicht auf die Nase binden. Die spinnen doch. Es gibt keinen Fluch.

Hoffe ich jedenfalls.

KAPITEL XIII

Sonntagabend wird es kalt. Meine Hände sind steif und ich habe sie beim Gehen in die Taschen gesteckt. Der Wind ist beißend, in meinen Augenwinkeln bilden sich Tränen und der erste richtige Frost des Jahres dringt mir bis in die Knochen. Als ich beim Starbucks ankomme, bin ich richtig am Bibbern.

Beim Eintreten ändert sich das alles. Wärme schlägt mir entgegen und hat eine ganz ähnliche Wirkung wie der Anblick des Jungen, der an einem Ecktisch sitzt, die Hände um einen Kaffeebecher gelegt, ein Auge hinter dunklen Locken verborgen und das Gesicht ausdruckslos, während er mich ansieht.

Eine Sekunde lang bekomme ich keine Luft und weiß auch nicht mehr, dass ich gefroren habe.

Levis Macht liegt in seinen Augen. Oder nein, vielleicht auch in diesem Lächeln. Quatsch, in seinem Körperbau, als er aufsteht, um mich zu begrüßen. Tatsache ist, dass seine Macht sich auf alle möglichen Weisen ausdrückt, und sie hat eindeutig Wirkung auf mich, sonst wäre ich jetzt nicht hier. Er hat mir vor einer Stunde eine Erinnerungsnachricht geschickt und geschrieben, dass er wirklich Hilfe bei einem bestimmten Textproblem brauche, aber ohne sie wäre ich bestimmt auch gekommen. Und zwar nicht, weil er sonst in Mathe durchfällt.

Und da bin ich jetzt, bereit zur Nachhilfe. Nur dass auf seinem Tisch ein verblüffender Mangel an Büchern, Heften, alten Tests oder sonst irgendetwas herrscht, das besagen könnte: *Hier läuft gerade eine Nachhilfestunde.* Ich wusste doch, dass es nicht um Mathe geht.

Irgendetwas Beängstigendes und Aufregendes wirbelt in meiner Brust herum und sinkt in meinen Bauch runter, als ich den Stuhl ihm gegenüber herausziehe.

»Hast du geweint, Mack?«, fragt er und mustert mein Gesicht. Ich wische die Kälte weg. »War nur der Wind.« Ich sollte ihm erklären, wieso ich diesen Spitznamen nicht mag, aber ich bin noch nicht dazu bereit, das Gespräch auf dieses Thema zu bringen. Außerdem klingt es anders, wenn er den Namen ausspricht, als damals bei meinem Bruder. Eigentlich gefällt es mir, den Namen aus Levis Mund zu hören.

Vielleicht gefällt mir auch einfach nur Levis Mund.

»Hier.« Er schiebt mir den Kaffee rüber, als ich mich setze. »Der ist richtig heiß.«

Ich sehe auf den Schlitz im Plastikdeckel und bekomme schon wieder so ein Flattern im Bauch, einfach nur bei der Vorstellung, meine Lippen auf dieselbe Stelle zu legen, an der seine eben noch waren. Mit gesenktem Blick lege ich beide Hände um den Becher und die Wärme unter dem braunen Papphalter lässt mich seufzen.

»Trink«, sagt er. »Der ist mit Salzkaramell.«

O mein Gott, das klingt gut. Ich hebe den Becher an meine Lippen und sehe Levi an. Er schenkt mir diese Andeutung eines schiefen Lächelns, das noch durch diesen verhangenen Blick verstärkt wird. Diese Augen haben bestimmt schon vielen Mädchen die Unschuld geraubt, das Herz gebrochen und sie zu etlichen schlechten Gedichten inspiriert.

Der Kaffee ist köstlich – süß und stark und mit einem überraschenden Hauch von Salzigkeit.»Mmm. Der ist toll. Ich sollte mir einen holen.«

»Wir können uns den teilen.« Er nimmt den Becher, dreht ihn ein Stück und trinkt. Ich kann den Blick nicht von seinen Lippen wenden, sie sind so voll und perfekt und unglaublich ... zum Küssen.

Dabei habe ich erst gestern Abend Josh Collier geküsst, der mich sogar gebeten hat, die Nacht bei ihm zu verbringen und seine Freundin zu sein. Das quälende Gefühl, etwas falsch zu machen, breitet sich in mir aus, ungefähr an der Stelle, wo wohl das Gewissen angesiedelt ist.

Das hier ist eine Nachhilfestunde – also wieso habe ich das Gefühl, einen Jungen zu betrügen, den ich nicht mal besonders mag. Puh, das ist das erste Mal, dass ich *diese* Wahrheit überhaupt zugebe, sogar mir selbst gegenüber. Ich mag Josh nicht. Bedeutet das, ich *mag* stattdessen ...

»Du bist ja ganz schön am Grübeln«, stellt er fest.

»Ich bringe mich nur in den Nachhilfemodus.« Ich nicke und sehe mich auf dem leeren Tisch zwischen uns um. »Also, wo ist dein Mathebuch?«

»Ich komme einfach nicht drauf.« Er legt den Kopf schief und mustert mich erneut.

»Auf die Lösung für die Textaufgabe?«

»An wen du mich erinnerst.«

Der vertrauliche Tonfall sorgt dafür, dass ich mich am liebsten vorbeugen möchte, aber ich bezwinge den Drang und suche nach einer schlagfertigen Antwort. »Jetzt sag bloß nicht, an deine Mutter.«

Sein Lächeln ist wie weggefegt. Der Witz kam wohl nicht so gut an. »Ich weiß überhaupt nicht mehr, wie meine Mutter aussieht. Ich hab sie nicht mehr gesehen, seit ich acht war.«

Mein Herz krampft sich ein bisschen zusammen. »Das ist ... traurig.«

»Nein, überhaupt nicht. Es ist besser so. Sie ist eine Irre.«

Ich sehe runter auf den Kaffee. Was soll man dazu sagen?

»Ist sie wirklich«, fügt er hinzu und klingt fast hoffnungsvoll, so als würde er wollen, dass wir das Thema vertiefen.

»Meine Mutter spinnt auch.« Ich greife nach dem Becher und genieße einen weiteren salzigen Schluck.

»Aber nicht so wie meine.«

»Meine Mutter erlaubt nicht, dass ich Sport treibe oder während eines Gewitters dusche oder die Straße überquere, wenn da kein Verkehrspolizist steht«, sage ich mit einem Lachen. »Ich meine, sie ist verrückt.«

»Meine Mutter ist in einer Klinik.«

Oh. »Okay. Dann hast du gewonnen.«

Das bringt ihn zum Lächeln. »Den Wettkampf, wer die verrückteste Mutter hat, gewinne ich immer.«

Er versucht es lustig klingen zu lassen, aber es beschäftigt mich trotzdem. »Tut mir leid. Das muss ganz schön hart sein für dich und ...« – Was war noch gleich mit seinem Vater? Ich habe keine Ahnung – »... deine restliche Familie.«

Er sagt nichts weiter und nimmt wieder den Kaffee. Nachdem er getrunken hat, lehnt er sich zurück und sieht mich unter seinen dichten schwarzen Wimpern hervor an. »Es ist eine

Schauspielerin aus den Star-Wars-Filmen.« Er runzelt die Stirn und zeigt mit dem Finger zwischen meinen Augen hin und her. »Genau da. Portman.«

Ich sehe für ihn aus wie Natalie Portman? »Sie hat braune Augen.«

»Die Gesichtsform. Dieses bezaubernde kleine Kinn.«

Bezaubernd? »Sie ist ... hübsch.«

»Genau das meine ich.« Er legt die Ellbogen auf den Tisch und stützt das Kinn auf die Fäuste. »Glaub mir, es war schlimmer, als meine Mom noch da war.«

Was war schlimmer? Ich blinzle, weil ich bei seinen schnellen Themenwechseln kaum hinterherkomme. »Hast du ADS oder so?«

»Oder so.« Er starrt mich immer noch an und vergleicht mich mit Natalie Portman. »Ich bin Legastheniker.«

Sieh an, schon wieder. »Du lässt gern Bomben platzen«, sage ich. »Geht es dir um den dramatischen Effekt?«

»Ich möchte dir gegenüber gern offen und ehrlich sein.«

Ich kann nicht anders. Ich muss es wissen. »Wieso?«

Die Frage überrascht ihn nicht; ich glaube, er steht auf Direktheit. Langsam breitet sich ein Lächeln auf seinem Gesicht aus. »Weil ich glaube, dass ich dir vertrauen kann.«

»Das kannst du. Wissen andere Leute denn nicht von ... deiner Mutter? Deiner Legasthenie?«

Er antwortet nicht sofort, sondern nimmt den Becher und dreht den Papphalter, während er überlegt. »Ich bin letztes Jahr aus Pittsburgh hierhergezogen.«

»Ja, ich erinnere mich.« Als er auf die Vienna High kam, ging ein Beben durch die weibliche Schülerschaft.

»Ach, echt?« Das hat ihn jetzt überrascht.

»Natürlich. Du warst irgendwie ...« – *erfahrener. Gefährlich. Heiß* – »... älter als die meisten von uns.«

»Bin ein paarmal sitzengeblieben«, gesteht er ein, ohne sich zu schämen. »Ich werde in vier Monaten achtzehn.«

Ich nicke und versuche zu verbergen, wie beeindruckt ich bin. Achtzehn kommt mir so viel älter vor als meine Gerade-mal-Sechzehn. Mom würde in die Luft gehen. Und ich muss das Offensichtliche zugeben: Er ist praktisch so alt wie Conner. Wobei sich dieser Junge hier so sehr von meinem positiven, geselligen, allseits verehrten Bruder unterscheidet, wie es überhaupt nur geht.

»Dann bist du wegen deiner Familie hierhergezogen?«

»Es hieß, entweder hierher oder mehr Zeit im Jugendknast.«

Ich lache leise.

»Warum lachst du?«

»Weil du mit diesen Sachen so geradeheraus bist.«

Er zuckt mit den Schultern. »Ich sage immer die Wahrheit.«

Das gefällt mir. »Aber die meisten Jugendlichen würden das lieber für sich behalten oder ... Keine Ahnung. Ich habe wohl eher selten mit Leuten zu tun, die im Jugendknast waren, darum weiß ich das eigentlich gar nicht. Also, was ist passiert?«

»Ich bin ein Straßenrennen gefahren.«

»Das reicht für eine Jugendstrafe?«

Er zuckt mit den Schultern, dann schließt er die Augen. »Und hab 'nen Unfall gebaut.«

»Oh.«

»Mit einem geklauten Auto.«

Autsch. »Das war dumm.«

»Du hast keine Ahnung.«

»Bist du verletzt worden?«, frage ich.

Die Farbe weicht langsam aus seinen Wangen. »Nein, aber ...«
Er setzt sich anders hin und atmet langsam aus. »Da war noch ein
Mädchen mit mir im Auto und sie ... ist verletzt worden. Schwer.«
Er murmelt die letzten Worte.

Nach einem Moment der Stille sieht er mir direkt in die
Augen. »Sie sitzt im Rollstuhl.«

Ich erstarre für eine Sekunde, dann lasse ich mich gegen die
Stuhllehne fallen. »Das ist ja schrecklich.«

»Ja. Ich bin jetzt auf Bewährung und meine Tante hat meinen
Bewährungshelfer davon überzeugt, dass ich den Führerschein
machen und bei ihr leben darf. Was gut ist, weil mein Vater mich
für den leibhaftigen Teufel hält und meine Mutter häufig nicht
weiß, wer ich bin.«

Bewährung. Jugendstrafe. Nervenkliniken. Eine Beifahrerin
in einem gestohlenen Wagen, die jetzt gelähmt ist. Himmel, dieser Junge zieht Ärger magisch an – und doch fühle ich mich mit
ihm wohler als mit dem Jungen, der bei seinem Millionärsgroß-
vater wohnt und versucht hat, mit mir in seinem Billardzimmer
rumzumachen.

»Wie lange bist du noch auf Bewährung?«

»Bis ich achtzehn werde.« Er guckt ein bisschen wehmütig,
so als ob ihn die Vorstellung, von seiner Tante wegzuziehen, kein
bisschen reizt. Vielleicht hat er ja die Nase voll vom Hin- und Her-
ziehen.

»Und dann?«

»Keine Ahnung, Mack.« Er beugt sich vor. »Und, hast du Spaß
gehabt?«

Seine Themenwechsel sind, wie mit jemandem zu tanzen, der

ständig den Rhythmus wechselt – ich weiß gar nicht, womit ich rechnen muss. »Spaß bei was?«

»Auf Colliers Party.«

»Woher weißt du, dass ich dort war?«

Er stützt wieder seine Ellbogen auf den Tisch, aber diesmal legt er die Handflächen aneinander und sieht mich über gebräunte starke lange Finger hinweg an. »So groß ist Vienna nicht. Und es gab wieder Fotos auf Instagram. Hashtag #KnutschenMitNummerFünf.«

Meine Wangen brennen wieder, aber ich weigere mich, den Blick abzuwenden. »Ja«, sage ich. »Das ist passiert.«

Er starrt mich immer noch an. Es macht mich ganz fertig.

»Hör mal, ich bin hierhergekommen, um dir zu helfen. Wenn du ein Problem mit Mathe hast, kann ich das. Wenn du dir nur … ähm … einen Kaffee teilen möchtest? Dann …« Ich breche ab und warte, dass er den Satz zu Ende führt.

»Dann hast du schon einen Freund.«

»Genau genommen nicht.« Verdammt, das kam vielleicht etwas zu schnell.

»Nur ein bisschen unverbindliches Rummachen mit gut aussehenden Sportlertypen?«

»Wir haben nicht rumgemacht. Eigentlich.«

Er beugt sich vor und schnappt sich zu meiner Verblüffung meine Hand. »Sei bloß vorsichtig, Mack.«

»Ich …« Ich will meine Hand wegziehen, wirklich; aber es hat etwas unglaublich Tröstliches, seine Handfläche und seine Finger auf meinen Knöcheln zu spüren. Es ist wie bei dem Kaffee: Ich kann nicht Nein sagen. »Wieso soll ich vorsichtig sein? Denkst du, Josh Collier bricht mir das Herz?«

»Um dein Herz mache ich mir weniger Sorgen.« Seine Stimme ist rau und leise.

»Um was dann?«

Einen Moment lang guckt er viel zu ernst dafür, dass wir immerhin ein bisschen miteinander flirten. Dann schüttelt er den Kopf. »Also, dann zu diesem Textproblem.«

Ich lache erneut. »Ich weiß bei dir nie, was als Nächstes kommt.«

»Gut. Es ist auf Lateinisch.«

Ich runzle die Stirn und mustere sein Gesicht, was, ganz ehrlich, keine schlimme Aufgabe ist. »Du hast kein Latein.« So viele Lateinschüler haben wir an der Vienna High nicht – und Levi ist definitiv keiner von ihnen.

»Ich brauche eine Übersetzung.«

»Ich dachte, du bräuchtest Hilfe in Mathe.«

Er schüttelt den Kopf. »Latein.«

»Dann«, muss ich zugeben, »bin ich dein Mädchen.«

Er schaut mir in die Augen, schenkt mir ein schiefes Lächeln und drückt leicht meine Hand. »Schön wär's.«

Wow, er ist gut. Elektrisch aufgeladen, magnetisch, brandgefährlich. Levi ist eine menschliche Physikstunde voller Kräfte, denen ich nicht widerstehen kann. Aber ich muss. Ich ziehe meine Hand weg. »Was ist das für ein Lateinproblem?«

»Wieso willst du nicht meine Hand halten, Mack?«

»Wieso musst du mich ständig so nennen? Das tut niemand, weißt du. Es heißt Kenzie. Oder Mackenzie. Nicht Mack.«

»Echt? Mack passt zu dir. Das ist ungekünstelt und ehrlich und nicht ganz das, was man erwarten würde.«

Bin ich all das? »Ich mag den Namen nicht.«

»Wieso nicht?«

Weil mein Bruder mich seit meiner Geburt Mack genannt hat und ich mir manchmal beim Einschlafen, wenn die Schuldgefühle und der Schmerz wieder hochkommen, vorstelle, wie er da unten in diesem Lagerraum ist und sein T-Shirt sich in dem Fließband verfangen hat und sein Kopf in eine andere Richtung gezogen wird als sein Körper und er da festhängt, ganz allein, und stirbt. Hat er nach mir gerufen? Hat er geschrien: *Mack, ich brauch Hilfe?*

Oder ist er einfach ... *gestorben,* während er versucht hat, den Schmuck zu retten, der mir runtergefallen war?

»Erde an Mack.« Levi schwenkt eine Hand vor meinem Gesicht.

»Entschuldige.«

»Wo warst du gerade?«

An einem schlimmen Ort. Ich kann nicht antworten und versuche ein Achselzucken.

»Ich vermute, jemand ganz Bestimmtes hat dich so genannt. Jemand, wegen dem diese babyblauen Augen jetzt so traurig gucken.«

Ich möchte einen Witz machen, unbeschwert sein, sogar flirten. Aber er ist so verdammt nahe an der Wahrheit, dass ich kaum atmen kann.

»Deine erste Liebe?«, fragt er.

»Nicht.« Schon dieses Wort lässt meine Stimme brechen und sofort ergreift er wieder meine Hand. »Bei was soll ich dir helfen in Latein?«

»Du erzählst es mir schon noch.« Er setzt wieder dieses verschmitzte Lächeln auf. »Das ist meine geheime Superkraft. Die Leute erzählen mir alles.«

»Glaub mir, Levi, du hast mehr als eine Superkraft.«

Er sieht mir in die Augen, eine gefühlte Ewigkeit lang, die aber wahrscheinlich nur vier oder fünf meiner irre schnellen Herzschläge andauert. Und während dieser Zeitspanne spüre ich all das, was gestern Abend bei Josh gefehlt hat. Die Schmetterlinge im Bauch, den Schwindel im Kopf, das Zittern beim Atmen ... Es ist alles da.

Na toll. Einfach klasse. Ich konnte mich ja nicht zu dem gut aussehenden Sportler hingezogen fühlen, stimmt's? Nein, ich muss mir den Kerl hier aussuchen, mit seinem Vorstrafenregister und seinem familiären Hintergrund und seinen beängstigend sexy Augen.

»Hast du einen Stift, Mack?«

Ich ziehe einen aus meiner Umhängetasche. Während er sich eine Serviette schnappt und die bedruckte Seite nach unten dreht, nehme ich den Kaffee, den wir uns teilen, und trinke noch einen Schluck. Er ist jetzt fast kalt, aber das ist mir egal.

Ich sehe zu, wie seine Wimpern Schatten auf seine Wangenknochen werfen, als er nach unten sieht, und betrachte seine Kinnlinie und die Form seiner Lippen.

Ich möchte ihn küssen.

All die Schuldgefühle lösen sich auf, nur damit etwas Schlimmeres an ihre Stelle tritt. Angst. Ich fürchte mich vor diesem Jungen und fühle mich so, so sehr zu ihm hingezogen.

Er sieht hoch und ertappt mich, aber es ist mir egal. »Das ist vertraulich«, sagt er.

»Gut.«

»Ich meine, erzähle *niemandem*, was ich dir gleich zeigen werde.«

Ich lache fast.»Dabei wollte ich es gleich twittern.«

»Ich meine es ernst.« Er kneift die Augen zusammen und senkt die Stimme.»*Tod*ernst.«

»Gut«, sage ich jetzt ohne jede Belustigung.

»Ich muss genau wissen, was das hier heißt.« Er dreht die Serviette immer noch nicht herum, sondern greift nach meiner Hand.»Ganz genau. Wort für wörtliches Wort.«

»Gut, ich gebe mein Bestes.«

Jetzt dreht er die Serviette herum und dort steht:

Nihil relinquere et nihil vestigi

Ich brauche nicht lange nachzudenken; das sind keine ausgefallenen Wörter.»Das heißt: ›Nichts zurücklassen, auch keine Spur‹.«

Er runzelt die Stirn.»Google sagt: ›Verlasse nichts und verfolge nichts‹.«

»Google Translate ist geistig minderbemittelt.« Ich studiere die Worte erneut und überprüfe noch einmal Tempus und Grammatik.»Ja, *nihil* heißt ›nichts‹, aber *relinquere* ist das Verb ›hinter sich lassen‹.«

»Nicht ›verlassen‹?«

»Nein, es bezieht sich auf das, was zurückbleibt, wenn du gehst. Und der zweite Satz ist ein partitiver Genitiv, darum übersetzt es sich direkt zwar als ›nichts von Spur‹, aber es bedeutet ›keine Spur‹.«

Er runzelt die Stirn und schüttelt den Kopf.

»Dazu müsstest du die Feinheiten der Sprache verstehen, aber *nihil* ist ein defektives Substantiv.«

»Das heißt, es ist irgendwie kaputt?«

»*Nihil* dekliniert sich nicht wie ein normales Substantiv; es hat nur den Nominativ und den Akkusativ. Im ersten Satz fungiert *nihil* als direktes Objekt des infiniten *relinquere* ...« Die Erklärung ist noch lange nicht zu Ende – wie immer beim Akkusativ –, aber Levi kratzt sich jetzt schon den Kopf und kommt nicht mehr mit.

»Bist du sicher? Es bedeutet ›nichts zurücklassen‹ –«

»Ja, aber nicht als Infinitiv, sondern als Anweisung. ›Lasse nichts zurück.‹ Es ist etwas, das jemand tun will oder das ihm befohlen wird. Der Unterschied ist sehr fein, aber er ist vorhanden.«

Er nickt.

»Und was ist das nun? Ein Songtext? Ein Gedicht? Eine Geheimbotschaft?« Bei meinem letzten Vorschlag wird er tatsächlich blass.

»Ein Gefallen für einen Freund«, sagt er nach einer Pause.

Ein sehr merkwürdiger Gefallen. »Jemand, den ich kenne?«

»Das bezweifle ich.« Er rollt die Serviette zu einer Kugel. Ich bin wie gebannt von seinen Händen; das sind vielleicht die schönsten Hände, die ich je gesehen habe. Runde Fingerkuppen, lang, schmal, kräftig, braun gebrannt.

Einen Moment später steckt er die Papierkugel in die Jackentasche und sein Blick wandert von mir zu dem Fenster in meinem Rücken. Wieder könnte ich schwören, dass sich etwas in seinem Gesichtsausdruck und seiner Körpersprache verändert. Er wirkt plötzlich ... angespannt.

Instinktiv drehe ich mich um und sehe gerade noch, wie ein dunkler Pick-up vom Parkplatz rollt.

Ich fahre herum und sehe Levi an. »Weißt du, wer das ist?«

»Wer *wer* ist?«

»Der in dem Truck.«

Er runzelt die Stirn. »Ich habe keinen Truck gesehen.« Unvermittelt steht er auf und schnappt sich den Kaffee. »Ich muss los, Mack. Danke für die Lateinhilfe.«

Die Plötzlichkeit verblüfft mich wie alles, was er sagt oder tut, aber ich stehe ebenfalls auf. »Gut.« Ich sehe wieder zum Parkplatz. Mir gefällt die Vorstellung gar nicht, im Dunklen nach Hause zu gehen, während dieser Pick-up da unterwegs ist. Ein vertrautes Gefühl durchrieselt mich.

Vertraut genug, dass ich es abschüttle. Ich werde mich *nicht* von der Angst beherrschen lassen. Klar, ich könnte Levi fragen, ob er mich nach Hause fährt, aber irgendetwas hält mich davon ab. Wahrscheinlich, dass er es so eilig hat, hier wegzukommen. Und wenn er mich mitnehmen wollte, würde er es mir dann nicht anbieten?

Sein Blick huscht erneut zum Fenster, dann stiefelt er los. Ich setze mich langsam wieder hin und versuche seine innere Kehrtwende zu begreifen. Lag es an der Übersetzung? Am Truck? An mir?

Am Müllbehälter bei der Tür bleibt er stehen und wirft den Becher weg. Nach kurzem Zögern greift er in die Jackentasche, holt die zusammengeknüllte Serviette hervor und wirft sie ebenfalls weg.

Dann dreht er sich um und zwinkert mir zu. »Wir sehen uns, Kenzie.«

Der Name – von dem ich gesagt habe, dass er mich so nennen soll – klingt hohl. Anscheinend gefällt mir Mack doch besser. Das ist ... *ungekünstelt und ehrlich und nicht ganz das, was man erwarten würde.*

Genau wie er.

Ich sehe zu, wie er in der Dunkelheit verschwindet. Aber ich rühre mich nicht, weil mich das alles immer noch sprachlos macht, auch dass ich mich, ohne es zu wollen, so zu ihm hingezogen fühle. Aber schließlich gestehe ich mir ein, dass ich hier nicht sitze, weil ich für einen süßen Typen schwärme.

Sondern weil ich Schiss vor diesem blöden Truck habe.

Ich hasse das. Ich hasse es so sehr, dass ich fast losgehe, aber ich kann nicht. Dann klingelt mein Handy, eine neue Nachricht. Ich könnte heulen vor Erleichterung, als ich Mollys Namen sehe und die Frage:

Wie läuft's?

Ich schreibe ihr zurück und bitte sie, mich abzuholen, und sie verspricht, in zehn Minuten da zu sein.

Während ich warte, scrolle ich meinen Facebook-Feed durch und denke über all diese »Freunde« nach. Die Anzahl hat sich nahezu verdoppelt, aber ich darf nicht vergessen, dass ich nur eine einzige echte Freundin habe, die am Sonntagabend aus dem Bett hüpft, um mich nach Hause zu fahren.

Alle reden immer noch von der tollen Party am Samstag. Einige wenige posten Erinnerungen und Kommentare über die arme Olivia. Chloe Batista gibt damit an, dass sie gerade lockere fünfzig Dollar dafür einstreicht, irgendwo Blumen zu gießen, während die Leute verreist sind – was man der Welt natürlich unbedingt mitteilen muss. Josh hat mir eine Nachricht geschickt und schreibt, dass er gerade an mich denkt und dass ich großen Eindruck auf seinen Opa gemacht habe.

Ich muss fast lachen, so sehr hat sich meine Facebookseite in den wenigen Tagen, die ich jetzt auf der Liste stehe, verändert. Wie können Leute wegen einer Sache so schnell ihre Meinung ändern?

Als Mollys VW angefahren kommt, stehe ich auf und gehe zur Tür, aber als ich beim Mülleimer bin, kann ich einfach nicht widerstehen. Ich sehe mich kurz im fast leeren Café um, nehme die Papierkugel, die oben auf dem Abfall liegt, und stecke sie ein.

Nihil relinquere et nihil vestigi

Ich befolge einfach nur die Anweisungen auf der Serviette.

KAPITEL XIV

In Mollys Auto ist es warm und ich fühle mich zum ersten Mal, seit ich vor einer Stunde das Haus verlassen habe, entspannt und ausgeglichen. »Wohin können wir an einem Sonntagabend fahren? Ich habe es nicht eilig, nach Hause zu kommen.«

Sie dreht das Radio auf. »Da bin ich dabei. Aber jetzt wieder zu Levi. Er bittet dich, ihm Nachhilfe in Mathe zu geben, aber eigentlich will er nur, dass du ihm was übersetzt, das er auch auf Google hätte finden können? Interessant.«

»Die Google-Übersetzung war falsch.«

Sie wirft mir einen Blick rüber, als hätte ich sie nicht mehr alle. »Begreifst du nicht, dass das nur ein Vorwand war, um sich mit dir zu treffen?«

Der Gedanke war mir auch schon gekommen. »Weiß ich doch. Wieso sonst hat er mich nicht einfach in der Schule gebeten, ihm was zu übersetzen, oder als ich ihn neulich auf dem Parkplatz getroffen habe? Wieso muss er mich an einem Sonntagabend zum Starbucks schleifen?«

Sie verdreht die Augen. »Was soll ich nur mit dir machen, Kenzie Summerall? Wann schnallst du es endlich? Du bist jetzt schwer gefragt. Josh Collier möchte dein Freund sein und —«

»Er hat mich nicht gefragt.«

»Ihr habt euch geküsst.«

»Ja, aber wir haben nur geredet. Nichts Offizielles.«

»Küssen sollte was Offizielles sein«, sagt sie und fährt auf die Route 1. »Ich würde Kaffee vorschlagen, aber du hattest ja gerade einen. Hast du Hunger?«

»Eigentlich nicht.« Ich sehe aus dem Fenster, aber ich nehme gar nichts wahr, bis mir ein dunkler Truck auffällt. Ist es derselbe? Ich kenne mich nicht genug aus, um mit einem Blick Marke, Modell und Baujahr zu erkennen. Von der Farbe abgesehen sind für mich alle Trucks genau gleich. Manche sind Viertürer, manche haben silberne Radkappen, manche sind groß, manche monströs. Der hier sieht aus wie ... der, den ich vorher gesehen habe. Ich muss mehr darüber rausfinden.

»Hey, bieg da vorn an der Ampel rechts ab, Moll. Ich will mal was gucken.«

»Was denn?«

»Ich sehe überall in Cedar Hills diesen Truck.« Ich überlege kurz, ob ich es näher ausführen und wenigstens den Truck und die merkwürdige Nachricht oder das mit dem Gasherd erwähnen soll. Aber ich habe immer noch das Gefühl, dass ich diesen seltsamen, unzusammenhängenden, wahrscheinlich nicht einmal realen Ereignissen viel zu viel Gewicht gebe, wenn ich von ihnen erzähle; also lasse ich es bleiben. Sonst denkt Molly doch nur, dass ich langsam so neurotisch und zwanghaft werde wie meine Mutter.

Als wir an der Straße ankommen, in die der Truck eingebogen ist, kann ich ihn nirgendwo sehen. Es ist eine Wohnstraße, ganz ähnlich wie unsere, nur dass die Häuser ein bisschen größer und schöner sind.

Und auf einmal habe ich das Ganze total satt. »Weißt du was, ich glaube, ich möchte einfach nur nach Hause.«

Sie lenkt uns ohne Einwände in ein paar Nebenstraßen, durch die Kurven und über die Hügel von Cedar Hills zurück in den Teil, wo wir wohnen. Dabei erzählt sie aufgeregt von einem Jungen namens Brock, den sie auf der Party kennengelernt hat.

»Er geht auf eine Privatschule in Pittsburgh«, führt sie aus. »Deshalb hat er nicht mal von der Topgirls-Liste gewusst.«

»Aber du hast ihm davon erzählt?«

»Könnte sein, dass ich es erwähnt habe.«

»Molly!«

»Was denn? Ich habe ja nicht behauptet, dass ich auch auf der Liste bin. Klar, du findest diesen plötzlichen Sprung auf der Beliebtheitsskala total pseudo, aber ich finde es einfach nur Hammer, Kenz. Es färbt auf Facebook voll auf mich ab. Ich habe zwanzig neue Freunde und ohne dich auf der Liste wäre ich nie auf diese Party gekommen. Das verdanke ich alles nur dir, Miss Topgirl.«

»Ich ...« *Ich sehe den Truck.* Glaube ich. »Ich verstehe.«

»Wirklich?«, fragt Molly. »Ich möchte, dass du begreifst, wie viel mir dieser neue soziale Status bedeutet. Also nicht, dass ich dich ausnutze oder so.«

»Ich weiß«, sage ich und spähe zu dem Truck rüber, der vor einem Haus an der Ecke geparkt steht.

»Wieso interessiert dich dieser Truck so?«

»Neulich bei dem Unfall wäre ich fast mit einem Truck zusammengestoßen und ich schwöre, genau derselbe hat mich gestern beinahe überfahren. Ich möchte wissen, wer dieser Mistkerl war. Er hat nicht mal angehalten und geguckt, ob ich noch lebe.«

Die Scheinwerfer sind aus und es scheint niemand drin zu sein. Ich versuche irgendein besonderes Merkmal zu finden, das ich mir einprägen kann. Es ist ein Viertürer, also einer von den größeren Pick-ups. Die Stoßstange ist silbern. Hinten hat er eine Anhängerkupplung. Abgesehen davon sieht er aus wie jeder x-beliebige dunkle Truck, der in den USA vor einem grauen einstöckigen Haus mit edlen Wandverzierungen aus Feldsteinen steht.

»Du weißt nicht zufällig, wer da wohnt?«, frage ich.

»Nein, aber das hier ist East Ridge, nicht Cedar Hills, also sind die Leute stinkreich. Guck dir den Garten an.«

Die Bäume interessieren mich weniger. »Hast du diesen Truck mal gesehen? Ich meine, vor der Schule oder so?«

»Keine Ahnung.« Sie bremst ab, als wir direkt daneben sind, und ich spähe ins leere Fahrerhaus, obwohl die Fenster getönt sind und ich überhaupt nichts erkennen kann. Es *könnte* derselbe Pick-up sein, mit dem ich neulich fast zusammengestoßen wäre oder der mich fast vom Fahrrad gefegt hätte oder den ich draußen vorm Starbucks gesehen habe, als Levi plötzlich aufgesprungen ist.

Oder es *könnte* sein, dass ich meiner eigenen blühenden Fantasie und meiner neurotisch-überbeschützenden Mutter zum Opfer falle und paranoid bin.

Im vorderen Zimmer des Hauses brennt eine einzelne Lampe, ansonsten ist alles ruhig und unauffällig. Im Vorbeifahren drehe ich mich um und sehe nach dem Nummernschild des Wagens – damit lässt er sich ja wohl am besten identifizieren. Ich merke mir die Nummer auf dem ganz normalen blau-gelben Autokennzeichen von Pennsylvania.

Oben auf dem Hügel bleibt Molly an der Kreuzung stehen und zeigt auf ein Haus an der Ecke. »Über das andere Haus eben weiß ich nichts, aber hier wohnt deine Freundin, Topgirl Nummer zwei.«

»Chloe Batista?«

»Das ist ihr Fiesta in der Auffahrt, der mit dem Salt-Life-Aufkleber.« Sie schenkt mir ein trockenes Grinsen. »Wer *macht* so was?«

»Du weißt doch, die riesige Surferszene von Vienna.« Ich erkenne das hellblaue Auto, mit dem Chloe angegeben hat, als sie es zum sechzehnten Geburtstag bekommen hat. »Außerdem ist sie nicht meine Freundin.«

»Na, sie will jedenfalls, dass du bei ihren ›Schwestern der Liste‹ Mitglied wirst.« Es liegt vielleicht ein Tick Eifersucht in Mollys Stimme, aber das kann ich total verstehen.

»Keine Sorge, Molly. Ich wechsle nicht auf die dunkle Seite.«

Sie lacht, aber nicht gerade herzlich. »Ich stehe total auf die dunkle Seite, wenn ich da mitmischen darf. Das ist besser, als am Samstagabend mit den Losern vom Orchester rumzuhängen.«

»Ich finde es immer noch verlogen, dass diese Leute nicht einmal meinen Namen kannten, oder deinen, bis diese Liste rausgekommen ist.«

»Die Jungs kannten deinen Namen, Kenzie, sonst hättest du nicht genug Stimmen bekommen, um es auf die Liste zu schaffen.«

Ich verdrehe nur die Augen. »Ich fange langsam an, diese blöde Liste zu hassen.«

»Du musst dich einfach bloß entspannen und sie zu deinem Vorteil einsetzen, Kenz.«

Sie setzt mich zu Hause ab, wir verabreden uns noch für morgen früh zur Schule, und als ich reingehe, sitzt Mom im kleinen Zimmer und guckt eine Wiederholung der *Dr. Oz Show*. Nach einem kurzen Smalltalk über das Wochenende – kein Wort über die Party, das Knutschen oder, o mein Gott, meinen ersten Schluck Wodka – fängt sie an, über Olivia zu reden. Na klar, inzwischen war es in den Nachrichten.

Ich erzähle ihr, dass ich Olivia kaum gekannt habe und dass nur dumme, betrunkene Jugendliche von Klippen runterspringen, und bevor sie das Thema, das ich eh schon überhabe, vertiefen kann, verkrümle ich mich in mein Zimmer, schließe die Tür und rolle mich auf den Bett zusammen.

Als Nächstes hole ich die Serviette hervor und studiere Levis Handschrift.

Nihil relinquere et nihil vestigi

Wieso war meine Übersetzung so wichtig? War es einfach nur ein Trick, um ein Pseudodate mit mir zu haben? Das hatte ich jedenfalls aus seinem Verhalten geschlossen, aber dann ... *bamm*, war er plötzlich weg. Wie vom Erdboden verschluckt.

Oder vom *Truck* verschluckt? Ich habe ja gar nicht gesehen, ob er auf sein Motorrad gestiegen ist, und mit etwas anderem fährt er nie rum. Ist er in den Truck eingestiegen?

Ich klappe den Laptop auf, um die Redewendung zu googeln. Es kommen lauter Links zu Büchern und Artikeln und Lehrmaterialien von allen möglichen Unis. Eine Zeit lang verliere ich mich darin, teste mein Wissen, finde ein paar neue Wörter.

Das ist es, was ich eigentlich tun sollte, denke ich mit ein bisschen Wehmut. Das ist es, was ich *kann*. Ich sollte mich auf den Landeswettbewerb vorbereiten und den ersten Preis gewinnen. Stattdessen flirte ich mit dem bösen Jungen und küsse den reichen.

Ich überlege, nach unten zu gehen und noch mal über den Wettkampf zu reden, der seit dem Unfall letzte Woche nicht mehr Thema gewesen ist. Draußen höre ich eine Sirene, dann noch eine, laut und ziemlich nahe. Aber ich habe gerade Ciceros *Briefe an Atticus* gefunden und ich lese lieber die, als auf irgendwas anderes zu achten. Das hier ist mein Rückzugsort.

Das Latein ist schön, musikalisch, Perfektion in jedem Wort. Am liebsten würde ich hören, wie Cicero diese Worte spricht. Am liebsten –

Die Tür fliegt auf und Mom steht vor mir, mit offenem Mund und kreidebleich.

»Was ist denn?«

»Noch ... eins ...«

»Noch ein was?«

»Noch ein ... Mädchen.«

Ich sehe sie nur an und langsam presst mir eine kalte Hand das Herz zusammen.

»Noch ein Mädchen was?« Nur dass ich es schon weiß. Ich weiß es wegen ihres Gesichts und ihrer Stimme und, o Gott, der Sirenen. Ich weiß es einfach.

»Tot.«

Langsam wandert meine Hand zum Mund, in meinem Nacken prickelt kalter Schweiß. Der Truck ... der Truck ... der Truck, wegen dem Levi Sterling abgehauen ist. »Wer ist es?«

»Ich habe gerade einen Anruf von Barbara Gaines bekommen, ihre Tochter ist mit dem Sanitäter verheiratet, der in dem Krankenwagen war. Sie weiß, dass du auf die Vienna gehst und wollte wissen, ob du sie kennst.«

»Wer? Wer ist gestorben, Mom?«

»Jemand namens Chloe.«

»Chloe Batista.« Ich krächze ihren Namen.

»Kennst du sie?«

»Sie ist ...« O Gott. *Die Zweite.*

Und ich bin die Fünfte.

TEIL II

Non semper ea sunt quae videntur.
Die Dinge sind nicht immer so, wie sie scheinen.

KAPITEL XV

Wir drängen uns um den Computer, wie es die Leute vor der Zeit der sozialen Netzwerke wohl mit CNN gemacht haben, wenn wichtige Nachrichten kamen. Unsere Nachrichten kommen über Facebook und Twitter, was bei weitem informativer ist als alles im Fernsehen.

Aber die sozialen Netzwerke der Vienna High brodeln vor Gerüchten, Vermutungen und Theorien. Zum Glück ist meine Mutter damit zufrieden, sich die Höhepunkte von mir vorlesen zu lassen, anstatt mir über die Schulter zu gucken. Man muss sich ja nur vorstellen, was passieren würde, wenn sie die Worte »Zweite« oder »die Liste« oder, Gott bewahre, meinen Namen und »Fünfte« lesen würde. Wenn ihr klar wäre, wie nahe die Einschläge inzwischen kommen, würde sie weinend zusammenbrechen.

»Wie sieht es aus, Kenzie?« Mom geht in der Küche auf und ab, die Arme vor der Brust verschränkt, und ihre nervöse Energie lässt die Luft knistern. »Schreiben sie Details? Was ist passiert?«

»Niemand weiß was, Mom. Alle tönen nur rum, wie gern sie Chloe hatten. Und verbreiten Gerüchte.« Über die Liste. *Auf der ich stehe.*

»Der Schwiegersohn meiner Freundin sagt, ihr Dad hat sie gefunden.« Mom zittert fast vor Grauen und sie erwähnt das jetzt zum dritten Mal. Sie gibt ein leises Wimmern von sich und sinkt auf den Stuhl mir gegenüber. »Was wollte sie in dem Haus?«

»Die Pflanzen gießen.« So viel weiß ich von ihrem letzten Post.

»Der Sanitäter hat seiner Frau erzählt, dass das Mädchen irgendeine Art Schock hatte.« Sie beugt sich vor und kann fast lesen, was auf dem Bildschirm steht, aber ich kippe ihn nach vorn.

»Lass einfach mich gucken, Mom.« Ich drehe den Laptop komplett weg.

»Ach Gott, diese arme Familie.« Sie lässt den Kopf in die Hände sinken und ich weiß, wie hart das für sie ist, wo ein Unfalltod doch ihre größte Angst darstellt. Und für *mich* ist es auch hart, wo ich doch jeden Tag gegen diese Angst ankämpfe ... Und jetzt bin ich nur noch zwei Plätze davon entfernt, die Nächste zu sein.

Aber das ist verrückt. Das muss doch Zufall sein, stimmt's? Oder ein Fluch. Oder ein –

»Wie gut hast du sie gekannt?«, fragt Mom.

Wir waren »Schwestern« auf einer Liste. »Eigentlich kaum.«

Auf meinem Handy checke ich Instagram, das randvoll mit Fotos von Chloe bis zurück zum Kindergarten ist, unter den Hashtags #RememberChloe und #RIPCB und, o mein Gott, #DieZweiteStirbt.

»Wer schreibt denn so was?«, murmle ich und mir wird ganz kalt innerlich.

»Schreibt was?«

Ich schüttle den Kopf und sie steht auf und geht zur Kaffeemaschine.

»Du brauchst doch keinen, Mom«, sage ich, bevor sie ein

Pad aus dem Ständer nimmt. »Der hält dich nur die ganze Nacht wach.«

Sie schnaubt leise, verächtlich. »Als ob es ohne anders wäre.«

Ich höre sie natürlich jede Nacht. Ihre Unruhe. Wie sie sich Sorgen macht. Wie sie unten auf und ab läuft. Wie sie an Dystychiphobie leidet, was laut Google eine sehr reale Angst vor Unfällen ist.

Und während all dieser schlaflosen Stunden kommt sie nie nach oben, kein einziges Mal. Nicht rauf in mein Zimmer, egal aus welchem Grund – angeblich, um mir meine Privatsphäre zu lassen. Aber ich weiß, dass sie es nicht erträgt, in die Nähe von Conners Zimmer zu kommen. Sie lässt es einfach unberührt. Dad hat sie angefleht, irgendetwas anderes daraus zu machen als einen Schrein für ihren toten Sohn, aber sie weigert sich.

Obwohl diese Verweigerung sie Dad gekostet hat.

Ich bin frustriert und sage nichts dazu, sondern gehe wieder auf Facebook, weil es vielleicht etwas Neues gibt.

Gibt es wirklich: Jemand hat das Foto eines Hauses gepostet, um das mehrere Krankenwagen und Polizeiautos herumstehen; dazu die Worte *Wo Chloe gestorben ist.*

»Oh, hier ist …« Ich breche ab, als ich auf das Foto klicke, um es zu vergrößern, und mir stockt plötzlich der Atem, so dass es sich anfühlt, als ob gleich meine Brust explodiert.

»Was denn?«, drängt Mom. »Wissen sie jetzt, was passiert ist?«

Ich kann eigentlich gar nicht hingucken, aber ich muss. Also beuge ich mich vor und mustere die Feldsteine in der Hauswand, die zwischen zwei Krankenwagen zu sehen ist, und den üppigen Garten.

»Sieht nach Geld aus.«

Stinkreich. So hat Molly die Leute genannt, als wir genau dieses Haus kurz zusammen beobachtet haben ... vor ein paar Stunden nur, mit einem geparkten dunklen Pick-up-Truck davor. Auf dem Foto ist kein Pick-up zu sehen.

Ich starre konzentriert auf das Foto und dann fällt mir die Autonummer wieder ein.

O mein Gott, ich kann diesen Mord aufklären.

Nur ... niemand hat irgendwas von wegen Mord gesagt. Und ich bin vielleicht der einzige Mensch auf der Welt, der denkt, es wäre einer. Ich mit meiner blühenden Fantasie.

»Was ist los?«, fragt Mom und mustert mein Gesicht.

»Eine Freundin ist gestorben.« Diese Erklärung wehrt hoffentlich weitere Fragen ab, die ich nicht beantworten möchte.

»Eben hast du noch gesagt, dass du sie kaum kanntest.«

»Eine Mitschülerin, meine ich. Wir sind wie Freundinnen. Ich habe mich gerade erst auf einer Party mit ihr unter–«

»Wann warst du denn auf einer Party?«, will sie wissen und ihre grauen Augen blitzen.

O Scheiße, Scheiße, *Scheiße.* Wieso habe ich geredet, ohne nachzudenken? Als Nächstes rutscht mir noch das mit der Liste raus. Und die Tatsache, dass Olivia und Chloe die Erste und die Zweite waren ... und ich die Fünfte bin.

»Wann?«

Ich schlucke, weil ich selbst unter den günstigsten Umständen nicht gut lügen kann. »Molly und ich sind gestern Abend auf eine Party gegangen.«

»Als du bei ihr übernachtet hast?« Sie beugt sich näher heran und diese ganze nervöse Energie konzentriert sich jetzt auf einen Punkt, eine Person ... das einzige Kind, das ihr noch geblieben ist.

»Es war keine große Sache, Mom, ich –«

»Wieso hast du mir nichts davon gesagt?« Sie wird lauter.

Wenn jetzt jemand mit der Kamera draufhalten und diesen Streit filmen würde, würden alle denken, es ginge hier um die typische aufsässige Jugendliche, die nicht sagen will, was sie treibt, und ihre nervige misstrauische Mutter, die sie unter Kontrolle halten will.

Aber darum geht es hier überhaupt nicht.

Ich habe in dieser Situation zwei Möglichkeiten: mich streiten und aus dem Zimmer stampfen wie Donnerstagabend, bevor ich meinen Wagen zu Schrott gefahren habe, oder ganz ruhig und beruhigend auf sie einreden – das funktioniert normalerweise.

Aber heute Abend? Darauf würde ich nicht wetten.

»Mom, ich schwöre, es war keine große Sache. Molly ist zu einem Jungen nach Hause eingeladen worden und alle haben nur zusammengesessen und sich über Olivia unterhalten ...«

Der nächste dumme Fehler, jetzt habe ich sie an das andere tote Mädchen erinnert. Sie mustert mein Gesicht, als ließe sich so der Riss in meinem Panzer finden. Was bestimmt nicht schwer wäre. Ich bin so angeschlagen, ich könnte jeden Moment direkt hier vor ihrer Nase zusammenbrechen.

Bei jeder anderen Mutter, in jedem anderen Leben, würde ich das tun. Ich würde ihr von den Beinaheunfällen erzählen, von der Krankenschwester und dem Truck und der unterschwelligen, unerklärlichen Angst, dass sich gerade alles zuspitzt.

Aber dann würde sie direkt hier vor meiner Nase einen Herzinfarkt bekommen. Und ehrlich, ich will nicht noch ein Familienmitglied auf dem Gewissen haben.

»Mom.« Ich stehe auf und greife nach ihren Schultern; sie ist jetzt seit einem Jahr kleiner als ich und schon allein das lässt mich ihr gegenüber ein bisschen fürsorglich werden. »Ich bin sechzehn. Du kannst mir vertrauen. Ich trinke nicht.« Bis auf diesen kleinen Schluck Wodka mit meinen Listenschwestern – von denen jetzt zwei tot sind. »Ich lasse mich auch nicht mit Jungs ein.« Bis auf die Knutscherei mit Josh Collier. »Und ich lüge dich nicht an.«

Bis auf all die Lügen heute Abend.

Ihre Züge werden ein bisschen weicher. »Darüber mache ich mir auch gar keine Sorgen.«

»Du brauchst dir wegen gar nichts Sorgen zu machen.« Schon wieder eine Lüge.

»Ich muss mir wegen allem Sorgen machen.« Sie bringt ein trauriges Lächeln zu Stande. »So bin ich nun mal.«

Ich ziehe sie näher, heilfroh, dass unser Gespräch, bei dem ich normalerweise fast ersticken würde vor Beklemmungen, heute Abend eine andere Wendung nimmt. Wahrscheinlich weil Mom diesmal ... nicht ganz falschliegt.

Ich drücke ihre Schultern und umarme sie, was selten vorkommt. »Ich muss normal sein«, sage ich ebenso sehr zu mir wie zu ihr. »Ich kann nicht in Angst leben, weil das passiert ist.«

Ich spüre ihr zustimmendes Nicken, und als ich den Kopf wende und auf meine Facebookseite gucke, fällt mein Blick auf den neusten Eintrag, der komplett in Großbuchstaben geschrieben ist: *CHLOE IST AN ANAPHYLAKTISCHEM SCHOCK GESTORBEN!!!*

Ich schiebe Mom langsam von mir, um den Rest zu lesen, der einen nicht so anschreit. »Sie hat etwas gegessen, in dem Erdnüsse waren«, sage ich, als wir uns beide zum Computer umdrehen.

»War sie Allergikerin?«

Ich sehe Chloe wieder vor mir, auf der Party, die Wodkaflasche in der Hand. *Zum Glück bin ich allergisch gegen Erdnüsse und nicht gegen Weintrauben.*

»Glaube schon.«

Mom schüttelt den Kopf. »In ihrem Alter, mit einer potenziell tödlichen Allergie? Da hätte sie wissen müssen, dass sie nichts essen darf, von dem sie nicht genau weiß, was drin ist.«

Stimmt, hätte sie. Ich suche in mir nach der Erleichterung. Das war wirklich ein Unfall, außer ...

Außer jemand hat sie gezwungen, etwas zu essen, das sie umbringen würde. Dann wäre es kein Unfall ... sondern würde nur wie einer aussehen.

KAPITEL XVI

Wenig überraschend läuft auf der Vienna High am Montagvormittag praktisch gar nichts. Als wir ins Wochenende gegangen sind, haben Olivia Thayne und Chloe Batista noch gelebt. Jetzt sind sie tot, gestorben bei zwei voneinander unabhängigen tragischen Unfällen. Und die Flure brodeln vor Spekulationen.

Es ist ein Fluch.

Ein Mörder geht um.

Das war einfach nur ein grotesker Zufall.

Zwar neigt sich die vorherrschende Meinung der letzteren Einschätzung zu, aber es kursieren genug Verschwörungstheorien um Flüche und Mörder und ich spüre, wie meine Mitschüler mich beobachten. Die stärkste Verbindung zwischen Olivia und Chloe – die Topgirls-Liste und ihre Reihenfolge darauf – steht jetzt im Mittelpunkt.

Während des Lateinunterrichts höre ich kaum zu, als Mr Irving verkündet, dass sich jeder, der mit dem Ganzen nicht klarkommt, im Sekretariat an einen Trauerbegleiter wenden kann. Ich spüre mehrere Blicke auf mir und weiß, was die anderen denken; also sehe ich aus dem Fenster zum Parkplatz.

Selbst Irving guckt kurz zu mir herüber und seine normalerweise ganz scharfen, kühlen Gesichtszüge werden weich, während er seine Hornbrille zurechtrückt. Ich hasse es, dass die Lehrer Bescheid wissen – dass alle Bescheid wissen. Ich starre vor mir auf den Tisch und erspare mir das Mitleid oder die Besorgnis oder was es sonst ist.

Als ich wieder zum Fenster hinaussehe, kommt gerade ein Streifenwagen vorgefahren, dem sofort ein zweiter folgt. Meine Fantasie flüstert mir sogleich etwas ein, das ich nicht hören will: noch ein Unfall, noch eine Tote.

Aber die Polizisten haben es nicht eilig, sondern sammeln sich zu einer kleinen Gruppe, während der eine telefoniert. Keine Aufregung wie bei einem weiteren Vorfall. Noch ein Auto kommt angefahren, hält im Parkverbot und zwei Männer und eine Frau steigen aus und gehen zu den anderen.

Trauerbegleiter?

Nein, dafür sind sie zu vertraut mit den uniformierten Beamten. Ermittler von der Kripo vermutlich. Oder sonst irgendwelche Polizisten in Zivil. Mein Magen krampft sich zusammen und meine Fäuste ballen sich, während ich zusehe, wie sie zum Eingang gehen und außer Sicht verschwinden.

Polizei ist gut. Wenn es ein Verbrechen gibt, dann wird die Polizei es aufklären.

Die sind bestimmt hier, um mehr über Olivia und Chloe zu erfahren. Ich bin kein großer Fan von diesen Krimiserien im Fernsehen und habe keine Ahnung, wie das alles läuft, aber sie können es ja schlecht ignorieren, wenn an einem Wochenende gleich zwei Jugendliche bei tragischen Unfällen sterben, oder? Da müssen sie doch mit den Leuten reden ... was bedeutet, dass es nur eine Frage der Zeit ist, bis sie von der Liste hören. Und dann werden sie mit allen reden wollen, die da draufstehen.

Die anderen Mädchen können ihnen von ihren seltsamen Beinaheunfällen erzählen, wie Kylie, die bei laufendem Motor nicht mehr aus der Garage rausgekommen ist, und ich kann ihnen von dem Truck erzählen, den ich vor dem Haus gesehen habe, in dem Chloe gestorben ist. Das können sie doch nicht ignorieren.

Ob meine Mutter dabei sein muss? Wenn nicht, dann erzähle ich ihnen auch von dem Unfall auf der Route 1, als meine Bremsleitung kaputtgegangen ist, wie Dad gesagt hat. Und von dem Gasherd und –

»Ja, Kenzie?« Mr Irvings Frage reißt mich aus meiner Gedankenspirale. Ich starre ihn an und warte auf einen Hinweis, was die Antwort sein könnte.

Aber es kommt kein Hinweis, da ist nur dieses sanfte Mitgefühl in seinem Gesicht, und mir fällt wieder ein, dass es gerade um Trauer geht, nicht um Latein. »Möchten Sie ins Sekretariat, Kenzie? Wäre vielleicht keine schlechte Idee, wenn Sie wenigstens mal kurz mit den Trauerbegleitern reden.«

Wäre wahrscheinlich auch keine schlechte Idee, wenn ich aus diesem blöden Unterrichtsraum rauskomme. Ich schnappe mir meine Tasche – wir haben bis jetzt noch nicht mal die Bücher rausgeholt. »Es wird aber ein bisschen dauern.«

Irving nickt. »Lassen Sie sich ruhig Zeit, Kenzie.«

»Wir waren nicht eng miteinander befreundet«, sage ich leise, als müsste ich ihn ein bisschen trösten. Aber vielleicht macht er sich darüber auch gar keine Sorgen. Vielleicht weiß er von der Liste und denkt, dass ich auch sterben werde, und dann kann ich nicht zum Lateinwettbewerb fahren und der Vienna High nicht den ersten Preis einbringen.

»Das nimmt alle mit«, sagt er sanft.

Alle auf der Liste, meint er damit. Ich schlüpfe hinaus auf den Flur und habe nicht die geringste Absicht, ins Sekretariat zu gehen, damit mich jemand bei meiner Trauer begleitet oder die Polizei mit mir reden kann – nicht solange ich nicht genau weiß, ob sie meine Mutter verständigen werden. Sie würde sterben.

Ich will mich gerade auf dem Klo verstecken, da sehe ich, wie die Polizisten aus dem Sekretariat kommen, mit Rektor Beckmeyer in ihrer Mitte. Er ist noch ein bisschen roter als sonst immer – und er ist ständig rot und verschwitzt –, redet mit einem der Beamten und deutet in die andere Richtung. Dann kommt der Studienleiter aus dem Sekretariat und geht zu ihnen. Ich bleibe hinter der Ecke, beobachte sie und frage mich, was sie vorhaben.

Einen Moment später teilen sie sich in zwei Gruppen auf, der Studienleiter nimmt zwei Cops und zwei Zivilbeamten irgendwohin nach hinten mit und Beckmeyer kommt mit den übrigen in meine Richtung.

Instinktiv schlüpfe ich durch die Klotür, weil ich keine Lust habe, dem Rektor und ein paar Cops erklären zu müssen, was ich hier mache. Das Mädchenklo ist leer und ich warte hinter der Tür, bis sie draußen vorbeigehen; dann gehe ich wieder raus und sehe, wie sie auf das Atrium zuhalten, von dem aus man in die Mensa und ins Medienzentrum gelangt.

Mit so viel Abstand wie möglich folge ich ihnen zu dem großen Saal, wo riesige Dachfenster alles in natürliches Licht tauchen, was aus dem Atrium zu jeder Tageszeit einen angenehmen Versammlungsort macht. Diese von hellblauen Schließfächern gesäumte und mit langen Tischen zum Essen oder Lernen ausgestattete Halle ist der Mittelpunkt der Vienna High. Hier feiern wir unsere Sportmannschaften und treffen uns, wenn es zu kalt zum Rausgehen ist, und der Saal vibriert immer förmlich von Lachen und Reden und Leben.

Heute liegt er bis auf die schweren Schritte der Polizisten still da. Es ist früh, aber bald kommt die erste Essenspause und von der Mensa her riecht es bereits nach Pommes und Pizza. Ein paar Schüler sitzen in kleinen Lerngruppen herum, aber niemand arbeitet. Sie flüstern miteinander und beim Anblick der Neuankömmlinge verstummen alle.

Beckmeyer geht mit den Polizisten zum Medienzentrum und ich kann ihnen nicht weiter folgen, ohne dass sie mich auf den Schirm kriegen. Wobei das früher oder später ohnehin passieren wird, wenn sie Wind von der Liste bekommen. Ich lasse mich auf eine Bank fallen und meinen Rucksack zu Boden plumpsen.

Ich habe keine Lust auf Blickkontakt mit den wenigen Schülern im Atrium – die meisten kenne ich sowieso nicht, nur einen, der letztes Jahr mit mir den Führerschein gemacht hat – also ziehe ich mein Handy aus der Seitentasche des Rucksacks. Was haben Leute eigentlich angestellt, um nicht doof auszusehen, bevor sie so tun konnten, als ob sie jemandem schreiben?

Einmal den Daumen aufs Display und mir wird klar, dass ich überhaupt nicht so tun muss, als ob. Ich habe drei neue Nachrichten, die erste von Josh.

Willst du die Vierte ausfallen lassen und rumfahren? Muss was besprechen.

Ich starre die Worte einen Moment lang an und versuche herauszufinden, wie ich mich damit fühle. Gut, denk ich. Ich meine, Josh mag mich anscheinend wirklich. Keine Ahnung, wieso mich das so überrascht, aber das tut es. Vielleicht, weil ich schon so lange für ihn geschwärmt habe, dass ich es längst für ausgeschlossen gehalten habe, dass er mich je bemerken würde. Ich finde es nicht gut, dass es jetzt wegen der Liste war, aber hey, wenn er mich dadurch im Blick hat, will ich nichts dagegen sagen. Nur kann ich mich den Tatsachen nicht länger versperren. Ich empfinde absolut gar nichts für ihn. Ich meine, er ist süß, klar. Und er ist cool und beliebt und, o mein Gott, wenn sein Großvater wirklich etwas in Sachen Stipendium für mich tun kann, dann sollte ich mich gut mit ihm stellen, aber müsste ich jetzt nicht total kribbelig sein innen drin? Müsste ich nicht gleich Molly mit einem Textkreischen schreiben wollen? Aber stattdessen klicke ich nur die nächste Nachricht an, von Dena Herbert.

Heilige Scheiße, hast du Angst?

Dena. Die Sechste auf der Liste. Wenn das, wovor wir Angst haben könnten, einer inneren Logik folgt, dann sollte ich exponentiell mehr Schiss haben als Dena. Schließlich werde ich noch vor ihr sterben.

Aber ich stürze mich viel zu schnell in verrückte Schlussfolgerungen.

Niemand hat Olivia von dieser Klippe gestoßen oder unter Wasser gedrückt. Die offizielle Erklärung besagt, dass sie sich mit dem Fuß zwischen zwei Felsen verfangen hat und ertrunken ist, bevor man sie finden konnte. Und Chloe hatte eine tödliche Lebensmittelallergie, die sie am Ende *umgebracht hat*. Sie hätte beim Pflanzengießen halt nicht den Kühlschrank ihrer Nachbarn plündern dürfen. Vielleicht stellt sich ja heraus, dass der Truck nur einem weiteren Nachbarn gehört. Wir wissen noch gar nichts und vielleicht ist die Polizei ja auch –

»Hey.«

Ich mache richtig einen Satz, als sich zwei Mädchen neben mich setzen, eine rechts, eine links. Sie haben mich in der Zange. Ich sehe zwischen Amanda und Kylie hin und her und komme mir vor wie die Mitte eines Cheerleader-Sandwichs.

»Habt ihr mir einen Schrecken eingejagt«, sage ich und schlage meine Hand auf mein hämmerndes Herz.

»Dann bist du so schlau, wie alle immer sagen.« Zu meiner Linken setzt Amanda sich rittlings hin, mit dem Gesicht zu mir. »Wir sollten besser Angst haben.«

Sie sehen einander an und Kylie nickt; Amanda soll weiterreden.

»Wir müssen dringend eine Lagebesprechung der Schwestern der Liste organisieren«, flüstert sie. »So bald wie möglich.«

In jeder anderen Situation – also wenn zum Beispiel nicht zwei Leute *tot* wären – würde ich ihnen in die hübschen Gesichter lachen. Dieser ganze Kram mit den »Schwestern der Liste« ist so beknackt, dass es sich kaum in Worte fassen lässt.

»Im Geheimen«, fügt Kylie hinzu.

Ich fahre herum und sehe sie an. Ihre hellbraunen Augen sind stark geschminkt, komplett mit grellgrünem Nutten-Lidstrich, wie Molly das nennt. Nur sieht es an Kylie nicht nuttig aus, sondern hinreißend. Und es trägt nicht dazu bei, ihre elende Angst zu verbergen.

Amanda ergreift mich beim Arm. Sie kleistert sich nicht mit Make-up zu, aber das hat sie auch nicht nötig. Blond, blauäugig und mit perfekten hohen Wangenknochen gesegnet, gehört Amanda Wilson absolut auf die Topgirls-Liste.

Ich will gerade etwas erwidern, da öffnen sich die Türen des Medienzentrums und der Rektor kommt heraus, das gerötete Gesicht in Falten gelegt. Hinter ihm sind links und rechts die beiden uniformierten Polizisten zu sehen und ihre Armhaltung lässt vermuten, dass sie jemanden zwischen sich festhalten, aber Beckmeyer versperrt mir mit seiner Körpermasse die Sicht.

»Was ist los?«, fragt Amanda und steht auf, um besser sehen zu können.

»Haben sie jemanden festgenommen?«, fragt ein Junge an einem anderen Tisch.

Noch zwei Schüler stehen auf und zücken ihre Handys, um Fotos zu machen. Jetzt ist es im Atrium nicht mehr still, Stimmen werden laut.

Als Beckmeyer beiseitetritt, höre ich ein kollektives Aufkeuchen und sehe erst dann, wer von der Polizei abgeführt wird.

Mein Herz krampft sich zusammen und bleibt fast stehen, als mir Levi Sterling in die Augen sieht.

Er hebt kaum merklich das Kinn, ein heimliches Nicken, das direkt auf mich abzielt, aber dann ist er wieder außer Sicht, weil sie ihn in die Mitte nehmen und abführen. In meiner Hand vibriert mein Handy und mir fällt wieder ein, dass ich von den drei neuen Nachrichten erst zwei gelesen habe.

Ich ignoriere die eben eingegangene von Molly und sehe nach, was mir Levi geschickt hat, während ich im Lateinunterricht war.

Mack, ich brauch deine Hilfe.

KAPITEL XVII

Der Lärmpegel im Atrium steigt, als ein paar Schüler aus dem Medienzentrum kommen und alle instinktiv zu ihnen strömen und wissen wollen, was passiert ist. Wir natürlich mittendrin, um möglichst viel mitzubekommen.

»Die haben ihn an seinem Tisch richtig umzingelt.«

»Beckmeyer war kurz vorm Explodieren.«

»Sie haben ihm seine Rechte verlesen.«

»Haben sie gar nicht, du Idiot. Sie haben ihm nicht mal Handschellen angelegt.«

»Alter, er hat nicht mal gezuckt. Sterling ist echt hart drauf.«

Ich versuche alles auszublenden und überlege lieber, was ich von Levi weiß, da beteiligt sich ein weiteres Mädchen am Gespräch.

»Er war mal mit Chloe zusammen«, sagt sie und bringt die Gruppe zum Schweigen. *Und mit Olivia ist er auch ausgegangen,* aber das behalte ich für mich.

»Echt?«, fragt Amanda. »Davon habe ich ja noch nie was gehört.«

»Na ja, sie hatten was miteinander.«

»Definiere ›was miteinander haben‹«, fordert sie jemand anders auf.

»Ja, was mit Chloe haben könnte auch heißen, dass sie dir in der Umkleide einen runterholt«, sagt ein Junge und sie prusten alle. Als sie die bösen Blicke der Mädchen bemerken, verstummen sie.

»Sie ist tot«, sagt Amanda streng und dreht sich zu Kylie um. »Es wird Zeit.«

Die beiden ziehen sich zurück und Amandas Hand landet auf meiner Schulter. »Gehen wir, *Schwester.*«

Ich kann die Blicke der anderen auf uns spüren, aber niemand sagt etwas. Ich will keine Szene machen, also gehe ich mit ihnen nach draußen, obwohl ich lieber bleiben würde, um mehr darüber zu erfahren, was mit Levi passiert.

»Da lang«, sagt Kylie und zeigt zu einer Treppe, die ins Untergeschoss, wie der Keller der Vienna High seit ewigen Zeiten genannt wird, führt.

»Da runter?«, frage ich zögernd.

Ins Untergeschoss geht niemand, nur der Hausmeister oder irgendwelche Techniker. Früher wurde dort auch unterrichtet, aber seit einem kompletten Umbau irgendwann in den 1990ern gibt es dort nur noch Lager- und Versorgungsräume, denn sobald der neue Flügel für Naturwissenschaft und Technik fertig war, brauchte man die alten Labore nicht mehr.

Als wir den Fuß der Treppe erreichen, stößt Kylie die Brandschutztür zu einem Flur auf, in dem es so dunkel ist, dass sich meine Augen erst daran gewöhnen müssen. Hier unten gibt es kein natürliches Licht und die Budgetkürzungen betreffen anscheinend auch die Stromrechnung, denn es brennen kaum Lampen und es läuft definitiv keine Lüftungsanlage.

Kylie deutet voran. »Chemielabor zwei.«

»Seid ihr früher schon hier unten gewesen?«

Die beiden wechseln einen Blick. »Zum Aufnahmeritual der Cheerleader gehört auch eine kleine, ähm, Schnitzeljagd«, erklärt Kylie.

»Nichts für Weicheier«, fügt Amanda hinzu.

Ich kann nicht anders, ich muss das Gesicht verziehen. »Wieso? Warum tut man sich so was an?«

»Um zu beweisen, dass du's wert bist«, sagt Kylie.

»Beweist ihr das nicht schon dadurch, dass ihr Spagat machen könnt und diese beknackten Schleifen in den Haaren tragt?«

Amanda schüttelt den Kopf und bedenkt mich mit einem Lächeln, das ihre Augen nicht erreicht. »Manche Leute begreifen es einfach nicht.«

»Cheerleading?«

»Freundschaft. Verbundenheit. Ewige Schwesternschaft.«

»Also bitte«, sage ich, weil mich diese Zeitverschwendung nervt und ich viel lieber wissen möchte, was mit Levi passiert. »Damit bist du doch nur ein Mitläufer, ein Herdentier und jemand, der ständig von allen Seiten Bestätigung braucht.«

»Und wo bist du Mitglied?«, fragt Kylie.

Im Lateinklub. Ich scheue davor zurück, mein Nerdtum laut zu verkünden. Aber wieso eigentlich, verdammt? Das bin ich nun mal.

Meine Rettung sind Dena Herbert und Candace Yardley, die auf uns zugelaufen kommen. Dena ist in Jeans und Turnschuhen, aber Candace ist im kompletten Designerlook, mit kurzem schwarzen Rock und Keilabsätzen, die übertriebenen laut auf dem Linoleum klacken. Ashleigh, Bree und Shannon kommen gleich dahinter und beeilen sich, sie einzuholen.

»Habt ihr das von Levi Sterling gehört?«, fragt Dena, als sie bei uns ankommen.

»Bestimmt hat er sie beide umgebracht«, sagt Candace, ohne mit der Wimper zu zucken, aber wahrscheinlich hat sie in ihrem ganzen Leben noch nicht mit der Wimper gezuckt.

»Aber wie ich Levi kenne«, fügt Dena hinzu, »hat er sie vorher noch gefickt.«

Ich blinzle. Ich habe mich wohl gerade verhört. »Was?«

»Levi ist ein Frauenheld«, erklärt sie. »Und vielleicht auch ein Frauenmörder.«

Die anderen werfen ihr bloß einen Blick zu, aber ich bleibe stehen und sehe sie böse an. »Hast du eigentlich eine Ahnung, wie ernst es ist, so etwas zu sagen?«

»Dena.« Kylie zieht sie am Arm voran. »Niemand hat Chloe oder Olivia umgebracht.«

Die Worte erfüllen mich mit Erleichterung. Nicht nur weil sich hier jemand mit der Stimme der Vernunft meldet, sondern weil ich gern möchte, dass sie Recht hat. Sie muss Recht haben.

»Und woher weißt du das?«, fragt Dena herausfordernd.

»Chloe hat es mir gesagt.«

»Aus dem Jenseits?«, fragt eines der Mädchen hinter mir und schnaubt.

»Sie hat es mir an dem Tag gesagt, als Olivia gestorben ist«, antwortet Kylie und hebt eine Hand, damit wir anderen sieben stehen bleiben.

»Wieso hast du uns das nicht erzählt?« Der Frust lässt Dena lauter sprechen.

Kylie geht gar nicht darauf ein. »Hier rein.«

An der Milchglasscheibe steht noch verblasst *Chemie 2* und

der Holzrahmen ist so old-school wie, na ja, diese alte Schule.

Kylie öffnet die Tür und führt uns in ein sehr dürftig beleuchtetes Labor, mit leeren Vitrinen an den Wänden und sechs großen schwarzen Tischen in der Mitte. Es riecht schwach nach Staub und Bleiche und fast alles ist von einem Schmutzfilm bedeckt.

Als wir reingehen, hallen Kommentare und Fragen und extrem unbehagliches Kichern durch den Raum, aber dann schließt Amanda die Tür ab und das Klicken lässt uns alle verstummen. Einen peinlichen Moment lang stehen wir einfach da, dann bedeutet uns Kylie, einen Kreis zu bilden.

»Stellt euch auf«, sagt Kylie und macht eine Abzählbewegung. Wie die Schafe gehorchen wir, von der Drei aufwärts bis zur Zehn, aber Dena und ich wechseln einen amüsierten Blick. Sie ist genau wie ich kein typisches Mädchen für die Topgirls-Liste. Sie hat einen Afro und ist nicht spindeldürr, aber sie hat ein ansteckendes Lächeln und die Leute haben sie echt gern.

Ich bin froh, dass sie neben mir steht.

»Schwestern der Liste«, sagt Kylie mit einem perfekten ernsten Bariton. »Das Schlimmste ist eingetreten.«

Dena seufzt und stellt sich anders hin; ihre Turnschuhe kleben auf dem alten Linoleum. »Soll das dein Ernst sein, Kylie?«

Wir lachen alle, teils spöttisch, teils verlegen, aber Kylie bringt uns mit einem Blick zum Schweigen.

»Ich meine das sehr ernst und das würdest du auch, wenn du Dritte wärst.« Ihre goldbraunen Augen funkeln. »Das heißt nämlich ... als Nächste zu sterben.«

Bleiernes Schweigen ist die einzige Antwort, bis auf ein jämmerliches Wimmern von Shannon. Neben ihr beißt Bree sich auf die Lippe, um nicht loszulachen.

»Du findest das lustig, Bree?«, fragt Amanda. »Wenn Shannon tot ist, wird dir das Lachen schon noch vergehen, Nummer acht.«

Jedes Lächeln ist wie weggewischt, besonders meines. Ich sehe mich um und erblicke nicht allzu viele gute Schülerinnen in der Runde; Candace und ich haben einige Kurse zusammen und Ashleigh ist ziemlich schlau, aber der Rest? Vielleicht sollte ich hier das Denken übernehmen.

»Du erzählst uns besser alles«, sage ich zu Kylie. »Es ist nur gerecht, wenn wir wissen, was du weißt, damit wir überlegen können, was wir als Nächstes machen.«

Dena stößt ein »Danke« aus.

Kylie tritt einen Schritt näher und sieht sich um, als könnte sich der Hausmeister hier irgendwo verstecken, um acht durchgeknallte Mädels in einem unbenutzten Labor zu belauschen.

»Ihr wisst ja, Chloes Mom ist alter Listenadel.«

Candace ächzt vernehmlich. »Von diesem Traditionsgequatsche könnte ich kotzen.«

Kylie geht gar nicht darauf ein. »Sie weiß ...« – sie zieht die dramatische Pause so sehr in die Länge, dass es nervt – »alles Mögliche.«

»Und das wäre?«, frage ich.

Kylie und Amanda sehen sich an und werden sich einig, ohne etwas zu sagen. Dann flüstern sie im perfekten Gleichklang: »Der Fluch.«

Eine Sekunde lang ist es still, dann reden alle mit so hohen Stimmen durcheinander, dass ich schon denke, gleich zerspringt die alte Glastür. Kylie sorgt mit einem »Pst!« für Ruhe, aber erst nachdem jemand gerufen hat: »Was zum Teufel redet ihr da?«

»Ihr könnt doch nicht ernsthaft an einen Fluch glauben«, sage ich.

Kylie zieht eine Schulter hoch, als wolle sie damit sagen: Doch, sie kann. »Mit *glauben* hat das nichts zu tun, Kenzie. Zwei Mädchen sind bei tragischen Unfällen gestorben.«

»Oder auch nicht«, sage ich.

»So läuft das«, sagt sie leise. »So funktioniert es.«

Sieben entsetzte Blicke sind die einzige Antwort.

»Auf der Liste liegt ein Fluch«, flüstert Kylie. »Chloe hat uns Samstagabend alles erzählt.«

»Und erzählt ihr es jetzt endlich mal weiter?«, fragt Dena.

»So viel, wie wir dürfen —«

Alle protestieren lautstark und Kylie hebt eine Hand, bis wir wieder leise sind.

»Amanda und ich mussten schwören, das Geheimnis zu bewahren.«

»Na dann scheißt auf den Schwur«, knurrt Dena und erntet Zustimmung.

»Das dürfen wir nicht. Das gehört mit zum Fluch. Sie hätte es uns nicht erzählen dürfen.« Der Schmerz in ihrem Blick nimmt zu. »Dann wäre sie vielleicht noch am Leben.«

»Was?« Ich fauche das Wort förmlich. »Das ist lächerlich. Zwei Mädchen sind tot und die Cops nehmen Leute fest und ihr denkt, das liegt an irgendeinem uralten Fluch?« Ich habe das Gefühl, als würde mir gleich der Schädel platzen.

»So alt ist er nicht«, sagt Amanda. »Er fing mit der ersten Liste an, 1984.«

»Und seitdem sind ständig Mädchen gestorben? Ohne dass es je aufgefallen wäre?« Es gelingt mir nicht, die Fassungslosigkeit aus meiner Stimme herauszuhalten. »Das hier ist kein Spiel fürs Lagerfeuer, Leute. Das ist kein fieser Schülerstreich.«

Kylie tritt einen Schritt vor und wirft mir einen verdammt einschüchternden Blick zu. »Meinst du etwa, das weiß ich nicht? Ich bin die Dritte. Ich bin die *Nächste*.«

»Dann solltest du mit der Polizei reden und dir Hilfe holen.«

Ihre Stimme stockt. »Das ist das Letzte, was ich tun möchte. Darum sind die ganzen Mädchen doch gestorben.«

»Was?«, rufen mehrere andere, aber ich starre Kylie immer noch an und versuche zu verstehen, was sie gerade gesagt hat.

»Wer außer Olivia und Chloe ist denn noch gestorben?«, will ich wissen. »Die aus der Zwölften sind alle fit, und als wir noch in der Unterstufe waren, ist auch niemand gestorben.« Außer ... Ich schüttle den Gedanken ab. Conners Tod will ich aus diesem Gespräch lieber raushalten. Sonst machen sie daraus noch irgendein Zeichen der Listengötter oder so.

»Meint ihr nicht«, sage ich, »dass, wenn ständig Mädchen ums Leben kämen und alle auf derselben Liste stünden, sich längst irgendwelche Sensationsreporter auf die Story gestürzt hätten?«

»So läuft das nicht«, sagt Kylie. »Es sind nicht immer Mädchen, die sterben. Manchmal verunglücken erwachsene Frauen, die auf der Liste gestanden haben. Manchmal passiert es, wenn sie aufs College gehen. In manchen Jahren stirbt niemand. Aber jedes Mal ist es ein *Unfall* – es sind immer Unfälle und immer Mädchen oder Frauen, die auf der Liste gestanden haben.«

»Auch andere Leute sterben bei Unfällen«, sage ich sanft.

Aber davon wollen Kylie und Amanda nichts hören; sie schütteln die Köpfe.

Ich kann es kaum fassen. »Und niemand hat das je untersucht?«

»Da gibt es nichts zu untersuchen, Kenzie«, beharrt Amanda. »Es gibt keinen *Mord*. Kein Verbrechen. Bei einem Unfall gibt es keinen *Mörder*.«

Genau wie bei Conner. Niemand hat seinen Tod untersucht, er wurde als Unfall abgehakt. Niemand hat je gefragt, wieso er in diesen Lagerraum gegangen ist und niemand hat je meine Halskette gefunden und eins und eins zusammengezählt und ... Schuld als Ergebnis herausbekommen. Niemand weiß besser als ich, dass es auch ohne Verbrechen manchmal Schuld gibt.

»Jede einzelne Frau, die gestorben ist, nachdem sie auf der Liste stand, ist verunglückt«, teilt Kylie uns mit. »Keine ist je ermordet worden. Nicht *ein* einziges Mal. Kein falsches Spiel, keine polizeilichen Untersuchungen, keine offenen Fälle. Unfälle.«

»Woher weißt du das?«, fragt Shannon.

»Ich weiß es eben«, gibt Kylie zurück. Die Lieblingsantwort von Mädchen, die in Wirklichkeit keine Ahnung haben.

Candace gibt einen Ton von sich, als würde sie gerade dasselbe denken. »Wie viel davon hat Chloe vor ihrem Tod gewusst?«

»So einiges«, sagt Kylie. »Und sie hätte es uns nicht erzählen sollen, dann wäre sie vielleicht immer noch am Leben.«

»Tötet der Fluch immer in der richtigen Reihenfolge?«, fragt Bree und erntet ein angewidertes Ächzen von Dena.

»Das hier passiert gerade zum ersten Mal.« Amanda verschränkt die Arme und sieht mich an. »Aber es ist ja auch das dreißigjährige Jubiläum.«

Wissen wir.»Und das bedeutet was?«, frage ich und unterdrücke jede bei diesem Wahnsinn vorstellbare Emotion und Frustration.

»Es bedeutet, dass es dieses Jahr anders sein könnte«, antwortet Kylie.»Dass es dieses Jahr vielleicht *alle* auf der Liste erwischt.«

»Wir werden alle sterben?«, kreischt Ashleigh.

»Vielleicht aber auch nicht«, sagt Amanda.»Du weißt ja, was Chloe gesagt hat.«

»Was hat sie denn gesagt?«, fragen ungefähr sechs von uns gleichzeitig.

Kylie winkt uns näher heran, legt ihre Arme um Amanda und Candace und steckt mit ihnen die Köpfe zusammen. Wir folgen alle ihrem Beispiel, auch wenn Dena und ich einen Blick wechseln, der mir sagt, dass sie das Ganze ebenfalls total schwachsinnig findet.

»Schwestern der Liste«, haucht Kylie.»Wir müssen ... den Hüter des Fluchs ... besänftigen.«

Einen Moment lang sagt niemand etwas, dann kommt Shannon noch ein Stück näher ran und runzelt die Stirn.»Was bedeutet *besänftigen*?«, flüstert sie.

Ich bin mit meiner Geduld am Ende und sehe sie schief an.»Es bedeutet, dass das totaler Schwachsinn ist«, sage ich und befreie mich aus dem Kreis.»Man kann sich doch nicht mit einem solchen Mist abgeben, wenn Leute gestorben sind.«

»Ach ja, Sherlock?«, faucht Kylie.

»Wer zum Teufel ist der Hüter der Liste?«, will Dena wissen.

Kylie wechselt erneut einen Blick mit Amanda, schüttelt dann aber den Kopf.»Das hat sie nicht gesagt.«

Amanda nickt.»Niemand weiß, wer ... oder *was* ... das ist. Nur, dass er besänftigt werden muss.«

Noch mehr Fragen und Kommentare, aber Shannon stampft mit dem Fuß auf.»Sagt mir jetzt bitte endlich jemand, was dieses blöde Wort bedeutet?«

»*Besänftigen* heißt ...«, Kylie zögert,»sich bei jemandem einschmeicheln.«

»Nicht ganz«, berichtige ich.»Es bedeutet ›sanft machen‹. Dafür sorgen, dass jemand ruhig wird und friedlich.«

»Dann gibt es praktisch einen Krieg?«, fragt Shannon.»Wie Vampire gegen Zombies?«

»Es ist eher wie Schutzgeld, Shannon«, sagt Kylie.»Wir müssen zahlen, damit wir nicht sterben.«

»Wie viel?«

»Auf die eine oder andere Weise bezahlen«, erklärt Amanda.

Ringsum weicht die Farbe aus den Gesichtern und Augen weiten sich. Außer bei mir, weil das hier glatt die dümmsten und absurdesten Gespräche toppt, an denen ich je beteiligt gewesen bin.»Oder wir gehen einfach rauf und erzählen der Polizei, was uns für komische Sachen passiert sind.« Ich sehe Dena an.»Irgendwas gerade noch mal gut gegangen in der letzten Zeit? Irgendwelche Beinaheunfälle?«

Sie runzelt die Stirn, dann macht sie große Augen.»Meine Katze hat das Kabel von meinem Ladegerät angeknabbert und ich hab einen Schlag bekommen.«

»Echt?« Bree tritt näher.»Ist ja komisch, weil bei uns neulich Abend ein Stromkabel aufs Dach gefallen ist und meine Dad meinte, wenn wir irgendwas Elektrisches angefasst hätten, wären wir gestorben.«

Kylie stößt ein leises Ächzen aus und sieht sich um. »Noch jemand?«

Candace wird blass und guckt Ashleigh an. »Sag's ihnen.« »Wir sind gestern mit meinem Auto auf den Schienen stehengeblieben. Der Motor ging aus und ...« Sie schließt die Augen. »Wir sind gerade noch da weggekommen, vielleicht fünf Sekunden vor dem Zug.«

»Heilige Scheiße«, murmelt Bree.

Kylie nickt. »Ich hab's euch doch gesagt.«

Amanda sieht sich um und seufzt. »Wir müssen vielleicht ein Opfer darbringen.«

»Wie in der Kirche?«, fragt Shannon in einem bebenden Flüsterton.

»Wie in einem alten Kult«, sagt Kylie und sieht Amanda an. Die beiden wissen eindeutig mehr, als sie sagen. Nicht dass irgendwas, das sie wissen, auch nur ansatzweise Sinn ergibt, aber alle im Raum sind gebannt.

»Was denn für ein Opfer?«, fragt jemand.

Kylie schließt die Augen. »Ein Blutopfer.«

Um mich herum bricht Chaos aus, aber ich bin ganz still. Wieder beruhigt Kylie die anderen.

»O Mann.« Dena entzieht sich und macht ein empörtes Gesicht. »Das ist doch totaler Quatsch. Ich hab Unterricht, mir reicht's —«

»Du darfst jetzt nicht gehen!«, ruft Amanda. »Wir müssen einen Plan machen und ein Schweigegelübde ablegen und eine Telefonkette festlegen, damit wir in ständigem Kontakt bleiben. Vor allem brauchen wir weitere Informationen. Blöderweise fällt uns nur Chloes Mom ein; könnten wir ...?«

»Wir müssen!«, beharrt Shannon und wird ebenfalls lauter.

»Nein!« Ich belle den Befehl, weil ich Mrs Batista richtig vor mir sehe. Ich kenne sie nicht; ich bin ihr nie begegnet. Aber ich weiß, wie sich eine Mutter fühlt, deren Kind gerade gestorben ist. »Wir können sie im Moment nichts fragen. Aber ich weiß, mit wem wir reden können.«

»Nein«, sagt Kylie. »Wir dürfen es niemandem sagen. Wenn du es jemandem sagst, stirbst du als Nächste.«

»Nicht mal der Polizei?«, frage ich.

Amanda und Kylie schnappen im Chor nach Luft. »Dann kannst du heute Abend gleich dein Testament schreiben, Kenzie«, sagt Kylie.

Ich öffne den Mund und will was antworten, doch es kommt nichts heraus. Was, wenn sie Recht hat? Wir brauchen Hilfe. Ich sehe runter auf meine Hand und habe die Antwort. Jemand, der mir gesagt hat, dass ich »einfach anrufen« soll. Wird die Krankenschwester, Ms Fedder, normal sein oder uns glauben? Aber ich habe keine Lust, mich gleich wieder zu streiten, wem ich davon erzählen darf, also bleibe ich still.

»Hört zu, ich rufe euch demnächst wieder zusammen«, sagt Kylie laut.

»Und was machen wir bis dahin?«, fragt Shannon mit einem deutlichen Unterton von Panik in der Stimme.

Kylie bedenkt sie mit einem beklommenen Lächeln. »Schön auf uns aufpassen.«

KAPITEL XVIII

Ich bekomme kurz die Panik, als ich höre, dass Ms Fedder nicht in ihrem Büro ist, aber dann sehe ich sie hinter der Glaswand eines Besprechungszimmers, wo sie mit einigen anderen Erwachsenen und zwei Mädchen, die ich nicht kenne, an einem Tisch sitzt. Ich erkenne Trauerbegleitung, wenn ich sie sehe.

Die ehrenamtliche Sprechstundenhilfe hinter dem Tresen sieht mich mitleidig an, als ich nach der Krankenschwester frage. »Können Sie warten? Ms Fedder und die Seelsorger sind wahrscheinlich in ein paar Minuten fertig. Und vor Ihnen ist niemand mehr.«

Ich will nicht mit denen reden, aber anders komme ich heute wohl nicht an Ms Fedder ran. Nach ungefähr einer Viertelstunde kommen sie alle raus.

Ms Fedder erkennt mich sofort. »Kenzie, was macht Ihr Finger?«

»Wird langsam. Kann ich mit Ihnen sprechen?«

Einer der Trauerbegleiter, ein älterer Mann, tritt vor. »Sie können mit uns allen reden. Ich bin Dr. Horowitz, ein Psychologe.«

Ich schüttle den Kopf und deute zur Krankenschwester. »Ich möchte einfach nur mit Ms Fedder reden.«

»Lassen Sie sich von der Berufsbezeichnung nicht abschrecken«, sagt der Doktor. »Wir können uns einfach unterhalten. Und das hier ist Pastor Eugene.« Er deutet auf den anderen Mann.

»Hallo, meine Liebe«, sagt der Pastor und seine Stimme ist so sanft und freundlich, dass ich mich fast überreden lasse. Aber ich bezweifle, dass meine Fragen nach einem Fluch bei einem Pastor gut ankommen.

»Bitte?«, frage ich Ms Fedder.

»Ich kenne diese junge Dame.« Sie nimmt meinen Arm. »Wir reden im Krankenzimmer.«

Der Psycho-Doc will anscheinend widersprechen, aber da kommt die nächste Schülerin rein und rettet mich. Ich folge der Schwester durch den kurzen Gang zu dem Raum, in dem sie mir die Hand verbunden hat.

Sie schließt die Tür und dreht sich zu mir um. Sie ist so blass, wie ich gewesen sein dürfte, als ich letztes Mal hier drin war.

»Es ist furchtbar«, sagt sie schlicht.

Wow. Damit hab ich jetzt nicht gerechnet. »Ja«, stimme ich zu.

»Ich habe schon darauf gewartet, dass eine von euch vorbeikommt.«

Damit meint sie wohl die Mädchen auf der Liste. »Wir waren zu sehr damit beschäftigt, in einem leeren Labor unten einen Hexensabbat abzuhalten.«

Ihre Gesichtszüge entgleiten. »Einen Hexensabbat?«

»Wir haben über Flüche und so was geredet ...« Ich behalte sie genau im Auge und bete innerlich, dass sie mich ansieht, als wäre ich verrückt geworden. Als hätten Kylie und Amanda einfach nur gesponnen und an dem Ganzen wäre überhaupt nichts dran.

Stattdessen nickt sie. »Das könnte ein schlimmes Jahr werden«, sagt sie ernst.

Meine Knie geben nach und ich sinke auf die Untersuchungsliege. »Was meinen Sie damit?«

Sie wirft einen Blick zur Tür, so als könnte jemand hereinplatzen. »Wir können hier nicht reden.«

»Wieso nicht?«, will ich wissen und kann die leichte Panik in meiner Stimme selbst nicht ausstehen. Wieso verwirft Ms Fedder das Ganze nicht einfach als Unsinn? Hat man denn allen, die je auf dieser Liste standen, eine Gehirnwäsche oder so was verpasst?

Sie setzt sich neben mich und nimmt mit klammen Fingern meine Hand. »Die meiste Zeit über, also eigentlich fast immer, ist mit den Mädchen alles ... bestens.«

»Bestens.« Ich flüstere das Wort. »Und wenn nicht?«

Sie schließt die Augen und stößt einen langen, lauten Seufzer aus. »Kommt es zu Unfällen.«

Das habe ich mitgekriegt. Frust und Angst ballen sich in meinem Magen zu einer schwarzen Kugel der Übelkeit. Ich will mehr wissen ... aber gleichzeitig will ich auch weglaufen und das Wort »Unfall« nie wieder hören.

»Sind Sie sicher, dass es nur Unfälle sind? Und nicht ...« *Mord.* »Absicht?«

»Sie enden tödlich. Aber immer ist es einfach nur Pech. Verfluchtes Pech, um genauer zu sein.«

»Ms Fedder.« Ich will der Angst und dem Ärger, die in mir beben, nicht nachgeben, sondern bemühe mich, ruhig zu bleiben. »Ich glaube nicht an das Übernatürliche. Ich glaube nicht an einen Fluch.«

Ihr Lächeln ist trocken. »Anfangs glaubt niemand daran. Aber nach einer Weile … Es lässt sich nicht bezweifeln, dass etwas sehr Mächtiges bei dieser Liste die Hand im Spiel hat. Etwas Heimtückisches und Unvorhersehbares, das sich am Unerwarteten nährt und nie auch nur die Spur eines Verbrechens hinterlässt, bloß den Gestank eines Fluchs.«

Wie kann jemand so Kluges – mit einer Ausbildung in Medizin und somit doch wohl in Naturwissenschaften – auf diesen Mist reinfallen?

»Ms Fedder –«

»Christine«, berichtigt sie mich. »Nennen Sie mich Christine.«

»Ich nenne Sie verrückt!« Es ist mir egal, wie das klingt. »Ich glaube nicht an Flüche oder übernatürlichen Quatsch oder irgendwelche heimtückischen Hände, die … Was immer Sie da gesagt haben. Von alldem nehme ich Ihnen nichts ab.«

Sie zuckt mit den Achseln und das sagt alles: Was ich denke, spielt überhaupt keine Rolle.

»Ich glaube, diese Todesfälle sind vielleicht …« – *Mord.* Levis Gesicht blitzt vor mir auf. Wenn jemand beschuldigt wird, dann er. »… keine Unfälle.«

»Sind sie ja auch nicht«, stimmt sie mir bereitwillig zu. »Aber wenn Sie glauben, dass jemand irgendein Mädchen von dieser Liste getötet hat, dann irren Sie sich. Kein einziger Todesfall war je mehr als ein tragisches Unglück. Kein Verbrechen, kein Indiz für einen Mord, keine weiteren Personen beteiligt. Glauben Sie mir, wir haben das untersuchen lassen.«

»Wir? Sie meinen andere Frauen, die auf der Liste gestanden haben?«

Sie nickt. »Wir haben einen Privatdetektiv beauftragt, der

nicht den Hauch eines Beweises gefunden hat, dass einer dieser Todesfälle etwas anderes gewesen ist als ein Unfall. Bis auf die beiden Selbstmorde natürlich.«

Ich blinzle sie nur an. »Wie viele Mädchen, die auf der Liste gestanden haben, sind denn gestorben?«

»Mit Olivia und Chloe? Insgesamt elf.«

»Elf?« Ich zucke entsetzt zurück. »Das sind nicht so viele.«

»Nach wessen Rechnung? Für mich klingt das nach einer ganzen Menge. Wie kann das nie in den Nachrichten gewesen sein? Elf Frauen, deren Verbindung diese Liste war, sind tot und –«

»Elf über einen Zeitraum von dreißig Jahren, Kenzie? Bis gestern war es nur eine alle drei Jahre.«

Ich fauche meine Antwort förmlich. »Was es immer noch als das Werk eines Serienmörders klassifiziert.«

In den Augen der Krankenschwester glimmt kurz etwas wie Hoffnung auf, dann schüttelt sie den Kopf. »Es gibt keinen Serienmörder, Kenzie. Niemand hat Chloe dazu gezwungen, etwas zu essen, das tödlich für sie war.«

Ich sehe den Pick-up-Truck vor meinem geistigen Auge. »Das wissen Sie nicht.«

»Als man Olivia gefunden hat, war ihr Bein zwischen zwei Felsbrocken eingeklemmt.«

»So wurde es berichtet, ja. Aber wenn nun jemand nachgeholfen hat?«

»Ein Sporttaucher? Der unter Wasser auf sie gewartet hat? Der Polizeibericht und die Beweislage sind eindeutig. Keiner der Jungen war vorher im Wasser; diejenigen, die sie hatten retten wollen, trugen nicht mal Badekleidung. Sie ist gesprungen –«

»Oder sie wurde geschubst.«

Ms Fedder schüttelt den Kopf. »Nein. Es gibt ein Handyvideo. Ich habe mit der Polizei gesprochen und es ist eindeutig bewiesen, dass sie aus freien Stücken da runtergesprungen und so tief gesunken ist, dass ihr Fuß zwischen zwei Felsbrocken geriet. Ein schrecklicher Unglücksfall, mehr nicht.«

Ich atme frustriert aus. »Sie wissen aber schon, dass man einen Mord wie einen Unfall aussehen lassen kann.«

»Niemand hat Sylvia Rushings Schal in einem Hotel in Cincinatti zwischen zwei Aufzugtüren gehalten, so dass sie erdrosselt wurde, als der Aufzug losfuhr. Niemand hat Susan Cordaine von der Leiter gestoßen, als sie in ihrem Vorgarten Weihnachtsbeleuchtung aufgehängt hat, und so dafür gesorgt, dass sie sich das Genick bricht.«

Ich kann sie nur anstarren. Mein Bruder ist gestorben, weil er sich das Genick gebrochen hat.

»Glauben Sie mir, Kenzie. Ein Mörder wäre deutlich ... angenehmer. Ein Mörder könnte aufgehalten werden. Ein Mörder wäre eine große Verbesserung gegenüber der Angst, dass Sie einfach auf der Straße von einem Baum erschlagen werden wie –«

»Roberta Livingston.« An den Unfall erinnere ich mich natürlich. Mom war tagelang davon besessen. Es ist ungefähr vor einem Jahr passiert, gar nicht weit von hier, und Roberta war eine Abiturientin der Vienna High. Aus heiterem Himmel war der riesige Ast einer Weide abgebrochen und hatte sie mitten auf der Straße erschlagen, vor den Augen zahlreicher Zeugen. Das war kein Mord und auch kein Selbstmord.

Dann war es also ... ein Fluch? »Wie sind die anderen gestorben? Wann?«

Sie schüttelt den Kopf, als könne sie nicht darüber reden, oder wahrscheinlich eher als wolle sie es nicht. »Gibt es irgendwo eine Liste?«, hake ich nach. »Mit sämtlichen Namen? Ich will mit den anderen reden. Ich will mir diese elf ›Unfälle‹ ansehen. Um Himmels willen, hat das nie jemand der Polizei gesagt? Oder einem Reporter? Oder sonst jemandem, der dem ein Ende machen kann?«

Sie steht auf und legt mir die Hände auf die Schultern, als könnte das die steigende Panik aus meiner Stimme nehmen. »Wenn Sie ein Wort sagen, werden Sie zwangsläufig die Nächste sein. Das ist Bestandteil des Fluchs.«

Oder eine Möglichkeit, uns am Reden zu hindern. »Nein.« Ich befreie mich aus ihrem Griff. »Daran glaube ich nicht. Unmöglich.«

»Wir wissen, wie man dem ein Ende macht, Kenzie. Mein Jahrgang hat nie jemanden verloren, bis heute nicht. Und keine von uns hat je mit einem Außenstehenden geredet. Wenn ich irgendetwas erfahre, das Ihnen helfen kann, melde ich mich.«

Das darf doch wohl nicht wahr sein. »Wie denn? Mit Voodoo? Durch die Wolken? Schnell genug, damit ich einem umstürzenden Baum ausweichen kann?«

Sie packt mich erneut bei den Schultern. »Ich weiß, dass Sie Angst haben, Kenzie. Aber Sie dürfen keiner Menschenseele vertrauen. Denken Sie nicht einmal daran, einem Außenstehenden davon zu erzählen.«

Ich lasse mich von ihr in eine Umarmung ziehen, denn gerade kann ich dringend eine gebrauchen, verdammt.

KAPITEL XIX

Nachdem ich die Krankenstation verlassen habe, gehe ich zu meinem Schließfach und stelle fest, dass Josh daran lehnt. Er murmelt »Was geht ab?« zu Leuten, die vorbeigehen und nickt ihnen zu, lässt mich aber nicht aus den Augen, während ich näher komme.

»Hey, Fünfte.«

Ich könnte ihm dafür, dass er mich so nennt, eine reinhauen, aber dann hält er mir seine Hand hin und ich nehme sie und lasse mich näher ziehen. »Wo hast du gesteckt?«

»Auf der Krankenstation.«

Er runzelt die Stirn. »Wieso warst du denn dort?«

Ich sehe ihn an und überlege, ob ich mehr sagen soll. Beziehungsweise eigentlich eher alles. Aber ich habe Ms Fedders Worte noch im Ohr. »Trauerbegleitung.«

»Geht es dir gut?«

»Nein.« Das Eingeständnis ist heraus, bevor ich mich bremsen kann. »Mir geht es nicht gut. Wie kann es irgendjemandem gut gehen?«

Er hebt meine Hand an sein Herz. »Dir kann es gut gehen, weil du bei mir bist.«

Ich weiß die Bemerkung zu schätzen, so kitschig und großspurig sie auch ist, aber trösten tut sie mich nicht. Sie bringt mich eher zum Lachen. »An Selbstbewusstsein mangelt es dir jedenfalls nicht, oder?«

»*Because I'm sexy and I know it?*«, singt er und wackelt scherzhaft mit den Schultern.

Ich lächle ihn immer noch an und spüre vielleicht – nur vielleicht – einen ersten Hauch der Gefühle, auf die ich gewartet habe. Er ist witzig, er ist süß und, verdammt noch mal, er mag mich. Und, Zusatzbonus, er ist heute nicht aus der Schule heraus von der Polizei abgeführt worden. Wieso sperre ich mich denn so? Wieso denke ich ständig an den falschen Jungen?

»Ehrlich, Baby«, sagt er und sorgt dafür, dass mir Fünfte als Spitzname jetzt doch ganz gut gefällt. »Ich wusste gar nicht, dass du so gut mit Chloe befreundet warst.«

»War ich gar nicht.« Um ehrlich zu sein, konnte ich sie nicht mal leiden. Aber das macht es auch nicht leichter. »Es ist trotzdem traurig.«

»So geht's der ganzen Schule. Niemand macht irgendwas. Ty und ich hauen ab. Hast du meine Nachricht gekriegt?«

Ich nicke.

»Und? Kommst du mit?«

Die Vorstellung, den Unterricht zu schwänzen, ist mir so fremd, dass ich beinahe wieder lachen muss. »Ich ...« Moment mal. Wieso nicht? Wer bekommt das heute überhaupt mit? Ich wollte doch schon immer mal einfach aus der Schule abhauen und Spaß haben und mit Leuten abhängen, die sich keine Sorgen um Deklinationen oder trigonometrische Identitäten oder ihren Notendurchschnitt machen. Und ich könnte weiß Gott einen Tapetenwechsel gebrauchen.

»Okay. Wohin?«

»Einfach bloß rumfahren.« Er deutet auf mein Schließfach.

»Weg mit den Büchern und los geht's. Ty ist schon auf dem Parkplatz.«

Ein paar Minuten später sitze ich in Joshs Audi, atme den Duft des Leders ein und höre total nervige Rapmusik. Tyler Griffith, ebenfalls Footballspieler, fläzt sich mit eingestöpselten Kopfhörern auf der Rückbank und ist voll auf sein Handy konzentriert.

Als wir vom Parkplatz rollen, lässt Josh eine Hand auf der Gangschaltung und trommelt mit der anderen auf dem Lenkrad herum, das Sinnbild eines Mannes, der alles im Griff hat, der ruhig ist und cool. Das tut mir gut – richtig gut. Umso mehr überlege ich, ihm diese ganze Geschichte mit dem Fluch zu erzählen.

Ty hört eh nichts, aber wird Josh denken, dass ich spinne, und es rumerzählen, und wollen mich die anderen Mädchen dann umbringen? Was, wenn an der Geheimhaltung etwas dran ist? Wenn der Fluch einen wirklich trifft, sobald man davon erzählt?

Hör auf, Kenzie. Auf so einen Mist fällst du nicht rein.

»Und? Gibt's was Neues?«, frage ich in der Hoffnung, etwas zu erfahren, statt etwas auszuplaudern.

»Außer dass sie Scheiß-Sterling verhaftet haben?«

Bei dieser Unterstellung werde ich richtig sauer. »Sie haben ihn doch gar nicht verhaftet, oder? Ich hab gehört, dass sie ihn nur zur Befragung mitgenommen haben.«

»Wie auch immer. Wenn jemand zu einem Mord fähig ist, dann dieser Typ.«

»Mord? Wer sagt denn irgendwas von Mord?«

»Na, alle. Und Sterling ist ein dummes Arschloch, wenn du mich fragst.«

Nein, er ist ein Legastheniker, dessen Mutter in der Nervenklinik ist, und er trägt einen Haufen Schuldgefühle mit sich rum, weil ein Mädchen seit einem Unfall, den er gebaut hat, querschnittsgelähmt ist. Und als ich mit ihm im Café war, ist er plötzlich abgehauen, eine halbe Stunde bevor ein anderes Mädchen tot aufgefunden wurde.

»Nur weil er vielleicht ein ›dummes Arschloch‹ ist, macht ihn das noch nicht zu einem Mörder.«

»Hast du nicht gehört, dass er in seiner alten Stadt mal versucht hat, ein Mädchen zu töten?«

»Ich glaube nicht, dass er versucht hat sie zu töten, aber —«

Josh fährt in einer knappen Kurve auf die Hauptstraße und schiebt das Kinn ein bisschen vor. »Kenzie, du weißt, dass er beim Steinbruch war, oder?« Das klingt so, als wäre es schon Beweis genug, dass Levi Olivia von der Klippe gestoßen hat.

»Wusstest du, dass der ganze Vorfall gefilmt worden ist?«

Er guckt zu mir rüber. »Heißt noch lange nicht, dass Levi sie nicht geschubst hat, als er gerade nicht im Bild war.«

Keine Ahnung, warum ich Levi verteidige, aber ich tue es mit Nachdruck. »Als ich das letzte Mal nachgesehen habe, war das hier Amerika, wo du unschuldig bist, bis deine Schuld bewiesen ist.«

»Schwachsinn. Wenn jemand diese Mädchen getötet hat, dann er, und je schneller sie ihn einbuchten, desto besser für euch alle.«

Ich wende mich ab und sehe aus dem Auto. Eine Einkaufsmeile zieht am Fenster vorbei.»Und wenn niemand sie getötet hat?«

»Dann muss das dieses Wochenende aber echt ein Riesenzufall gewesen sein mit zwei Mädchen von derselben Schule.«

Dagegen lässt sich kaum etwas einwenden.»Und wenn ... ich meine, ich hab gehört, wie jemand sagte, es gäbe einen Fluch.« Ich schiele unauffällig zu ihm rüber, weil ich seine Reaktion mitbekommen möchte. Es ist ein stilles, schlaues Lächeln.

»Cool.« Das kommt von der Rückbank und jagt mir einen Schrecken ein, weil ich Ty irgendwie vergessen hatte.

»Cool?« Ich drehe mich zu ihm um.»Was ist daran cool?«

»Ich stehe total auf dieses ganze paranormale Zeug.« Ty hat seine Kopfhörer noch drin, deshalb nehme ich an, dass er das ganze Gespräch mit angehört hat.»Ein Fluch? Mann, das ist einfach cool.«

Wo wir gerade von dummen Arschlöchern sprechen. Ich schaffe es, wegzusehen, ohne die Augen verdrehen.»Ich persönlich finde es höchstens gruselig. Was für ein Quatsch.«

Josh nimmt die Hand vom Schaltknüppel und legt sie auf meinen Oberschenkel. Seine Handfläche fühlt sich sogar durch die Jeans warm an.»Das weißt du nicht«, sagt er.»Vielleicht ist die Liste ja verflucht. Als ob du dafür bezahlen musst, dass du so heiß bist.«

Es ist harte Arbeit, nicht komplett angewidert zu klingen. »Das dürfte das Dümmste sein, was ich je gehört habe. Und witzig ist es auch nicht, weil ich auf der Liste stehe.«

»Dank mir.«

»Ich weiß, dass du für mich gestimmt hast«, sage ich und bin mir nicht sicher, ob er jetzt will, dass ich ihm dafür danke oder nicht. Ich sehe aus dem Fenster, wo gerade der Wegweiser zur Interstate vorbeizieht, und Josh wechselt auf die rechte Spur.

»Ich kann kaum glauben, dass ich überhaupt Stimmen gekriegt habe, ganz zu schweigen von deiner, und dann auch noch genug, um es auf die Liste zu schaffen.«

»Mehr als genug«, sagt Tyler.

Ich drehe mich um und starre ihn an. »Woher weißt du das?«

Er sieht von seinem Handy auf, aber nicht zu mir. Er fängt im Rückspiegel Joshs Blick ein und sie tauschen eine stille Botschaft aus. In Joshs Miene liegt eindeutig eine Warnung.

»Habt ihr die Stimmen ausgezählt?«, frage ich Tyler.

Ich sehe, wie Josh kaum merklich den Kopf schüttelt, und mir wird ganz anders. »Habt ihr?«, frage ich Josh. Die beiden wechseln einen schuldbewussten Blick und schweigen.

»Josh«, sage ich. »Wisst ihr, wer die Stimmen ausgezählt hat?«

»Es ist geheim, Kenzie. Das dürfen wir nicht sagen.«

Noch mehr Geheimnisse? »Sonst?«

Wieder ein Blickwechsel und diesmal stößt Tyler eine Art nervöses Lachen aus. Und beide sagen kein Wort, was nur dafür sorgt, dass sich mir vor Wut der Magen zusammenzieht.

»Angesichts der Tatsache, dass zwei Mädchen gestorben sind, finde ich, dass du mir eine Antwort schuldig bist, Josh.«

Er antwortet nicht, sondern wechselt auf den Zubringer zur Interstate. »Wohin fahren wir?«, frage ich. Ich hatte nicht vorgehabt, so weit aus Cedar Hills rauszufahren, geschweige denn aus Vienna.

»Ich hab Durst«, antwortet Josh. »Gehen wir ein Bier trinken.« Er deutet mit dem Kinn zu einem Schild, auf dem steht, dass es noch neunzehn Meilen bis nach Wheeling, West Virginia, sind.»Die Rednecks da unten werden dir gefallen«, sagt er.»Die sehen sich einen gefälschten Ausweis nie zu genau an.«

»Wisst ihr wirklich, wie die Stimmen ausgezählt werden?«, frage ich erneut.»Wisst ihr, ob ... es dabei mit rechten Dingen zugegangen ist?«

»Fünfte, du hältst zu wenig von dir. Natürlich ist es mit rechten Dingen zugegangen. Du bist in den Top Ten und du« – er drückt mein Bein –»wirst jetzt die beste Spritztour deines Lebens haben.«

Er gleitet um einen Lieferwagen herum auf die linke Spur und tritt aufs Gaspedal. Ich schnappe nach Luft.»Hey!«

»Entspann dich.« Er schlägt aufs Lenkrad und dreht die Musik auf.»Diese Maschine ist für Tempo gebaut. Wozu vierzig Minuten warten, bis wir an unsere Getränke kommen, wenn ich uns auch in zwanzig hinbringen kann?«

»Bitte, fahr langsamer.« Ich ziehe an meinem Sicherheitsgurt und bekomme angesichts der Geschwindigkeit allmählich Panik.

Er reagiert, indem er das Gaspedal durchtritt. Der Motor heult auf und wir rasen an einem langsameren Auto vorbei.

»Hör mal, die Abstimmung ist mir egal«, lüge ich und bin mir bewusst, dass jede Ader in meinem Körper pocht.»Und ich will auch nichts trinken, also –«

»Wir aber«, sagt Tyler und beweist damit erneut, dass er trotz seiner Kopfhörer alles hört, was wir sagen.

»Dann trinkt zu Hause was. Dein Großvater hat ja eindeutig nichts dagegen, wenn du an seine Bar gehst.«

»Komm runter, Kenzie. So läuft das eben bei uns.«

Aber so läuft das nicht bei *mir*. Wie konnte ich das hier für eine gute Idee halten? Ich schwänze doch nicht zusammen mit zwei Footballspielern, die ich kaum kenne, und besorge mir hinter der Staatsgrenze was zu saufen.

Ich atme langsam ein und zwinge mich, genau das zu tun, was er gesagt hat: *runterkommen.* Nur quälen mich Fragen. Ich beginne mit der, die mich am meisten beschäftigt.

»Wie viele Jungen stimmen mit ab?«

Josh lacht leise. »Verdammt, Mädchen, du lässt echt nicht locker.« Er ergänzt das mit einem verschmitzten Lächeln, das ihn wahrscheinlich schon sein Leben lang durch die meisten heiklen Situationen bringt, bei denen er mit einem weiblichen Wesen konfrontiert ist. »Sobald wir unsere Erfrischungen haben, erzähl ich's dir.«

Ty lehnt sich vor. »Aber danach muss er dich töten.«

Als ich entsetzt nach Luft schnappe, bricht Josh in Lachen aus. »Er macht nur Spaß, Fünfte.« Und er grinst immer noch, als er einen Knopf auf dem Lenkrad drückt, der die Musik so laut werden lässt, dass man nicht mehr reden oder denken kann. Der ganze Wagen vibriert vom Bass, oder vielleicht sind das meine Eingeweide. Meine Magen krampft und zuckt, mein Herz schlägt wie wild und mein Kopf kreischt: *Mach bloß, dass du hier rauskommst!*

Aber wir werden immer schneller.

»Josh.« Er ignoriert mich und trommelt zum Beat auf dem Lenkrad, also greife ich nach seinem Arm. »Ich möchte jetzt wirklich zur Schule zurück.«

Er wirft mir einen Blick zu, zieht rüber nach ganz links, ohne auch nur in den Rückspiegel zu sehen, und beschleunigt so stark, dass ich in den Sitz gepresst werde. Mir rauscht das Blut in den Ohren und ich drehe mich Hilfe suchend zu Tyler um, aber der achtet gar nicht auf mich. Ich kann gerade noch sehen, dass die

Tachonadel jetzt deutlich an den siebzig Meilen pro Stunde vorbei ist. Es fühlt sich an wie achtzig. Neunzig. *O Gott.* Das wäre theoretisch nicht einmal mehr Verunglücken. Er macht das *mit Absicht.* Ich bekomme am ganzen Körper eine Gänsehaut, gleichzeitig schwitze ich vor Angst.

»Josh ...« Meine Stimme bricht. Was zum Teufel habe ich mir dabei gedacht, in dieses Auto einzusteigen? Ich habe überhaupt nicht gedacht – kein bisschen. Ich hätte an die Möglichkeit eines Unfalls denken sollen. Ich, ausgerechnet ich ... hab einfach nicht dran gedacht.

Ich atme langsam und sehe aus dem Fenster. Braune und rote Flecken von Herbstlaub wischen vorbei; so schnell ist außer in einem Flugzeug garantiert noch nie die Landschaft an mir vorbeigezogen.

Alles verschwimmt, als die ersten Tränen kommen. Ich kralle die Zehen fest zusammen und kämpfe gegen die Angst an, die in mir aufsteigt.

Dystychiphobie. Vielleicht leide ich ja genauso schlimm daran wie meine Mutter.

Wir fliegen jetzt förmlich, aber der Wagen liegt so gut auf der Straße, dass sich unsere Geschwindigkeit kaum einschätzen lässt. Ich gucke trotzdem rüber und beuge mich zur Seite, um deutlich zu machen, dass ich wissen will, wie schnell wir sind.

»Sind jetzt über hundert, Baby«, sagt Josh mit einem breiten Grinsen und schwenkt um viel, *viel* langsamere Autos herum.

»Teufel, ja!«, brüllt Tyler und schlägt mit der Hand auf Joshs Rückenlehne. »Drück auf die Tube, Alter!«

Ich schaffe es, zitternd Luft zu holen. »Bitte, bitte, fahr langsamer.«

Er lacht nur. »Du kannst diesem Wagen vertrauen.«

Aber dem Fahrer auch? Panik kriecht durch meinen Körper und legt sich in schmerzhaften Schlingen um meine Brust; ein völlig anderes Erstickungsgefühl als das, das ich bei meiner Mutter immer bekomme.

»Bierland, wir kommen!«, ruft Tyler über die laute Musik hinweg. »Alter, jetzt ist Schluss mit Durst.«

»Scheiß auf Bier«, sagt Josh. »Mein Mädchen trinkt was Gutes, stimmt's, Kenz?«

Ich kann kaum sprechen. Meine Knöchel auf dem Sitz sind weiß und ich starre geradeaus nach vorn.

»Hey, komm schon.« Er klopft mir auf den Arm, so dass ich aufkeuche.

»Pass auf, was du tust«, warne ich.

»Ist okay.« Aber er verlangsamt nicht. »Ist nur Spaß, Kenzie.«

Spaß? *Spaß?* Ich spüre, wie in meinem Kopf etwas reißt, als ich mich zu ihm umdrehe. »Wie kann das Spaß sein? In den letzten achtundvierzig Stunden sind zwei Mädchen bei Unfällen gestorben – zwei Mädchen, mit denen ich auf derselben Liste stehe – und du fährst hundert?«

»Hundertzehn!« Er beugt sich herüber. »Küss mich.«

»Achte auf die Straße!«

Er guckt für den Bruchteil einer Sekunde nach vorn, dann wieder zu mir. »Küss mich!«, brüllt er über die ohrenbetäubende Musik hinweg.

Alles, wenn er nur wieder nach vorn auf die Straße sieht. Ich beuge mich rüber und gebe ihm ein Küsschen, und sofort legt sich seine Hand um meinen Nacken und zieht mich fester gegen seine Lippen. Wir stoßen mit den Zähnen zusammen und ich kann kaum das Kreischen zurückhalten, als der Wagen beschleunigt und erst nach links ausschert und dann nach rechts, weil das Lenkrad von einem Mann geführt wird, der absolut nicht auf die Straße achtet.

»Schieb ihr die Zunge rein!«, grölt Tyler und klatscht in die Hände.

Übelkeit und nackte Angst prallen in meiner Brust aufeinander, aber Josh hat meinen Kopf in einem eisernen Griff und drückt unsere Münder aufeinander. Wir schießen die Straße runter und alles, was ich höre, ist das lange, endlose Hupen eines Lkws, als Josh mich plötzlich loslässt. Wir sehen beide nach vorn, nur noch eine Handbreit – nein, einen Zentimeter davon entfernt, seitlich gegen einen Neunachser auf der Nebenspur zu fahren.

Josh reißt das Lenkrad herum und zieht den Wagen nach links, eine Handbreit von einem SUV entfernt. Ich stoße den Schrei aus, den ich zurückgehalten habe, kneife instinktiv die Augen zu und mache mich für den sicheren Tod bereit.

»Du Hurensohn!«, brüllt Josh, zieht nach rechts und zeigt dem Truckfahrer den Finger.

Tyler grölt und schlägt auf Joshs Rückenlehne. »Ja, geil, Mann! So geht das!«

Mein Puls hämmert so heftig, dass ich außer dem Rauschen des Blutes in meinem Kopf kaum etwas hören kann. »Was machst du denn?«, schreie ich Josh an. »Willst du uns umbringen?«

Josh wirft den Kopf in den Nacken und heult. »Ich bin unbesiegbar, Baby!«

Ich funkle ihn an und kann nicht fassen, wie blöd er ist und dass ich diesen Idioten je für attraktiv gehalten habe. »Niemand ist unbesiegbar«, sage ich leise.

Er hört mich nicht. Tyler und er schwelgen noch einmal in ihrem Flirt mit dem Tod. Aber er hat auf einigermaßen vernünftige achtzig Meilen pro Stunde abgebremst und diese Spritztour ist jetzt hoffentlich bald vorbei.

Mein Herz schlägt wieder etwas ruhiger, als er eine Ausfahrt nimmt, immer noch viel zu schnell, aber ich denke, dass ein Wagen wie dieser hier mit der Kurve klarkommt. Ich klammere mich an diese Hoffnung und stemme die Füße gegen das Bodenblech. Keine Minute später biegen wir auf eine Raststätte mit einem Supermarkt namens Kipler's ein, der so aussieht, als wäre er um die Jahrhundertwende errichtet worden ... also des letzten Jahrhunderts.

»Komm«, sagt Josh und macht den Motor aus.

Im Augenwinkel sehe ich eine Frau von der Gebäudeseite weggehen, und da kommt mir eine Idee.

»Ich muss mal auf die Toilette.«

Er lacht erneut los. »Sie hat sich fast eingepisst vor Angst, Ty.«

Dass er das für witzig hält, ärgert mich dermaßen, dass ich bloß noch hier rauswill. Aber irgendwie kriege ich die Tür nicht auf.

»Zentralverriegelung«, sagt Josh.

»Lass mich raus«, fauche ich durch zusammengebissene Zähne.

»Du musst immer daran denken, Kenzie: Ich habe hier das Sagen.«

Mein ganzes Inneres ballt sich wie eine Faust. Ich sehe ihn aus zusammengekniffenen Augen an. Ein Wutausbruch wird bei diesem Typ nichts bringen, Tränen auch nicht. Da braucht es etwas

Kreatives.»Noch vielleicht fünf Sekunden und ich kotze dir deinen brandneuen Audi voll.«

Er flucht leise und die Verriegelung klickt auf. Ich werfe mich gegen die Tür und bringe irgendwie die Geistesgegenwart auf, mir meine Tasche zu schnappen, dann verschwinde ich in die Richtung, aus der die Frau gekommen ist. Hoffentlich brauche ich keinen Schlüssel. Eine rostige, von Graffiti bedeckte Metalltür fliegt auf, als ich am Griff ziehe, und das stockschwarze Innere ist nur wenig gruseliger als dieser herzlose Idiot, der mich hierhergefahren hat.

Ich taste an der Wand nach einem Lichtschalter. Als ich ihn finde, gibt die Lampe auch nicht mehr Helligkeit ab als ein Handy, der Raum bleibt voller Schatten. Ich schließe ab und sehe mich um. Der Boden ist nass, das rostfleckige Waschbecken hat keinen Warmwasserhahn und das Klo ist anscheinend seit Wochen nicht mehr geputzt worden. Mir wird ein bisschen schlecht. Ich drehe den Hahn auf und lasse kaltes Wasser über meine Hände laufen. Was soll ich jetzt machen? Wieder zu denen ins Auto steigen? Noch mal zwanzig Meilen lang am sicheren Tod vorbeischrammen, während Josh an einem Bier nippt?

Ich ziehe mein Handy raus, starre auf das Display und überlege, wen ich anrufe. Definitiv nicht meine Mutter. Mein Vater, der vielleicht mehr Verständnis hat, ist auf der Arbeit und kann sicher nicht weg. Molly? Nein, die hat Unterricht und wird nicht drangehen. Eines der Mädchen auf der Liste? Die würden jedenfalls begreifen, wieso ich Todesangst hatte.

Während ich noch überlege, leuchtet das Handy auf und lässt mich zusammenzucken. Als ich den Namen des Anrufers sehe, schnappe ich nach Luft. Weil ich es nicht fassen kann.

Levi Sterling.
Ohne zu zögern, gehe ich ran. Hoffentlich kann er mir helfen und ist nicht bloß die andere Hand des Teufels.

KAPITEL XX

»Kenzie, ich muss mit dir reden.« Seine Stimme ist sanft, ruhig und tröstlich. Ich drücke mir das Handy dichter ans Ohr und der ekelhafte Raum um mich herum verschwindet.

»Was ist denn?«

»Wir müssen einfach nur reden. Ich muss ... *du* musst die Wahrheit wissen. Bevor du irgendwas hörst, das in eine andere Richtung geht.«

Es verblüfft mich, welche Wirkung diese Worte – und sein Tonfall – auf mich haben.

»Was ist heute passiert?«, frage ich. »Bist du ...« – *verhaftet worden?* Ich will es nicht einmal aussprechen. Außerdem, wie könnte er mich dann anrufen? Ich werde doch wohl nicht sein einer Anruf sein. Oder doch? »Hast du mit der Polizei geredet?«

»Ja, aber nur kurz.« Ich höre, wie er seufzt, und bin total erleichtert. »Kenzie, ich kannte Chloe kaum. Ich habe keine Ahnung, warum sie mich befragen wollten.«

Ich glaube ihm. Tief in meinem Bauch, an einer Stelle, der ich vertraue, glaube ich ihm. Damit ist es noch nicht richtig oder vernünftig, aber es ist jedenfalls mein Gefühl. »Was wollten sie denn wissen?«

»Ob ich weiß, wo sie an dem Abend war, und wo ich gewesen bin. Ich hab ihnen gesagt, dass ich mich mit dir im Starbucks getroffen habe, also werden sie mit dir vielleicht auch noch reden wollen.«

O Mann. Meine Mutter wird begeistert sein. »Wir haben uns getroffen ... aber nur kurz.«

»Danach war ich zu Hause.«

Lügt er? Oder kann ich ihm vertrauen? »Hast du diesen Truck gesehen?«

»Welchen Truck?«

»Den auf dem Parkplatz vom Starbucks. Hast du ihn gesehen?« Wenn er Nein sagt, weiß ich, dass er ein Lügner ist. Weil ich mir hundertprozentig sicher bin, dass er den Truck gesehen hat und deshalb abgehauen ist. Um sich mit dem Fahrer zu treffen oder ...

»Ja, den hab ich gesehen.« Seine Stimme ist leise und klingt so ehrlich.

»Warum hast du dann zuerst gelogen?«

»Weil ...«

Ich halte mich an der Metalltür fest. Die widerliche Enge der Toilette dringt auf mich ein, während ich darauf warte, dass er seine Erklärung zu Ende führt. Als er es nicht tut, sage ich: »Ich hab den Truck später noch mal gesehen, bei dem Haus —«

»Nicht, Kenzie. Sag nichts weiter.«

»Wieso nicht?«

»Lass es einfach. Nicht am Telefon. Zu niemandem. Wo bist du gerade?«

Ich verziehe das Gesicht und denke nicht einmal ansatzweise daran, zu lügen. »Gleich außerhalb von Wheeling bei einem Laden namens Kipler's.«

Er schnaubt. »Fängst du wegen dem ganzen Mist jetzt an zu trinken?«

»Dann kennst du den Laden?«

»Da kaufen alle ihr Bier.«

»Hör mal, Levi. Ich brauche Hilfe«, gestehe ich ein. »Die Typen, mit denen ich hier bin ...« – *wollen mich umbringen* – »... sind Vollidioten.«

»Ich komme dich holen.«

Seine prompte Antwort und der Wunsch, mir zu helfen, erfüllen mich mit einem unglaublichen Glücksgefühl. Aber was ist mit Josh ... der wahrscheinlich gerade ein Budweiser in sich reinschüttet.

Ein lautes Wummern an der Tür lässt mich zurückspringen.

»Hey, Fünfte, alles okay?«

»Bist du mit Josh Collier dort?«, fragt Levi.

»Ja.« Ich antworte beiden zugleich.

Einer von beiden flucht, aber mein Herz klopft so laut, dass ich mir nicht sicher bin, ob es Josh war oder Levi.

»Rühr dich nicht vom Fleck«, sagt Levi. »Ich bin in einer halben Stunde da, Maximum.« Er hat aufgelegt, bevor ich überhaupt Ja sagen kann. Dann holt er mich mit dem *Motorrad* ab?

»Kenzie, was ist los, verdammt?« Josh wummert erneut gegen die Tür. »Bist du am Kotzen?«

Ich schließe die Augen. Was ist schlimmer? Ein Bier trinkender Raser in einem Sechzigtausend-Dollar-Auto oder ein Kerl auf einem Motorrad, der mir helfen will?

Mir gefällt beides nicht sonderlich, aber ich höre auf meinen Bauch. »Josh, ich lasse mich hier abholen«, sage ich. »Ihr könnt weiterfahren.«

Er schweigt zwei, drei, vier Herzschläge lang. Ich rühre mich nicht, sondern warte auf die Auseinandersetzung.

»Bist du sicher?«

»Ich brauche nur einfach für eine Weile meine Ruhe. Jemand kommt mich abholen, also können Tyler und du weiter Party machen. Ich komme schon klar.«

Er rüttelt an der Klinke. »Mach auf. Lass dich ansehen.«

Ich rühre keinen Finger. »Ehrlich, ich will nicht.«

»Baby, ich weiß, wie Mädels aussehen, wenn sie am Reihern sind.«

»Ich bin nicht am Reihern. Ich ...« *Ach, verdammt, lass mich doch einfach in Ruhe.* »Das ist eine Frauensache.«

»Oh.« Nach langem Schweigen sagt er: »Brauchst du was aus dem Laden? Ich kann's dir holen.«

Der Vorschlag verblüfft mich und lässt mich plötzlich an meiner Entscheidung zweifeln, auf Levi zu warten. Vielleicht hat Josh im Auto ja nur angegeben. Vielleicht wollte er mich beeindrucken und jetzt tut es ihm leid, dass mir schlecht geworden ist. Vielleicht ist mit ihm die Katastrophe aber auch vorprogrammiert.

Ich kann nur auf meine Instinkte vertrauen. »Ehrlich, Josh, mir geht's gut. Fahrt einfach.«

Mindestens fünfzehn Sekunden verstreichen, dann klopft er leise an die Tür. »Ich lasse dich nur ungern so hier zurück, Kenz. Komm doch raus.«

Ich greife zur Klinke und öffne langsam die Tür. Er steht vielleicht einen Schritt entfernt, mit besorgter Miene und einer Bierdose in der Hand. Er sieht nicht gruselig aus, auch nicht aufgedreht und auch nicht so, als ob er einen Unfall verursachen wird, und wieder bin ich hin- und hergerissen, was meine Entscheidung betrifft.

»Hör mal, es tut mir leid, dass ich so gefahren bin.« Es klingt sogar ernst gemeint.

Ich nicke. »Schon gut. Ich hole mir einfach eine Limo und warte, dass ich abgeholt werde.«

»Komm, ich bring dich hin und kauf sie dir.« Er hält mir seine Hand hin, die Geste ist gleichzeitig beschwichtigend und lieb. Ich nehme seine Hand.

»Danke, dass du das verstehst.«

Er lächelt mich an, während wir um das Gebäude herum zum Ladeneingang gehen. »Wer sagt, dass ich es verstehe? Frauen sind mir ein Rätsel.«

Drinnen nehme ich eine Cola aus dem Kühlregal. Josh wirft dem Kassierer ein paar Münzen hin und dreht sich zu mir um. »Bist du sicher, dass du dich hier abholen lassen willst?«

»Ganz sicher.« Ich mache die Dose auf. »Geh nur.«

Er streichelt meine Wange, streicht mir die Haare hinters Ohr. »Du verdienst es wirklich, auf dieser Liste zu sein, Kenzie.«

Ich kann nicht genau festlegen, was ich in seinen blauen Augen sehe. Reue? Verwirrung? Vielleicht fühlt er sich auch einfach mies, weil er wie ein Irrer gerast ist und mir eine Höllenangst eingejagt hat.

»Danke«, murmle ich.

Er beugt sich runter und unsere Münder berühren sich flüchtig, ein halbherziger Kuss, der meine Lippen kaltlässt. Dann ist er weg und geht mit so federnden Schritten zum Auto, dass er es eigentlich kaum ernsthaft bedauern kann, mich hier in einem Kaff in West Virginia stranden zu lassen.

Er fährt mit quietschenden Reifen weg und der aufspritzende Schotter überzeugt mich sofort davon, dass ich die richtige Entscheidung getroffen habe. Ich nehme gerade den ersten Schluck von meiner Cola, da knallt der Kassierer seine Faust auf den Tisch und macht ein finsteres Gesicht.

»Hey, kennen Sie diesen Burschen? Kommt er noch mal wieder?«

»Nein, wieso?« Hat Josh sein Handy oder sein Portemonnaie liegenlassen? Ich gehe zur Kasse.

»Deswegen.« Er hält eine Münze hoch. »Ich lasse mich doch nicht für dumm verkaufen, und das hier ist Amerika! Ich nehme kein ausländisches Geld. Was zum Teufel soll ich denn damit?«

»Oh, das tut mir leid.« Verlegen krame ich in meiner Tasche und gebe ihm einen Vierteldollar.

Er schnaubt und wirft mir die andere Münze hin, die vom Tresen abprallt und auf dem Boden landet. Ich bücke mich danach und sehe sofort, wie sehr sie glänzt und wie gelb sie ist, fast wie ... Nein, nicht einmal reiche Jungs wie Josh Collier tragen echtes Gold mit sich herum.

Sie ist schwer und dick, anders als jede Münze, die ich je gesehen habe. Ich neige sie zum Sonnenlicht hin, um rauszufinden, aus welchem Land sie stammt.

Aus gar keinem. Außer das alte Rom zählt. Ich starre auf die eingeprägten Worte.

NIHIL RELINQUERE ET NIHIL VESTIGI

Genau die Redewendung, die Levi von mir übersetzt haben wollte.

Nichts zurücklassen, auch keine Spur.

Aber Josh hat gerade etwas zurückgelassen und ich frage mich nur eines: Warum?

Levi hat es in weniger als einer halben Stunde geschafft – mir wird ganz anders, wenn ich daran denke, wie schnell er auf seiner kleinen roten Kawasaki gefahren ist. Obwohl er einen Helm für mich dabeihat, scheue ich vor der Fahrt zurück; darum stehen wir noch immer draußen neben dem Laden bei seinem Motorrad. Die Münze, mit der Josh bezahlt hat, ist warm vom Hin- und Herreichen, während alles – absolut alles, vom Autounfall neulich über das mit dem Gasherd bis hin zu der wilden Spritztour eben – so schnell aus mir heraussprudelt, wie ich reden kann.

Scheiß auf Flüche; für das hier brauche ich einen zweiten Verstand.

Während er zuhört, mustert Levi die Münze. Die lateinischen Worte bilden einen Kreis um eine prunkvolle Schriftrolle, auf der die Buchstaben NR stehen, verziert mit einem Lorbeerkranz, wie ihn die antiken Olympiasieger getragen haben. Levi hat mir noch nicht erklärt, wieso er von mir ausgerechnet diese Worte übersetzt haben wollte, aber das macht er bestimmt gleich. Muss er ja.

Nur wenig von der ganzen Geschichte überrascht ihn wirklich. Bis ich ihm von dem Fluch erzähle. Dann ist er hin- und hergerissen zwischen Skepsis und dem Bemühen, nicht laut loszulachen.

»Die denken ernsthaft, das wäre ein Fluch? Wie bei einem Voodoo-Zauber?« Er schüttelt den Kopf, und als er mein Gesicht sieht, verschwindet die Belustigung aus seiner Stimme. »Und du?«

»Nein, aber ...« Ich seufze. »Jeder Tod war ein tragischer Zufall.«

»So etwas wie Zufälle gibt's nicht«, sagt er düster und dreht die Münze in den Fingern. »Das Teil ist echt verdammt schwer.«

»Echtes Gold ist schwer. Ich kann's nicht fassen, dass Josh das mit sich rumträgt wie Kleingeld. Und dann zufällig damit bezahlt.«

Levi guckt hoch und sein Blick sagt dasselbe wie sein Mund gerade eben: *So etwas wie Zufälle gibt es nicht.*

»Du denkst, er hat die mit Absicht hiergelassen?«, frage ich. Diese Möglichkeit ist mir auch schon in den Sinn gekommen, aber sie kam mir so absurd vor, dass ich sie gleich wieder verworfen habe. Aber vielleicht hatte Josh ja einen Grund dafür.

Levi schüttelt nur den Kopf und langsam werde ich ungeduldig. »Wo hast du diese Worte noch gesehen und wieso wolltest du, dass ich sie dir übersetze?« Ich habe keine Lust, noch länger auf eine Erklärung zu warten.

»Er muss es ganz schön weit gebracht haben, dass er die hatte.«

Weit ...? Was? »Wovon redest du?«

Eine ganze Weile sagt er nichts. Dann: »Mack, was ich dir jetzt erzähle« – er nimmt meine Hand, die Münze zwischen unseren Handflächen – »das musst du für dich behalten. Ernsthaft. Ohne Witz.«

»Irgendwie höre ich das heute ständig.«

»Aber diesmal musst du dich daran halten. Das ist eine Frage von Leben und Tod.«

Ich nicke feierlich.»Ich schwöre.« Und es ist mein voller Ernst.

»Es gibt da eine Quelle ... eine Geldquelle.« Er guckt sich die Münze wieder an.»Einen Ort, der voll von solchen Münzen ist.«

»Wie ein vergrabener Schatz?« Ich kämpfe gegen den Drang an zu lachen.»Das ist auch nicht viel weniger albern als ein Voodoo-Fluch.«

»Es ist nicht albern und er ist auch nicht vergraben, aber ein Schatz ist es trotzdem. Einmal jährlich bekommt jemand etwas davon ab, in der Form eines fetten, saftigen geheimen Stipendiums.«

Ich schnappe nach Luft.»Das, das nach Joshs Dad benannt worden ist?«

Er zuckt zurück, als hätte ich ihn verbrannt.»Woher weißt du davon?«

»Ich glaube nicht, dass es so geheim ist. Bei Joshs Party neulich habe ich seinen Großvater kennengelernt und der hat mir angeboten, dass ich mich bewerbe. Nur dass ich dafür irgendeinen Kletterparcours absolvieren muss, den er gebaut hat. Meinst du das?«

»Das hat er dir erzählt? Ich fasse es nicht.«

»Wieso, ist das etwa ein großes Geheimnis?«

Er zieht die dunklen Augenbrauen hoch.»Hast du vorher je von diesem Stipendium gehört? Darüber in der Zeitung gelesen? Jemanden getroffen, der es bekommen hat?«

Habe ich nicht; er hat Recht.»Aber gibt es nicht einige solche Privatstipendien, die von Einzelpersonen vergeben werden?«

»Ja, schon. Aber in diesem Fall —«

Das Quietschen von Reifen lenkt uns ab. Wir wirbeln herum

und sehen, wie ein Wagen mit bestimmt sechzig Meilen pro Stunde auf den Parkplatz gerast kommt. Eine Sekunde lang bekomme ich keine Luft. Ich starre den Pick-up-Truck an und bin sprachlos vor Verblüffung.

Levi folgt meinem Blick. »Heilige Scheiße.«

»Aber hallo.« Die Fahrerseite ist von uns abgewandt, die getönten Scheiben sind zu dunkel, um in den Innenraum zu sehen, und das Nummernschild kann ich auch nicht lesen.

Levi zieht mich rasch nach hinten in den Schutz des Gebäudes, und als der Truck anhält, stellt er sich vor mich.

»Keine Bewegung. Kein Wort.«

Blut rauscht durch mein verwirrtes Hirn, ein Pochen und Dröhnen der Angst. Ich weiß nicht mal, wieso ich mich so fürchte oder warum wir uns verstecken, aber mein Instinkt gibt Levi Recht.

»Wer ist das?«, will ich wissen.

»Das weiß ich ehrlich gesagt nicht.«

Wir hören das Zuschlagen einer Wagentür, das Knarren einer uralten Ladentür, und das Glöckchen drinnen kündigt die Ankunft eines neuen Kunden an.

Ist das derselbe Truck, den ich auf der Route 1 gesehen habe, als ich ins Schleudern geraten bin? Der mich neulich auf dem Fahrrad fast überfahren hat? Den ich vor dem Haus gesehen habe, in dem Chloe gestorben ist? Oder ist das bloß ein weiterer Zufall?

»Bleib hier«, sagt Levi, geht nach vorn zur Gebäudeecke und blickt um sie herum.

»Weißt du, wer das ist? Kannst du ihn sehen? Oder das Nummernschild lesen?«

»Nein, weder noch. Aber wir gehen kein Risiko ein.« Er dreht sich zu seinem Motorrad um und nimmt den anderen Helm. »Wir hauen ab.«

Ich setze mir den Helm auf, ohne auch nur kurz zu zögern, steige hinter ihm auf und lege meine Arme um seine Taille. Damit wir keine Aufmerksamkeit auf uns lenken, schiebt er das Motorrad erst dichter an die Straße heran, bevor er den Motor anlässt. Dann fahren wir los, in die andere Richtung, um nicht vorn am Laden vorbeizumüssen; nur kann ich so auch keinen Blick auf das Kennzeichen werfen.

Als Levi auf der Straße Gas gibt, klammere ich mich richtig an ihm fest und die Aufregung und das Tempo rauben mir den Atem.

»Wenn das derselbe Typ ist, was tut er dann hier?«, rufe ich in den Wind und Levis Ohr.

Er schüttelt den Kopf, jagt den Motor hoch und fährt auf die eigentliche Tankstelle, die keine Viertelmeile entfernt liegt. Hinter den Zapfsäulen hält er an; sie verbergen uns, aber wir können den Truck drüben vor dem Laden immer noch sehen. Er ist zu weit weg, um jemanden zu erkennen, aber wir beobachten ihn trotzdem.

»Das muss etwas mit mir zu tun haben.« Es lässt sich nicht länger leugnen.

»Das weißt du nicht. Du weißt nicht, ob es derselbe F-150 ist.«

So heißt diese Sorte Truck? Ich sehe genauer hin. »Wenn es derselbe Truck und derselbe Fahrer wie bei den anderen Malen ist, dann ist das kein Zufall.« Verdammt, beschattet er mich etwa?

Levi legt seine Hand auf mein Knie, drückt es kurz und lehnt sich zurück, so dass sich unsere Helme berühren. »Du weißt nicht, ob es derselbe Fahrer ist.«

Aber tief in mir drinnen bin ich mir sicher. »Du hättest reingehen und ihn fotografieren sollen, dann könnten wir jetzt gucken, ob wir ihn kennen.«

Er schüttelt den Kopf.

»Ich will wissen, wer er ist und was er hier macht.«

»Er darf mich nicht sehen«, sagt Levi.

»Wieso nicht? Würde er dich erkennen?«

Nach langem Schweigen nickt er mit dem Kinn zum Laden hin. »Er kommt raus.«

Man sieht nur einen Mann in einem Kapuzenpulli, der rasch zu dem Pick-up geht und mit gesenktem Blick auf sein Handy guckt, ohne irgendeinen Einkauf in der Hand.

Plötzlich sieht der Mann auf. Sein Kopf ruckt herum und er starrt uns direkt an – beziehungsweise die Zapfsäulen, hinter den wir uns verstecken. Ich schnappe nach Luft, als er wieder auf sein Handy und dann wieder zur Tankstelle sieht.

»Was zum Teufel ...?«, flüstert Levi.

Im nächsten Moment springt der Typ in seinen Truck.

»Festhalten«, sagt Levi.

»Hat er uns gesehen? Wie kann das sein? Wa–« Mir bleiben die Worte in der Kehle stecken, als der Motor aufheult und wir in einem Wahnsinnstempo von der Tankstelle fahren. Ich unterdrücke einen Schrei, indem ich mein Gesicht in Levis Rücken vergrabe und rieche Leder und Benzin.

Mein ganzer Körper kippt nach links, dann nach rechts; die Beschleunigungskräfte zerren an mir wie in einer Achterbahn. Wenn ich doch bloß in einer wäre!

Ich halte mich mit aller Kraft an Levi fest und kann noch immer nicht richtig atmen, aber ich schaffe es, den Kopf zu heben. Nur kann ich nirgendwo anders hinsehen als nach unten. Ich sehe den Asphalt ... Er ist so verdammt nahe. Zentimeter nur. Wir sind nur Zentimeter davon entfernt, dass er uns das Fleisch von den Knochen reißt.

Ich kneife die Augen zu und kämpfe gegen den Drang an zu schreien, während wir die Auffahrt zur Interstate rauffliegen. Wir schlängeln uns in einem beängstigenden Tempo durch den Verkehr und mein ganzer Körper vibriert von der Maschine zwischen meinen Beinen.

Ich kann die Angst schmecken, metallisch und heiß in meinem Mund. Warum passiert das hier gerade?

Der Truck. Der Truck mit dem Fahrer, *der weiß, wo ich bin*, obwohl ich nicht einmal selber wusste, dass ich heute hier sein würde, etliche Meilen von Vienna entfernt.

Panik erfasst mich, als ich den Kopf zur Seite lege, um über Levis Schulter hinweg in den einen Rückspiegel zu sehen. Ein Stück weiter hinten ist ein schwarzer Pick-up zu sehen, der sich an uns ranhängt.

Levi sieht ihn auch und kurvt um einen Sattelschlepper herum. Dreck spritzt von den riesigen Reifen auf und prasselt gegen unsere Visiere und der Lärm der gewaltigen Maschine dröhnt noch lauter als die, auf der ich sitze.

Noch ein wilder Schwenk zur anderen Seite und wir sind vor dem Schlepper. Im Rückspiegel ist nur ein Kühlergrill zu sehen, auf dem in Grün *Peterbilt* steht.

Ich starre auf das seitenverkehrte Logo und sehe zu, wie es kleiner wird, während Levi beschleunigt und wir die Interstate hinunterrasen. Ich möchte gar nicht daran denken, wie schnell wir sind. Ich möchte nicht an den Truck denken. Und ich möchte absolut nicht daran denken, wie leicht das hier alles einfach wieder nur in einem ... Unfall enden könnte.

»Levi.« Ich krächze seinen Namen, der vom Wind weggerissen wird. Ich kann nichts machen, also halte ich mich einfach nur fest und hoffe und bete und lasse es endlich zu, dass mein Körper in jede Kurve geht.

Levi kauert angespannt hinter dem Lenker, konzentriert sich darauf, uns am Leben zu halten. Dann zischt er zu meiner Überraschung eine Ausfahrt runter, biegt unten gleich scharf ab, fährt an einem Stuckey's und einem Dairy Queen vorbei und dann wieder einen steilen Hang rauf.

Mit allem Mut, den ich habe, drehe ich mich um und sehe gerade rechtzeitig über die Schulter nach hinten, um noch mitzubekommen, wie der schwarze Truck die Überführung entlangrast, unsere Ausfahrt verpasst und weiter die Interstate runterheizt. »Du hast ihn abgehängt«, rufe ich.

Er nickt, fährt aber weiter, vielleicht ein bisschen langsamer, aber ich bin zu benommen, um das beurteilen zu können. Er biegt nach links ab, fährt eine Feuerwehrzufahrt entlang weiter den Hang rauf und biegt dann in eine Straße ein, die so heruntergekommen ist, dass sie eigentlich nur noch aus Schutt besteht. Er hält schließlich am Rand eines bewaldeten Geländes.

Als er den Motor ausmacht, hört das Zittern, das meinen ganzen Körper beherrscht, trotzdem nicht auf. Ich versuche etwas zu sagen, bekomme aber nichts heraus und halte mich immer noch an seinem Arm fest, als er absteigt und sich den Helm herunterreißt. Seine dunklen Augen blitzen.

»Gib sie her«, sagt er schroff.

»Gib wa–«

»Die Münze! Gib mir die verdammte Münze!«

Mit zitternden Fingern greife ich in die Jackentasche und schließe meine Hand um die Münze, an die ich überhaupt nicht mehr gedacht habe. »Wieso?«, bringe ich hervor, als ich sie rausziehe.

Er antwortet nicht, sondern reißt mir das Ding aus der Hand und starrt es an, als wäre es der Teufel persönlich. Mit beiden Händen drückt und knibbelt er daran herum. Sein Gesicht verdunkelt sich, als er schließlich sogar hineinzubeißen versucht, und er flucht leise.

»Was machst du denn?«

»Begreifst du denn nicht, Mackenzie? Er ortet uns mit diesem Ding!«

»Dann wirf es weg. Wirf es eine Klippe runter. Fahre darüber und mach es kaputt.«

»Nein.« Er versucht noch einmal, die Münze zu verbiegen, dann sieht er mich an. »Wenn wir das machen, verlieren wir ihn und wissen auch nicht mehr als jetzt.«

Da hat er absolut Recht. Eine Woge der Dankbarkeit rollt über mich hinweg; zum ersten Mal seit gefühlten Stunden eine andere Emotion als Angst, aber das kann ich ihm nicht sagen. Er dreht sich einmal um die eigene Achse und sieht sich um. »Wir müssen das richtig machen. Wir müssen sehen, ob er sie holen kommt und wohin er dann fährt.«

»Und wie?«

Er sieht hinüber zur Interstate. »Wir müssen uns beeilen. Sobald er begreift, wo wir abgeblieben sind, kommt er zurück.«

Beim Gedanken daran klammere ich mich fester ans Motorrad. »Was hast du vor?«

»Keine Ahnung. Ich improvisiere einfach.« Er grinst mich an. »Wird schon schiefgehen.«

KAPITEL XXI

Und Tatsache, es funktioniert bestens. Wir fahren zurück zur Interstate-Abfahrt, wo Levi die Münze in einem Gebüsch versteckt, als wäre sie uns aus der Tasche gefallen. Dann fahren wir auf den Parkplatz hinter dem Stuckey's, von dem aus man die Straße gut sehen kann. Süßer, aromatischer Kaffeeduft strömt aus dem Restaurant und wir sitzen auf dem Motorrad und warten, ohne auch nur die Helme abzusetzen.

Ich bin voller Sorge und rücke näher an Levi heran, die Arme sicher um seine Taille gelegt, das Kinn auf seiner Schulter. Es fühlt sich gut an, als würde ich da hingehören. Aber dieser Moment der Sicherheit kann die vielen, vielen Fragen, die mich quälen, nicht zurückdrängen.

»Du erklärst mir das alles jetzt besser mal«, sage ich schlicht. »Angefangen damit, warum auf dieser Münze dieselben Worte stehen, die du neulich von mir übersetzt haben wolltest.«

Er setzt sich ein bisschen anders hin, so dass er seine Aufmerksamkeit zwischen der Abfahrt und mir teilen kann. »Dieser Kletterparcours im Wald? So etwas hast du noch nicht gesehen.«

Ich weiß nicht, was das mit der Münze oder der lateinischen Redewendung zu haben soll, aber ich vertraue darauf, dass er dazu noch kommen wird. »Bist du den Parcours geklettert?«

»Einen Teil davon. Ich bin eingeladen worden, aber ich habe es nicht auf das nächste Level geschafft.«

Ich runzle die Stirn, weil ich mir irgendwie nicht vorstellen kann, dass Rex Collier diesen Jungen für würdig befunden hat, eingeladen zu werden. »Wer hat dich eingeladen? Wann?«

»Ich habe keine Ahnung. Vor ein paar Wochen habe ich diese anonyme Einladung bekommen, mich einmal an dem Kletterparcours zu versuchen. Zuerst dachte ich, dass wäre irgend so ein Quatsch, auf den unsere Sportler stehen, und habe sie ignoriert. Dann wurden die Einladungen ... einladender.« Er reibt zwei Finger aneinander, in der weltweit verstandenen Geste für Geld. »Irgendwie schwer, einen Umschlag auf deiner Türschwelle zu ignorieren, in dem ein Bild von Benjamin Franklin steckt.«

»Jemand hat dir einfach nur dafür, dass du dich an dem Parcours versuchst, hundert Dollar gegeben? Und, hast du?«

Er schnaubt. »Ja klar. Das Ding hier braucht Benzin, weißt du, und Mäcces stellt keine Leute ein, die einen Bewährungshelfer haben.«

»Was ist passiert?«

Ein blaues Auto nimmt die Abfahrt und lenkt uns kurz ab.

»Gar nichts ist passiert«, sagt er, als das Auto weg ist. »Eigentlich war es wie jede andere Highschool-Party, die Josh schmeißt. Haufenweise Idioten, die sich besaufen und auf Bäume klettern und Seilbahnen runterzischen, als wären sie George, der aus dem Dschungel kam.«

»Du meinst, Josh und seine Footballkumpels?«

Er schüttelt den Kopf. »Nein, die kannte ich alle nicht. Niemand hat mit mir geredet und nicht alle haben es ernst genommen, aber manche schon. Einige sind dem Pfad gefolgt. Der mit

Anweisungen markiert ist ...« Er wirft mir einen bedeutungs-vollen Blick zu. »Mit Anweisungen in einer anderen Sprache.«

»Nicht zufällig auf Latein?«

»Zufällig ja.«

»Hast du mich deshalb nach der Übersetzung gefragt?«

»Unter anderem ja. Ich wollte wissen, was das heißt ... *nihil* und so weiter.

»»Nichts zurücklassen, auch keine Spur.‹« Ich nicke zu den Gebüschen hin. »Wo hast du das außer auf der Münze noch gelesen?«

»Auf dem Parcours an ein paar Stellen – gestempelt, per Brandzeichen, manchmal sogar gepinselt. Aber da steht alles in komischen alten Sprachen drauf, auch die Anweisungen auf den Plattformen, wie man von einem Hindernis zum nächsten kommt.«

»Das erhöht den Schwierigkeitsgrad.«

»Besonders für jemanden, der schon genug Probleme mit seiner eigenen Sprache hat, geschweige denn Latein. Ich hab nach einer Weile abgebrochen, weil mir das Risiko echt zu blöd war. Niemand kommt besonders weit.«

»Und wenn es doch jemand schafft?« Ich kann mir vorstellen, dass man total sportlich und intelligent sein muss, um diese Herausforderung zu bestehen.

»Dann kriegt man wohl dieses Stipendium, bloß habe ich noch nie gehört, dass es jemand bekommen hat. Vielleicht kriegt man auch bloß so eine Goldmünze.«

Mit einem Peilsender drin. »Aber irgendjemand könnte es geschafft haben?«

Er zuckt mit den Schultern. »Denke schon. Ich wohne noch

nicht lange genug in Vienna, als dass ich schon mal mitbekommen hätte, wie es jemand kriegt. Hast du mal so etwas gehört?«

»Wie ich schon sagte, mir war das Stipendium völlig neu. Aber wie ging es dann weiter, nachdem du abgebrochen hast? Bist du einfach weggegangen? Hast du von demjenigen, der dich eingeladen hat, je wieder gehört?«

»Ein Mal«, sagt er nach einem Moment. »Jemand hat mir eine Nachricht ins Schließfach gepackt, dass ich zum Abiturientenparkplatz kommen und nach einem ...« – er sieht mich vielsagend an –»einem schwarzen F-150 Pick-up Ausschau halten soll. Wahrscheinlich derselbe, auf den wir gerade warten. Jedenfalls bin ich hingegangen und habe diesen Truck gefunden – oder einen, der exakt genauso aussieht –, die Fenster runtergelassen, nirgendwo jemand zu sehen. Auf dem Armaturenbrett lag ein Umschlag mit meinem Namen drauf.«

»Wieder ein Benjamin Franklin?«

Diesmal schenkt er mir ein grimmiges Lächeln. »Zehn davon.«

»Tausend Dollar?« Ich bekomme die Worte kaum heraus. »Dafür, dass du noch mal den Kletterparcours versuchst?«

Er schüttelt den Kopf. Seine Augen sind so dunkel wie ein Nachthimmel, voller Bedauern und etwas, das ein bisschen gruseliger ist. »Dafür, dass ich zum Keystone-Steinbruch fahre. An dem Abend, als Olivia Thayne gestorben ist.«

Ach du heilige Scheiße. »Und du bist hingefahren.«

»Erst nachdem ich deine Nachricht bekommen habe.«

»Die ich nie geschrieben habe.« Aber wer dann? »Wurdest du noch mal kontaktiert?«

»Ja. Ein Mal, aber das hab ich ignoriert.«

»Und wohin solltest du da?«

»Zu einem Haus.« Er verzieht das Gesicht. »Zu dem Haus, in dem Chloe Batista gestorben ist.«

Ich atme so scharf ein, dass ich fast husten muss. »An dem Abend, als sie getötet wurde?«

Er nickt. »Aber ich hab die Nachricht und das Geld ignoriert, weil ich nicht die Gelegenheit verpassen wollte, dich zu treffen.«

»Aber jemand hat dich aufgefordert, zu den Orten zu gehen, wo dann die beiden Mädchen getötet worden sind?«

»Wo sie gestorben sind«, korrigiert er mich, doch ich sehe nur weg. Sind sie bei schrecklichen Unfällen gestorben oder hat jemand nachgeholfen?

»Und dann hast du den Truck auf dem Parkplatz vom Café gesehen.«

Er nickt erneut. »Da bin ich ein bisschen durchgedreht und hab gedacht, ich werde verfolgt. Bin also abgehauen, weil ich dachte, wenn er hinter mir her wäre, würde er mir folgen und du wärst aus dem Spiel.«

»Und hat er dich verfolgt?«

Er schüttelt den Kopf. »Ich hab den Truck nie wiedergesehen. Du aber.«

Bei dem Haus, in dem Chloe getötet worden ist. »Und ich weiß das Kennzeichen. Wir müssen es der Polizei sagen.«

Ein dunkler Truck kommt die Rampe herunter und wir sind beide still, aber ich spüre, wie sich sein ganzer Körper entspannt. »Das ist ein Tundra. Andere Marke.« Er dreht sich zu mir um. »Wir sagen der Polizei überhaupt nichts, Kenzie.«

» *Was?* Zwei Mädchen sind tot.«

»Eben drum.«

Ich begreife es nicht – und dann plötzlich doch. »Du denkst, die geben dir die Schuld?«

»Ich denke, sobald sie aufhören, diese Todesfälle als Unfälle anzusehen, bin ich ihr Hauptverdächtigter.«

»Aber du bist unschuldig! Und die Mädchen auf dieser Liste sterben. Und alles, was wir wissen, ist –«

»... für die Polizei nur eine Anhäufung von Zufällen und Vermutungen.« Er starrt zu der Rampe, als könnte er den Truck per Willenskraft herbeizwingen. »Jungs wie ich sind die perfekten Sündenböcke, Kenzie. Und ich glaube, genau deshalb bin ich auch dafür bezahlt worden, im falschen Moment am falschen – da kommt er.«

Der Truck hält am Fuß der Ausfahrt, mit der Beifahrerseite zu uns. Ein paar Minuten lang steht er einfach nur da. Dann steigt derselbe Typ aus, den wir auch schon vorm Kipler's gesehen haben, nach wie vor mit seiner Kapuze auf. Wir sind noch weiter weg als vorhin und es ist unmöglich, Details zu erkennen. Er geht schnurstracks auf das Gebüsch zu und bückt sich an der Stelle, wo wir die Münze hinterlassen haben.

»Ich hatte Recht«, sagt Levi leise. »Das ist ein Peilsender.«

Einen Moment später steigt der Fahrer wieder ein, wendet auf dem Parkplatz vom Dairy Queen und fährt zurück auf die Interstate.

»Dann los«, flüstert Levi und lässt den Motor an. »Diesmal folgen wir ihm.«

Auf dem Weg zurück nach Vienna habe ich nicht ganz so viel Angst, weil Levi weder die Geschwindigkeitsbegrenzung überschreitet noch uns totfahren will. Die Arme bequem um ihn gelegt und meine Schenkel an seine gepresst, schaffe ich es sogar, ruhig zu atmen und mich in die Kurven zu legen.

Manche davon machen Spaß. Oder vielleicht ist das auch nur die Nähe zu Levi Sterling. Überall um mich herum sind die Gold- und Rottöne der Bäume und die frischen Herbstdüfte intensiver, und jeder Sinneseindruck befindet sich im Widerstreit mit den verwirrenden Fragen, die mir durch den Kopf gehen. Fragen, die sich um Josh Collier drehen.

Wieso hatte er diese Münze? Hat er sie mit Absicht dort gelassen? Hatte er mich aus einem bestimmten Grund mit raus in die Pampa genommen? Hat er etwas mit dem Mann in dem Truck zu tun? Ist dieser Typ irgend so eine Art Talentsucher für den Kletterparcours seines Großvaters?

Mit diesen Fragen im Kopf bin ich nicht gerade überrascht, als sich herausstellt, wohin uns der schwarze F-150 bringt ... an die östlichsten Ausläufer des Waldgebiets. Levi vergrößert die Distanz zum Truck und schließlich verlieren wir ihn, als er in den Wald hineinfährt, und zwar nicht auf einer richtigen Straße, sondern eher auf so etwas wie einer schmalen Öffnung im Dickicht.

Levi macht einen Schlenker und wir fahren am Waldrand entlang, der von einem steinigen Bach, Nadelbäumen und so dichten Büschen gesäumt ist, dass man unmöglich hindurchdringen könnte. Ab und zu jedoch kommen Brandschneisen, die so aussehen, als könnte man, wenn man nur tief genug hineinfährt, einen Weg durch den Wald finden.

Ein paar Minuten später kommen wir zu einer Straße, die schließlich zum Haus der Colliers führt.

»Ich will Josh nicht sehen«, sage ich zu Levi.

Er nickt und wir fahren wieder nach Osten zurück, dorthin,

wo der Truck verschwunden ist. Schließlich hält Levi das Motorrad an und stellt die Beine auf den Boden. »Hier ist mehr oder weniger der Anfang des Kletterparcours.«

»Kann ich mir den mal angucken?«

Er dreht den Kopf und sieht mich an. »Du willst da rein?«

»Ich möchte ein paar dieser Anweisungen auf Latein lesen. Und mal schauen, wie schwer es wäre, den Parcours zu absolvieren.«

Er überlegt kurz und ist einverstanden. »Lass mich eben das Motorrad abstellen und dann zeige ich dir das erste Hindernis. Es ist ganz in der Nähe.«

Nachdem wir das Bike versteckt haben, klappt Levi den Sitz auf und holt ein dunkelblaues Halstuch hervor, das er an einen Baum knotet. »Man kann sich hier drin richtig schön verirren.«

Er nimmt meine Hand und wir kämpfen uns zwischen einigen dicht stehenden Bäumen hindurch, bis sich der Wald lichtet. Im Oktober sind gerade noch genug Blätter an den großen Eichen und Ahornbäumen, dass der graue Himmel fast vollständig verdeckt wird. Der Boden ist weich und besteht hauptsächlich aus raschelndem Laub. Es duftet kräftig nach Kiefern und Erde.

»Der Parcours fängt dort drüben an.« Levis Flüstern ist über dem Rauschen des Baches in unserer Nähe kaum zu hören.

Ich sehe mich um und stelle mir die undurchdringliche Dunkelheit vor, die hier nachts herrscht. »Und bestimmt dürfen keine Lampen benutzt werden.«

Er lacht leise. »Das ist ebenfalls eine der Bedingungen. Man muss ihn zwischen Mitternacht und drei Uhr morgens absolvieren.«

Puh, dieser Rex ist ein Sadist. »Hat der Typ denn noch nie von Aufsätzen gehört? Es muss doch einfachere Wege geben, an ein Stipendium zu kommen.«

Ein, zwei Meter vor uns huscht irgendwas durchs Unterholz. Ich bleibe stehen und dränge mich näher an Levi. Er strahlt Stärke und Wärme aus und weiß, wohin er will, was schon mal ein Trost ist.

»Und jetzt schau mal, da oben.« Er deutet auf eine freie, vielleicht sieben Meter breite Stelle zwischen einigen hohen Birken. »Da ist das Seil.«

Ich blinzle und sehe zu den Baumwipfeln hoch, von denen manche gut zwölf Meter weit oben sind. »Was für ein Seil?«

»Die Seilrutsche. Siehst du? Zwischen diesen beiden Bäumen?«

Ein so dünnes Stahlseil, dass man es ebenso gut für ein Kabel halten könnte, verbindet die Bäume, und als ich genauer hinsehe, kann ich sehr kleine Plattformen auf dicken Telefonmasten entdecken, die sich in die Bäume einfügen. »Du meinst, man rutscht da entlang?«

»Ja.«

»In einem Sicherungsgeschirr?«

Er lacht erneut, als fände er meine Naivität niedlich. »Du hakst dich da ein und hältst sich fest.«

Himmel. »Wie kommt man dorthin?«

»Man klettert und folgt den Anweisungen. Hier.« Er führt mich um den Baum und hebt die graue Borke an, als würde er Haut abziehen. Die Worte sind in den Stamm eingebrannt.

AUT VIAM INVENIAM AUT FACIAM.

»Wörtlich heißt das: ›Ich finde einen Weg oder ich baue einen‹«, erkläre ich, »aber das ist praktisch das Motto eines Menschen, der nicht aufgibt. Wie hast du es übersetzt, als du durch den Parcours geklettert bist?«

»Gar nicht, ich konnte mir ja denken, dass man da raufmuss.«

Er zeigt nach oben und es knackt richtig in meinem Nacken, als mein Blick einer Reihe kurzer Bretter folgt, die an den Stamm genagelt sind. Ungefähr auf halber Höhe reicht der dickste Ast hinüber zum Telefonmast, wo weitere »Stufen« zu einer Plattform hinaufführen. Diese Holzplatte hat vielleicht einen halben Meter Kantenlänge, kein Geländer, kein Sicherungsseil, keine Chance, dass ein geistig gesunder Mensch da raufklettern würde.

Jedenfalls nicht dieser Mensch hier.

»Da geht es los«, sagt Levi. »Man klettert auf die Spitze, schnappt sich ein Haltetau, befestigt es an der Seilrutsche und rutscht zur nächsten Plattform. Man braucht ordentlich Kraft im Oberkörper und Eier aus Titan.«

Was ich beides nicht habe.

»Und wenn man oben ankommt«, fährt er fort, »weiß man nicht, welche Rutsche man nehmen soll, weil es zwei oder drei oder noch mehr gibt. Eine bringt dich weiter in den Parcours rein, die anderen beiden führen ins Leere zum Boden zurück und du musst wieder von vorn anfangen. Oder aufgeben.«

Was ich wohl machen würde. »Wie weit bist du gekommen?«

»Ich hab vielleicht drei Plattformen geschafft, dann —« Er erstarrt und runzelt die Stirn. »Hast du das gehört?«

»Was denn?«

»Pst.« Er berührt mit den Fingern meine Lippen und späht lauschend in alle Richtungen. Motorengeräusch in der Ferne.

Wir sind ganz schön weit von der Straße weg, aber das klingt wie ... der Truck?

»Komm, wir verstecken uns«, sagt Levi.

Er schiebt mit der einen Hand Zweige beiseite, um uns durch ein Dickicht zu bringen. Meine Ohren sind vom Geräusch unserer keuchenden Atemzüge und knirschenden Schritte erfüllt. Wir umrunden einen Hügel, weil wir nicht auf höheres Gelände kommen wollen, und passieren gerade einige zerborstene, kahle Bäume, als Levi so plötzlich stehen bleibt, dass ich in ihn hineinlaufe. Er hält mich wortlos fest und wir lauschen beide. Das Motorengeräusch klingt jetzt eindeutig weiter weg und entfernt sich von uns – aber wir sind tiefer im Wald und haben die Orientierung verloren.

»Wir brauchen ein Versteck«, flüstert er. »So lange, bis uns das Navi sagt, wie wir hier wieder rauskommen.«

Ich entdecke eine Stelle, an der es steil runtergeht. Wir arbeiten uns dorthin vor und spähen über den Rand. Es geht dort bestimmt vier Meter tief einen Abhang in eine Senke hinunter, deren Grund geschützt und nicht einsehbar ist.

»Komm, ich helf dir.« Er geht in die Hocke und ich drehe mich und lasse mich langsam rückwärts in die Kluft hinunter. Ich baumle an seinem Griff, aber es sind vielleicht gerade noch zwei Meter, als ich loslasse.

Eine Sekunde später lässt er sich ebenfalls fallen und landet an meiner Seite.

Das Motorengeräusch ist zwar nicht mehr zu hören, aber das Wissen, dass wir hier im Wald nicht allein sind, gibt mir ein Gefühl von Schutzlosigkeit, also kauere ich mich tiefer ins Buschwerk und verstecke mich.

Levi holt sein Handy raus und tippt auf einer Navi-App herum. Ich lasse mich gegen den Erdhügel zurücksinken und ein Frösteln überkommt mich wie Angst.

Nein, das ist wirklich ein Frösteln. Wie von einem Luftzug. Neugierig drehe ich mich um und schiebe mich durch dichte Zweige, bis ich begreife, dass wir uns direkt vor einer kleinen Höhle befinden.

»Kriegst du da drin eine Satellitenverbindung?«, frage ich.

»Da wären wir versteckt.«

»Ich versuch's mal.«

Zweige kratzen über mein Gesicht, aber wir zwängen uns durch die Öffnung und ich fühle mich sofort sicherer.

Ich orientiere mich und erkenne im Lichtschein von Levis Handy, dass wir uns definitiv in einer Höhle befinden. Hier im Wald gibt es davon einige. Aber diese hier hat unnatürlich glatte Wände und wirkt irgendwie, keine Ahnung, *wohnlich*.

An der einen Wand ist etwas – eine Zeichnung? Wie cool wäre das denn? »Levi, leuchte mal mit dem Handy dahin.«

Er tut es und wir sehen in den Fels geritzte Buchstaben.

»Das muss mit zu dem Parcours gehören«, sagt er.

Ich antworte nicht, weil mein Gehirn schon im Übersetzungsmodus ist:

ARS EST CELARE ARTEM.

»Das bedeutet … ›Kunst ist, die Kunst zu verbergen.‹ Was zum Geier soll das heißen? Sind alle Hinweise so kryptisch?«

»Wer weiß? Ich konnte sie nicht lesen. Schau.« Er leuchtet zum unteren Rand der Wand. »Hier steht ein Name.«

»Jarvis«, lesen wir gemeinsam.

Ich atme scharf aus. Mir schwirrt der Kopf, als ich versuche, Puzzleteile zusammenzusetzen, die einfach nicht passen wollen. »Jarvis Collier«, flüstere ich und diesmal ist das Frösteln wirklich Angst. »Rex Collier hat mir erzählt, dass er einige Sachen von seinem Sohn hier im Wald begraben hat.«

»Toll, wir sind in einem Grab«, sagt Levi trocken und beschäftigt sich wieder mit seinem Handy.

»Genau genommen ist es kein Grab. Jarvis' Leiche ist nie gefunden worden, aber Rex muss ihm einen Schrein errichtet haben oder so.«

»Trotzdem ein Grab.«

Mir kommt eine Idee und ich drehe mich zu Levi um. »Ich frage mich, ob das hier vielleicht das Ende des Kletterparcours ist. Wenn man hier herfindet, ist man fertig und ... am Ziel?«

Er sieht von seinem Handy auf. »Könnte sein.« Er lugt um einen großen Felsen bei der Wand herum. »Ist das ein Gang?« Er wirft mir einen fragenden Blick zu.

»Meine Antwort lautet Ja.«

Er zieht eine Augenbraue hoch. »Mack, ich hatte dich gar nicht als eine solche Abenteurerin auf dem Schirm.«

»Nenn mich neugierig. Wenn ich schon diesen Parcours machen muss, verschaffe ich mir gern einen Vorteil.«

Seine skeptische Miene wird von einem leisen Schnauben begleitet. »Du gehst doch nicht ernsthaft diesen Parcours an.«

»Für ein Columbia-Stipendium? Wo ich sowieso schon in der Lage bin, die Anweisungen zu übersetzen und nun vielleicht erfahre, wo er endet?« Ich gebe ihm einen Schubs. »Komm, wir schauen einfach, wohin der Gang führt.«

Er nimmt meine Hand und wir tasten uns in einen dunklen Tunnel aus Stein vor, der kaum hoch genug zum Stehen ist. Levis Handy gibt uns gerade genug Licht zum Sehen.

Ich habe den vagen Eindruck, dass wir bergab gehen, aber die Neigung ist so schwach, dass ich mir nicht sicher sein kann. Während unseres Abstiegs fällt mir auf, dass die Wände sich zu glatt anfühlen und der Boden unter unseren Füßen aus ineinanderpassenden Steinen besteht. Das hier ist keine natürliche Höhle: Jemand hat diesen Gang angelegt.

Tolles »Ehrenmal« für ein paar »Dinge«, die Jarvis gehört haben. Aber reiche Leute sind halt exzentrisch.

Der Gang knickt erneut ab, scharf, und mir fällt der Schatten einer weiteren Inschrift an der Wand auf. »Leuchte mal«, sage ich und hebe unsere vereinten Hände zur Wand hin an.

MULTI SUNT VOCATI, PAUCI VERO ELECTI.

»»Viele sind berufen, aber wenige sind auserwählt‹«, lese ich vor.

»Das Zitat kenne ich«, sagt Levi. »Es stammt aus der Bibel. Matthäus.«

Nun bin ich an der Reihe, skeptisch zu gucken. »Ich hatte dich nicht als Bibelleser auf dem Schirm, Levi.«

»Meine Tante ist wiedergeborene Christin«, erklärt er. »Dieser Spruch steht als Stickerei auf einem Kissen auf unserem Sofa.« Er schüttelt den Kopf. »Wieso sollte das jemand in eine Höhlenwand meißeln?«

»Keine Ahnung.« Wir gehen zögernd ein paar Schritte näher. »Weil er die Katakomben von Rom nachbauen will? Vielleicht war Jarvis so ein Altertumsfreak. Es gibt eine komplette Subkultur, die das römische Zeitalter aufleben lässt. Wie bei den nachgestellten Schlachten des Bürgerkriegs, nur dass es hier Nero und die Gladiatoren sind.«

Bevor Levi antwortet, landen wir unvermittelt in einer Sackgasse. Links, rechts, vorn nur Steinwände. Es überrascht mich ziemlich, wie enttäuscht ich bin.»Das war's dann wohl.«

»Glaube nicht.« Levi kniet sich hin und untersucht eine Wand.»Schau.«

Ich kauere mich neben ihn und er leuchtet mit dem Handy auf eine weitere Inschrift ganz unten. Die Worte sind sehr klein:

EX UMBRA IN SOLEM.

»Und, was heißt das?«, fragt er, als ich nicht sofort übersetze.

»Na ja, wörtlich heißt es: ›Aus dem Dunkel ins Licht.‹ Aber die meisten dieser Redewendungen sind eher idiomatisch als wörtlich zu verstehen. Ich schätze mal, die hier drückt im übertragenen Sinn aus, dass Dinge ans Licht gebracht werden oder ein Geheimnis aufgedeckt wird.«

»Dann geht sie auf, jede Wette.« Er drückt gegen die Wand.

Ich muss lachen.»Eine Geheimtür wie im Kino?«

Er legt die Hände flach gegen den Stein und schiebt. Ein knirschendes Geräusch lässt ihn innehalten und mich nach Luft schnappen.

»*Genau* wie im Kino.« Er lächelt selbstzufrieden, als ich aufspringe und durch die Türöffnung spähe.

Keiner von uns sagt etwas. Das hier ist keine Höhle und auch kein Grab. Niemand würde auch nur im Traum darauf kommen, dass so etwas in einem Wald unter der Erde zu finden ist.

»Was ist das für ein Ort?«, fragt Levi, aber ich kann nicht antworten, weil ich immer noch alles in mich aufnehme.

Der Raum ist riesig, so groß wie ein Basketballfeld, mit einer hohen Decke. Schwaches Licht aus verzierten Wandleuchtern, die eindeutig mit Strom betrieben werden, wirft Schatten in jeder Ecke. Den Mittelpunkt bildet ein großer runder Tisch, der von mit edlen Schnitzereien versehenen Lehnstühlen umringt ist und dem Saal die Atmosphäre einer mittelalterlichen Burg verleiht. Der Tisch glänzt unglaublich – Himmel, der ist doch nicht etwa aus Gold?

Aber dann fallen mir die Wände auf. Sie sind mit Bildteppichen und Kunstwerken, gerahmten Handschriften und Marmorbüsten bedeckt. Alles hat Museumsqualität – alles ist *echt*.

Römische Schwerter, Glaskästen mit in Leder gebundenen Handschriften, Webkunst und Gemälde und etwas, das wie der breite Ledergürtel eines Gladiators aussieht.

Mein mit Altertumswissen vollgestopftes Gehirn fängt an zu arbeiten, als ich eine Skulptur wiedererkenne. Die Statue kam in einer Doku über Kunstgeschichte vor, die ich mir für den letzten Lateinwettbewerb ansehen musste. Das ist Mithras, ein altrömischer Gott. Ich weiß nur noch, dass er in unterirdischen Tempeln verehrt worden ist, die irgendwann zu einem Teil der Katakomben geworden sind.

»Mack, schau.«

Levi steht hinter mir und starrt auf die Tischmitte. Ich trete zu ihm und lese die erhöhten Buchstaben.

NIHIL RELINQUERE ET NIHIL VESTIGI.

KAPITEL XXII

Stunden später, lange nachdem Levi und ich uns verkrümelt haben – mit Lichtgeschwindigkeit, weil es da drin einfach nur gruselig war –, denke ich immer noch über all das nach, was ich gesehen und erlebt habe.

Wir haben uns verabschiedet und nun liege ich auf dem Bett, starre nach dem Abendessen mit Mom an die Decke und knacke das Rätsel. Oder auch nicht, mal sehen. Ich bin auf den einen entsetzlichen Gedanken fixiert, den ich nicht haben möchte: Der Typ im Truck, der Josh oder mir oder dieser Münze gefolgt ist, hat etwas mit den Unfällen von Olivia und Chloe zu tun.

Wenn es denn Unfälle waren.

Und wenn er etwas damit zu hat, dann hängen diese Münze und dieser unheimliche Ort vielleicht auch damit zusammen. Vielleicht sollte ich diesen Kletterparcours machen, und wenn auch nur, um mehr über –

»Hey.«

Die Stimme lässt mich zusammenzucken, dann wälze ich mich herum und starre Molly an, die in der Türöffnung steht.

»Heilige Scheiße, hast du mich erschreckt.«

Sie rührt sich nicht, mustert mein Gesicht. »Ich hab dir geschrieben, bestimmt siebzehn Mal.«

Viermal, um genau zu sein. Und ich hatte einfach nicht vor Molly einen auf normal machen können. Für den Abend hatte es gereicht, vor Mom so zu tun, als sei nichts. Ich ringe mir ein Lächeln ab und winke sie herein. »Tut mir leid. Ich war den ganzen Tag unterwegs –«

»Mit Josh.«

Ich nicke langsam. Keine Ahnung, woher sie das weiß. »Ja, für eine Weile.«

»Und Tyler Griffith.«

»Der war auch dabei.« Ich setze mich auf und runzle die Stirn. Keine Ahnung, wieso Molly so komisch klingt. »Alles okay mit dir?«, frage ich.

Sie bleibt ein Stück vor meinem Bett stehen. »Und mit dir?«

Eigentlich nicht, aber das will ich jetzt noch nicht zugeben. »Alles bestens. Was hast du denn?«

»Was hast *du*?«, schießt sie zurück.

»Molly.« Mein Herz rast, als ich ihre Wut und Unsicherheit sehe. Weiß sie vielleicht ... irgendwas? »Bist du böse auf mich?«

Sie reißt die Augen auf und bedenkt mich mit diesem »Aufwachen!«-Blick. Definitiv böse.

»Was hab ich denn gemacht?«

»Kenzie, du hast mit Josh Collier und Tyler Griffith die Schule geschwänzt, zwei der heißesten – und coolsten – Jungs, die ich vielleicht je kennenlerne. Und *du hast mich nicht eingeladen.*«

Ich möchte lachen, verkneife es mir aber natürlich. Wenn sie nur wüsste, als wie gefährlich und unlustig sich dieses kleine Abenteuer erwiesen hat. »Es war keine große Sache«, lüge ich. Weil es eine große Sache war und ich nicht vorhabe, ihr das zu sagen.

»Keine große Sache?« Sie wird lauter. »Ich werde dir sagen, was eine große Sache ist. Unsere Abmachung nämlich: Du bist jetzt cool und beliebt und triffst dich mit den Leuten an der Spitze der Nahrungskette und dabei nimmst du mich mit. Schon vergessen? Offene Türen? Sozialen Status erhöhen? Beste Freundinnen?«

Sie lässt sich endlich aufs Bett fallen und stößt einen Seufzer aus.

»Molly, entschuldige, es war wirklich nicht so toll.«

»Ja, klar. Spazieren fahren – während der Schule – in Joshs Eine-Million-Dollar-Audi ist nicht so toll.«

»War es wirklich nicht. Er fährt wie ein Irrer.«

Sie wirkt wenig besänftigt. »Aber Tyler Griffith? Er ist so heiß. Wir hätten ein Vierer-Date haben können.«

»Er ist ein Idiot«, sage ich. »Ich hatte wirklich keine Ahnung, dass er so ein dummes Arschloch sein kann.«

Jetzt ist die Luft raus und Molly macht es sich bequemer. »Wohin seid ihr gefahren?«

»Nach Wheeling.«

»Nach West Virginia?« Ihr fallen fast die Augen raus. »Wieso?«

»Sie wollten Alk.«

»Hast du getrunken?«

Ich schüttle den Kopf. Meine Gedanken rasen. Wie viel soll ich ihr erzählen? Die Geschichte ist lang und kompliziert und irgendwie kaum glaubhaft. Der Truck, die Verfolgungsjagd, die Münze. Levi. Eine erschütternde Vorstellung, ihr das alles zu erzählen, und ich will das eigentlich gar nicht.

»Also, was hast du angestellt?«, hakt sie nach und rückt näher. »Hast du mit Josh rumgemacht? Ist er jetzt dein Freund?«

»Nein.« Ohne es zu wollen, klinge ich angeekelt.

»Magst du ihn denn nicht? Er ist voll süß.«

»Süß ist nicht alles, aber er hat seine Momente.«

»Ich hab gehört, dass er heute Abend ein paar Leute eingeladen hat.« Sie sieht mich hoffnungsvoll an und deutet dann an sich herab. Mir fällt erst jetzt auf, dass sie sich ganz schön gestylt hat für einen Wochentag und einen Abend zu Hause. »Können wir dahin?«

Ich runzle die Stirn und schüttle den Kopf. »Davon weiß ich gar nichts. Wieso du?«

Ich bereue die Frage sofort. Sie sieht mich verletzt an. »Gott, Kenzie, du bist nicht die Einzige mit Facebookfreunden. Ein bisschen was von deiner neuen Beliebtheit färbt auf mich ab, schon vergessen?«

»Ich bin noch nicht auf Facebook gewesen, seit ich nach Hause gekommen bin.«

»Meinst du, wir können dahin?«

»Zu Josh?« Das könnte leicht der letzte Ort auf der Welt sein, wo ich hinmöchte. »Da lässt mich Mom auf gar keinen Fall hin.« Und für dieses eine Mal bin ich froh darüber.

»Sag ihr einfach, du übernachtest bei mir.«

»Ich will da nicht hin«, sage ich ehrlich. »Ich muss alle möglichen Hausaufgaben machen und —«

Mein Handy meldet sich mit einer Nachricht. Mein Bauchgefühl sagt mir, dass es Levi ist, mit dem ich mir schon den ganzen Abend über schreibe. Als ich das Handy nicht sofort nehme, greift sie danach. »Hier —«

Ich will es ihr wegschnappen, weil ich keine Lust auf einen Vortrag habe, wie gefährlich Levi Sterling ist.

»Entschuldige!« Sie lässt es mit einer dramatischen Geste los. »Ist ja nicht so, als hätte ich noch nie deine Nachrichten gelesen.« Sie legt den Kopf schief und sieht mich bedeutungsvoll an. »Vor der Liste.«

»Hör auf, Molly. Es hat sich nichts geändert.«

»Ja, schon klar.«

»Wirklich nicht.«

»Und wer hat dir dann gerade geschrieben?«

Ich drehe das Handy um und sehe auf Display. »Es ist ...«

»Amanda Wilson«, sagt sie laut, weil sie über meine Schulter hinweg mitguckt. »Ist sie jetzt deine neue beste Freundin?«

»Also bitte, Molly, jetzt hör aber auf.« Ich berühre das Display, um die Nachricht zu lesen. »Ich kenne sie kaum.«

Dringende Lagebesprechung der Schwestern der Liste HEUTE ABEND.

»›Die Schwestern der Liste‹?« Molly bekommt die Bezeichnung kaum heraus. »Wer *redet* so?«

Unsere liebste Witzfrage klingt ernst gemeint und schmerzvoll. »Wie ich schon sagte, es ist einfach ein ... Name.«

»Nennst du dich jetzt ernsthaft selber so?«, will sie wissen. »Eine Schwester von Mädchen wie Amanda Wilson und Kylie Leff?«

»Vor fünf Minuten wolltest du noch mit ihnen auf dieselbe Party«, schieße ich verärgert zurück. Ich würde jetzt wirklich einfach gern Amanda antworten, ohne gelöchert zu werden.

»Kenzie.« Ihre Stimme klingt jetzt höher, klagend. »Wieso tust du das?«

»Wieso tust *du* das?«, halte ich dagegen. Das Handy vibriert, weil wieder eine Nachricht kommt. Ich zwinge mich dazu, nicht aufs Display zu gucken, sondern Molly anzusehen. Ich weiß gar nicht mehr, wann wir uns das letzte Mal gestritten haben. In der Sechsten? Siebten? Aber wieso führt sie sich jetzt so kindisch auf? »Darf ich etwa mit niemand anders befreundet sein?«

»Du hast versprochen, dass du mich mitnimmst.« Sie verschränkt die Arme und sieht mich herausfordernd an, dabei liegt sonst eigentlich immer nur Freundschaft in ihrem Blick. »Versprochen hast du das.«

»Ich weiß, bloß gehe ich heute Abend nirgendwohin.« Wieder kommt eine Nachricht rein und jetzt verliere ich den Kampf und tippe aufs Display. Diesmal hat Dena geschrieben.

Soll ich dich abholen? Kann in 10 Min. da sein.

Molly liest natürlich mit. »Dena Herbert?«

Ich nicke und tippe auf Antworten. »Ich gehe heute Abend nirgendwohin«, sage ich erneut, mit mehr Nachdruck.

»Auch nicht, wenn ich mitkomme?«

Ich sehe auf, ohne was geschrieben zu haben. »Molly, ich will da nicht hin.«

»Jedenfalls nicht mit mir.«

»Das stimmt nicht. Ich will heute Abend nicht mehr weg.«

»Weil ich keine ›Schwester der Liste‹ bin.« Sie macht sich über den Namen lustig, und zwar mit gutem Grund. Aber ihr Schmerz und ihre Wut und Eifersucht sind gerade gar nicht witzig. Ich sehe nur runter aufs Handy, als erneut jemand schreibt, diesmal Bree Walker.

Candace wäre vorhin fast gestorben. Wir müssen uns treffen! ERZÄHL ES NIEMANDEM ODER DU BIST VIELLEICHT DIE NÄCHSTE.

Instinktiv kippe ich das Handy von Molly weg und starre auf die Nachricht.

»Ich hab das gesehen«, sagt sie leise.

»Ja?« *Candace wäre fast gestorben?* Mir schnürt sich vor Angst die Kehle zu. Ich muss erfahren, was passiert ist.

»Ich hab ›Erzähl es niemandem‹ in Großbuchstaben gesehen.« Sie steht vom Bett auf. »Das heißt wohl, auch nicht deiner besten Freundin.«

»Molly, hör auf. Das ist ...« – größer, schlimmer und gruseliger, als sie je verstehen würde. »Das ist ...« – eine Angelegenheit von Leben und Tod.

»Schon klar, was das ist«, sagt sie und geht weiter auf Abstand. »Du schießt mich ab, weil du lieber was mit viel cooleren Mädchen machen willst.«

Ich schüttle all die Angst ab, die mich erfasst, und wende Molly meine volle Aufmerksamkeit zu. »Das ist nichts, was sich auf die Schnelle erklären lässt.«

Sie hustet, sagt »O mein Gott« und verdreht die Augen. »Schon klar, das verstehen nur die ›Schwestern der Liste‹.«

»Im Ernst, Molly. Ich erkläre es dir später, aber im Moment ...« – *darf ich es niemandem erzählen, oder ich bin vielleicht die Nächste.*

Nicht dass ich das für einen Moment glaube, aber ich darf die Warnung nicht komplett ignorieren.

»Wie auch immer, Kenzie. Tu, was du nicht lassen kannst. Ich fahre nach Hause.«

»Molly, bitte, wenn ich könnte, würde ich dich mitnehmen. Ich schwöre.«

Sie guckt kurz nach hinten und sieht total verletzt aus.

»Wieso tust du's dann nicht?«

Na, weil ihr dann vielleicht etwas zustößt? Weil sie dann vielleicht auch irgendwie in Gefahr ist? Und ich daran schuld wäre? Ein altvertrauter Schmerz ergreift mich. »Weil ich nicht kann«, sage ich schlicht, als wieder eine Nachricht reinkommt. Ich ignoriere das Vibrieren, sehe Molly eindringlich an und hoffe, dass sie es irgendwie versteht und mir verzeiht.

»Nun nimm schon dein Handy, Schwester«, sagt sie und wendet sich wieder zur Tür um.

»Molly, bitte.«

Aber sie zögert kein bisschen, sondern geht. Einen Moment lang bin ich wie erstarrt, dann greife ich zum Handy. Die Nachricht ist von Dena.

In 10 Min. abholen?

Meine Antwort besteht nur aus einem Wort: *Ja.*

Mom kauft es mir ab, dass ich rausgehe, um mit Molly zu ihr nach Hause zu fahren, damit wir zusammen Hausaufgaben machen können. Zuerst bete ich, dass Mom nicht rauskommt, um gemeinsam mit mir zu warten; dann bete ich, dass Molly nicht zurückgefahren kommt, wenn ich weg bin, um sich wieder mit mir zu vertragen. Weil sich meine Mutter dann in eine kreischende, die Polizei anrufende Irre verwandeln würde, die nicht weiß, wo ich bin.

Aber Molly war ziemlich sauer und ich bezweifle, dass sie heute Abend noch mal kommt, also gehe ich das Risiko ein und hüpfe in Denas uralten Subaru, der vage nach Sportsachen und Energydrink riecht. Sie hat einen Trainingsanzug an und erzählt, dass sie gerade vom Volleyball kommt. Aber sie schafft es trotzdem, gut auszusehen.

»Was ist Candace denn passiert?«, frage ich.

»Sie wäre fast beim Baden ertrunken. Warte, bis du ihre Haare siehst.«

»O mein Gott.« Ich drehe mich zu ihr um. »Was ist denn mit ihren Haaren?«

»Ihre Mom musste sie abschneiden, um ihr das Leben zu retten. Sie hat im Whirlpool gebadet und ihre Haare sind in dieses Ding, das die Blasen macht, reingesogen worden und es hat sie unter Wasser gezogen. Wenn ihre Mutter nicht gerade ins Badezimmer gekommen wäre ...« Sie schließt die Augen und atmet zitternd aus. »Wir stecken echt total in der Tinte, Kenzie. Wir müssen etwas unternehmen. Wir müssen dafür sorgen, dass das aufhört.«

»Wieso gehen wir nicht zur Polizei?«

»Weil die nichts gegen *Flüche* machen kann, die *unausweichlich zu Unfällen führen*. Und bevor du irgendwas sagst, ja, ich glaube daran.«

»Mensch, Dena.« Nun habe ich auch noch meine letzte »Flüche sind albern«-Verbündete verloren. »So etwas gibt es gar nicht«, sage ich, höre aber selber den Zweifel in meiner Stimme. Könnte es so einen Fluch geben?

»Ach ja? Dann erklär mir doch mal, wieso uns dieser ganze Mist passiert. Niemand war im Badezimmer und hat Candace unter Wasser gedrückt. Niemand hat meine Katze dazu gebracht, auf einem Kabel rumzukauen, so dass ich beinahe durch einen Stromschlag gestorben wäre. Niemand hat Chloe Erdnüsse in den allergischen Mund gestopft.«

»Das weißt du nicht.«

Sie schießt einen Blick auf mich ab. »Du etwa?«

»Nein ... Vielleicht.« Ich sehe aus dem Fenster und rechne halb damit, den Truck zu erblicken. In der Ferne hinter uns leuchten Scheinwerfer, aber sie sind viel zu klein und stehen zu eng, um zu einem Truck zu gehören. »Wohin fahren wir überhaupt?«

»Zum Wohnwagen von Shannons toter Oma.«

»Klingt ja toll.«

»Ein gutes Erbe schlägt man nicht aus.« Sie fährt auf einen Highway Richtung Pittsburgh. »Die meisten Omas hinterlassen dir ihre Stricksachen, wenn sie ins Gras beißen. Shannon hat ihren eigenen Wohnwagen auf dem Land und kann da mit achtzehn hinziehen. Bis es so weit ist, feiern wir da manchmal.«

Wir fahren schweigend weiter und ich versuche mir den Weg einzuprägen, während mir allmählich immer mulmiger wird. Ab und zu sehe ich nach hinten und manchmal leuchten da Scheinwerfer, aber sie sind weit weg.

Wir überqueren eine Brücke, fahren durch einige Felder und schließlich in eine schmale Straße, die so aussieht, als ob sie in die totale Dunkelheit führt. »Wann sind wir denn da?«

»Jetzt.« Sie biegt auf einen langen Feldweg ab, der zwischen riesigen Eichen entlangführt, und der Wagen ruckelt und lässt Steinchen aufspritzen. Endlich taucht im Scheinwerferlicht ein uralter Doppel-Trailer auf, um den herum nichts als Erde, Gras und irgendwelcher Schrott zu sehen sind.

Also außer den drei Autos, die davor stehen und wie Fremd-körper wirken, obwohl sie mir bekannt vorkommen. Ich erkenne Amandas silbrigen SUV und Candace' hellgrünes würfelförmi-ges Teil, während wir einparken und zu dem schwach beleuch-teten Mobilheim gehen. Die Nacht ist still und kühl. Hinter dem Trailer sind Bäume und Felder zu sehen. Ich reibe mir trotz Jacke die Arme warm und folge Dena.

Drinnen sitzen die Mädchen in einer schäbig möblierten Wohnzimmerecke, manche auf einem karierten Sofa, manche auf dem Fußboden. Sie starren alle auf etwas, das auf dem Couch-tisch liegt, aber ein paar sehen hoch und begrüßen mich.

»Vielleicht weiß Kenzie weiter«, sagt Kylie. »Du stehst doch auf so Fremdsprachen, oder?«

Mir wird ein bisschen eng um die Brust und ich versuche zu sehen, was auf dem Tisch liegt, aber Amandas Kopf ist mir im Weg. »Nur auf Latein«, sage ich.

»Das sieht auch aus wie Latein«, sagt Amanda. Sie nimmt etwas und hält es mir hin. Das glänzende Gold lässt mich auf-keuchen.

»Woher habt ihr die?«, rufe ich. Ich will danach greifen, aber Amanda zieht die Hand weg.

»Du hast so was schon mal gesehen?«

Heute, um genau zu sein. »Bitte, Amanda. Lass mich gucken. Da ist vielleicht ein Peilsender drin und dann kann schon jemand hierher unterwegs sein, weil er uns umbringen will.«

Sieben entsetzte Augenpaare starren mich an, als Amanda langsam die Hand öffnet und die Münze freigibt.

Es ist genauso eine, wie Josh sie bei Kipler's auf den Tresen geworfen hat. »Woher habt ihr die?«

»Ich hab sie in meinem Badezimmer gefunden«, sagt Candace auf dem Sofa. Ich nehme sie erst jetzt richtig wahr und erkenne sie mit ihren kurzen Haaren kaum. Unwillkürlich verziehe ich das Gesicht. Ihre dichten, neulich noch hüftlangen Haare sehen aus wie abgehackt, es sind nur noch zwei Fingerbreit davon übrig.

Sie bedenkt mich mit einem harten Blick, der wohl sagen soll, dass ihr ihre Locken total am Arsch vorbeigehen. Sie lebt.

»Heilige Scheiße!« Dena stürzt sich auf die Münze. »Ich hab auch so eine gefunden. Genau da auf dem Fußboden, wo meine Katze das Kabel angeknabbert hat.«

»Hast du sie dabei?«

Sie schüttelt den Kopf. »Ich dachte, sie gehört meinem Dad, weil er gerade erst von einer Geschäftsreise nach Europa zurückgekommen ist. Sie liegt wahrscheinlich immer noch bei uns in der Küche in der Krempelschublade.«

Ich sehe mich um. »Noch jemand?«

»Könnte sein.« Bree steht auf, um einen besseren Blick zu bekommen. »Nachdem die Stromleitung auf unser Haus gefallen ist, haben meine Eltern über irgendwas Goldenes geredet, das sie gefunden haben. Ich hab nicht zugehört, aber sie haben sich darüber gestritten. Mein Dad hat meine Mom beschuldigt, es auf dem Flohmarkt gekauft zu haben, obwohl sie gesagt hat, dass sie da nicht mehr hingeht. Aber sie hat geschworen, dass das nicht stimmt. Ich höre nie hin, wenn sie sich streiten.«

»Vielleicht sind die Münzen ein Zeichen des Fluchs«, sagt Kylie.

»Oder eine Visitenkarte«, wirft Candace ein.

Ich bestätige das mit einem Nicken. »Das leuchtet ein, bis auf zwei Dinge. Erstens, die Inschrift bedeutet ›Nichts zurücklassen, auch keine Spur‹. Bloß hätte derjenige dann ja etwas zurückgelassen. Zweitens, was schlimmer ist ...« Ich halte die Münze vor die funzelige Lampe und versuche mir da drin einen Chip oder so was vorzustellen. »Mit ihrer Hilfe kann man herausfinden, wo du steckst.«

»Ach du Kacke.« Shannon steht auf. »Ich hau ab.«

»Warte«, sagt Amanda und zu mir: »Woher weißt du das?«

Ich mustere einige Gesichter und überlege, wie viel ich ihnen erzählen sollte. Ihre Leben stehen auf dem Spiel ... und meines auch. Ich kann nicht länger bezweifeln, dass diese Münze – die nach den seltsamen Unfällen aufgetaucht ist – etwas mit dem Tod zweier Mädchen auf der Liste und dem knappen Davonkommen mehrerer anderer zu tun hat.

»Ich weiß es, weil mir jemand gefolgt ist, als ich heute so eine Münze in der Hand hatte. Ich war –«

»Scheiße!« Dena springt vom Fenster zurück und reißt die Augen auf. »Da kommt jemand.«

Ein kollektiver Aufschrei erhebt sich aus der Gruppe.

»Versteckt euch!«

»Abhauen!«

»Wir bringen das Schwein um.« Candace steht furchtlos da und sieht Shannon scharf an. »Deine Oma hat doch bestimmt irgendwo in diesem heruntergekommenen Loch eine Knarre versteckt.«

»Hey!« Shannon fallen fast die Augen aus dem Kopf. »Was bildest du –«

»Nicht jetzt!« Dena gibt ihr einen kräftigen Stoß. »Da kommt ein Auto, verdammt.«

Wir erstarren alle einen Moment, als Shannon eine Faust an ihre Lippen drückt. »O mein Gott, ich will nicht sterben!«

»Dann tu was dagegen.« Ich sehe mich nach etwas um, mit dem wir uns bewaffnen können, und entdecke über dem Sofa einen fleckigen gerahmten Spiegel. »Zwei nehmen diesen Spiegel!«

Amanda und Kylie springen los, knien sich auf das Sofa und heben ihn gemeinsam von der Wand.

»Versteckt euch hinter der Tür, dann könnt ihr ihn damit auf den Kopf schlagen, wenn er reinkommt. Macht das Licht aus!«

»Und wenn es ein Geist ist?«, fragt Shannon.

Diese himmelschreiende Dummheit ist mir keine Antwort wert. »Gibt es hier Messer, Shannon? Irgendwelches Küchenzeug?«

»Ich seh mal nach.« Dena huscht zu der Miniküche und reißt Schubladen und Schranktüren auf. »Kaffeebecher«, ruft sie.

»Gib uns jeder einen«, weise ich sie an. »Wir bewerfen ihn damit. Keine Messer?«

Dena gibt Bree und Ashleigh die Becher, während Candace eine Schranktür aufreißt und genau in dem Moment, als jemand das Licht ausmacht, eine schmiedeeiserne Bratpfanne findet. »Ich hab was«, sagt sie.

Eine zugeworfene Autotür lässt uns alle erstarren.

»Mist«, murmelt jemand.

»Leise!«, fauche ich. »Bringt euch in Stellung und greift sofort an, wenn die Tür aufgeht.«

Sie hasten umher und ich schiebe Amanda und Kylie in die richtige Richtung, neben die Tür. Dann nehme ich Candaces Hand und ziehe sie neben mich.

»Ich bring ihn um«, flüstert sie.

»Davon gehe ich aus.«

Wir hören Schritte, leicht und schnell. Wir sind absolut still und ich bin überrascht, dass ich nicht acht lospolternde Herzen höre. Jemand atmet leise. Jemand anders – Shannon wohl – wimmert kurz. Und wir zucken alle zusammen, als von der Tür her ein harter, kräftiger Schlag kommt.

Der klopft an?

Niemand rührt sich. Die Luft ist heiß und stickig und spannungsgeladen von unserer Angst. Hat er vielleicht eine Pistole? Ein Messer? Auf jeden Fall ist er nicht mit Bratpfannen und Tassen bewaffnet.

Sehr langsam bewegt sich der Türgriff. Candace macht einen winzigen Schritt nach vorn, holt mit der Pfanne aus. Amanda und Kylie bewegen sich ebenfalls, heben den schweren Spiegel.

»Wartet, bis er drin ist«, flüstere ich. »Wir haben nur eine Chance.«

Als das Schloss klickt, mache ich mich darauf gefasst, gleich den Kapuzenmann zu sehen, der den Truck gefahren hat. Ich richte den Blick auf die Stelle, wo sein Kopf auftauchen wird. Holz knackt, dann geht knarrend die Tür auf. Ich packe meinen Becher fester und bin bereit zuzuschlagen, als –

»Kenzie?«

Was? »Nicht!«, schreie ich, als der Spiegel runterkommt und Candace losstürzt. Ich kann nur eines machen – mich nach vorn werfen, Molly zu Boden reißen und mit meinem Körper schützen. Chaos bricht aus und jemand schlägt mir auf den Kopf, während ich uns beide von der Tür wegrolle und schreie: »Aufhören! Tut ihr nichts!«

Ich bekomme vage mit, wie das Licht angeht und Molly sich erbittert zur Wehr setzt, während wieder eine Tasse an meinem Kopf vorbeizischt.

»Hört auf, sie ist meine Freundin!«, rufe ich. »Sie ist in Ordnung! Lasst sie am Leben!«

Ein paar Herzschläge später dringen die Mädchen nur noch mit Flüchen und Fragen auf uns ein und schließlich vertraue ich ihnen genug, um Molly loszulassen.

»Wie kommst du denn hierher?«, will ich wissen, dabei weiß ich das schon, weil mir die dicht beieinanderstehenden Scheinwerfer hinter Denas Auto wieder einfallen: Mollys VW.

Sie schafft es kaum, auf die Knie zu kommen, weil sie genauso stark zittert wie ich. Ihr Blick huscht in dem Kreis umher, der uns einschließt. »Was zur Hölle läuft denn hier?«

Nach kurzem Zögern tritt Dena vor und hebt ihren Kaffeebecher wie zum Anstoßen. »Eine Privatparty«, sagt sie cool.

Mollys Augen weiten sich und sie sieht mich an. »Kenzie?« Ihre Stimme klingt einfach nur ungläubig. »Wieso habt ihr mich angegriffen?«

»Molly, ich —«

»Du bist in unser Aufnahmeritual geplatzt.« Amanda hilft Molly auf. »Und tut mir leid, *chica*, aber du gehörst nicht dazu.«

Molly bleibt der Mund offen stehen. »Was soll das —«

Candace baut sich dicht vor ihr auf und hebt die Pfanne. »Wird Zeit, dass du wieder gehst.«

»Leute«, mische ich mich ein und stelle mich neben Molly. »Wir können ihr vertrauen. Sie ist meine Freundin.«

Die sehen mich alle an, als wollten sie mich gleich mit umbringen.

»Wir trauen niemandem«, sagt Kylie.

Molly verzieht das Gesicht und sieht mich an. »Das hat die Liste aus dir gemacht?«

Ich lasse die Schultern hängen. Dass Molly mich dermaßen falsch versteht, macht mich traurig, aber wenn ich ihr irgendetwas verrate, werden diese Mädchen nicht gut darauf reagieren. Sie haben Angst, sie sind gefährlich und Molly ist zur falschen Zeit am falschen Ort.

»Du gehst besser, Molly«, sage ich bloß.

Der Schmerz in ihrem Blick ist zehnmal schlimmer als vorhin bei mir zu Hause. »Wieso tust du das?«, flüstert sie.

»Das verstehst du nicht«, sage ich, obwohl mir klar ist, wie lahm das klingt. Und wie verdammt gemein.

»Ja.« Sie schnieft. »Diese Liste hat dich verändert und ich ... ich ...« Sie sieht sich um, von der einen zur anderen. »Ich kann nicht ausstehen, was aus euch geworden ist.«

»Gut.« Candace gibt ihr einen leichten Stoß. »Weil wir nämlich dich nicht ausstehen können. *Adiós, amiga.*«

Molly sieht mich noch einmal flehentlich an, doch innerhalb von zwei Sekunden wird ihr Blick frostig. »Mach's gut, Kenzie.« Sie wendet sich ab und geht zurück zu ihrem Auto. Ich verspüre einen körperlichen Sog, ihr zu folgen, ihr alles zu erklären, ihr zu versichern, dass sie meine beste Freundin ist und immer sein wird.

Ich mache einen Schritt, aber Candace packt mich beim Ellbogen. »Denk nicht mal dran, Fünfte.«

Ich lasse Molly gehen.

KAPITEL XXIII

Danach wollten wir nicht mehr im Wohnwagen bleiben. Wir haben die Münze unterwegs weggeworfen und sind zu Amanda nach Hause gefahren, wo ich den Mädchen erzählt habe, was mir an dem Tag mit Josh und Levi passiert ist. Die Reaktionen waren gemischt; nicht alle Mädchen waren bereit, die Theorie von dem Fluch zu verwerfen, und ein paar haben sich zu Joshs Verteidigung aufgeschwungen. Sie waren alle scharf darauf, Levi die Schuld für jedes Unglück zu geben, das in der Stadt passiert ist.

Am nächsten Tag kommt Molly mich nicht abholen, also muss Mom mich zur Schule fahren. Gleich als Erstes gehe ich zum Medienzentrum. Ich bin mir ziemlich sicher, da mal eine ganze Abteilung mit alten Highschool-Jahrbüchern gesehen zu haben. Ich muss mehr über Jarvis Collier und seine seltsame Sammlung antiker römischer Artefakte rauskriegen ... die auch Münzen enthalten könnte, die ein Mörder als Visitenkarte hinterlässt.

So früh ist im Medienzentrum noch nicht viel los und Mrs Huffnegger, die Bibliothekarin, liest so konzentriert etwas auf ihrem Computerbildschirm, dass sie mich nicht bemerkt. Der Katalogbereich ist menschenleer und ich gehe die Regale entlang, bis ich die Jahrbücher gefunden habe.

Sie reichen zurück bis 1943, als die Vienna High noch die Vienna School war, ein Backsteingebäude, in dem die Kinder der Farmer des ländlichen Westens von Pennsylvania zwölf Klassen absolvieren konnten, lange bevor unsere Stadt eine lebendige, beliebte Vorstadt von Pittsburgh geworden ist. Aber so weit zurückliegende Zeiten interessieren mich nicht. Ich gehe gleich zur Mitte und ziehe Jahrbücher aus den frühen Achtzigern heraus, denn dort dürfte Jarvis Collier wohl zu finden sein. Und da ist er auch schon, 1984 als Zwölftklässler. Ich kann nicht fassen, wie ähnlich Josh ihm sieht. Zwangsläufig überfliege ich die Schwarz-Weiß-Fotos seines Jahrgangs, mustere die Mädchen mit den riesigen Frisuren, den geschwungenen Ponys, den Schulterpolstern.

Aber die Modeerscheinungen sind mir egal. Irgendwo auf diesen Seiten sind Fotos der ersten Topgirls, die jetzt in ihren Vierzigern sein müssten. Leben sie alle noch? Sind einige mit Jarvis befreundet gewesen?

1985 finde ich Jarvis erneut, diesmal im Abiturjahrgang, darum erfahre ich mehr über ihn; so auch, dass er neben anderen akademischen und sportlichen Leistungen Vorsitzender des Lateinklubs war.

Während ich lese, rutsche ich langsam die Seitenwand des Regals hinab, bis ich am Boden sitze und mein Blick auf sein Zitat fällt.

QUALIS PATER TALIS FILIUS.
WIE DER VATER, SO DER SOHN.

Er sieht wirklich aus wie sein Vater, überlege ich, und sein Sohn sieht –

»Hey.«

Ich hebe richtig vom Boden ab vor Schreck, klappe das Buch mit einer Hand darin zu und sehe ertappt auf. Sein Sohn steht direkt vor mir.

»Josh.«

»Was machst du denn hier hinten?«

Belastendes Zeug über deinen Vater suchen. »Lernen.« Ich halte das Jahrbuch zugedrückt und quetsche mir selber die Hand dabei.

»Wie hast du mich gefunden?«

»Huffnegger hat mir gesagt, wo du bist.«

Die Hitze in meinen Wangen gleitet tiefer und hält in meiner Brust an, wo sie sich festbrennt. Er lügt. Mrs Huffnegger hat mich nicht mal gesehen. Mir kommt ein flüchtiger Gedanke: Habe ich irgendwo eine Münze an mir, von der ich gar nichts weiß? Ist mir eine in das Innenfutter meines Rucksacks geschoben worden?

Ich nehme mir vor, das zu checken. Josh hockt sich zu mir. »Und, bist du gut nach Hause gekommen?«

Ich nicke nur.

Er streckt die Hand nach meinem Gesicht aus, streicht ein Haar von meiner Wange. Ich weiche instinktiv zurück und merke, dass das andere Jahrbuch noch aufgeschlagen neben mir liegt und das Gesicht seines Vaters daraus hervorstarrt.

»Kenz«, sagt er. »Das tut mir echt leid.«

»Schon okay«, sage ich und sehe von dem Buch weg, weil ich nicht will, dass er meinem Blick folgt.

»Nee, gar nicht okay.« Er entspannt sich und setzt sich ganz runter auf den Boden. »Ich hab mich total mies benommen.«

»Nein, nein.« Jetzt sehe ich ihn an. Ich muss seine Aufmerksamkeit auf mich ziehen – reden, flirten, was auch immer, aber ich darf nicht zulassen, dass er zu dem Buch guckt. »Du wolltest dich bloß amüsieren und ich bin eben eine Langweilerin.«

»Du bist absolut keine Langweilerin, Fünfte.« Er beugt sich ein bisschen näher heran. »Kann ich es wiedergutmachen?«

Ich zucke halb mit der Schulter, schüttle gleichzeitig den Kopf und lächle ihn schüchtern an. Hauptsache, er guckt nicht runter und entdeckt das Bild seines Vaters, der ihm so ähnlich sieht, dass sie Zwillinge sein könnten. »Kein Problem, ehrlich.«

Er berührt erneut mein Gesicht und ich muss richtig aufpassen, nicht zurückzuzucken.

»Komm doch heute Abend zu mir.«

Auf gar keinen Fall. »Ich hab zu tun ... muss lernen.«

Er verdreht die Augen. »Du musst überhaupt nicht lernen und alle wissen das. Wir machen eine Listenparty.«

Durch übermenschliche Anstrengung schaffe ich es, nicht geschockt zu blinzeln. »Eine Listenparty?« Davon hat *mir* niemand was gesagt.

»Nur ein paar Freunde und natürlich die Mädchen auf der Topgirls-Liste.«

Wieso hat mir dann keine eine Nachricht geschickt? Nach allem, was ich ihnen gestern Abend erzählt habe? Ich suche nach einer Antwort, die nicht verrät, was ich denke. »So nennt die keiner mehr, Josh.«

»Hey, das ist eine Tradition der Vienna High. Du solltest dich freuen, da draufzustehen.«

Ich sehe ihn an, als hätte er den Verstand verloren – hat er ja auch. »Zwei Mädchen auf dieser Liste sind tot, Josh.«

»Sie hatten schreckliche Unfälle, aber deshalb können wir nicht aufhören zu leben, Baby.«

Es überläuft mich kalt und ich sehe wieder nach unten zu dem Gesicht seines Vaters.

»Dass ich dich so nenne, gefällt dir auch nicht.«

»Einfach nur Kenzie. Ich bin ja nicht deine Freundin.«

»Könntest du aber sein«, sagt er prompt, rückt ein Stück näher und schiebt seine Hand besitzergreifend unter meine Haare. »Ich hätte dich gern als meine Freundin.«

Ich bekomme kaum Luft. »Josh, ich ...«

»Denk mal drüber nach, okay?« Er beugt sich so dicht heran, dass seine Lippen mein Ohr berühren. »Ich mag dich echt gern, Kenzie. Komm heute Abend und wir machen es offiziell.«

Wie könnte ich da nicht hingehen? Da lässt sich vielleicht etwas rauskriegen, über die Münzen zum Beispiel – oder sogar über Jarvis. Und die anderen Mädchen werden da sein, so angreifbar, wie es überhaupt nur geht. Aber will ich mich ernsthaft in eine gefährliche Situation bringen?

»Ich weiß nicht«, sage ich vage. »Ich muss wirklich lernen.«

Er guckt runter auf das Buch in meinem Schoß und mir bleibt total das Herz stehen. Ich habe die eine Hand auf dem Cover gespreizt und das verdeckt zwar die Jahreszahl, aber nicht, um was für eine Sorte von Buch es sich handelt. Nur ein Idiot würde nicht fragen, wieso ich dreißig Jahre alte Jahrbücher lese. Vielleicht ist er ja ein Idiot. *Bitte sei ein Idiot.*

»Was lernt man denn in alten Jahrbüchern?«

Er ist keiner. »Ich ... ähm ...« Keine Ahnung. Mir fällt absolut keine plausible Erklärung ein. »Ich wollte mal nachsehen ...«

Er lächelt. »Wer damals die Topgirls waren.«

Das könnte klappen. Er hat mir quasi die Antwort geliefert.

»Mich interessiert einfach, was aus den Mädchen geworden ist.«

Das Mitgefühl lässt seine Miene weicher werden. »Du machst dir Sorgen wegen des Fluchs, oder?«

»Irgendwie schon.«

»Dann musst du heute Abend kommen.«

»Wieso?«

Er kuschelt sich neben mich, eine Hand auf meinem Rücken. »Hör mal, Kenzie, ein paar von uns haben sich unterhalten und uns ist klar, dass mit der Liste dieses Jahr irgendwas ... ernstlich schiefläuft.«

Ich will auf Abstand gehen, aber er hält mich fest. Seine Stimme ist kaum mehr als ein vertrauliches, gehauchtes Flüstern, angemessen für die Bibliothek, aber für meinen Geschmack ein bisschen zu persönlich. »Das würde ich auch sagen.«

»Und deshalb setzen wir uns heute Abend zusammen. Wir müssen diesem Mist ein Ende setzen, bevor noch jemand ... noch jemandem was passiert.«

Merkt er die Schauer, die mich überlaufen? »Und wie?«

Er antwortet zunächst nicht, schafft es aber irgendwie, mir noch näher zu rücken. »Das kann ich dir jetzt nicht sagen. Wände haben Ohren, stimmt's?«

»Ich muss es wissen. Sonst komme ich nicht.«

Er hält mich fest und drückt mir einen Kuss auf die Schläfe, dann bringt er seine Lippen wieder an mein Ohr heran. »Jemand muss dafür über die Planke gehen.«

Ich zucke zurück. »Was soll das heißen?« Bilder von ungesicherten Plattformen in zehn Metern Höhe schießen mir durch den Kopf. »Wer?«

»Wissen wir noch nicht, aber es wird schon der Richtige sein. Ich hab da ein paar Ideen.«

»Jemand anders muss sterben?« Ich kreische das praktisch und er legt mir rasch eine Hand auf den Mund.

»Pst! Niemand anders wird sterben.« Seine Augen sind strahlend blau und erinnern mich an die Gasflamme, die kommt, wenn ich den Herd anmache.

Oder wenn jemand anders den Herd anmacht, während ich oben bin.

»Aber ich muss diese Situation unter Kontrolle bringen, was wäre ich sonst für ein Mann?« Die Frage ist eindeutig rhetorisch. »Was für *Freund* wäre ich, wenn ich dich nicht beschützen und dieser Sache ein Ende setzen würde?«

»Was hast du vor?«

»Wir halten ein Treffen ab, mit allen Jungs und Mädchen, die involviert sind. Wir müssen die Schuld dahin lenken, wo sie hingehört, und sobald wir das getan haben, seid ihr übrigen Mädchen außer Gefahr.«

»Was hast du denn vor?«

»Kenzie.« Er neigt seinen Kopf zur Seite. »Ich habe die verdammte Liste zusammengestellt, ich kann machen, was ich will.«

Das Brennen in meiner Brust ist jetzt der reinste Großbrand, so heftig, dass es bei jedem unkontrollierten Herzschlag richtig wehtut. »*Du* hast sie zusammengestellt?«

»Mit ein bisschen Hilfe. Hör zu, Baby.« Er schiebt seine Hand wieder unter meine Haare und hält meinen Kopf ein bisschen zu sehr fest. »Ich werde tun, was ich für mein Mädchen machen muss.« Er küsst mir das Haar, dann dreht er mein Gesicht so, dass ich nirgendwo anders hinsehen kann als zu ihm. »Komm heute Abend um zehn. Und zieh Turnschuhe oder Stiefel an.«

»Wieso?«

Er lächelt. »Weil wir in den Wald gehen.«

Bevor ich reagieren kann, steht er auf und zieht mich hoch, und das Jahrbuch, das ich festgehalten habe, klappt auf der Seite auf, bei der ich meine Hand quasi als Lesezeichen benutzt habe.

Er beugt sich natürlich vor und wirft einen Blick drauf. »Das ist mein Dad.«

»Echt?« Meine gespielte Überraschung ist filmreif.

Er sieht mich scharf an und ich mache mich auf Fragen und Vorwürfe gefasst. Aber seine Miene entspannt sich zu einem lässigen Lächeln. »Du guckst, was mein Dad so gemacht hat, stimmt's?«

Ich sehe ihn nur an.

Er drückt mir erneut einen Kuss auf den Kopf. »Hab doch gewusst, dass du auf mich stehst.«

Zum Glück hat er ein Riesenego. Er macht einen Schritt nach hinten und zeigt mit dem Finger auf mich. »Heute Abend um zehn. Du musst kommen, Kenzie. Versprich mir, dass du kommst. Versprich es.«

»Ich …«

»Ach, und übrigens …«, fügt er hinzu, während ich überlege. »Mein Großvater bereitet einen speziellen Parcours für dich vor. Er meint, er hat sich deine Noten und deine Referenzen angesehen und will dir unbedingt dieses Stipendium geben, also macht er es dir leicht. Er will dich bestimmt auch gern sehen.«

Was war das jetzt? Eine Einladung … oder Erpressung, um mich dorthin zu kriegen? Ich nicke nur. »Na gut.«

Und das reicht, dass er grinst und losstiefelt und mich mit einem richtig schlechten Gefühl stehenlässt.

»Ich muss dahin.«

Levi starrt mich an und ich schaffe es irgendwie, nicht auf die verträumten Augen und wundervollen Lippen zu achten, sondern mich für seine Antwort zu wappnen. »Nur über meine Leiche.«

Genau, was ich erwartet habe. »Eine schreckliche Antwort unter diesen Umständen, finde ich.«

Wir liegen nebeneinander auf einem grasbewachsenen Hügel. Hier haben wir unsere Mittagspause und die Hälfte meines Literaturkurses verbracht. Es ist warm heute und wir haben beide die Jacken ausgezogen, um unter dem selten blauen Himmel zu chillen.

Schule interessiert mich gerade überhaupt nicht und das ist wahrscheinlich von allem, was gerade so passiert, das Ungewöhnlichste. Ich bin eine richtige Schwänzerin geworden. Als ich Levi im Flur getroffen habe und er vorgeschlagen hat, dass wir abhauen könnten, musste ich nicht einmal darüber nachdenken, sondern war froh, auf sein Motorrad springen und aus der Vienna High rauskommen zu können.

»Du musst da nicht hin«, sagt er. »Dena kann dir erzählen, was sie vorhaben – falls sie wirklich hingeht.«

»Garantiert. Alle auf der Liste haben zugesagt.«

»Keine Einzige hatte genug gesunden Menschenverstand, um auf die Idee zu kommen, dass es gefährlich sein könnte?«

»Die meisten sind immer noch überzeugt von diesem Fluch. Dena und Candace sind die einzigen Vernünftigen und Dena will feiern und Candace will jemanden dafür bluten sehen, dass ihre Haare hinüber sind.«

»Was ist mit Molly?«

Ich schließe die Augen und denke wieder an ihr Schweigen, als wir gleichzeitig bei unseren Schließfächern waren, und wie sie ohne Blickkontakt weggegangen ist. »Die ist sauer«, sage ich nur, denn ich habe ihm schon von unserem Streit erzählt.

Levi klopft mir mitfühlend auf die Schulter. »Das kriegst du schon wieder hin mit ihr. Und um das hier kümmern wir uns.«

»Und wie?«, frage ich, ohne recht zu wissen, was er mit »das hier« meint.

»Zunächst mal hab ich im Internet nach diesen Kunstwerken gesucht, die du aufgezählt hast.«

Ich hatte ihm die Namen einiger Werke aus der Gruft im Wald genannt und er hatte versprochen, so viel wie möglich über sie rauszufinden.

»Keins davon ist als gestohlen gemeldet«, sagt er. »Alle wurden an private Sammler verkauft.«

»Vielleicht versteckt sie ja ein privater Sammler unter der Erde, damit sie nicht gestohlen werden«, überlege ich. »Wenn Rex Collier der Sammler ist, leuchtet das ein. Sein Haus ist nicht gerade sicher, weil er Josh dort eine Party nach der anderen schmeißen lässt.«

Levi atmet heftig aus und sieht in den Himmel, bevor er sich mir zuwendet.

»Wenn ich in irgendetwas Illegales verwickelt werde, bekomme ich keine zweite Chance mehr. Noch eine Dummheit, und es heißt wieder Jugendknast für mich oder sogar Gefängnis.«

»Dann mach keine Dummheiten.«

Er schenkt mir ein langsames Lächeln. »Wäre es eine Dummheit, dich zu küssen?«

Irgendetwas in mir schmilzt dahin. Der Drang, ihn zu küssen, ist so stark, dass es mir den Atem raubt. »Das möchte ich schon eine ganze Weile«, gestehe ich.

Er lehnt sich herüber und gibt mir einen zaghaften Kuss, dann lässt er seine Finger zwischen meine gleiten, bringt unsere vereinten Hände an seinen Mund und presst seine Lippen auf meine Knöchel. »Geh nicht zu dieser Party, Mack.«

»Ich muss aber. Ich muss herauskriegen, in welcher Verbindung die Colliers zu diesem Typ im Truck stehen.«

Er lässt sich frustriert zurück ins Gras fallen. »Dann komme ich mit.«

»Ähm, ich sag's nur ungern, aber du bist nicht eingeladen.«

»Wer braucht eine Einladung?«, erwidert er schroff. »Ich kenne mich da im Wald aus. Ich weiß, wie man auf eine Plattform klettert und beobachtet. Und du schreibst mir einfach die ganze Zeit, damit ich immer weiß, wo du bist.«

Wieder dieses innerliche Zerschmelzen. Inzwischen bin ich Brei. »Das ist sehr heldenhaft, aber —«

»Kein Aber.«

»Aber —«

Er bremst mich mit einem Kuss, und der ist diesmal sicher und eindeutig und überhaupt nicht sanft. Dieser Kuss ist entschlossen. Nach einigen Sekunden rollt Levi herum und zieht mich näher. Ich halte einfach die Augen geschlossen, reite auf der Welle und genieße jede Sekunde, jeden hastigen Atemzug, jede Berührung seiner Zunge.

Schließlich seufze ich in seinen Kuss hinein, öffne die Augen und rechne halb damit, dass sich alles um mich dreht, weil mir so schwindelig ist.« Josh hat mich heute gefragt, ob ich seine Freundin sein möchte.«

Er lacht und ich kann seinen Atem spüren. »Und warum erzählst du mir das?«

»Damit du weißt, dass ich nicht seine Freundin sein möchte.« Ich schließe die Augen und berühre Levis Haare. O mein Gott, ich könnte für immer seine Haare streicheln. »Ich möchte deine Freundin sein.«

Er küsst mich erneut, dann wandern seine Lippen meinen Hals hinab und ich möchte am liebsten schreien. »Das bist du schon«, flüstert er.

»Bin ich?«

»Meinst du, ich bin bereit, durch den Dschungel zu fliegen, nur um ein x-beliebiges Mädchen zu retten?«

»Gut.« Ich grinse immer noch.

»Aber eines musst du mir versprechen, Mack.«

Ich nicke, warte.

»Mach keinen Unsinn. Geh nirgendwo alleine hin. Probier keine Seilbahn aus und trinke nichts, was dir jemand in die Hand drückt. Und um Himmels willen, sag diesem Idioten, dass du nicht seine Freundin sein willst.«

Ich kuschle mich enger an ihn und küsse ihn zum ersten Mal. »Absolut einverstanden.«

KAPITEL XXIV

Die Entscheidung meiner Mutter, Dads Einladung zu einem Abend mit Essen und Kino anzunehmen, passt perfekt zu meinem Plan, am Abend das Haus zu verlassen. Dad hat uns beide gefragt und ich weiß, warum: Morgen ist Conners Todestag und Dad will Mom helfen, mit diesem Tag zurechtzukommen, der sicher schlimm werden wird.

Es ist wirklich besser, wenn ich nicht mitkomme, also nutze ich einen Nachhilfejob in Latein als Ausrede, und ein paar Minuten nachdem Mom weg ist, holt Dena mich ab.

Als ich in ihr Auto steige, sagen wir kurz Hallo und ich spüre den Druck, der sich in meiner Brust aufbaut. Ich hole mein Handy raus und lese Levis letzte Nachricht.

Bin da und warte.

Es sollte mich beruhigen, aber das tut es nicht. Wo ist er? Was macht er gerade? Woher weiß er, welche die richtige Stelle ist? Teenager sind ziemlich gut darin, ein Gespräch mit einer Person zu führen und gleichzeitig einer anderen zu schreiben, aber ich bin wie gelähmt.

»Alles okay?«, fragt Dena auf dem Weg durch die Stadt.

»Na ja ... du weißt schon.«

»Ich *weiß*.« Sie zieht das Wort in die Länge. »Das alles ist total scheiße.«

Ich versuche es mir bequem zu machen, aber der Sicherheitsgurt drückt auf meine Brust. Genauso wie Schuldgefühle und Angst und Sorge. »Ich weiß eigentlich gar nicht, was das heute Abend bringen soll.«

»Wir müssen diesem Fluch ein Ende setzen, Kenzie.«

Ich sehe nur aus dem Fenster, während sie von Gerüchten und Flüchen und allem möglichen Quatsch faselt, der gerade in der Schule rumgeht. Ich antworte kaum und bin fast erleichtert, als wir bei Joshs Anwesen ankommen. Es stehen nicht ganz so viele Autos herum wie bei der Party neulich, aber in der langen Auffahrt haben sich einige Jugendliche versammelt. Als wir aussteigen, kommt Josh zu mir geschlendert. Seine Footballjacke ist offen, seine Miene ernst.

»Hey, Baby.«

Ich komme gegen den Kosenamen nicht an, und Teufel, er ist immer noch besser als Fünfte. Ich lächle Josh an, kuschle mich tiefer in meine Jacke und schließe die Hand um mein Handy, als wäre es meine Rettungsleine. Ist es ja auch.

»Damit sind alle hier«, sagt Josh zu der Gruppe und legt einen Arm um mich. »Schnappt euch ein Bier und los geht's.«

Ich zähle rasch durch, ob alle anderen Mädchen von der Liste da sind, und bewege mich langsam von Josh weg rüber zu Kylie. Als ich bei ihr ankomme, lächelt sie freundlich.

»Schön, dass du gekommen bist, Kenzie.«

»Wobei ich immer noch nicht weiß, was ich hier soll.«

Sie legt den Kopf schief. »Es muss einen Weg geben, das hier zu beenden. Ich habe mich mal beim Listenadel umgehört. Und Josh und die Jungs wollen uns helfen. Wir besprechen das draußen im Wald.«

»Wieso?« Meine Stimme klingt gegen meinen Willen frustriert. »Wieso müssen wir da schon wieder hin? Ich verstehe nicht, wieso wir nicht einfach bei irgendwem im Wohnzimmer sitzen und uns ganz normal unterhalten können, anstatt eine Art Hexenrat abzuhalten.«

»Haben Sie Angst, Kenzie?« Die tiefe, maskuline Stimme hinter meinem Rücken jagt mir einen Höllenschreck ein. Ich wirble herum und stehe fast Nase an Nase mit Rex Collier – na ja, eher Nase an Brustkorb.

Mein erster Gedanke ist: *Was hat der alte Mann denn hier draußen bei den trinkenden Teenagern verloren? Hat er nichts Besseres zu tun?*

»Hallo, Mr Collier.«

»Haben Sie Angst, Kenzie?«, fragt er erneut und tritt ein wenig näher.

»Ich bin nicht gern nachts im Wald«, gebe ich zu und versuche zu lachen, komme aber ein bisschen doof rüber.

Er bedenkt mich mit einem gönnerhaften Lächeln und legt mir eine Hand auf die Schulter. »Kommen Sie mal mit.« Er drängt mich von der Gruppe weg.

Ich sehe zu Josh, der gerade mit einer Kühlkiste beschäftigt ist. Anscheinend achtet niemand auf mich.

»Hier entlang«, beharrt Rex und lenkt mich weiter weg. Meine Füße sind wie Blei und ich stolpere fast, so ungern folge ich ihm.

Er lacht leise. »Ich habe die Papiere, über die wir uns unterhalten haben.«

Ich mache einen auf verdutzt. »Welche Papiere?«

»Für das Stipendium. Ich habe eine besondere Möglichkeit für Sie.«

»Hat mir Josh erzählt, aber ...« – *ich hab immer noch eine Höllenangst.* »Ich glaube nicht, dass ich diesen Parcours machen werde, Mr Collier.«

»Möchten Sie denn nicht auf die Columbia?«

Will ich natürlich schon, aber möchte ich *so* dringend ein Stipendium? »Ich möchte die Party nicht versäumen«, sage ich.

»Werden Sie schon nicht. Josh!«, ruft er. »Ich gebe Kenzie eben die Papiere, von denen ich dir erzählt habe. Wartet bitte auf sie.«

Josh hebt zustimmend eine Bierdose in seine Richtung. Rex bedenkt mich mit einem »So besser?«-Blick und deutet den Weg entlang zur offen stehenden Haustür. »Es dauert nur einen Moment, aber ich denke, Sie werden sehr mit der Lösung zufrieden sein, die ich mir habe einfallen lassen. Einen sehr auf Sie abgestimmten Parcours mit besonderen Anweisungen.«

Meine Schritte sind langsam, doch er ist entschlossen.

»Diese lästige Erlaubnis Ihrer Eltern brauchen Sie auch nicht dafür«, fügt er hinzu.

»Wieso können Sie das ändern?« Und vor allem, wieso sollte er? Ich werfe noch einmal einen Blick nach hinten, wo die meisten anderen – insgesamt ungefähr ein Dutzend – jetzt geschlossen über den Rasen auf den dunklen Waldrand zugehen. Josh ist auch darunter, neben Tyler Griffith.

Ich bleibe stehen. »Warten Sie. Josh geht gerade los.« Ich möchte nicht in diesem Haus mit diesem Mann allein sein. Das sagt mir mein Bauchgefühl mit aller Entschiedenheit.

Er lächelt, aber er verliert allmählich eindeutig die Geduld. »Warten Sie ruhig hier, Kenzie. Ich hole die Papiere.«

Er springt die Steinstufen hinauf und lässt die Tür offen, während er im Haus verschwindet. Vielleicht reagiere ich ja wirklich über. Ich stehe einen Moment lang allein da und komme mir total blöd vor. Aus Gewohnheit ziehe ich das Handy aus der Tasche und gucke, ob Nachrichten gekommen sind. Dabei wird mir klar, dass ich mein Versprechen gegenüber Levi gebrochen habe. Ich wähle seine letzte Nachricht und tippe rasch eine Antwort.

Bin nicht mit der Gruppe im Wald. Noch im Haus. Opa Collier holt was für mich. Bin gerade allein.

Nach dem Abschicken starre ich das Handy an und beschwöre Levi still, schnell zu antworten. Er tut es fast sofort.

Ist das Garagentor offen?
Guck mal, ob da *Trucks* drin stehen.

Gute Idee, Levi. Ich schicke ein schnelles O.K zurück und gehe wieder zur Auffahrt. Es gibt fünf Garagentore und das ganz am anderen Ende steht offen. Mit einem raschen Blick über die Schulter trabe ich die Auffahrt runter und spähe in die Garage. Sie ist dunkel, also aktiviere ich die Taschenlampenfunktion meines Handys und richte den Strahl auf einen leeren Parkplatz. An den Wänden stehen überall Schränke und der ganze Raum ist makellos sauber und aufgeräumt. Ich trete einen Schritt weiter in die Garage hinein und sehe die Reihe entlang. Erst kommt Joshs Audi, dann ein kleiner Sportwagen und ein großer weißer SUV.

Kein schwarzer Truck.

Plötzlich bin ich geblendet. Licht scheint mir in die Augen, so grell, dass es tatsächlich wehtut. Ich reiße die Hände vors Gesicht und weiche zurück. Mein Herz zerspringt fast vor Schreck.

»Suchen Sie jemanden?«

Die dunkle, bedrohliche Stimme kommt aus den Tiefen der Garage und ich schnappe nach Luft. Das Licht ist gnadenlos, ein brutales Weiß, das mich auf das offene Tor zustolpern lässt.

»Kenzie!« Rex ruft von der Veranda her. »Wo sind Sie denn?«

Ich öffne den Mund, aber es kommt kein Ton heraus. Ich drehe mich von dem Licht weg, kann aber immer noch nichts sehen, auch mit Blinzeln nicht.

»Kenzie!«

»Ich bin hier«, rufe ich, weil der alte Mann plötzlich keine Bedrohung mehr ist, sondern ein Fangnetz. »Bei der Garage.« Ich renne eine paar Schritte über die Auffahrt und riskiere einen Blick zurück zur offenen Garage. Alles liegt im Dunkeln.

Glaube ich jedenfalls. Meine Augen sind hinüber. Ich versuche hektisch, sie wieder in Ordnung zu bringen, und kneife die Lider mehrmals kräftig zu. Langsam wird es besser.

»Ich dachte schon, Sie wären weggelaufen«, sagt Rex mit Belustigung in der Stimme, als wir uns auf halber Höhe des Weges treffen.

»Ich ... bin nur ...« Endlich kann ich ihn wieder deutlich erkennen. Er sieht eigentlich ganz freundlich und alt aus, sein Gesicht hat mehr Falten, als ich in Erinnerung hatte, und seine Schultern sind ein ganz kleines bisschen gebeugt.

Dieser alte Mann ist gar nicht so gruselig. Gruselig war das eben in der Garage.

»Mr Collier«, sage ich atemlos. »Da ist jemand in Ihrer Garage.«

Er zieht eine Augenbraue hoch. »Einer von Joshs Freunden?«

»Nein.« Oder doch? »Ich glaube nicht. Jemand Älteres.« Diese Stimme gehörte keinem Teenager. Sie war tief, voll, fordernd. Furcht einflößend. »Vielleicht ein ... Einbrecher?«

Er holt tief Luft, drückt die Brust heraus und macht ein finsteres Gesicht. »Dann töten wir ihn besser.«

Ich reiße die Augen auf.

»Kommen Sie, Kenzie.« Er legt mir wieder eine Hand auf die Schulter. »Ich zeige Ihnen, wie das geht.«

Ich stehe da wie angewurzelt, im Schock. »Ich warte lieber hier, während Sie nachsehen.«

»Dann wollen Sie das hier verpassen?« Er greift mit der rechten Hand hinter sich, hält meinen Blick für eine Sekunde und bringt plötzlich ein Messer nach vorn, dessen Klinge im Licht schimmert.

Ich weiche zurück. »O mein Gott.«

Er hält es schräg, so dass ich die tödliche Spitze sehen kann. »Ein schönes Stück, nicht wahr?«

»Es ...« – hat einen geschnitzten weißen Griff mit einem schmalen Goldring am Ende. Ich habe dieses Messer schon einmal gesehen, aber wo? »... sieht scharf aus.«

In dem unterirdischen Museum! Es hing zusammen mit den anderen Waffen an der Wand. Dort habe ich es gesehen, das weiß ich genau. »Wieso können wir nicht einfach die Polizei rufen?«, frage ich.

»Ach Kind, was soll ich nur mit Ihnen machen?« In der anderen Hand hält er Papiere, mit denen er jetzt nach vorn deutet. »Auf geht's.«

»Er hat eine total helle Lampe, mit der er einem ins Gesicht leuchtet«, warne ich.

Sein Lachen ist das herablassende Glucksen eines lebensklugen Erwachsenen gegenüber der Naivität eines Kleinkinds. »Eine helle Lampe, ja? Na, dann schlagen wir ihn doch mit seinen eigenen Waffen.«

Er geht vor mir her zu der offenen Garage und tritt furchtlos ein. Ich bleibe ein, zwei Meter hinter ihm und merke, dass ich mir beide Hände auf den Mund presse, um einen Schrei zu unterdrücken, der nicht mehr lange auf sich warten lassen wird. Was will er denn mit einem Messer in der –

Licht überflutet alles. Die Auffahrt, die Garage, die ganze Welt scheint von einer Million Watt erhellt.

»Jetzt kann er mich nicht blenden«, sagt Rex und lacht leise.

Er muss einen Schalter betätigt haben, der drinnen und draußen alles anmacht. Dutzende von Scheinwerfern leuchten die Rasenflächen aus und schälen die Bäume aus der Dunkelheit; das ganze Haus ist so hell, als wäre es Mittag.

Nur einen Tick weniger ängstlich trete ich näher an die offene Garage heran, und genau in dem Moment gehen rumpelnd alle anderen Tore auf. Ich drehe mich zu den Autos um und komme mir total schutzlos vor. Bestimmt sehe ich da jetzt gleich … jemanden. Denjenigen, der das eben zu mir gesagt hat.

Aber da ist niemand, nur Rex Collier, der auf dem hellgrauen Boden um die teuren Autos herumgeht. Die riesige Garage ist ausgeleuchtet wie ein Footballstadion. Nirgendwo gibt es Schatten oder ein Versteck.

»Alles leer.« Er beugt sich vor und sieht in den Sportwagen, dann öffnet er die Türen des SUV und lässt sie offen stehen, damit ich hineinsehen kann.

»Könnte er ... entkommen sein?«, frage ich.

Bei der einzigen Tür, die ins Haus führt, bleibt Rex stehen und rüttelt am Knauf. »Abgeschlossen.« Fenster gibt es nicht und die Schränke sind als Versteck nicht groß genug. »Schauen Sie in die Autos, wenn Sie möchten.«

Wie um das zu unterstreichen, öffnet er den Kofferraum von Joshs Audi und wirft einen Blick hinein. »Niemand.«

Da höre ich es in seiner Stimme: Unglaube. Vielleicht auch ein wenig Belustigung. Und Herablassung. »Ich glaube, wir sind nicht in Gefahr, Kenzie.«

»Wie kann er denn ...?« Verzweiflung erfasst mich.

»Vielleicht war es ja nur Einbildung?«

Empört will ich ihm widersprechen, aber ich schlucke die Worte hinunter. Er wird mir nicht glauben. »Könnte sein«, krächze ich und gehe wieder zurück auf die Auffahrt, weil ich selbst bei eingeschaltetem Licht nicht in dieser Garage sein möchte. Er muss irgendwo da drin sein. Ich habe mir dieses Licht und diese Stimme nicht eingebildet.

Plötzlich wird es wieder dunkel. Meine Augen brauchen einen Moment und ich blinzle, als ich Schritte höre. Ich kann Rex nicht richtig erkennen und für einen Moment glaube ich, dass jemand anders auf mich zukommt, aber dann erkenne ich seinen Umriss. Erst jetzt begreife ich, dass er *alles* Licht ausgemacht hat. Selbst die kleinen weißen Lampen, die die Auffahrt säumen, und die schwachen Laternen an den Seiten der Garage. Nur die schmale Mondsichel wirft ein bisschen Licht.

»Bitte schön«, sagt er und hält mir die Unterlagen hin. »Das hier brauchen Sie für das Stipendium.«

Ich greife nach den Papieren und dabei fällt mir der Ring an seinem Finger auf, der so nahe ist, dass ich ihn trotz der Dunkelheit sehen kann. Er ist so protzig wie ein Meisterschaftsring, mit einem strahlend roten Stein. Als er die Hand dreht, um mir die Unterlagen zu geben, sehe ich kurz, dass in markanter Schrift zwei Worte in den Stein eingraviert sind:

NIHIL RELINQUERE

Als ich schockiert aufsehe, zieht er sich zurück, so dass ich sein Gesicht nicht sehen kann, und wendet sich ab.

»Mr Collier?«

Er geht weiter in die Dunkelheit der Garage hinein.

»Mr Collier!«

Ganz langsam dreht er sich um, gerade als meine Augen sich anpassen und ich wieder klar sehen kann. Der Anblick seines Gesichts raubt mir den Atem und lässt mich an meinem Verstand zweifeln. Das ist nicht Rex Collier – dieser Mann ist viel, viel jünger. Er sieht aus wie Rex und er sieht aus wie Josh, aber ...

»Sie werden diese Papiere sorgfältig lesen wollen, Kenzie«, sagt er.

Ich starre ihn sprachlos an.

»Sie müssen nur die Regeln befolgen und den Parcours hinter sich bringen.«

Ich versuche etwas zu sagen, bekomme aber nur ein Krächzen heraus. Wie ist das möglich? Wie kann ich hier stehen und mit Jarvis Collier reden? Er ist tot!

»Die liegen alle falsch, wissen Sie.«

Ich versuche Luft zu holen. »Wer?«, bringe ich heraus.

»Die Leute, die behaupten, Sie würden nicht wie Conner aussehen. Sie haben genau denselben Gesichtsausdruck, wenn Sie schockiert sind.«

Ich weiche zurück; meine Beine zittern. *Conner?*

»Er war natürlich deutlich gesprächiger als Sie. Bis ganz zum Schluss.«

Einen Moment lang habe ich das Gefühl, seitwärtszugleiten, als würde die ganze Welt kippen und alles, worauf ich stehe, wegbrechen.

»Sie werden im Wald erwartet, Kenzie.« Er wendet sich ab und verschwindet in den Schatten.

KAPITEL XXV

Der Wind singt in meinen Ohren, als ich in die Tintenschwärze des Waldes hineinbreche und meinen Beinen alles abverlange. Ich kann keinen klaren Gedanken fassen. Was ich eben gesehen und gehört habe, kann ich weder in mich aufnehmen noch begreifen – erst muss ich in Sicherheit sein.

Ich brauche Levi.

Diese Erkenntnis treibt mich voran. Ich ignoriere das Kratzen der Kiefernnadeln auf meinen Wangen und den scharfen Schmerz in meinem Knöchel, als ich auf einem Felsen stolpere und mich gerade noch wieder fangen kann. Einmal nur werde ich langsamer und sehe nach hinten zum Haus, das nun ebenso dunkel ist wie die Nacht.

Ist er mir gefolgt?

Was ist da gerade passiert? Habe ich mit einem Geist geredet? Nein, ich bin nicht Shannon. Ich glaube nicht an Geister oder Flüche. Dieser Mann war lebendig und es war ... Jarvis Collier.

Der vor Jahren auf See gestorben ist ... aber *mit meinem Bruder geredet hat.*

Oder sollte das nur ein Witz sein? Eine Probe meiner Willensstärke? Ein ...

Bis ganz zum Schluss.

Angst legt sich um mich wie Arme aus Eis. Ich sehe keine Bewegung in den Schatten, niemand folgt mir – kein Mensch, kein Geist, kein Zombie oder was es sonst war.

O mein Gott, wenn Conners Tod nun kein Unfall gewesen ist? Und ich gar nicht schuld daran war?

Ich stolpere erneut und taumle tiefer in den Wald. Der Mangel an Licht lässt mich blinzeln. Die Wolken sind jetzt dicht und verdecken sogar die Lichtpunkte der Sterne, also habe ich keine Chance, hier wieder rauszufinden, wenn ich mich verlaufe.

Ich brauche Levi.

Mir fällt meine Rettungsleine wieder ein und ich verlangsame meine Schritte so sehr, dass ich nach meinem –

Scheiße! Es ist weg. Mein Handy ist in keiner meiner Taschen. Jetzt bleibe ich stehen, wühle immer hektischer in der Jacke, klopfe meine Jeans ab und werde immer mutloser. Mein Handy ist weg.

Wie soll ich Levi erreichen?

Ich wirble herum, als ein Zweig knackt ... irgendwo. Keine Ahnung, in welcher Richtung. Es ist zu dunkel zum Sich-Orientieren. Ich weiß nur, dass ich mich am besten gegen einen Baumstamm lehne und ganz, ganz still stehe, bis mir eingefallen ist, was ich jetzt mache.

Wer war dieser Mann?

Ich weiß natürlich, wer das war; ich kann es nur nicht akzeptieren. Ich glaube ebenso wenig an Geister wie an Flüche, aber Jarvis ist tot, das weiß ich genau. Oder doch nicht?

Seine Leiche wurde nie gefunden.

Ich schüttle den Kopf und verscheuche jeden Gedanken, der mir nicht dabei hilft, eine Strategie zu entwickeln, wie ich hier rauskomme und mich in Sicherheit bringe. Ich lausche den Naturgeräuschen, die plötzlich alle total bedrohlich klingen.

Raschelt da ein Opossum herum ... oder ist das ein Mörder, der sich anschleicht?

Knackt da irgendein Käfer ... oder hat jemand seine Waffe entsichert?

Rauscht da der Wind in den Blättern ... oder atmet jemand gleichmäßig, weil er gerade auf mich zielt?

Ich kann neben dem Pochen des Blutes in meinen Ohren kaum etwas hören, aber ich lausche trotzdem. Ich kann nichts sehen. Mir bleibt nur mein Gehör.

Und mein Geruchssinn. Ich schnuppere, drehe mich zu einem plötzlich kräftigen und durchdringenden Geruch hin um, den ich kenne. Es riecht wie auf der Wiese hinter der Schule oder an einem Auto ganz hinten auf dem Parkplatz der Elften. Es riecht nach Gras.

Halleluja, ich habe sie gefunden. Ich folge dem stechenden Geruch, arbeite mich langsam zwischen den Bäumen hindurch. Ich versuche zu schlucken, aber meine Kehle ist so knochentrocken, dass es einen Hustenreiz auslöst, also halte ich mir den Mund zu und warte nur mit brennenden Augen, bis es vorbeigeht.

Die ersten leisen Stimmen dringen an mein Ohr, kaum hörbar. Sie flüstern. Ein Lachen, dann das »Pst!« von jemandem, der für Ruhe sorgt.

Eine Zeit lang nichts mehr, und der Grasgeruch verfliegt, also bewege ich mich langsamer, schleiche von der einen Eiche zur anderen und sehe immer wieder nach hinten für den Fall, dass Jarvis Collier sich zeigt.

Wieder das Lachen. Dena. Ich hole Luft für einen Sprint, aber in diesem Moment höre ich hinter mir etwas, definitiv ein Lebewesen, definitiv ein Mensch. Alles in mir spannt sich an und wartet auf das Zischen eines Messers, den Knall einer Pistole, das Ende meines Lebens.

Nichts.

Ich schleiche auf Zehenspitzen weiter, lausche auf die Bedrohung, warte dabei aber auf Denas Lachen. Oder auf ein Graswölkchen, das mich in die richtige Richtung lenkt. Ich bekomme beides und weiß, dass ich sie gefunden habe, aber dann höre ich weiter links noch eine Stimme, aus einer völlig anderen Richtung.

Rechts das Lachen von Frauen, links Männerstimmen.

Wenn sie sich aus irgendeinem Grund aufgeteilt haben, dann möchte ich bei den Mädchen sein. Darf ich ihnen erzählen, wen ich gesehen habe ... was er gesagt hat? Shannon mit ihrer Geistertheorie wird voll durchdrehen.

In vielleicht dreißig Metern Entfernung eine Stimme, tief und bestimmt. Die Worte sind nicht verständlich, aber Tonfall und Tenor sprechen eindeutig für Josh. Na schön, dann nicht Levi, aber so verzweifelt und handylos wie ich bin, ist Josh meine einzige Hoffnung auf Sicherheit.

Soll ich es ihm erzählen, das mit ... seinem Vater?

Zögernd mache ich ein paar Schritte und zucke zusammen, als unter meinem Fuß ein Zweig knackt. Ich erstarre, warte, dann bewege ich mich weiter auf Joshs Stimme zu.

»... dieser kleine Wichser ist unser einziger Ausweg.«

Ich bleibe stehen und lausche. Was hat er gerade gesagt?

»Sie arbeiten daran«, sagt jemand anders. »Er hat sich mit Geld locken lassen und die Verfolgung hat auch ganz gut geklappt. Den kriegen wir bald.« Was zum Kuckuck reden die da?

Mindestens zwei weitere Männer antworten mit so tiefen Stimmen, dass ich nichts verstehe. Einer klingt mit seiner Baritonstimme und den vielen »Alter« sehr nach Tyler. Langsam gehe ich weiter, immer noch mit der Bedrohung im Nacken, aber dennoch von diesem Gespräch fasziniert.

»Dann ist es beschlossen.« Diese Stimme kenne ich nicht, aber ich kenne ja auch nicht alle Jungs, die vorhin in der Auffahrt gestanden haben. »Ich hab mich um den Wagen gekümmert«, sagt jemand anders.

»Ich hab die Nachricht platziert.« Noch ein anderer.

»Wir müssen nur dafür sorgen, dass er für einen dieser Unfälle als Mörder verhaftet wird, dann hören sie schon auf.«

Meine Knie werden weich. Levi? Ihm wollen sie diese Todesfälle anhängen?

»Du *denkst*, dass sie dann aufhören.«

»Die hören auf«, beharrt Josh. »So läuft das mit dem Fluch.«

Dann glaubt er auch an Flüche?

»Hey, Jungs!« Eine Frauenstimme dringt durch die Nacht, und als der Lichtstrahl eines Handys bis auf knapp drei Meter in meine Richtung kommt, trete ich rasch zurück in die Schatten. »Wo seid ihr denn abgeblieben?«

Das ist Shannon, ich erkenne ihre melodiöse Stimme. »Wir haben den Joint ohne euch vernichtet. Hey, was ist los?«

Sie antworten nicht.

»Jungs?« Der Duft von Gras weht zusammen mit ihrem Kichern zu mir herüber. »Und ratet mal, was wir noch vernichtet haben?«

»Halt deine verdammte Klappe, Shannon!«, sagt Josh mit scharfer Stimme. »Und mach das Ding aus.«

»Wieso?« Aber sie schaltet das Licht aus.

Wieder eine Männerstimme und jemand schnaubt. »Alter, die nervt. Hätte sie bloß weiter oben auf der Liste gestanden.«

Darauf lachen ein paar der Jungs. Ich halte mich an dem Baumstamm fest und versuche, mir auf das Ganze einen Reim zu machen – vergeblich. Ich habe keine Ahnung, wovon sie reden, ich weiß nur eines: Ich muss Levi finden.

Nein, ich muss Levi *helfen*, und das ohne Handy.

Joshs Stimme hallt noch in meinen Ohren und ich ziehe mich zurück, während die beiden Gruppen wieder zusammenströmen. Ich gleite hinter einen Busch und arbeite mich tief geduckt und so leise wie möglich in die Richtung zurück, aus der ich gekommen bin.

Ich höre Gelächter und Stimmen und die normalen Geräusche einer –

Eine Hand presst sich auf meinen Mund, so fest, dass ich zusammenzucke, als hätte ich mich verbrannt, und ein Arm legt sich um meinen Brustkorb herum.

Wenn ich leicht in Ohnmacht fallen würde, wäre es jetzt so weit.

Die Hand auf meiner Brust hält mein Handy umklammert.

»Schwierig, in Kontakt zu bleiben, wenn du dein Telefon fallen lässt.« Levis Stimme ist wie süßes, heißes Karamell, das mir bis in die Seele rinnt, und gibt mir ein sicheres Gefühl, obwohl er mich so fest hält. »Wir müssen klettern.«

Es überläuft mich eiskalt und ich versuche, mich zu ihm umzudrehen.

»Wir müssen uns verstecken, Mackenzie. Die sind hinter mir her.«

Ich nicke und bin mir vage der Jungen und Shannon bewusst, die in vielleicht zehn Metern Entfernung herumalbern. Er hält mir immer noch den Mund zu, aber ich spüre, dass seine Hand eher beschützend als übergriffig ist.

»Warte, bis sie weg sind«, sagt er.

Nach ein paar Sekunden geht die Gruppe weiter zu der Stelle, wo die anderen Mädchen sind, und ihre Stimmen verschwinden. Ich kann Levis Herzschlag an meinem Rücken spüren und kuschle mich tiefer in die Wärme seines Körpers. Ich muss ihm das von Jarvis erzählen, aber noch nicht jetzt. Nicht jetzt gleich.

Als wir allein sind, nimmt er langsam die Hand von meinem Mund und ich drehe mich um, denn ich muss unbedingt sein Gesicht sehen, muss mich dringend vergewissern, dass mir nichts mehr passieren kann, muss sehen, welche Entschlossenheit und Zuversicht in diesen tiefschwarzen Augen liegen.

All das und noch viel mehr erkenne ich in seinem Blick, so intensiv, dass ich die Arme um ihn schlinge und mich festhalte. Er umarmt mich ebenfalls, als würde er spüren, dass er das jetzt muss. Aber nicht für lange. Bevor ich mich auch nur wieder einigermaßen sicher fühle, zieht er mich drei Meter weiter zu einem Baumstamm.

Nein, das ist kein Baum, sondern ein alter Telefonmast mit ein paar improvisierten Leitersprossen. Levi hebt mich wortlos hoch und ich packe das unterste kurze Holzbrett und halte mich mit aller Kraft fest. Die ersten paar Sprossen sind leicht, aber mir brennen rasch die Arme.

Motorengeräusche durchbrechen die Stille des Waldes, ein

lautes Grollen lässt den ganzen Mast, an dem ich hänge, vibrieren.

»Schnell!«, drängt Levi und schiebt mich höher.

Scheiß auf das Brennen. Scheiß auf den Schmerz oder die Höhe oder die Möglichkeit eines Absturzes. Ich muss da rauf. Mit zusammengebissenen Zähnen kämpfe ich mich höher und meine sämtlichen Muskeln ächzen, während ich versuche mit dem Fuß die nächste Sprosse zu finden.

In der Ferne sehe ich die blendenden Scheinwerfer eines Geländewagens, der über eine Art unbefestigte Straße im Wald rollt. Und dann schießt ein Lichtstrahl nur fünf oder sechs Meter von unserem Mast entfernt durch die Bäume, hell und breit wie von einem Bühnenscheinwerfer. Und er bewegt sich langsam, auf der Suche nach uns.

Ein Mädchen kreischt – nicht voller Grauen, sondern aus Spaß. Glaube ich. Hoffe ich.

Endlich ertaste ich die dicke Plattform aus Holz. Sie ragt ein Stück über meinen Kopf hinaus, so dass ich den Rücken nach hinten biegen, danach greifen und mich nach oben schwingen muss.

»Du schaffst das«, flüstert Levi. »Da oben sind wir in Sicherheit.«

Das wohl kaum, aber immerhin sicherer. Ich beuge mich nach hinten, schließe die Finger um das Holz. *Ich schaff das*, sage ich mir. *Ich muss das schaffen.*

Das Scheinwerferlicht streicht über den Fuß unseres Masts. Mehr brauche ich nicht, um fest zuzufassen und mich schwingend auf die Plattform zu hieven. Schon rolle ich über das Holz zur Mitte. Bevor ich mich aufgesetzt habe, folgt Levi und rollt direkt in mich hinein.

»Unten bleiben«, befiehlt er. »So flach du kannst.«

Wir werfen uns beide auf das Holz, nebeneinander, und unser Keuchen ist ohrenbetäubend. Aus der Ferne wehen die Geräusche der anderen zu uns herüber, sie kommen aus der Richtung des Hauses. Ich drehe den Kopf und kann über den Baumwipfeln das Dach und das obere Stockwerk von Joshs Villa ausmachen.

Nacheinander gehen am Haus und im Garten Lampen an, nicht wie die Show, die Rex für mich abgezogen hat, als er die Garage betreten hat, sondern als ob jemand zu Hause ist. Die Party hat sich wohl dorthin zurückverlagert.

Fragt Josh sich, wo ich abgeblieben bin? Oder fragt sich Rex das? Oder ... *Jarvis*?

Der Geländewagen rumpelt wieder los und kommt näher, bis er fast unter uns ist. Das Licht bewegt sich langsam, kreisend. Es sucht nach uns. Einmal fällt es genau auf die Plattform und nur die aneinandergenagelten Holzbretter verbergen uns.

Aber sie verbergen uns wirklich und nach ein paar Minuten setzen die Leute in dem Geländewagen ihre Suche im Rest des Waldes fort. Wir liegen total still, wenden einander nur die Gesichter zu.

»Die wollen dich fertigmachen«, flüstere ich.

»Habe ich gehört.«

»Sie wollen dir die Unfälle anhängen. Sie glauben, dass das den Fluch beendet.«

Er nickt.

»Ich werde das nicht zulassen.«

Er schließt die Augen und kommt mit dem Gesicht näher, bis wir uns an der Stirn berühren. »Ich werde auch nicht zulassen, dass sie dir was tun, Mack.«

»Ach, und da ist noch was«, sage ich und lege den Kopf nach hinten, damit ich seine Reaktion sehen kann. »Ich bin mir ziemlich sicher, dass ich vorhin Jarvis Collier begegnet bin.«

Seine Augen werden groß.

Der Wald ist jetzt still. Der Geländewagen ist weit genug weg, dass wir den Motor nicht mehr hören, und die anderen sind wieder im Haus.

»Wir können nicht die ganze Nacht hierbleiben«, sage ich schließlich.

»Ist sicherer als überall sonst.«

Das stimmt nicht. »Können wir es zu deinem Motorrad schaffen?«

»Klar.«

»Dann weiß ich, wohin wir fahren. Es ist der sicherste Ort zum Übernachten, den ich kenne. Und außerdem hast du dann noch jemanden, der alles bezeugen kann.«

»Und wo ist das?«

»Bei mir zu Hause. Und du bleibst die ganze Nacht.«

KAPITEL XXVI

Ich bin froh, dass wir Motorrad fahren, weil ich auf dem Heimweg nicht reden möchte. Ich will alles noch mal durchspielen, jedes Wort, jedes Bild, das sich mir ins Gedächtnis gebrannt hat.

Aber es gelingt mir nicht; mir fällt immer nur ein Gesicht ein, ein Satz, eine alles verändernde Information.

Er war natürlich deutlich gesprächiger als Sie. Bis ganz zum Schluss.

Immer und immer wieder spulen sich diese Worte in meinem Kopf ab, bis wir in unsere Auffahrt einbiegen. Zum Glück ist das Haus dunkel und Moms Wagen nirgends zu sehen, aber sie hat mir auch geschrieben, dass sie noch mit Dad unterwegs ist. Das ist gut, weil sie es wahrscheinlich nicht so toll fände, dass ich Levi mit nach Hause gebracht habe – noch dazu auf einem Motorrad.

»Dann erzähl mir mal alles, was dieser Typ zu dir gesagt hat«, fordert Levi mich auf und zieht sich einen Küchenstuhl heraus.

»Er sprach von ... meinem Bruder.«

»Was?«

Ich antworte nicht sofort, weil mir klar ist: Wenn ich Levi das verrate, muss ich ihm alles verraten.

Ich hole zitternd Luft. »Jarvis ... oder wer immer dieser Mann war ...«

»Ja?«

»Er kannte meinen Bruder.«

Levi wartet, dass ich fortfahre, aber ich kämpfe immer noch mit mir, damit, wie viel ich ihm erzählen soll. Ich habe noch nie jemandem verraten, inwieweit ich in Conners Tod verwickelt gewesen bin, aber das trage ich jetzt seit zwei Jahren mit mir herum und die Last wird täglich schwerer. Aber was, wenn ich an dem Unfall gar nicht schuld gewesen bin? Wenn es überhaupt kein Unfall war?

Ich greife nach Levis Hand und ziehe ihn zur Treppe. Irgendetwas Unerklärliches zieht mich zu dem Zimmer, in das wir nie gehen. »Vor zwei Jahren hast du noch nicht in Vienna gewohnt«, sage ich leise. »Darum kanntest du meinen Bruder nicht.« Ich lächle. »Er hat mich Mack genannt.«

Levi senkt den Kopf in einer stillen Entschuldigung dafür, dass er diesen Kosenamen verwendet hat. »Ich habe von ihm gehört«, sagt er und kommt mit. »Ich habe gehört, dass man an ihm nicht vorbeikam. Dass er eine besondere Ausstrahlung hatte.«

Das bringt mich zum Schmunzeln. »Die hatte er und noch einiges mehr.« Wir steigen die Stufen hinauf. »Hast du gehört, wie er gestorben ist?«

»Ein Unfall in dem Laden, wo er gearbeitet hat?«

Es überrascht mich nicht, dass er so viel weiß; sein Tod hat damals Schlagzeilen gemacht und es wurde noch lange darüber geredet. Am Ende der Treppe bleibe ich stehen und komme mir ganz komisch vor neben Conners Tür. Normalerweise rausche ich immer gleich daran vorbei in mein Zimmer.

»Ich habe immer gedacht, dass es ein Unfall war.« Ich sehe ihn an, direkt in die Augen.

Er legt mir eine Hand auf die Schulter, sie fühlt sich tröstend an und kräftig. Ich atme leise, langsam aus, drücke die Klinke herunter und schiebe die Tür auf. Die Farbe klebt ein bisschen am Türrahmen.

Einen Moment lang halte ich die Luft an, aber dann gebe ich mir einen Ruck und atme den muffigen, abgestandenen Geruch eines Zimmers ein, das seit zwei Jahren nicht benutzt worden ist. Es ist sehr dunkel, aber meine Augen stellen sich rasch darauf ein und erfassen die Pittsburgh-Steelers-Tagesdecke auf dem Doppelbett, die Bücherstapel auf dem Schreibtisch – ein paar der Schulbücher benutze ich inzwischen auch in Mathe und Latein.

Es gibt ein Regalbrett – oder fünf – mit Pokalen. Conner hat ständig Preise einkassiert, angefangen als Fünfjähriger beim Kinderfootball bis zu seinem zweiten Jahr auf der Vienna High, in dem wir die Liga gewonnen haben. Das Regal zieht mich an, die materiellen Erinnerungen an Spiele, die ich von der Tribüne aus mit angesehen habe. Wieso habe ich nicht aufgepasst? Wieso fand ich das langweilig?

»Viel beschäftigter Bursche.« Levis Stimme überrascht mich; ich hatte ihn für einen Moment vergessen, weil es hier drin immer nur Conner gab. Groß, laut, witzig, kommunikativ, von allen geliebt, sogar von mir – obwohl ich ihn manchmal lieber gehasst hätte, weil ich nie wie er sein würde.

»Ja«, flüstere ich. »Er war was Besonderes.«

»Muss ganz schön hart gewesen sein, in seinem Schatten zu leben.«

»Ja und nein. Es konnte überwältigend sein, aber er hat mich auch immer ermutigt. Jeden Tag wenn wir zur Schule gefahren sind, ob nun zur Grundschule mit dem Bus oder zur Highschool mit dem Auto, hat er sich von mir auf dieselbe Weise verabschiedet: ›Los, Mack, schnapp sie dir.‹ Und das hat mich glauben lassen, dass ich es schaffen kann. Dass ich *alles* schaffen kann.«

Er lächelt. »Das nenn ich einen guten Bruder.«

Ich sinke auf das Bett, meine Brust und dieser Raum sind voller Emotionen. »Deshalb sind meine Schuldgefühle umso größer.«

Levi wendet sich vom Regal ab und sieht mich fragend an. »Wieso sollte dir das Schuldgefühle machen?«

Nun ist es so weit, flüstert ein Stimmchen in meinem Kopf. »Ich dachte immer, dass ich schuld daran bin – an seinem Unfall.«

»Wieso?«

Ich zupfe an einem schwarzen Faden auf dem Bett und streiche mit den Fingern über das Karomuster des Steeler-Logos. »Hätte ich meine Halskette nicht auf das Fließband fallen lassen, wäre er vielleicht nie runter in den Keller gegangen.« Die Worte fühlen sich bitter und fremdartig an. Worte, die ich in den vergangenen zwei Jahren tausend Mal gedacht habe, vielleicht auch eine Million Mal. Worte, die ich nie auszusprechen gewagt habe.

Levi ist ruhig, wartet auf mehr, gibt mir Raum.

Ich atme ein und aus. Es klingt laut in dem stillen Zimmer. »Er musste arbeiten und ich wollte nicht allein zu Hause sein«, sage ich und fange ganz von vorn an. »Ich hab gejammert und gemotzt und er hat mich zum Laden mitgenommen, wo ich eigentlich Hausaufgaben hätte machen sollen, bloß fand ich das langweilig. Im hinteren Raum stand dieses Fließband, mit dem sie Waren vom Keller hinauf zum Erdgeschoss beförderten.« Meine Stimme bricht und Levi tritt einen Schritt näher, doch ich hebe eine Hand.

Ich muss es aussprechen. Ich muss ihm das sagen. »Ich hab

mit meiner Halskette gespielt und sie über das Fließband gehalten. Dann hab ich sie fallen lassen. Vielleicht mit Absicht, weil ich in den Keller wollte, um mal zu schauen, was da unten war.«

Ich brauche eine Sekunde, streiche mir mit der Hand durch die Haare, und als ich die Augen schließe, sehe ich das goldene M mit den winzigen Diamantsplittern – vierzehn Stück – über dem Band schaukeln. M für Mackenzie.

»Ich habe diese Kette geliebt«, flüstere ich und berühre meine Kehle, als könnte sie dort irgendwie immer noch hängen. Aber ich habe die Kette damals verloren ... genauso wie meinen Bruder. »Mom hat sie mir zum vierzehnten Geburtstag geschenkt.«

»Kenzie ...«

Ich lasse die Augen zu, um nicht seinen mitfühlenden Blick zu sehen. Ich will kein Mitgefühl. Ich verdiene es nicht. »Ich habe die Kette absichtlich fallen lassen, weil ich sicher war, dass sie einfach runter in den Keller gefahren werden würde und wir dann zusammen runtergehen und sie holen könnten. Aber er wollte nicht, dass ich mitkomme. Er hat gesagt, ich soll im Hinterzimmer bleiben, und dann ...« Ich lasse den Kopf in die Hände fallen; für einen Moment tut mein Geständnis zu weh, als dass ich weitersprechen könnte.

»Kenzie ...«

»Er ist da runtergegangen und ich schätze, er musste hinter das Fließband greifen, um an die Kette zu kommen. Er muss sich über das Band gebeugt haben und dann hat sich sein Hemd darin verfangen und ...« Meine Kehle schnürt sich zusammen. »Wenn ich das nicht gemacht hätte, würde er noch *leben*.«

»Kenzie.« Ich spüre Levis Gewicht neben mir auf dem Bett. »Du vergisst da was«, sagt er leise.

»Von wegen, das ist ja das Problem. Ich *kann* das alles nicht vergessen. Ich kann die Kette nicht vergessen oder diese Entscheidung oder diesen Moment oder das lange, lange Warten, bis ich jemanden holen gehen musste, und dann ...« Das Kreischen. Die Sirenen. Der Ausdruck auf Moms Gesicht, als sie ankam. Der Ausdruck, der nie wieder –

»Du vergisst, was dieser Typ zu dir gesagt hat. Und die Unfälle, die passiert sind. Vielleicht bist du ja gar nicht schuld.«

Ich greife nach diesem Strohhalm, möchte mich an diese Hoffnung klammern, nur deckt sie sich nicht mit dem, was ich erfahren habe. »Diese Unfälle passieren nur den Mädchen auf der Liste.«

»Bist du dir sicher?«

In keiner Weise. Er berührt den Lichtschalter und taucht den gesamten Raum in strahlende Helligkeit, die mich blinzeln lässt. »Was hast du vor?«, frage ich.

»Sehen wir uns mal um.«

»Wieso?«

»Ist das Zimmer seitdem je aufgeräumt worden?«

Ich schüttle den Kopf. »Meine Mom weigert sich, irgendetwas anzurühren. Mein Dad hat gedroht, hier mit Kartons und Müllbeutel reinzukommen, aber das hat immer nur in einem Brüllwettkampf geendet. Deshalb haben sie sich ja getrennt.«

Mit eingeschaltetem Licht ist das Zimmer weniger bedrohlich und traurig. All diese Pokale und Medaillen und Bücher sind seltsam lebendig, in ihnen liegt die Energie, die Conner ausgestrahlt hat. Kein Wunder, dass Mom alles so lassen wollte, anstatt ein Gästezimmer oder so was daraus zu machen. Hier drin ist Conner noch am Leben.

Ich stehe auf und gehe wieder zum Regal, dann zu seinem Schreibtisch. Hinter mir hat Levi die Tür des Kleiderschranks geöffnet. Ich bin noch nicht dazu bereit, Conners Kleidung anzufassen. Aber ich ziehe den Schreibtischstuhl vor und fahre mit dem Finger durch die dicke Staubschicht um seine große Schreibunterlage herum.

Sie zeigt den Oktober des Jahres, in dem er gestorben ist. Ich starre auf den 18., aber der Tag ist leer. Die meisten anderen Daten weisen Notizen auf – Conner war geradezu erschreckend organisiert, überall sind fällige Hausaufgaben, Arbeitsschichten und Footballtrainings eingetragen. Der Name *Alexa M* an dem Samstag nach seinem Tod.

Er hatte an dem Abend kein Date mit Alexa Monroe; stattdessen wurde er beerdigt.

Ich schlucke den makabren Gedanken hinunter, fahre mit dem Finger den Rand der Schreibunterlage entlang und nehme die Notizen auf seinem Kalender in mich auf. Hinter mir höre ich, wie Bügel die Kleiderstange entlanggeschoben werden; keine Ahnung, was Levi im Schrank zu finden hofft.

Ich lese Conners Handschrift.

Geschichtsklausur
Lohnscheck abholen
Debattierklub 8:00
Abgabe Essay
Training 16:30–19:00
Auswärts gegen St. Edward's
NRNV-Prüfung

»Kenzie.«

Ich höre kaum, wie er meinen Namen sagt, weil mein Blick beim 17. Oktober hängengeblieben ist. *NRNV-Prüfung.* Was für ein Fach soll das sein?

»Sieh dir das an.«

Ich will mich zu ihm umdrehen, doch ich starre bloß diese Buchstaben an. Was war NRNV? Eine AG? Eine Mannschaft, in der er mitgespielt hat? Wieso habe ich das Gefühl, ich müsste mit diesen Buchstaben etwas anfangen können?

Levi legt seine Hand auf meine Schulter. »Das hier war in einer Tasche seiner Lederjacke.«

Er legt etwas vor mir auf den Schreibtisch und nun werfe ich doch einen Blick darauf. Es ist ein zusammengefaltetes Blatt Papier mit einem dicken, zerbrochenen Wachssiegel darauf. Ich runzle die Stirn; ein Wachssiegel sieht man echt selten.

»Guck es dir genauer an.«

Ich hebe das Blatt hoch und halte es so, dass die verbliebenen Buchstaben von der Deckenlampe hervorgehoben werden: *et nihil vestigi.*

»Es ist nur das halbe Motto«, flüstert Levi. »Aber wir wissen ja, was fehlt.«

Nihil relinquere et nihil vestigi.

Mir sackt das Herz in die Hose, als das Puzzleteil an seinen Platz fällt. NRNV. »O mein Gott, Levi.« Ich sehe ihn an. »Conner war beim Kletterparcours in der Nacht, bevor er gestorben ist.«

Ich klappe den Zettel auf und ächze leise. Sieht aus wie eine verdammte Lateinarbeit.

Mein Handy in der Jackentasche meldet eine neue Nachricht, aber wir ignorieren es beide und mustern das Blatt.

»Was steht da?«, fragt Levi.

»Wird ein bisschen dauern, das zu übersetzen.«

Es kommt eine weitere Nachricht auf meinem Handy an, dann sofort noch eine.

»Sieh lieber nach, was los ist«, sagt Levi.

Ich greife in die Jackentasche, um das Handy rauszuholen, aber meine Finger streifen über Papier – der gefaltete Zettel, den Jarvis Collier mir gegeben hat. Ich ziehe ihn zusammen mit dem Handy raus und entsperre mit der einen Hand nebenbei das Display, während ich mit der anderen den Zettel auffalte.

Und sehe die gleichen lateinischen Worte. Die gleichen Sätze, die Levi in Conners Jacke gefunden hat, die gleichen Zahlen, alles identisch. Das Blatt, das ich bekommen habe, ist eine exakte Abschrift von Conners.

»O mein Gott, Levi, siehst du das?« Ich schaue zu ihm auf, aber er liest keinen der Zettel. Alle Farbe ist aus seinem Gesicht gewichen und seine dunklen Augen brennen von Entsetzen.

Ich folge seinem Blick zum Handy und mir gefriert das Blut in den Adern, als ich die Worte lese, die in den letzten drei Nachrichten immer wieder auftauchen.

Amanda ... Kylie ... Auto ... Brücke ... tot.

TEIL III

Mors tua vita mea.
Dein Tod ist mein Leben.

KAPITEL XXVII

Levi hat im Keller geschlafen und ist rausgeschlichen, bevor Mom heute Morgen aufgestanden ist. Ich bin früh genug gegangen, um ihr nichts von den Dingen erzählen zu müssen, die ich über Nacht erfahren habe.

Ein paar Blocks von zu Hause entfernt holt Levi mich mit dem Motorrad ab und fährt mich zur Schule, doch die Vienna High hat etwas von einer Geisterstadt. Mindestens die halbe Schülerschaft fehlt. Jede Entschuldigung, den Unterricht zu schwänzen, wird gern angenommen – so auch der Tod zweier weiterer Mädchen von der berüchtigten Topgirls-Liste. Levi fährt auf den Parkplatz unseres Jahrgangs und macht den Motor aus, bleibt aber sitzen.

»Gehst du nicht zur Schule?«, frage ich.

»Ich muss etwas erledigen.« Sein Tonfall lässt mich hellhörig werden, während ich absteige und meinen Helm abnehme.

»Was denn?«

Er nimmt jetzt auch seinen Helm ab und beim Anblick seiner verstrubbelten Haare möchte ich die Hand ausstrecken und sie glatt streichen. »Nur ein paar Sachen.«

Die vage Antwort tut weh, und als ich wegsehe, weil er nicht merken soll, wie sehr mich das trifft, berührt er mein Kinn und dreht mein Gesicht in seine Richtung. »Ich muss rausfinden, was da läuft.«

»Und wie? Was hast du vor?«

Nun guckt er weg. »Ich will nur mit ein paar Leuten reden. Mich vielleicht im Wald umsehen.«

»Ohne mich?«

Er würgt ein trockenes, freudloses Lachen heraus. »Ja, ohne dich. Begreifst du nicht, in welcher Gefahr du jetzt schwebst? Du hättest zu Hause bleiben sollen.«

»Die meisten Unfälle passieren im Haushalt«, zitiere ich meine Mutter. »In der Schule bin ich besser dran.«

Aber die Wahrheit ist, dass ich nirgendwo besser dran bin. Ich bin die Nächste. Und das wissen wir beide.

»Das muss ein Ende haben, Kenzie«, sagt er leise.

»Willst du zur Polizei?«

Er schüttelt den Kopf. »Das geht nicht und ich glaube auch nicht, dass es viel bringen würde. Vielleicht morgen, aber vorher muss ich – mit jemandem reden.«

»Mit wem?«, hake ich nach, aber er schweigt und das macht mich verrückt. »Josh? Rex? *Jarvis?*«

»Gib mir einfach ein paar Stunden, okay? Und pass auf, was hinter dir los ist. Und vor dir. Und welche Leute bei dir sind.«

Ich trete näher an ihn heran. »Ich möchte, dass du bei mir bist.«

Er streicht mir ein paar Haare aus dem Gesicht, seine Finger sind warm. »Das bin ich und das werde ich.« Dann küsst er mich lange genug, dass ich mich an dem Versprechen festhalten kann, während ich das Schulgebäude betrete.

Die wenigen Schüler auf den Fluren glotzen mich unverblümt an, manche mitfühlend, manche neugierig, alle traurig. Ich beachte sie nicht und gehe zu meinem Schließfach, wo außer mir niemand ist. Während ich das Fach anstarre, ohne aufzuschließen, nähern sich von hinten leise Schritte.

Sosehr ich mich auch umdrehen und sehen möchte, wer das ist, ein weiterer Blick à la »Du bist die Nächste, Fünfte« kann mir gestohlen bleiben.

»Kenzie?«

Beim Klang von Mollys Stimme fahre ich herum und begegne ihrem traurigen Blick. Sie sieht so fertig aus, dass ich fast auf der Stelle zusammenbreche. »Molly«, flüstere ich und meine Stimme bricht.

Sie zögert und mustert suchend mein Gesicht. Ihre Augen sind rot und verweint. Sie hat bestimmt kaum geschlafen. Wortlos kommt sie näher und zieht mich in eine Umarmung.

»Tut mirleid.« Wir sagen das genau im selben Moment, im selben Tonfall. Zu jeder anderen Zeit hätten wir gelacht. Aber heute drücken wir uns nur noch fester. Ich weiß nicht, ob es ihr leidtut, dass wir uns so schrecklich gestritten haben oder dass Amanda und Kylie tot sind oder dass ... Keine Ahnung, aber es ist mir egal. Ich halte mich einfach an ihr fest.

»Alles okay mit dir?«, fragt sie schließlich und entzieht sich.

Ich zucke mit den Schultern und ein Zittern erfasst mich.

»Was ist passiert?«, fragt sie.

»Ich weiß auch nicht mehr als du.«

»Sie haben sich umgebracht? Wieso?«

Ich glaube das nicht für eine Sekunde, aber die Gerüchteküche behauptet, dass die Polizei einen Abschiedsbrief gefunden hat, der am Ende der Seneca Bridge festgeklebt war, die gute zwanzig Meilen von Vienna entfernt ist. Amandas Auto ist absichtlich von der Brücke gelenkt worden und Kylie und sie sind ertrunken. Die Türen waren verschlossen und sie waren immer noch angeschnallt, wobei das alles noch nicht offiziell bekannt gegeben worden ist. Es kommt alles von jemandem, der jemanden kennt, der jemanden kennt, der jemanden bei der Polizei von Vienna kennt.

»Ein paar Stunden vorher habe ich sie noch getroffen«, erzähle ich ihr. »Da ging es ihnen gut.«

»Wieder eine Privatparty?« Es gelingt ihr nicht, das ohne bitteren Unterton zu sagen.

»Molly —«

»Entschuldige. Ich hätte das nicht sagen sollen. Tut mir wirklich leid.«

»*Dir* tut das leid?« Ich greife wieder nach ihren Armen. »Molly, es war total schrecklich und es gibt so viel, das du nicht verstehst.«

»Das steht mal fest.«

Ich drücke sie leicht und spiele im Kopf tausend Möglichkeiten durch, wie ich von allem erzählen kann. »Ich glaube, es gibt da —«

»Einen Fluch? Davon hab ich schon gehört.«

»Das mit dem Fluch kaufe ich denen nicht ab. Aber die Leute, die daran glauben, betonen, dass man selber dran ist, sobald man jemandem erzählt, was ich dir gleich erzählen werde.«

»Dann lass es lieber.« Sie weicht ein Stück zurück. »Kenzie, wenn dir irgendwas zustoßen würde, ich —«

»Hey!«

Wir zucken beide zusammen und drehen uns zu Candace um,

die drei Meter vor uns steht, die Hände in den Hüften, die abgesäbelten schwarzen Haare immer noch so erschreckend wie beim ersten Anblick. Hinter ihr steht Dena, die so aussieht, als ob sie überhaupt nicht geschlafen hat.

»Du hältst besser den Mund, Summerall«, sagt Candace. »Außer du willst die Nächste sein.«

Instinktiv trete ich näher an Molly heran. Diesmal werde ich nicht zulassen, dass sie ausgeschlossen wird. Nicht noch einmal. »Ich vertraue Molly. Sie ist meine beste Freundin.«

Candace kommt ein paar Schritte näher, sie ignoriert Molly und konzentriert sich voll auf mich. »Willst du wissen, was Amanda Wilson als Letztes gemacht hat, bevor Kylie und sie gestern Abend losgefahren sind?«

Ich starre sie nur an. Keine Ahnung, ob ich das wissen will, aber es muss wohl sein.

»Sie hat ihrer verdammten Cousine geschrieben und gefragt, ob Kylie und sie für ein paar Tage bei ihr bleiben können. Und sie hat ihrer Cousine auch gesagt, *warum*.«

»Und du meinst, darum ist ihr Auto von der Seneca Bridge gestürzt?«, frage ich. »Weil ich nämlich mein Leben darauf verwetten würde, dass das nicht der Grund ist.«

»Du verwettest dein Leben, wenn du ihr was erzählst«, sagt Dena und kommt jetzt auch hinzu. Sie bedenkt Molly mit einem abfälligen Blick. »Du verziehst dich besser, *Kenzies beste Freundin.*«

»Nein.« Ich ergreife Mollys Hand und halte sie fest. »Sie bleibt bei mir. Uns gibt es nur im Doppelpack.«

Candace verschränkt die Arme. »Genau wie Amanda und Kylie.«

Molly holt Luft, aber ich winke ab. »Was wollt ihr?«

»Ich will mit dir reden«, sagt Candace. »Allein.« Sie nimmt mich beim Ellbogen und zieht mich ein Stück von Molly weg. »Pass auf, wir müssen uns heute Abend treffen. Im Trailer.«

»Wieso?«

»Weil wir nur dort sicher sind. Niemand weiß von dem Wohnwagen, dort können wir frei reden und müssen keine Angst haben, dass uns gleich jemand umbringt.«

Ich schüttle den Kopf. »Ich weiß nicht.«

»Wie du willst. Bleib zu Hause und riskiere einen Unfall. Oder komm, aber bring niemanden mit.« Sie kommt dichter an mein Gesicht heran. »Und ich meine niemanden.«

Damit geht sie, und bevor Dena ihr folgt, flüstert sie noch: »Kenzie, bitte erzähl nicht noch jemandem davon.«

»Sie hat mir überhaupt nichts erzählt«, sagt Molly. »Also hört auf auszuflippen.«

Dena seufzt und sackt richtig in sich zusammen, so erleichtert ist sie.

»Aber wenn ich ihr was erzähle«, sage ich, »dann hat das, was hier passiert, garantiert nichts damit zu tun.«

»Vielleicht doch«, flüstert Dena rau. »Geh kein Risiko ein, Kenzie. Du bist die Nächste. Und nach dir komme ich.«

Ich würde sie gern beruhigen, aber ich kann es nicht, sondern schlucke die leeren Worte runter, nicke nur, und als sie geht, drehe ich mich zu Molly um.

»Nicht«, sagt sie, als ich den Mund öffne. »Sag nichts, womit du dein Leben aufs Spiel setzt.«

»Ich bringe mich nicht in Gefahr, bloß weil ich es dir erzähle. Jedenfalls nicht mehr als ohnehin schon.«

»Kenzie, du machst mir Angst.«

Sie soll ja auch Angst haben. Sollten wir alle. »Bitte glaub mir, dass das nichts mit unserer Freundschaft zu tun hat und dass ich dich nicht wegen dieser Mädchen fallenlasse.«

»Das weiß ich.« Sie zieht mich in eine Umarmung. »Bitte pass auf dich auf.«

»Tu ich, versprochen.« Aber ich bin mir nicht sicher, ob ich überhaupt vorsichtig genug sein kann.

Ich gehe zur Lateinstunde und hoffe, dass Mr Irving mich vielleicht retten kann. Er wird natürlich keine Ahnung haben, worum es geht, aber ich brauche Hilfe beim Übersetzen dieser Seite auf Latein, die Jarvis mir gegeben hat – wenn es denn Jarvis war – und die mit dem Zettel übereinstimmt, den Levi in Conners Jackentasche gefunden hat.

Da muss doch irgendein Hinweis für mich draufstehen.

Als ich Mr Irving das Blatt gebe, lächelt er mitfühlend. »Bereiten Sie sich schon auf den Landeswettbewerb vor, Kenzie? Das ist eine gute Art, sich abzulenken.«

Ich nicke und übernehme die Ausrede, die er mir gerade geliefert hat. »Ich hab das hier in einem Internetforum zu den Prüfungen gefunden und ich dachte, es könnte mir helfen.«

Ein Hoffnungsschimmer huscht über sein Gesicht. »Dürfen Sie fahren? Haben Ihre Eltern die Einverständniserklärung inzwischen unterschrieben? Bis zum Wettbewerb sind es keine vier Wochen mehr.«

»Bis jetzt noch nicht, aber ...« Ich deute auf das Blatt. »Können Sie mir damit vielleicht ein bisschen helfen?«

»Aber ja.« Er zieht eine Lesebrille aus der Tasche, setzt sich auf den leeren Tisch neben mir, betrachtet stirnrunzelnd die Seite und wirft einen Blick auf die wenigen Notizen, die ich mir schon zur Übersetzung gemacht habe. Aber das Latein übersteigt meine Fähigkeiten; die Formulierungen ergeben für mich keinen Sinn. Ich hoffe, bei Mr Irving ist das nicht der Fall.

»Ist das ein Spiel?«, fragt er. »Sind das Rätsel oder so?«

Könnte sein. »Ich weiß es nicht genau.« Ich zeige auf einen Abschnitt, den ich überhaupt nicht verstanden habe. »Die Wörter an sich kenne ich, aber diese subtilen heutigen Bedeutungen sind mir zu hoch. Hier zum Beispiel. *Hodie mihi, cras tibi.* Ich weiß, wörtlich übersetzt sich das als ›Heute mir, morgen dir‹, aber was bedeutet es im übertragenen Sinn?«

»Das, Kenzie, reflektiert die Unausweichlichkeit der Veränderung und wird normalerweise dazu verwendet, den Leser an seine Sterblichkeit zu erinnern.«

Sterblichkeit. Klingt gar nicht gut. »Und was ist mit *Extinctus amabitur idem*?«

»Das ist eigentlich recht bekannt«, sagt er. »Es handelt sich um eine hübsche Einsicht aus den *Episteln* von Horaz, die wir demnächst noch durchnehmen werden.«

Falls ich so lange lebe. »Aber was bedeutet es, Mr Irving?«

»Es bedeutet, dass manche Menschen erst nach ihrem Tod geliebt werden. Beziehungsweise wenn sie unter der Erde sind, wie es manchmal interpretiert wird.«

»Unter der Erde?«

»Begraben.« Er sieht mich wieder so freundlich an. »Sind Sie sicher, dass Sie heute in so düsteren Dingen schwelgen wollen, Kenzie?«

Ich antworte nicht, weil ein paar Mitschüler in den Raum

kommen, und Mr Irving sieht wieder auf den Text. »Kann ich das behalten und mich ein bisschen damit beschäftigen? Es ist faszinierend.«

Ich habe das andere Exemplar in Conners Zimmer gelassen, darum zögere ich, dieses hier wegzugeben. »Ich brauche das wirklich zum Lernen.«

Er lächelt. »Von Ihrer Sorte sollte ich noch zehn haben, Kenzie. Hören Sie, ich unterrichte heute nicht; niemand ist in der Stimmung. Ich werde nur einen Film über die Geschichte von Ephesos zeigen, also kann ich mir hierzu ein paar Notizen machen, während der läuft. Was halten Sie davon?«

Solange er nicht rausfindet, dass der Text etwas mit vier toten Mädchen zu tun hat. Ich überlasse ihm das Blatt, während im Film Gladiatoren kämpfen. Die Jungs gehen voll mit, die Mädchen schreiben Nachrichten. Ich starre Irving an.

Einmal erwischt er mich dabei, also richte ich meinen Blick rasch auf einen computersimulierten Gladiator, der seinem Gegner ein vierzackiges Folterinstrument unter die Kniescheibe rammt.

»Ooh, voll krank!«, ruft einer der Jungs.

»Den einzigen Hinweis auf die Benutzung des Vierzacks stellen Knochenfunde der Archäologen dar ...« Die Stimme schwafelt weiter, während die Waffe vergrößert wird und daneben das Wort »Vierzack« auftaucht. Und plötzlich durchzuckt mich eine Erinnerung. Ich kenne diese Waffe. Ich habe sie schon mal gesehen ... in dieser Museumshöhle, die Levi und ich entdeckt haben.

Trotzdem sagt der Erzähler, dass man noch kein vollständiges Exemplar gefunden hat.

Ist diese Höhle eine Art archäologischer Lagerraum? Die Doku bringt noch mehr Gewaltszenen, aber meine Gedanken schweifen ab. Am Ende der Stunde winkt mich Mr Irving zu seinem Pult. Seine Miene ist ein bisschen düster und fragend.

»Machen Sie das wegen Ihres Bruders?«

Die Frage haut mich dermaßen um, dass ich mich tatsächlich am Pult festhalten muss, um nicht zu schwanken. »Was?«

Er wedelt mit dem Blatt. »Das Stipendium? Ich weiß, er hat sich beworben, nicht lange vor ...« Er führt den Satz nicht zu Ende, aber das kenne ich schon. Die Leute erwähnen Conners Tod nicht gern und schon gar nicht Lehrer, die ihn kannten und mochten.

»Was genau meinen Sie?«

»Das Jarvis-Aurelius-Gedächtnis-Stipendium.«

Ich starre ihn nur an. »Jarvis ...«

»Ich weiß, seine Fußstapfen sind groß und Sie möchten nur Ihrem Bruder nacheifern, aber diese Prüfung ist für Conner ganz und gar nicht gut gelaufen.«

Ich verstehe immer noch nicht ganz, worauf er hinauswill. »Ich möchte meinem Bruder nicht nacheifern«, bringe ich hervor. »Von welcher Prüfung sprechen Sie?«

»Von der, die Sie absolvieren, wenn Sie diesen Anweisungen folgen.« Er schiebt das Blatt, das ich ihm gegeben habe, über den Tisch zu mir. »Er hat mir am nächsten Tag davon erzählt und er war richtig aufgewühlt. Die Einzelheiten habe ich nie erfahren, weil das der Tag war ...«

An dem er gestorben ist. Also heute vor zwei Jahren. »Was hat er Ihnen über die Prüfung erzählt? Ist er durchgefallen?«

Er nickt. »Nicht zu fassen, ich weiß.« Weil Conner damals in

Latein besser war als ich heute. »Aber bis zum Ende gekommen ist er.« Mr Irving öffnet die Schublade seines Pults. »Er hat zu lange gebraucht, aber sie haben ihm diesen Trostpreis gegeben.«

Ich merke, wie ich zurückweiche, weil ich genau weiß, was er mir gleich zeigen wird. Und weil es mir Angst macht. Natürlich ist es eine Goldmünze mit den geprägten Worten NIHIL RELIN-QUERE ET NIHIL VESTIGI.

Mr Irving betrachtet sie lange und wendet sie auf seiner Hand-fläche, bevor er sie mir hinhält. »Möchten Sie sie haben, Kenzie?«

»Nein, behalten Sie sie. Er hat sie Ihnen ja bestimmt nicht ohne Grund gegeben.« Zum Beispiel weil er wusste, dass da ein Peilsender drin ist.

»Oh, er hatte einen Grund.« Mr Irving lächelt langsam, trau-rig und hält die Münze hoch. »Damit ich die anderen Schüler vor der Prüfung warne.«

Mir fallen fast die Augen aus dem Kopf. »Damit Sie sie war-nen ... Wieso?«

»Wissen Sie, was diese Worte bedeuten, Kenzie?«

Ich nicke, ohne sie zu lesen. »›Nichts zurücklassen, auch keine Spur‹.«

»Nein, nein, die auf der anderen Seite. Hier.«

Ich beuge mich vor und entziffere die Worte. Ich weiß genau, dass auf der anderen Seite der Münze, die Josh in dem Laden gelassen hat, nichts stand. Also ist das hier vielleicht eine andere.

»Sie können das lesen, Kenzie.«

Secreta sodalitas sicariorum. Mein Hirn fängt an zu übersetzen ... und mich überläuft es eiskalt.

Eine Geheimgesellschaft von Meuchelmördern.

»Meuchelmörder?« Ich bekomme das Wort kaum hinaus.

»Mit anderen Worten, die Prüfung ist mörderisch, auch wenn man sie nur online macht, und ich an Ihrer Stelle würde mir das ersparen, falls es Ihnen nur darum geht zu beweisen, dass Sie Ihrem Bruder das Wasser reichen können.«

Meuchelmörder?

Ich mache einen Schritt nach hinten. Mir dreht sich der Kopf. »Dann mache ich sie lieber nicht«, sage ich. Und sie ist nicht online, auch wenn Mr Irving das anscheinend denkt.

Er lächelt mich an und legt die Münze wieder in die Schublade. »Danke, dass ich sie behalten darf. Conner zählte immer zu meinen Lieblingsschülern.«

»Er war der Liebling von allen«, sage ich mechanisch und ohne Gefühl.

»Aber eigentlich sind Sie eine bessere Schülerin«, fügt er rasch hinzu. »Sie haben ein tieferes Verständnis der Sprache und Kultur. Er wollte einfach nur seine Eins kriegen und Latein abhaken. Diese Prüfung hat ihn wirklich erschüttert.«

»Wie meinen Sie das genau?«

»Die Einzelheiten hat er nie erzählt, aber er meinte, ich soll meine Schüler davon abhalten, sich dafür zu bewerben. Er sagte, die Prüfung hätte ihn beinahe das Leben gekostet.« Mr Irving verzieht prompt das Gesicht. »Gott, das war ... Entschuldigen Sie.«

Ich schüttle den Kopf und winke ab. Aber etwas hat Conner ja das Leben gekostet ... und vielleicht hatte ich damit gar nichts zu tun.

Ich muss nur lange genug am Leben bleiben, um mir das selbst beweisen zu können.

KAPITEL XXVIII

Bis zum Abend bin ich fast außer mir vor Sorge, weil ich seit Stunden nichts von Levi gehört habe. Er hat mir mittags geschrieben, weil er nur wissen wollte, ob es mir gut geht, aber auf meine drängende Nachricht, dass es Neuigkeiten gibt, hat er sich nicht gemeldet.

Frustriert verkrieche ich mich in meinem Zimmer und überlege, was ich tun kann. Ich will nicht in einer Nachricht schreiben, wovon Irving mir erzählt hat, und ich hab richtig Angst, irgendwas zu googeln. Vielleicht haben die ja auch meine Internetverbindung gehackt.

Dena schreibt mir ein paarmal wegen dem Treffen heute Abend, aber ich weiß nicht, ob ich da hingehen soll. Mit meinen Neuigkeiten von diesen Mördern könnte ich dem Quatsch mit dem Fluch ein Ende setzen ... nur weiß ich so wenig, dass ich damit eher für noch mehr Panik sorgen würde.

Zum Zeitvertreib habe ich mir den kompletten lateinischen Text vorgeknöpft, aber die Übersetzungen bedeuten praktisch gar nichts. Es handelt sich nur um eine Sammlung unzusammenhängender Sätze, die mir vorkommen wie Puzzleteile ohne ein Bild, an dem man sich orientieren könnte. Ich habe keine Ahnung, was ich mit Sätzen wie »Ein starker Schild ist die

Sicherheit der Führer« oder »Es bleibt der Schatten eines großen Namens« anfangen soll.

Ein Fahrzeug hält in der Auffahrt. Ich setze mich auf und bete, dass es Levi ist, obwohl sich so kein Motorrad anhört. Doch als Mom die Tür öffnet und ich Mollys Stimme höre, überkommt mich ein anderes Glücksgefühl. Sie brauche ich fast genauso sehr, wie ich Levi brauche.

Wir treffen uns auf halber Höhe der Treppe und fallen uns in die Arme.

»Komm, fahren wir«, sagt sie leise.

»Wohin?«

»Zu dem Treffen.«

Ich weiche zurück, schüttle den Kopf und nehme sie mit rauf in mein Zimmer, damit Mom nichts hört.

»Ich fahre da nicht mit dir hin«, sage ich, sobald ich hinter uns die Tür zugemacht habe. »Und zwar nicht, weil du da nicht hingehörst.«

»Tu ich ja auch nicht«, sagt sie rasch und ohne Bitterkeit. »Aber ich gehöre zu dir. Komm schon, Kenzie, du weißt, dass dir irgendetwas Schlimmes zustoßen könnte. Du weißt, dass du die Nächste auf der Liste bist. Was, wenn sie Recht haben? Wenn es einen Fluch gibt? Ich werde dich begleiten, als dein Bodyguard.«

Dankbarkeit durchströmt mich, aber ich weise das Angebot zurück. »Es gibt keinen Fluch, Molly. Aber ...« Ich sehe zu meinem Bett, auf dem die Übersetzungen und alle Fragen liegen, die ich habe. Ich muss das mit jemandem teilen. »Aber vielleicht gibt es ...« – *einen Meuchelmörder.* »... einen Mörder.«

»*Was?*«

»Psst.« Ich ziehe sie näher heran und komme kaum noch gegen den Drang an, einfach mit allem rauszuplatzen. Aber ist das fair? Ist das ungefährlich? »Da ... Da läuft irgendwas.«

Sie funkelt mich an. »Ach echt, ja?«

»Es könnte mit ...« – ich schließe die Augen und spreche es aus – »... mit Conners Tod zusammenhängen.«

Sie schnappt nach Luft und packt mich. »Wenn du mir nicht sofort alles erzählst, und ich meine alles, jetzt gleich, dann werde ich es sein, die dich umbringt.«

Ich verliere den Kampf und ziehe sie mit aufs Bett, wo die ganze Geschichte total wirr aus mir rausprudelt, aber Molly ist schlau und kommt anscheinend mit, ohne mich mit tausend Rückfragen zu unterbrechen.

Als ich endlich fertig bin, schnappt sie sich das Blatt, faltet es zusammen und drückt es mir in die Hand. »Das wirst du den Mädchen genau so erzählen und dann gehen wir alle zusammen zur Polizei.«

Ich starre sie an. »Meinst du echt, wir sollten das tun? Und wenn sie mich dann als Erstes holen?«

»Dann müssen sie erst mal an mir vorbei und ich bin Gott sei Dank auf keiner blöden Topgirls-Liste.« Sie zieht mich vom Bett hoch. »Ich finde den Wohnwagen auch ein zweites Mal. Komm.«

Gott, ich liebe sie. »Alles klar, dann los.«

Auf dem Weg raus aufs Land löchert sie mich mit Fragen, aber die meisten kann ich nicht beantworten. Auch nicht die, wieso ich seit Stunden nichts von Levi gehört habe.

»Vielleicht will er es ja so«, überlegt sie.

»Wie meinst du das?«

Zum ersten Mal antwortet sie nicht sofort, sondern tut so,

als müsste sie sich auf die dunkle Straße und die Lichtkegel der Scheinwerfer ihres VWs konzentrieren.

»Hey komm, Molly, du kannst doch nicht so eine Bombe platzenlassen und dann nicht sagen, was du meinst.«

»Ich meine ...« Sie setzt sich anders hin. »Ich glaube nicht, dass er gut genug für dich ist, Kenzie.«

Ich ächze. »Du kennst ihn gar nicht.«

»Ich brauche ihn nicht zu kennen. Er hat einen Ruf.«

»Sage ich doch, du kennst ihn gar nicht. Du kennst seinen Ruf, der auf Hörensagen und Gerüchten basiert und, okay, vielleicht hatte er an seiner alten Schule ja ein paar Probleme, aber er versucht sein Leben wirklich in den Griff zu kriegen.«

»Muss ich echt erst mit dem Zaunpfahl hier im Auto winken?«

»Mit dem Zaunpfahl im Auto?«, versuche ich es mit einem Witz. »Wer *redet* so?«

Sie lacht nicht. »Er hat mit einem gestohlenen Auto fast den Tod eines Mädchens verursacht. Und das ist nicht bloß sein schlechter Ruf, Kenzie. Das steht im Internet.«

Ich atme langsam ein. Mir ist ein bisschen übel, weil sie ihn gestalkt hat.

»Nicht sauer sein«, sagt sie. »Ich bin dein Bodyguard, schon vergessen?«

»Das war ...« – *ein Unfall.* Aber ich kann das Wort nicht aussprechen.

»Und er hat zugegeben, dass er beim Steinbruch war. Und er ist aus dem Starbucks raus und wenig später war Chloe tot.«

»Er war bei mir, als Amanda und Kylie von der Brücke gefahren sind«, halte ich dagegen.

»Ein perfektes Alibi. Was, wenn ihre Bremsen manipuliert worden sind?«

Ich hasse das, worauf sie hinauswill. Ich HASSE es. Er *ist* mehr als ein Mal zur falschen Zeit am falschen Ort gewesen.

Sie sagt nichts mehr, sondern biegt auf den Feldweg ab und wir fahren schweigend weiter. Die Spurrillen rütteln den kleinen Käfer durch und mir fährt jeder Stoß ins Herz. Nicht Levi. Nicht Levi.

Und dann leuchten die Scheinwerfer genau auf seine Kawasaki, die direkt vor dem Trailer abgestellt ist. *Verdammt, Levi.* Ich kann nicht mal atmen.

»Was macht er hier?«, fragt Molly.

Es stehen außerdem noch drei Autos im Gras und ich erkenne sofort, dass sie Dena, Shannon und Bree gehören, die wahrscheinlich Candace und Ashleigh mitgebracht haben. Sie sind alle hier ... Levi auch?

»Was *macht* er hier?«, wiederhole ich Mollys Frage, weil ich mir überhaupt keinen Reim darauf machen kann.

»Das finden wir wohl besser raus.«

Als sie den Wagen parkt, lege ich eine Hand auf ihren Arm. »Könntest du vielleicht hier warten, während ich mal schaue, was los ist?«

Sie grinst. »Nö.«

Ich habe nicht vor, mich mit ihr zu streiten, also steigen wir aus und gehen zum Wohnwagen. Es sind Grillen und ein leichter Nachtwind zu hören und im Wagen brennt nur ein kleines Licht.

»Ganz schön ruhig«, flüstert Molly.

Das stimmt. Was läuft da drin? Mein Herz klopft mir bis in die

Kehle rauf, der Puls ist so kräftig und gleichmäßig, dass mein ganzer Körper im Takt bebt. Ich trete auf die Stufe vor dem Eingang und hebe die Hand zum Anklopfen.

»Was ist das für ein Geruch?«, fragt Molly.

Ich schnuppere und rieche irgendetwas Ekliges.

»Boah, das stinkt.« Molly hält sich den Mund zu. »Wie faulige Eier.«

In mir drin wird alles zu Eis. »O mein Gott.« Ich reiße die Klinke herunter, ohne nachzudenken, weil mir völlig egal ist, wer dahinter ist. Ich kenne diesen Geruch. »Das ist Gas!«

Die Tür fliegt fast ohne Widerstand auf und ich falle praktisch in die kleine Wohnzimmerecke. Es stinkt hier dermaßen, dass ich mich fast übergeben muss.

»Kenzie, schau!« Molly zeigt zum Sofa, wo Dena und Candace völlig reglos liegen, die Augen geschlossen. Auf dem Fußboden sind Bree, Shannon und Ashleigh.

Ich stürze mich auf sie, habe Levi komplett vergessen und bete nur, dass sie noch am Leben sind. Molly beugt sich bereits über Shannon und nimmt ihr Handgelenk. Ich lege Dena eine Hand auf den Mund und spüre den schwächsten aller Atemzüge.

Sofort bekomme ich Kopfschmerzen von dem strengen Gasgeruch.

»Wir müssen sie hier rausschaffen«, sage ich und schleife Dena schon über den Boden.

»Ich rufe die Feuerwehr.«

»Dafür reicht die Zeit nicht!« Ich bin mit Dena fast bei der Tür. »Dann sterben sie. Wir müssen sie rausschaffen und dann anrufen.«

»Was ist mit —«

»Molly!«

Sie hält den Mund und kümmert sich um Shannon. Wir ziehen die beiden leblosen Mädchen raus auf die Wiese und lassen sie dort liegen. Dann holen wir tief Luft, stürmen wieder rein und finden irgendwo übermenschliche Kraft; ich ziehe Candace raus und Molly übernimmt Ashleigh, die ächzt, aber nicht aufwacht.

Mir brennen die Arme, als ich Candace die Stufe runterfallen lasse und sie praktisch ins Gras werfe. Sie verzieht nicht mal das Gesicht.

O Gott, lass sie nicht sterben. Lass sie nicht sterben.

»Jetzt Bree!«, sagt Molly und wir laufen los, aber dann fällt mir das Motorrad wieder ins Auge, das hier gar nichts zu suchen hat.

»Hol du sie«, rufe ich und laufe an ihr vorbei weiter in den Doppel-Trailer hinein. »Er ist vielleicht hinten.«

Keine Ahnung, warum oder wie, aber nachsehen muss ich.

Molly packt mich am Arm. »Nicht, Kenzie!« Sie schreit das durch die Hand, mit der sie sich Mund und Nase zuhält. »Wir müssen hier raus. Das Teil kann jeden Moment in die Luft fliegen!«

Entsetzen packt mich. Sie hat Recht, aber ... »Lass mich einfach nachgucken, Molly. Ich kann ihn nicht sterben lassen. Hol sie raus.« Ich schubse sie ins Brees Richtung und laufe durch einen kleinen Flur zu einem dunklen Schlafraum.

»Levi!«, rufe ich, aber alles ist still. Hinter mir ächzt Molly, als sie Bree hochhievt. Ich sehe in den Schlafraum, wo niemand ist. Mir ist inzwischen speiübel vom Gas, aber ich zwinge mich, zum Wandschrank zu gehen, und reiße die Tür auf. Ich kann ihn hier nicht sterben lassen.

Aber Levi ist nirgends zu sehen. Ich stecke den Kopf in das düstere Bad beim Flur, ebenfalls leer.

»Kenzie!«, kreischt Molly draußen voller Panik und Entsetzen. »Kenzie!«

»Bin unterwegs«, rufe ich und laufe zurück ins Wohnzimmer. Es kostet mich ungeheure Anstrengung, weil mein Körper immer schwächer wird. Ich werfe noch einmal einen Blick in die Küche und rechne damit, dass der Gasherd zischt.

Nur ist es ein Elektroherd und er ist auch nicht an.

Woher also kommt das Gas?

Von irgendwoher kommt ein Klicken, ein gleichmäßiges, aufdringliches *Pok-pok-pok*. Von den Wänden? Vom Fußboden?

Irgendetwas grollt leise, wie ein Vulkan, der jeden Moment – heilige Scheiße, ich muss hier raus. Ich zwinge mich zum Rennen, werfe mich nach draußen und rolle über das Gras direkt in Candace hinein, und im selben Moment explodiert alles in einer Pilzwolke aus Feuer und Hitze, als hätte ich einen Backofen aufgemacht und das Gesicht reingehalten.

Instinktiv schütze ich meinen Kopf mit den Armen. Der Knall der Explosion hallt über die bewaldete Landschaft, ein fieses und tödliches Geräusch, das ich nie wieder vergessen werde.

Ich rolle mich von der Hitze weg, sehe mich auf dem orangefarben flackernden Rasen nach Molly um und blinzle immer hektischer, weil ich sie nirgends finde.

»Molly?« Ich kämpfe mich hoch, spucke Erde und Asche aus. »Molly?«

Ist sie bei ihrem Auto? Und telefoniert gerade mit der Feuerwehr? Weil sie vielleicht ihr Handy im Auto gelassen hat? Ich klammere mich an diese Hoffnung, drehe mich zu den Mädchen um und kippe fast um vor Erleichterung, als ich sehe, dass Candace, Dena und Shannon wieder zu sich kommen. Ashleigh wälzt sich herum und Bree hustet los.

Sie leben!

Ich bewege mich wie auf Autopilot und weiß, dass ich Molly finden muss. Stolpernd und hustend laufe ich zum Auto, weil sie dort doch bestimmt ist. Die Fahrertür ist mir am nächsten, und als ich sie aufreiße, überkommt mich erneut pure Erleichterung, denn Molly sitzt auf dem Beifahrersitz, den Kopf ans Fenster gelehnt und die Augen geschlossen.

»Molly?« Ich schlüpfe rein, strecke die Hand nach ihr aus. Hat das Gas sie betäubt? Ist sie vom Schock ohnmächtig geworden? Was zum Teufel? »Molly!«

Wieder sticht mir ein heftiger Geruch in die Nase, diesmal scharf und durchdringend wie Essig. Was ist das –

Mit einem Keuchen fahre ich zur Rückbank herum und begegne den dunklen, bedrohlichen Mörderaugen von Jarvis Collier und dem Funkeln einer Messerklinge, die er direkt unter Mollys Kinn gleiten lässt. In der anderen Hand hält er ein Tuch, das mit etwas getränkt ist, das Molly in den Tiefschlaf geschickt haben dürfte.

»Es war eindeutig ein Fehler, dich auf diese Liste zu setzen.« Er deutet mit dem Tuch zum Lenkrad und lässt das Messer an Mollys Hals aufblitzen. »*Age, Quinte.*«

KAPITEL XXIX

Age, age … bewegen, Imperativ. Ich soll losfahren.

»Tun Sie ihr nicht weh«, flüstere ich und bin froh, dass ich überhaupt etwas herausbringe, als ich mich nach vorn umdrehe und ihm, nach einem verstohlenen Blick zum brennenden Wohnwagen, gehorche. Die Mädchen bewegen sich, aber ich glaube nicht, dass sie überhaupt begreifen, was passiert ist, oder wissen, dass wir hier im Auto sind. Doch ich muss mich auf meine beste Freundin konzentrieren, die nur Zentimeter vom Messer eines Mörders trennen.

Als er nicht antwortet, sehe ich ihn im Rückspiegel an. »Bitte, bitte tun Sie ihr nichts.«

Er zieht eine Augenbraue hoch. Die Schatten auf seinem kantigen Gesicht lassen ihn nur noch bedrohlicher wirken. »Eine weitere Sekunde des Zögerns, und sie ist tot.«

»Wohin?«, krächze ich, um Zeit zu schinden. Mir zittern die Finger, als ich den Zündschlüssel drehe, der schon gesteckt hat, und die Scheinwerfer angehen. Soll ich die Lichthupe benutzen? Hupen? Oder sonst irgendwie zeigen, dass ich Hilfe brauche?

»Denk nicht mal dran«, sagt er und beugt sich vor, um den ganzen Arm um Mollys Hals zu legen. »Fahr einfach. Ich sage dir dann, wohin.«

Ich sehe noch einmal zu Molly, die sich nicht bewegt hat. »Tun Sie ihr nichts. Tun Sie mir weh. Töten Sie mich meinetwegen, aber tun Sie Molly nichts.«

»Du solltest mich inzwischen besser kennen«, sagt er. »Ich arbeite deutlich sauberer. Aber wenn du nicht langsam losfährst, werde ich eine Ausnahme machen. Man wird ihre Leiche so lange nicht finden, dass es egal ist, auf welche Weise ich sie umbringe.« Er nickt zum Lenkrad. »Du hast genau fünf Sekunden, um in die Gänge zu kommen.«

Ich greife automatisch zum Sicherheitsgurt, aber dann fällt mir auf, wie albern das gerade wäre. Außerdem muss ich ja vielleicht aus einem fahrenden Wagen springen.

Nein, nicht ohne Molly. Ich werde nicht zulassen, dass er Molly was tut; da kann er mit mir machen, was er will.

Sehr langsam lenke ich den Wagen die holprige Auffahrt runter.

»Schneller!«

Der Befehl scheppert richtig durch das Metall und Glas des Autos, laut genug, dass Molly sich bewegt und wimmert. *Na los, Molls, wach auf. Gegen diesen Irren sind wir besser zu zweit.*

Ich trete aufs Gas, erhöhe die Geschwindigkeit ein bisschen und raffe all meine Stärke zusammen, damit diese bebende Furcht, die mich durchschauert, aufhört. Solange ich am Leben bin, habe ich eine Chance. Und Molly ebenfalls.

Ich habe Mühe, das Fernlicht zu finden, weil ich dieses Auto erst ein paarmal gefahren habe. Ich biege auf die leere Straße und versuche mit Gedankenkraft dafür zu sorgen, dass ein Auto vorbeigefahren kommt. Was werden die Cops denken, wenn sie diese Explosion untersuchen? Wenn sie Levis Motorrad finden?

Ich weiß, dass er unschuldig ist ... Also wo steckt er?

Ich werfe einen verstohlenen Blick in den Rückspiegel, aber Jarvis hat sich so hingesetzt, dass ich ihn nicht sehen kann. Er lehnt sich immer noch nach vorn und ich weiß, dass dieses Messer nur Zentimeter davon entfernt ist, dem Leben meiner besten Freundin ein Ende zu setzen.

In dem kleinen Raum wird die schwere Stille immer dicker, das einzige Geräusch sind meine angestrengten Atemzüge. Als Tränen meinen Blick trüben, blinzle ich, weil ich nicht will, dass er merkt, wie viel Angst ich habe. Er räuspert sich und ich wappne mich für den nächsten Befehl.

»*Lacrimis oculos suffusa nitentis.*«

Muss das sein? Für Latein habe ich gerade echt keinen Kopf.

»Schön gesagt, findest du nicht, *Quinte*?«

Ich bringe ein Nicken zu Stande und bin heilfroh, in meiner Muttersprache denken zu können.

»Übersetz es«, befiehlt er.

Scheiße. »Können Sie, ähm, den Satz noch mal wiederholen?«

Er lacht leise. »Ach, das erinnert mich an die Wettbewerbe. Wie ich sie geliebt habe.«

Na schön, vielleicht redet er ja. Auf Latein, über Latein, wie auch immer. Vielleicht entspannt ihn das und verschafft mir mehr Antworten, mehr Wissen ... falls ich heute Nacht nicht sterbe. Was leider verdammt wahrscheinlich ist.

»Nimm den Highway. Richtung Westen.«

Der Highway ist gut – mehr Verkehr. Eine höhere Chance, dass uns jemand rettet.

»*Lacrimis oculos suffusa nitentis*«, wiederholt er nach ein paar Minuten.

Ich höre kaum hin, mustere die anderen Autos. Könnte ich jemandem Zeichen geben? Könnte ich irgendwie einen Notruf absetzen? Oder wenn ich irgendwas total Verbotenes mache und rechts ranfahren muss? Das wäre geni–

»Übersetz es!«, bellt er und Molly bewegt sich und seufzt.

»Schon gut, ich mach's ja.« Ich stelle mir jedes Wort vor. »Augen mit Tränen?« Er antwortet nicht. »Augen, die ... *suffusa* sind? Heißt das ›voll‹, ›erfüllt‹? *Nitentis?*« Ich schüttle den Kopf. »Diese Wörter kenne ich nicht.«

Er schnaubt. »Und du bildest dir ein, einen Wettbewerb gewinnen zu können? ›Die glänzenden Augen mit Tränen benetzt‹. Vergils Aeneis, erstes Buch, Vers 228.« Nach einer Pause beugt er sich näher heran. »Hör auf zu weinen, *Quinte.* Ich habe dich unter anderem deshalb ausgewählt, weil du keine Heulsuse bist.«

»Sie haben mich *ausgewählt?*«

»Ich wähle sie alle aus, jedes Jahr. Aber das ist jetzt leider vorbei. Dies wird das letzte Jahr der Liste sein.«

Trotz der Hitze in dem rundum geschlossenen Auto bekomme ich eine Gänsehaut. Sein Arm hängt immer noch über dem Sitz, das Messer Millimeter von Mollys Kehle entfernt. »Sie meinen ... die Topgirls-Liste?«

»Aber ja. Wer hätte gedacht, dass ich diesen Ausdruck noch verwenden würde, lange nachdem er seinen Glanz verloren hat? Das ist das Problem mit den lebenden Sprachen. Sie verändern sich zu schnell. Ganz im Gegensatz zu Latein, nicht wahr, meine Liebe?«

Dass ich *seine Liebe* bin, lässt mich schaudern und ich zwinge mich dazu, besser auf den Verkehr zu achten. Bei fünfzig Meilen pro Stunde kann ich es nicht riskieren, mit einem anderen Auto zusammenzustoßen, aber könnte ich Schlangenlinien fahren wie eine Betrunkene, so dass vielleicht jemand die Polizei ruft? Wäre eine Idee.

»Meine Erfindung«, sagt er und zieht mich ins Gespräch zurück.

»Die Liste?« Vielleicht ist das ja ein Ansatz, reden und Fragen stellen. »Wieso haben Sie die Liste erfunden?«

Er antwortet nicht und ich riskiere erneut einen Blick über die Schulter. Seine Augen sind zusammengekniffen und er guckt aus dem Seitenfenster. »Ich habe die Liste erfunden, weil ich eine begrenzte Anzahl von Individuen brauchte, die sich leicht unter Kontrolle halten lassen und gelegentlichen Unfällen zum Opfer fallen können.«

Mir verschlägt es glatt die Sprache und alle Gedanken, ihn im Gespräch auszutricksen, lösen sich auf. »Oh.«

Er ist ein geistesgestörter Serienmörder, der Vergil zitiert und den die ganze Welt für *tot* hält. Ein wasserdichteres Alibi kann er als Mörder gar nicht haben – vor allem wenn er *Unfälle* inszeniert.

»Du hast mir heute Abend wirklich das Spiel vermasselt, *Quinte*«, sagt er ruhig, so als würden wir nur eine Spazierfahrt machen. »Du hättest pünktlich zu dem Treffen kommen sollen, wie es dein Freund getan hat.«

»Levi? Wo ist er?« *Bitte, Gott, lass nicht zu, dass er im Wohnwagen eingesperrt war und ich ihn nicht gefunden habe.*

»Da, wo er sein soll. Jedenfalls wenn er glaubt, die Nachricht kommt von dir.«

Also deshalb war sein Motorrad dort. Weil er gedacht hat, ich hätte ihm was geschrieben.

»Wo ist er?«, frage ich erneut und meine Stimme wird lauter. Jarvis hört nicht mal zu. »Nun werde ich die Fahrt von der Brücke wiederholen müssen und das macht keinen guten Eindruck.«

Macht keinen guten Eindruck auf wen? Ich sehe ihn über den Rückspiegel fragend an, aber er sieht gar nicht zu mir; er überlegt. Ist das meine Gelegenheit, etwas zu unternehmen?

Aber dann bedenkt er mich mit einem finsteren Blick. »Wobei es sich nicht um einen Wettbewerb handelt«, fügt er hinzu, als hätte ich irgendeine Ahnung, wovon er redet.

»Um was dann?«, frage ich leise.

Er sieht mich mit zusammengekniffenen Augen an. »Nimm die nächste Ausfahrt.«

Molly bewegt sich wieder und wimmert ein bisschen, was mich hoffen lässt, dass sie demnächst wieder zu sich kommt. Aber was dann? Bringt er sie sofort um? Oder verpasst ihr noch mal Chloroform oder was das sonst für ein Zeug ist?

Jarvis muss mit dem Messer wieder näher an sie heran und beugt sich weiter nach vorn, so dass ich aus den Augenwinkeln sein Gesicht erkennen kann. Es ist ganz starr und sein Blick huscht über den Highway. Seine Anspannung ist mit Händen zu greifen.

»Wir sind fast bei Birch Run.« Er seufzt. Es klingt genervt. »Nicht meine erste Wahl, aber ich bin ein Profi.«

Ein professioneller *Meuchelmörder*.

Er guckt in die andere Richtung und die Ausfahrt kommt rasch näher. Ich lasse den Fuß auf dem Gas und hoffe, dass ihn seine Grübeleien die zehn Sekunden lang ablenken, bis wir an der Ausfahrt Birch Run vorbei sind. Ich kenne diesen Abschnitt des Flusses und die Brücke auch. Sie ist –

»Hey!« Jetzt zuckt das Messer zu mir rüber, die Klinge blitzt am Rand meines Blickfelds. »Diese Ausfahrt jetzt!«

Ich reiße das Lenkrad in der letzten Sekunde nach rechts und würde am liebsten noch die Leitplanke erwischen. Ich rolle die Ausfahrt runter und warte darauf, dass er mir sagt, wohin ich abbiegen soll, obwohl ich ganz genau weiß, wohin wir fahren. Zu einer alten Brücke mit baufälligem Geländer.

Meine Mutter erlaubt mir nicht mal, *über* die Birch Run Bridge zu fahren. Und jetzt werde ich von ihr *runter*fahren. Jedenfalls nehme ich an, dass das dem »Profi« vorschwebt.

Ich kann nicht zulassen, dass Molly so etwas zustößt. Das *kann* ich nicht.

Wieso macht er das? »Es ergibt doch alles keinen Sinn«, murmele ich, weil mein Gehirn dermaßen durchdreht, dass ich laut denke.

»Für mich schon«, sagt er.

Wie beruhigend.

»Juvenal hat das am besten ausgedrückt, als er die dunkle Seite der Natur des Menschen untersucht hat«, sagt er. »*Et qui nolunt occidere quemquam posse volunt.* Siehst du das nicht auch so, *Quinte*?«

Ich habe keine Ahnung, was er gesagt hat, nur dass irgendwer irgendwas nicht will.

»Keine Ahnung«, gebe ich zu.

»›Diejenigen, die nicht morden wollen, wünschen sich, sie wären dazu im Stande‹«, sagt er, gefolgt von einem langsamen, tiefen Atemzug durch die Nase. »Und deshalb kann das hier niemand anders tun und das muss ich ihnen beweisen.«

»Wem?«

Er antwortet nicht und ich beschließe nachzuhaken. »Ihrer Geheimgesellschaft?« Ich gehe ein bisschen weiter. »*Nihil relinquere?*«

Er fährt mit einem Ruck zu mir herum. »Es versteht sich von selbst, dass ich nichts zurücklasse. Genau darum geht es doch, *Quinte*. Keinen Beweis, kein Indiz, keinen Hinweis – nichts, was auf einen Mord hindeutet.«

»Und wieso hinterlassen Sie dann diese Münzen?«

»Als Beweis, dass es kein Unfall war. Ein Beweis, den nur gewisse Personen in meiner Gesellschaft verstehen und glauben können.«

»Ich dachte, die werden als Peilsender benutzt. Und dass Josh deshalb eine in dem Supermarkt liegengelassen hat.«

»Ein Anfängerfehler, das kann ich dir versichern.«

Aus dem Augenwinkel sehe ich unter einem Reklameplakat kurz etwas Schwarzes und Weißes. Hoffnung wallt in mir auf, als mir klar wird, dass es sich um einen Streifenwagen handelt, der auf Raser lauert. Was mache ich jetzt? Lichthupe? Bremsen? Gas geben wie der Teufel?

Ich entscheide mich für Plan C und trete so kräftig aufs Gaspedal, dass der Motor aufheult.

»Was machst du –« Er bemerkt den Cop und beugt sich sofort vor. »Denk nicht mal dran.«

Der Cop fährt los, aber ohne Blaulicht. Neben mir zieht Jarvis die bewusstlose Molly ein bisschen höher.

»Sobald du eine Meile über oder unter der Geschwindigkeitsbegrenzung fährst oder blinkst oder die Bremse antippst oder auch nur daran denkst, diesem Cop ein Zeichen zu geben, schiebe ich diese Klinge zehn Zentimeter in dieses Mädchen rein.«

Ich sage nichts.

»Reicht es dir denn nicht, einen Menschen auf dem Gewissen zu haben, *Quinte*?«

Meint er damit die anderen Mädchen oder Conner? Woher soll er wissen, dass ich Schuldgefühle habe, weil mein Bruder gestorben ist? Übelkeit droht in mir aufzusteigen und ich kämpfe dagegen an.

»Du hast doch nicht im Ernst geglaubt, dass du wegen deines Aussehens auf der Liste bist, oder?«, fügt er hinzu.

Ich kann kaum atmen, als wir die Brücke erreichen. Der Cop fährt einfach hinter uns und hat weder Sirene noch Blaulicht angemacht. Falls er das tut, wird dieser Irre hier doch wohl nicht riskieren, dass wir anhalten müssen und der Polizist dann eine Tote findet? Soll ich –

»Oder etwa doch, *Quinte*?«, hakt Jarvis nach. »Dachtest du, dass du eine Platzierung verdient hast, weil du so schön bist?«

O Gott. Das hier hat mit Conner zu tun. Ich bin wegen Conner auf der Liste. Ich zittere am ganzen Leib, als würde ich gerade von einem zehnstöckigen Gebäude stürzen. Ein verstohlener Blick in den Rückspiegel zeigt mir, dass der Cop noch da ist. Weit hinten.

»Wenn du anständig recherchiert hättest, wäre dir nicht verborgen geblieben, dass etliche Mädchen auf der Liste in folgende Kategorie fallen: nicht wirklich heiß, aber dafür sehr ... verletzlich. Wie du haben sie ihre Schwächen und Angewohnheiten und Allergien und Vorgeschichten. Ich treffe meine Auswahl sehr sorgfältig. Hier abbiegen. Gleich hier. Und setz den Blinker. Ich sehe den verdammten Cop.«

Ich folge den Anweisungen und wir fahren zurück, einen

Hügel rauf, fort von der Brücke. Das sind die guten Neuigkeiten. Die schlechten Neuigkeiten: Die Polizei folgt uns nicht.

»Bleib auf dieser Straße. Ich habe einen anderen Plan.«

Na klar hat er den. »Wohin fahren wir?«

»Keine weiteren Fragen. Du kannst mir das nicht immer wieder antun.«

»Was denn antun?«

»Du hast die durchtrennte Bremsleitung überstanden, du hast das ausströmende Gas bemerkt und es ist mir nicht gelungen, dich auf dem Rad zu überfahren. Aber jetzt ist deine Glückssträhne vorbei. *Memento mori, Quinte. Memento mori.*«

Dafür muss ich nicht tief in meinem inneren Vokabelheft graben. *Denk daran zu sterben* ... oder im übertragenen Sinn: *Denk daran, dass du sterblich bist.* Klar, wie könnte ich das vergessen?

KAPITEL XXX

Ich bin kaum überrascht, als Jarvis mich in den Wald dirigiert, auch wenn wir weit entfernt vom Anwesen der Colliers sind. Dieses Gebiet hier liegt mindestens eine Meile weit vom nächsten Haus weg, ein einsamer und dichter Wald, in den sich nur die allererfahrensten Wanderer wagen würden. Ich habe keine Ahnung, was mich dort erwartet, nur dass es nichts Gutes sein kann.

Neben mir ächzt Molly leise, sie kommt jetzt eindeutig wieder zu sich. Zu zweit können wir ihn fertigmachen. Molly und ich können uns wortlos verständigen und diesen Irren in seinem Spiel schlagen ... außer er tötet sie vorher.

Egal wie, ich muss Molly beschützen. Ich muss ihn austricksen, denn er ist zwar verrückt, aber auch schlau. Das muss ich ebenfalls sein.

»Diesen Hügel rauf«, befiehlt er. »Fahr zwischen den Bäumen da hindurch, dort stößt du auf den Weg.«

Die Scheinwerfer dringen durch ein sehr dichtes Nadelgehölz. »Da rein?«

»Du schaffst das schon. Dann kriegt das hübsche Gefährt deiner Freundin vielleicht ein paar Kratzer ab, aber ihr und ihrem Auto steht Schlimmeres bevor.«

Nicht wenn ich dich aufhalten kann.

Aber wie? Ich muss eine steile Böschung hochheizen und der Weg ist dicht mit feuchten Blättern bedeckt, auf denen die Reifen rutschen. Ich schaffe die Steigung und verziehe das Gesicht, als die Nadeln über den Lack kratzen wie Fingernägel über eine Tafel.

Dann wird mir klar, dass wir rauf zum Stony Creek Cliff fahren, genau zu der Stelle, wo mal eine Wanderin ...

»Stephanie Kurtz.« Im selben Moment, als mir der Name einfällt, spreche ich ihn auch schon aus. Sie war kein Teenager, sondern eine junge Mutter, die ihren Abschluss an der Vienna High gemacht hat und offensichtlich auch auf der Liste stand.

»Mmm. Die war gut. Ein makelloser Unfall, mit Perfektion orchestriert.«

Ein Sturz von der Klippe auf die Felsen des Flusses darunter?

»Ich habe sie *Septime* genannt.«

Ich begreife es nicht. »Sie meinen, in dem Jahr haben Sie sieben getötet?« Ich kann die Atemlosigkeit in meiner Stimme hören. »Frauen, die mal auf der Liste standen?«

»Ich habe sie nicht getötet. Ich habe nur alles arrangiert und einen der Trainees die Anerkennung einstecken lassen. Dieses Jahr ist es anders.«

»Wieso? Weil alle sterben? Der Reihe nach?«

»Die richtige Reihenfolge ist sozusagen nur meine persönliche Note. Nicht so notwendig, wie sich um alle zehn zu kümmern.«

»Warum?« Ich würge die Frage raus.

»Sagen wir einfach, in meiner Branche werden die Einsätze höher und ich muss mich beweisen, um weiter aufzusteigen.«

»Sie bringen Leute um, weil Sie aufsteigen wollen?«

Da muss er lachen. »Ich bringe Leute um, weil ich damit mein Geld verdiene, *Quinte*. Ich mache das besser, sauberer und schneller als jeder andere und steige entsprechend auf. Das ist wie in jedem anderen Job auch.«

Es ist sein Job. Mir wird speiübel, aber ich muss mich auf das konzentrieren, was jetzt wichtig ist: am Leben zu bleiben und Molly zu retten. Und dann ... Levi. Ihn muss ich auch noch finden.

Ich klammere mich an diese Ziele und lenke das Auto behutsam über die fast glasartige Oberfläche aus Felsen und Steinen zu der Uferböschung, die gut fünf Meter über dem Stony Creek liegt.

In meiner Tasche vibriert mein Handy.

»Gib her«, sagt Jarvis.

Kann ich das Auto herumreißen, während ich in die Tasche greife? Ist das meine Chance? Wenn er aufs Display guckt? Oder soll ich den Anruf annehmen, während ich es ihm gebe, damit irgendjemand da draußen hört, was hier gerade läuft, und so wenigstens ein Mensch die Wahrheit erfährt?

»Wieso tun Sie das? Sollten Sie nicht tot sein?« Fast schreie ich die Fragen, die nicht verstummen wollen.

»Der Tod ist eine Illusion, *Quinte*. Oder meiner jedenfalls, was mir absolute Freiheit gegeben hat. Und jetzt her mit dem verdammten Handy. Sofort!«

Ich schiebe die Hand in die Tasche und schwenke gleichzeitig nach links. Prompt zieht Jarvis mit der einen Hand Mollys schlaffen Körper hoch und richtet mit der anderen das Messer auf ihre Kehle.

»Ruiniere mir nicht meinen makellosen Ruf, *Quinte*! Ich werde tun, was nötig ist.«

Zitternd gelingt es mir, das Handy aus der Tasche zu ziehen und ihm hinzuhalten. Er lässt Molly fallen und schnappt es sich, bevor ich aufs Display tippen kann.

Wortlos öffnet er mit der freien Hand das Seitenfenster und mein Handy fliegt raus.

Wir nähern uns dem Kopf der Klippe und die Straße wird rauer und flacher. Vor uns ist ... nichts. Ein langer Sturz, den wir niemals überleben werden.

»Schalte in den Leerlauf«, befiehlt Jarvis.

Ich tue es und überlege mir verzweifelt einen Ausweg, nur fällt mir keiner ein. Jarvis muss irgendwann aussteigen, wenn ich das Auto über die Klippe fahren soll, richtig? Deshalb der Leerlauf – so kann ich nicht zurücksetzen und den Hügel im Rückwärtsgang runterfahren.

Aber versuchen kann ich es.

»Jetzt setz dich auf die Rückbank.«

Ich rühre mich nicht, weil ich zu angestrengt über meine Möglichkeiten nachdenke.

»Beweg dich!«

Seine Anweisung ist laut genug, dass Molly unruhig wird und seufzt. O mein Gott, das hier könnten die letzten Momente ihres Lebens sein. Alles meinetwegen.

Ich öffne die Wagentür, er ebenfalls. Gut, jetzt ist Molly nicht mehr in Gefahr. Jedenfalls nicht mehr durch ein Messer.

Jarvis ist über eins achtzig groß und kräftig. Gegen ihn und sein Messer habe ich keine Chance. Ich muss zu ihm hochsehen, richtig nach oben, und als ich es tue, mustern mich die eisblauen Augen eines Killers.

»Gut«, sagt er. »Das hier kann funktionieren, aber wir müssen

überlegen, wie die Indizienlage aussieht, wenn sie ermitteln.«
Er nickt und lässt sich alles seelenruhig durch den Kopf gehen.
Wieso kann ich nicht so ruhig sein? Stattdessen zittere ich am
ganzen Körper und bin praktisch hirntot.

»Sicher, es wird einiges auf einen Mord hindeuten«, fährt er
fort. »Den *du* begangen hast. Und dann springst du aus Reue von
der Klippe.« Er verengt seine Augen zu Schlitzen. »So kann ich
ihnen meine Leistung immer noch deutlich machen.«

Wem?

»*Nihil relinquere et nihil vestigi.* So arbeiten wir.«

»Wer wir?«

Sein Lächeln kommt langsam. »*Sicarii.*«

Meuchelmörder.

Bevor ich noch Luft hole, packt er mich beim Arm und schleu-
dert mich beiseite. Ich rutsche auf dem glatten Boden aus, falle
der Länge nach hin und kann mich gerade noch mit den Händen
abfangen. Als ich den Kopf hebe, steht Jarvis hinter dem Auto
und schiebt kräftig an, um Molly in den Tod zu schicken.

Ich verkneife mir meinen Schrei, weil ich weiß, dass ich damit
nur seine Entschlossenheit befeuern würde, und springe genau
in dem Moment auf, als das Auto losrollt und mit den Vorderrä-
dern über die Kante der Klippe rutscht.

Er sieht mich, aber wenn er mich ersticht, hat sich sein Plan
eines Mords mit anschließendem Selbstmord erledigt. Also renne
ich mit voller Kraft zu ihm. Er dreht sich um und richtet das Messer direkt auf meinen Bauch. Sein Gesicht ist total verzerrt vor
Frust und Wut, dass ich es wage, seine Pläne zu durchkreuzen.

Ich renne weiter, voll auf das Messer zu, und stelle mir vor,
wie es sich anfühlen wird, kalt und scharf.

Alles läuft in Zeitlupe ab – meine Füße, wie sie über die Blätter und Felsen stampfen, die kalte Nachtluft, wie sie über mein Gesicht streicht, der mörderische Ausdruck in seinen Augen, als ich bei ihm ankomme. In der Ferne kreischt gedämpft ein Mädchen. Molly!

»Scheiße!« Er dreht das Messer weg und ich erwische ihn unvorbereitet und krache in ihn hinein. Das glitschige Laub trägt seinen Teil bei. Er rutscht aus, geht zu Boden, landet mit seinem vollen Gewicht auf mir.

Etwas klirrt über die Steine und ich weiß, dass es das Messer ist. *Wenigstens kann er mich nicht erstechen,* denke ich, da rammt er mir sein Knie in den Bauch. Ich ächze schmerzerfüllt auf, kralle die Finger in seine Haare und reiße mit aller Kraft.

Fluchend rammt er mir eine Faust ins Gesicht und in meinem Kiefer knackt irgendwas. Mir doch egal. Schlag mir die Zähne aus. Brich mir die Knochen. Ich muss einfach nur lange genug mit ihm kämpfen, dass Molly aus dem Auto rauskommt.

Ist sie bei Bewusstsein? Kann sie klar denken? *Nun mach schon, Molls!*

Er schafft es, mich an der Kehle zu packen, und drückt zu, dann lockert er den Griff wieder, Zornesblitzen in seinen Augen, und ich weiß, warum. So darf er mich nicht töten. Weil es seinen Plan ruinieren wird.

Es gelingt mir, seine Schultern zu packen und ihn von mir runterzuschubsen, dann versuche ich wegzukrabbeln. Weit komme ich nicht. Er hebt beide Beine und zielt genau auf die Stoßstange des V W. Noch ein kräftiger Stoß, und der Unterboden des Autos schabt die Felskante entlang.

Ich werfe mich beiseite, um wegzukommen, aber Jarvis hält

mich am Arm fest und zieht mich näher zu sich ran. Etwas Hartes drückt gegen meine Hüfte. Nicht etwas, das Messer. Das Messer ist unter mir.

Wieder wirft er mich auf den Rücken und mein Kopf schlägt gegen den Fels. Einen Moment lang sehe ich Sterne, schaffe es aber, die Finger meiner rechten Hand um den Messergriff zu schließen.

»Dann eben so«, grollt er und schließt die Hände um meine Kehle. »Und wenn es mich alles kostet, es ist mir egal.«

Er drückt zu, ich bekomme keine Luft mehr. Mir bleiben Sekunden, wenn überhaupt. Es tut nicht weh, da ist nur ein gnadenloser, grässlicher Druck.

»Du wirst mir das *nicht* verderben! Ich habe zu hart und zu lange gearbeitet, auf zu viel verzichtet. *Morere, Quinte! Morere!*«

»Nein!«, würge ich hervor, hebe das Messer und drehe das Handgelenk. »Ich werde nicht sterben!« Ich stoße mit aller Kraft zu, ziele auf seinen Hals und treffe ihn. Blut spritzt auf mich, als die Klinge in sein Fleisch gleitet.

Er fegt meine Hand beiseite und zuckt zurück. Das Kreischen des Autos, das weiter die Klippe runterrutscht, übertönt seinen fassungslos gurgelnden Aufschrei fast. Ich stoße ihn von mir und diesmal geht es leichter; meine Mühe wird dadurch belohnt, dass er sich wegrollt.

Ich ramme die Hände auf den Boden und kämpfe mich hoch, gerade noch rechtzeitig, um zu sehen, wie das Auto auf der Kante schaukelt.

»Molly!«

Der Wagen neigt sich nach vorn und rutscht weiter über den Rand, da fliegt die Beifahrertür auf. Ich springe vor, das Auto kippt und Molly rollt raus auf den Boden. Ich bekomme ihre Hand zu fassen und kann sie genau in dem Moment wegziehen, als der VW den Kampf mit der Schwerkraft verliert und der Länge nach runter zu den Felsenbrocken unten beim Fluss segelt.

Tränen strömen ihr Gesicht hinab und ihr Blick ist leer und geschockt, da krampft sie plötzlich und erbricht sich.

Ich wirble hektisch herum, weil sich Jarvis jetzt doch bestimmt gleich auf uns beide stürzen wird, und erstarre. Nichts.

Er ist weg. Verschwunden ... hat sich in Luft aufgelöst wie ein Gespenst. Das auch sein Messer mitgenommen hat. Natürlich hat er es mitgenommen – er ist ein Meuchelmörder.

Und er ist nicht der einzige. *Sicarii* ist Plural.

»Ich sterbe!« Molly rollt sich zu einer Kugel zusammen, aber ich packe sie sofort beim Arm.

»Nicht wenn ich es verhindern kann.« Ich ziehe sie hoch und mir ist egal, dass sie stolpert. »Lauf!«

»Ich muss kotzen!« Sie hält sich den Bauch und würgt wieder, aber ich weigere mich zu warten.

»Dann kotz im Laufen«, sage ich und schleife sie praktisch runter zum Fuß des Hügels.

»Kenzie ...« Sie ächzt, stolpert aber weiter, während ich in die Dunkelheit blinzle. Ich kann keinen Meter weit sehen und Molly kann kaum gehen, geschweige denn rennen.

»Sei einfach leise, Molly«, sage ich. »Mach keine Geräusche, wenn es irgendwie geht, und zwinge dich zum Laufen.«

Sie krümmt sich erneut und ihre Knie geben nach. »Kann nicht. Schlecht.« Sie übergibt sich wieder und es zerreißt mir das Herz, aber ich gebe dem Drang, sie zu trösten, nicht nach.

»Komm weiter, Molly.«

Sie fängt an umzufallen, also greife ich unter ihre Arme und ziehe sie hoch, worauf sie stöhnt und kraftlos nach mir schlägt. »Falls wir das hier überleben, wirst du mir danken, ich schwöre.«

Ich schlinge einen Arm um sie und schleppe sie vielleicht zehn Meter weiter. Schon tun mir von der Anstrengung die Schultern weh. Als wir ungefähr in der Hangmitte sind, fällt mir mein Handy ein. Ich werfe einen Blick in die Richtung, wohin Jarvis es geworfen hat, und hoffe auf ein Wunder.

Also dass es zum Beispiel jetzt gerade klingelt und ich das Aufleuchten sehe.

»Molly, hast du dein Handy?«

Sie schüttelt den Kopf und ächzt. »Hat er mir weggenommen.«

Ich kann es mir nicht leisten, stehen zu bleiben und nach meinem zu suchen, also stolpere ich weiter mit Molly den Hügel runter und sie schafft es irgendwie, einen Fuß vor den anderen zu setzen.

Ich folge dem Weg, so gut ich kann, und endlich laufen wir auf weichen Nadeln statt auf Stein unter rutschigen Blättern. Nach einer gefühlten Ewigkeit, die wahrscheinlich nur dreißig Sekunden lang ist, riskiere ich es, anzuhalten, und gebe Molly eine Gelegenheit, sich wieder vorzubeugen und zu kotzen. Einen Moment später ächzt sie und wischt sich den Mund ab.

»Wo sind wir?«, fragt sie.

»Im Wald. Jarvis ist es, Molly. Er ist nicht tot. Er ist verrückt. Er ist eine Art Meuchelmörder. Ich hab ihn mit dem Messer erwischt, aber er ist nicht tot.« Ich packe ihre Arme und drücke zu.

»Mir ist so schlecht. Ich bin so ...« Sie schließt die Augen, als sie der nächste Krampf durchläuft. »Ich kann nicht.«

»Du musst.« Ich ziehe sie weiter. »Wir müssen hier raus, bevor er uns beide umbringt.«

Ihr Blick wird klar genug, dass ich weiß, ich bin zu ihr durchgedrungen. »Okay.«

»Du schaffst das. Einen Fuß vor den anderen und aufrecht bleiben.«

Sie nickt schwach, jämmerlich, und in mir steigen Mitgefühl und Reue auf. Ich hätte sie da nicht mit reinziehen sollen. Sie wäre beinahe gestorben ... meinetwegen.

»Komm«, sage ich erneut.

Sie lässt sich von mir helfen. Ihr Arm über meinen Schultern drückt auf meinen Hals; bestimmt habe ich Würgemale.

Sie wimmert in mein Ohr, als wir einen Weg runterstolpern, von dem ich einigermaßen sicher bin, dass er uns zurück zur Straße führt.

Unfassbar, dass der Scheißkerl nicht tot ist. Wie hat er es geschafft, mir zu entkommen?

Der Weg wird schmaler und wir kommen zu einer Abzweigung, an die ich mich nicht erinnere, weil ich zu abgelenkt war, als Jarvis mich hierher dirigiert hat. Wo lang jetzt? Ich zögere nur eine Sekunde und bilde mir ein, Schritte zu hören – nein, ich höre *definitiv* welche. Schnell, hektisch, lauter werdend.

»Molly«, flüstere ich verzweifelt. »Wir müssen weiter.«

Sie sieht mich an und ist für einen Moment ganz still, dann werden ihre Augen groß, weil sie die Schritte auch hört. Wir rennen ein Stück, aber der Weg wird immer schmaler, die Bäume stehen so eng wie eine immergrüne Hecke.

Wie sollen wir da durchkommen? Ich sehe mich um, erkenne mehr Einzelheiten, während meine Ohren komplett auf die Schritte eingestellt sind, die vielleicht fünfzehn Meter hinter mir sind … oder zwei.

Und dann sehe ich den Baum – einen Baum, der gar keiner ist, sondern ein Telefonmast und es führen die angenagelten Holztritte hinauf. Ich bleibe stehen und lehne mich zurück, um zu sehen, wie hoch der Mast ist – o Gott, *hoch* –, und blinzle ins Sternenlicht, um vielleicht eine Seilrutsche auszumachen.

Eine Seilrutsche, die uns über das Dickicht hinwegbringen könnte, und zwar schnell. Ein Mann, der von einer Messerverletzung blutet, hat doch bestimmt nicht die Kraft, uns da raufzufolgen und ein Hochseil zu benutzen.

»Jetzt wird geklettert«, sage ich zu Molly.

»Was?«

Ich erkläre es nicht, sondern ziehe sie zu dem Mast und lege ihre Hände auf das unterste Brett. »Rauf mit dir!« Ich muss hinter ihr aufsteigen, damit ich nachhelfen kann.

Sie sieht mich an, als hätte ich den Verstand verloren, aber ich schiebe sie einfach rauf zur ersten Sprosse. »Los, oder du bist tot!«

Das wirkt. Sie fängt an zu klettern, langsam, aber dann bin ich hinter ihr und gebe ihrem Hintern an jeder Sprosse einen Schubser, so dass sie nicht langsamer werden kann.

Einmal guckt sie kurz zu mir runter, schwankt und rutscht mit dem Fuß ab.

»Nicht nach unten sehen, Molly. Einfach immer gerade nach oben. Weiter.«

Sie folgt meinen Anweisungen, klettert weiter und erreicht ein schmales Loch, das auf die Plattform führt. Es ist gerade groß genug für eine Person, aber sie quetscht sich da durch, ohne mich erst fragen zu müssen.

Sobald sie durch die Öffnung verschwunden ist, klettere ich hinterher und hieve mich rauf. Sie liegt zusammengekauert auf der Plattform und hält sich den Mund zu, entweder um leise zu sein oder um sich nicht wieder zu übergeben.

»O Gott, wie lange müssen wir hier oben bleiben?«

Genau in dem Moment wird mir klar, dass es nicht eine Seilrutsche gibt, sondern drei. Mir fallen Levis Worte wieder ein. *Und wenn man oben ankommt, weiß man nicht, welche Rutsche man nehmen soll, weil es zwei oder drei oder noch mehr gibt. Eine bringt dich weiter in den Parcours rein, die anderen beiden führen ins Leere zum Boden zurück und du musst wieder von vorn anfangen.*

Verdammt. Ich mustere die drei Drahtseile. Jedes führt in eine andere Richtung. Ich bin so desorientiert, dass ich keine Ahnung habe, welches mich wohin bringen würde.

Aber hat Levi nicht von Anweisungen gesprochen? Die in das Holz gebrannt waren oder so? Ich sehe mich um, spähe in die Dunkelheit. Die dichte Wolkendecke macht es beinahe unmöglich, die drei geraden Linien zu erkennen, die in die hölzerne Plattform gekratzt sind. Ich sehe mir die Markierungen genauer an und stelle fest, dass es zwei weitere gibt, die senkrecht zu den dreien oben verlaufen und –

»Also bitte«, sage ich und kann nicht fassen, dass ich die römische Ziffer erst jetzt erkenne. »Das ist eine Drei.« Und was jetzt? Wie finde ich die ...

Hinweise!

Ich stecke die Hand in die hintere Hosentasche und atme erleichtert aus, weil der Zettel immer noch da ist. Gut, dass Molly darauf bestanden hat, ihn mitzunehmen. Können mir diese lateinischen Phrasen dabei helfen, durch den Parcours zu finden?

Ich falte den Zettel auf und versuche ihn so zu halten, dass möglichst viel Licht darauf fällt. Mein Blick wandert sofort zur Nummer drei der lateinischen Zeilen.

MEDIUM TENUERE BEATI.

Das bedeutet ... *Mitte* ... *hielten* ... *glücklich*. Den Spruch kenne ich. Ich höre richtig Mr Irvings Stimme: *Die Glücklichen hielten die Mittelstraße*. Bingo.

Ich wähle das Drahtseil zwischen den anderen beiden, greife nach einer kleinen silbrigen Klammer und zurre den Knoten des Stricks fest, der daran hängt.

»Du machst Witze, oder?«, flüstert Molly unten auf der Plattform, als sie begreift, was ich tue, und setzt sich langsam auf.

»Ehrlich gesagt, nein.«

»Kenzie, das schaffe ich nicht.«

»Ich werde dich halten.«

»Ich *schaff* das nicht.«

Wir hören beide die unterste Sprosse knarren. Ich spähe durch das Loch und sehe den Schatten eines Mannes, der zu klettern anfängt. »Ist unsere einzige Chance«, flüstere ich und halte ihr eine Hand hin.

Sie zögert gerade lange genug, um wieder ein Knarzen zu hören, dann schließen sich ihre Finger um mein Handgelenk und sie lässt sich hochziehen.

»Halt dich fest«, sage ich und breite die Arme aus, damit sie sich an mich klammern kann.

Einen winzigen Moment lang stehen wir uns auf Augenhöhe gegenüber, Nase an Nase, beste Freundinnen, die einander mehr brauchen, als sich je zwei Freundinnen gebraucht haben. »Ich werde dich nicht fallen lassen«, verspreche ich.

»Ich hoffe einfach nur, es hält uns beide aus.«

Die ganze Plattform wackelt vom Gewicht eines Mannes, der näher geklettert kommt. »Ich auch.« Ich lasse Molly los, wische mir die Hände an der Jeans trocken, greife nach oben und fasse um den rauen Strick, so dass meine Handgelenke am Knoten aufliegen. Ich habe keine Ahnung, wie lang diese Seilrutsche ist oder ob sie hält oder ob wir leben oder sterben werden.

»Nimm die Füße hoch, Molly.«

Sie tut es, ich ebenfalls. Ein dicker Regentropfen klatscht mir ins Gesicht, ich schließe die Augen und wir fliegen.

KAPITEL XXXI

Wind pfeift um uns herum. Regentropfen prasseln uns ins Gesicht, als wir über Baumwipfel hinwegsegeln, von denen manche so nahe sind, dass ich sie mit den Sohlen meiner Turnschuhe streife. Meine Hände tun bereits weh und mein gesamter Oberkörper schmerzt von Mollys zusätzlichem Gewicht.

Jede Sekunde kommt mir vor wie eine Stunde, jeder Meter wie eine Meile, ungeachtet der Tatsache, dass wir richtig Tempo draufhaben. Dann werden wir langsamer und erreichen den Endpunkt, aber nicht auf dem Boden, sondern auf einer anderen Plattform. Wir krachen fast rein, doch ich fange uns ab und wir stürzen über das Holz. Molly stöhnt und schreit schmerzerfüllt auf.

»Alles okay?«

»Ja, doch. Davon habe ich einen richtig klaren Kopf bekommen.« Sie schafft es sich hinzusetzen und wir sehen uns um. »Und jetzt?«

Wir sind definitiv weiter unten, aber noch nicht tief genug, um von der Plattform zu springen. Ich setze mich auf und sehe nirgends Drahtseile und natürlich auch kein Geländer – nur Regen.

Es führt kein Weg nach unten ... nur nach oben. Weit nach

oben. Ungefähr sechs Meter über uns ist wieder eine Plattform, von der noch weiter oben und gefährlich weit außen die nächste abgeht, dann eine dritte, noch mal höher, auf der gegenüberliegenden Seite. Das Ganze erinnert an eine riesige Wendeltreppe, die mindestens fünfzehn oder zwanzig Meter in die Höhe führt.

Von jeder Plattform gehen mehrere Seilrutschen ab und jede sieht unmöglicher zu erreichen aus als die vorherige. *Bitte, Gott, mach, dass ich da nicht raufklettern muss.*

Ich spähe über den Rand unserer Plattform. »Was hältst du davon, zu springen?«

Sie beugt sich vor und sieht nach unten. »Das schaffen wir niemals, ohne dass sich eine was bricht. Wahrscheinlich wir beide, und es könnten unsere Beine sein.«

Sie hat Recht. »Außerdem sind wir so tief im Wald, dass ich keine Ahnung habe, wie wir hier rausfinden sollen, ohne uns endgültig zu verirren.«

»Können wir nicht einfach warten, bis es hell wird?«

Ich überlege, schüttle jedoch den Kopf. »Dieser Typ ist ein Mörder und er hat den Parcours gebaut. Er schafft es bestimmt, uns zu finden.« Ich sehe wieder nach oben. »Aber wenn wir weiter raufklettern, sehen wir vielleicht eine Straße und kriegen ein Gefühl dafür, in welche Richtung wir müssen.«

»Und dann fliegen wir wieder.«

Ich ringe mir ein Lächeln ab und nicke. »Ich konsultiere mal meine Hinweise.«

Während ich lese, drückt Molly sich auf die Beine. Sie schwankt ein bisschen, hält sich aber an dem Mast fest, der weiter nach oben führt. Sie beugt sich vor und liest über meine Schulter mit.

Ich zeige auf die Nummer neun. »Da sind wir gerade, glaube ich. Siehst du die drei Zeilen Text? Ist nur geraten, aber vielleicht eine für jede Plattform.«

»Könnte sein. Was steht da?«

Der erste Hinweis lautet: *Haud passibus aequis.* »»Nicht mit gleichen Schritten.‹« Ich runzle die Stirn. »Was zum Geier soll das heißen?«

Molly sieht zu den Holzbrettern, die nach oben führen. »Die sind alle exakt gleich groß und haben den gleichen Abstand.«

»Vielleicht bedeutet es, nicht die Seilrutsche zu nehmen, die von der Plattform abgeht, die gleichmäßige Sprossen hat?«, überlege ich.

»Ich schätze, wir müssen da rauf, um das rauszufinden. Was steht in der nächsten Zeile?«

Trotz der Kälte bilden sich Schweißperlen in meinem Nacken, während ich die Worte studiere: *Alia temptanda via est.* »»Ein anderer Weg muss versucht werden.‹«

»Toll, die Anweisungen hat Yoda geschrieben.«

Ich lächle fast, aber mir macht weniger die Witzelei Mut, als dass Molly wieder einigermaßen beieinander ist. »Ist eben Latein«, sage ich. »Aber vielleicht bezieht es sich auf die zweite Plattform? Lass uns hochklettern und schauen, was da ist.«

Molly wendet sich prompt ab und legt ihre Hände auf die dritte Sprosse. »Ich als Erste.«

Während ich die Hinweise falte, um sie trocken zu halten, klettert Molly los, aber plötzlich höre ich ein lautes Krachen und ihr Aufkeuchen, als sie rückwärtsfällt.

»Molly!« Ich springe zu ihr, aber das Plattformbrett unter ihr gibt nach und sie taumelt ins Leere. Ich hechte ihr hinterher und wir versuchen verzweifelt, einander bei den Händen zu fassen, bevor sie bis ganz runter zum Boden stürzt.

Ich erwische gerade noch den Ärmel ihrer Kapuzenjacke und bremse den Fall. »Nicht bewegen, Molly.« Wenn sie zappelt, rutscht sie vielleicht aus der Jacke.

Im Nichts baumelnd sieht sie zu mir rauf, nackte Angst in den Augen. »Was soll ich jetzt machen?«, flüstert sie, so als könnte selbst lautes Reden im Absturz enden.

»Durchhalten.« Mit einer Kraft, von der ich gar nicht wusste, dass ich sie habe, strenge ich jeden Muskel bis zum Zerreißen an, um Molly zurück auf die Plattform zu hieven. Ihre feuchte Hand rutscht mir fast weg, aber ich greife so fest zu, dass ich ihr glatt das Handgelenk brechen könnte.

Ich werde Molly nicht fallen lassen. Ich werde *nicht* zulassen, dass sie stirbt. Ich verschwende keine Energie mit Reden, sondern ziehe mit allem, was ich habe, gewinne einen quälenden Zentimeter nach dem anderen, bis sie sich endlich an der Kante festhalten und zurück auf die Plattform klettern kann.

Wir brechen beide zusammen und atmen durch, gefühlt das erste Mal, seit die Sprosse abgebrochen ist.

»Also jetzt wissen wir's«, keucht Molly.

»Wissen wir was?«

Sie hebt eine zitternde Hand und zeigt zu der Leiter. »Dass wir nicht genau die Schritte machen dürfen, die die Sprossen vorgeben.«

Ich kämpfe mich auf die Knie hoch und nicke. »Jeden zweiten Schritt auslassen.«

»Und beten.«

Wir tun beides und kommen ohne Zwischenfall auf die zweite

Plattform, aber an der Seilrutsche ist kein Haltetau. »Dann ist das der Teil, wo wir ›einen anderen Weg versuchen‹.«

»Den Weg nach oben.« Molly zeigt hinauf.

Schweigend klettern wir zur nächsten Plattform. Der Wind ist hier oben kräftig genug, dass der Regen, jetzt nur noch ein leichter Schauer, uns ins Gesicht prasselt. Als ich meinen Kopf durch die Öffnung zum nächsten Level stecke, bekomme ich die beste Sicht auf den Wald, die ich je hatte. Molly kniet bereits auf der Plattform und sieht sich um.

»Schau, Kenz.« Sie zeigt zu einem goldenen Schein am Horizont.

»Das sind wahrscheinlich die Lichter von Vienna. Gut, das sagt uns, wo wir sind.« Ich drehe mich um und sehe nach Norden.

»In der Richtung liegt die Höhle mit diesem Raum«, erkläre ich ihr. »Wo diese ganzen Kunstwerke versteckt sind.«

»Darüber habe ich nachgedacht«, sagt sie. »Vielleicht hat er deshalb seinen Tod vorgetäuscht. Weil er so etwas wie ein internationaler Kunstdieb ist.«

»Und zugleich ein Serienmörder? Ganz schön bizarr.«

»Ja klar, weil alles andere ja total normal ist.«

Als ich in die Richtung der Stadt sehe, könnte ich schwören, dass sich da ein Licht bewegt. Es leuchtet auf, verschwindet, leuchtet wieder auf. Ist das Jarvis auf der Jagd? »Was auch immer er ist«, sage ich, »er ist da draußen und sucht nach uns.«

Ich mustere unsere Plattform und überlege, wie wir weiter vorgehen. Es gibt eine Seilrutsche, die mit dem nächsten Level verbunden ist, aber als wir sie uns genauer ansehen, wird uns beiden klar, was wir tun müssen, um dorthin zu gelangen – eine

Reihe von sechs Baumstämmen entlang balancieren, die an Stricken schaukeln und zum Anfang der Rutsche führen.

»Heilige Scheiße«, murmelt Molly.

»Du sagst es.«

Aber wir schaffen es über die Stämme zu der Rutsche. Diesmal bewegen wir uns wie ein eingespieltes Team, Molly klammert sich an mir fest, ich packe das Haltetau. Als ich uns abstoße, kommt mir die Fahrt ruhiger und schneller vor und sie endet nicht an einer weiteren Plattform, sondern auf einem weichen Haufen Kiefernnadeln. Wir fallen hinein, sicher und am Leben.

Ich sehe mich um, während wir uns abklopfen. »Ich weiß, wo wir sind. Hier war ich neulich mit Levi. Wir müssen nur diesen Überhang da runterspringen, wo die Höhle ist, dann erst nach rechts laufen, dann nach links und weiter geradeaus zu einer Straße.«

»Gott sei Dank.« Wir rennen zum Felsen und bleiben dort stehen, um über die Böschung zu schauen.

»Levi hat mir dabei geholfen«, sage ich. »Halt dich an mir fest und ich lasse dich runter, dann fällst du nicht so tief.«

»Okay.« Sie kauert sich hin und wir fassen uns gegenseitig an den Handgelenken. Während sie in Position geht, sieht sie zu mir rauf und lächelt. »Danke, dass du mir das Leben rettest, Kenzie.«

Ich nicke bloß. »Aber jetzt lasse ich dich hängen.«

Sie schafft es, über mein Wortspiel zu lachen. »Ernsthaft. Du bist die Beste.«

Ich drücke kurz ihre Handgelenke. »Denk daran, wenn du das nächste Mal beliebt und cool sein möchtest«, scherze ich und lasse sie runter.

»Total überbewertet.«

Sie baumelt im Leeren, mit den Turnschuhen knapp zwei Meter über dem Boden. »Bereit?«, frage ich.

»Lass los.«

Sie kommt mit einem leisen Plumps auf und rollt unter den Überhang, wo ich sie nicht mehr sehen kann. »Jetzt ich«, sage ich, drehe mich um und hoffe, dass ich es wie Levi ohne Hilfe schaffe.

Ich kann mich an einigen Felsen festhalten, die aus dem Boden ragen, und lasse mich langsam runter, bis ich hänge. »Pass auf, dass ich nicht auf dir lande«, rufe ich Molly zu.

Drei, zwei, eins – ich lasse los und lande hart auf dem Boden.

»So, jetzt können wir ...«

Als ich aufstehe, sehe ich mich um. »Molly?« Ich drehe mich erneut und spähe in die Büsche vor dem Höhleneingang. Ist sie da reingegangen? »Molly?«

Ich biege die Zweige beiseite und versuche in der Dunkelheit etwas zu erkennen, da höre ich, wie hastige Schritte in der Tiefe der Höhle leiser werden. Dann Stille.

KAPITEL XXXII

Ich brauche keine fünf Sekunden für die Entscheidung, was ich jetzt mache. Ich kann nicht abhauen. Bis ich aus dem Wald rausgefunden habe und Hilfe holen kann, ist Molly vielleicht schon tot.

Ich zwänge mich zwischen den Zweigen und Blättern hindurch und werde von der Dunkelheit verschluckt. Wenn jetzt bloß Levi hier wäre oder ich wenigstens Licht hätte wie letztes Mal. Ich strecke eine Hand aus und erschauere unter der plötzlichen Kälte.

Still stehe ich da, lausche nach irgendwelchen Hinweisen, irgendeinem anderen Geräusch als dem unablässigen Hämmern meines Herzens, von dem die Rippen förmlich beben.

Wie kann Jarvis – oder sonst jemand – sich Molly so schnell geholt haben?

Einen Vorteil habe ich: Ich bin hier schon mal gewesen. Eine Hand vorgestreckt taste ich mich an der kalten Felswand entlang, allein und verloren und voller Angst.

Während ich mich auf jeden Schritt konzentriere, folge ich dem Gang eine Stufe hinunter und versuche mir den Fußweg vorzustellen, den ich gerade entlanggehe. Ich bleibe stehen, die Hand immer noch an der Wand, und mir fällt die Inschrift wieder ein.

Viele sind berufen, aber wenige sind auserwählt.

Ja, Levi hatte Recht, das ist ein Bibelzitat, aber schon die Römer kannten diese Redewendung und haben damit ausgedrückt, dass nur die Elite etwas Bestimmtes tun konnte.

Ich lasse einen der Trainees die Anerkennung einstecken.

Einen Trainee für welchen Beruf? Auftragsmörder?

Ich erreiche die Sackgasse und mein Mut sinkt, weil nichts von Molly zu hören ist. Befindet sie sich in diesem Raum? Lebt sie noch?

Ich frage mich eigentlich gar nicht, ob ich da reinsoll oder nicht – es geht mehr um das Wie. Ich weiß noch, dass Levi richtig Kraft dafür gebraucht hat, also lehne ich mich mit dem Körper gegen die Felswand und schiebe, so fest ich kann, und –

Sie gleitet sofort auf und ich bin in diesem seltsamen Museums-Sitzungssaal. Glaube ich. Es ist dunkel hier, stockfinster und stickig. Ich bleibe vollkommen still und lausche nach irgendwelchen Geräuschen. Sogar ... Atmen.

Es ist grabesstill hier.

Ich taste mich an der Seite des Raums entlang und streife einen Wandbehang, während ich mich sehr, sehr langsam bewege, um mich nicht zu verraten. Meine Turnschuhe machen kein Geräusch und ich halte praktisch die Luft an und rechne jeden Moment mit einer Attacke.

Führt noch ein anderer Weg aus diesem Raum heraus? Eine weitere Geheimtür?

Vorsichtig taste ich mich an einer Vitrine entlang, dann kommt wieder die Felswand. Ich bewege mich ein, zwei Meter weiter und berühre etwas Kaltes und Scharfes. Ein Schwert. Einen Moment lang ruhen meine Finger auf der Waffe.

Ich schließe die Hand um den Griff und versuche, es anzu-
heben, aber es bewegt sich kaum. Ich bin kein Gladiator. Ich kann
kein Schwert schwin–

Gladiator! Hier gab es doch auch dieses Kniekaputtmach-
dings. Den Vierzack, gleich hier an dieser Wand. Ich mache eine
flache Hand und taste nach rechts. Ich weiß noch genau, wo ich
die antike Waffe gesehen habe, und meine Finger berühren das
grob geschmiedete Metall praktisch sofort.

Er löst sich von der Wandhalterung, wiegt nicht mehr als ein,
zwei Kilo und liegt ziemlich gut in der Hand. Er ist warm und …
tödlich. Wobei er eigentlich nicht zum Töten verwendet wird,
wenn ich mich noch richtig an die Doku neulich in Latein erinnere. Aber der Vierzack kann einen Mann in die Knie zwingen,
und da er die einzige Waffe an dieser Wand sein dürfte, mit der
ich vielleicht zurechtkomme, muss das reichen.

Ich verstaue den Vierzack in meiner Jackentasche, gehe vorsichtig weiter und taste mich gerade um eine große Vase aus Ton
herum, als –

»Hallo, Mackenzie.« Der Raum ist plötzlich in Licht getaucht.
Ich wirble mit einem Aufkeuchen herum und begegne den stahl-
blauen Augen von Rex Collier.

»Wir hatten noch nie eine Frau hier drin, geschweige denn
eine Expertin für Altphilologie. Wie finden Sie es?«

Ich kann kaum blinzeln oder atmen, und denken schon mal
gar nicht. Er steht vor mir, größer als in meiner Erinnerung,
hoheitsvoller und viel, viel bedrohlicher.

»Jarvis hat gesagt, Sie würden uns ganz schön in Trab halten,
wenn wir Sie auf die Liste setzen.« Er lächelt knapp. »Er hatte
Recht.«

Mir schwirrt der Kopf vor lauter Fragen, die mit Wutschreien und dem Drang kollidieren, ihm Schmerzen zuzufügen und abzuhauen. Aber ich rühre mich nicht. Weiß er, wo Molly ist? Hat er sie sich geschnappt?

»Was sagen Sie dazu?« Er deutet zu den Wandteppichen. »Sie sind alle echt. Alle seit Jahrhunderten im Besitz der Familie. Bezahlung für den Job.«

»Den Job?« Ich fauche die Worte richtig, weil ich auf mich selbst sauer bin, dass ich überhaupt Fragen stelle, wo es doch nur darum geht, hier mit Molly lebend rauszukommen.

»Es ist eine schmutzige Arbeit, aber durchaus machbar – wenn man sehr talentiert ist. Hier entlang, Kenzie.« Er deutet auf eine Wandfläche zwischen einer Steinbüste und einer Vitrine mit einem ledergebundenen Buch. Er bleibt stehen und zeigt zu der Vitrine, aber ich kann kaum darauf achten. Ich muss hier raus. Ich muss irgendwas Krasses machen.

»Das ist die Persius-Handschrift.«

Kann ich einen Stuhl packen und ihm damit den Schädel einschlagen? Oder reicht so eine Tonvase für ein K. o.? Ich muss nachdenken, Zeit gewinnen und schlau sein.

»Die Persius-Handschrift?«, frage ich.

Er bedenkt mich mit einem Lächeln. »Sie haben natürlich schon davon gehört.«

Nie im Leben. »Natürlich. Kann ich sie mir ansehen?« Wenn er die Vitrine aufschließt, kann ich den Glaskasten vielleicht zerschlagen und habe ein Messer.

Er wirft mir einen abschätzigen Blick zu, als könne er meine Gedanken lesen.

»Ich habe so etwas noch nie in den Händen gehalten.« Ich

versuche überzeugend zu klingen. Klappt das bei ihm? »Könnten Sie es aus dem Kasten holen, damit ich es untersuchen kann?«

Er tritt zur Seite und gibt mir mit einer Geste zu verstehen, dass ich zu dem Buch gehen darf. Ich lege meine Hände auf den durchsichtigen Kasten und spreche einen stillen Dank, dass es sich wirklich um Glas handelt und nicht um Kunststoff. Ich packe zu, hebe die Vitrine an, schmettere sie in einer blitzschnellen Bewegung gegen den Sockel, greife mir eine lange Scherbe und wirble damit herum, bereit, mich auf ihn zu stürzen.

Und sehe mich dem Lauf einer Pistole gegenüber.

Rex Collier lächelt nur. »Netter Versuch, aber Sie müssen wirklich an Ihrem Timing arbeiten.« Mit der freien Hand berührt er die Wand; sie gleitet auf und enthüllt einen weiteren Gang.

So viel zu meinem Improvisationstalent.

Er nimmt die Glasscherbe und tritt neben mich, die Pistole in meinem Rücken. »Dennoch bekommen Sie Punkte für Kreativität, die wir mehr als alles andere schätzen.«

Ich schließe die Augen und verkneife mir eine Erwiderung, für die ich erschossen werden könnte. Allerdings kommt jetzt bei mir an, was er gesagt hat. »Sie« schätzen Kreativität; »ihre« Morde sind sauber. Also erschießt er mich vielleicht nicht.

»Wohin gehen wir?«, frage ich.

»Zum Haus, aber Sie können heute nicht zu der Party, fürchte ich. Obwohl Ihre Freunde dort sind.«

Ich bleibe stehen. »Molly?«

»Und Ihr Freund.« Er seufzt schwer. »Ich hasse es, wenn wir jemanden mit einem solchen Potenzial finden, der es nicht durch die ersten, einfachsten Prüfungen schafft.« Er geht weiter. »Dann gibt es noch welche, die bestehen jede Prüfung und wollen sich aber einfach nicht mit den astronomischen Summen locken lassen, die unsereins verdient.« Er sieht mich bedeutungsvoll an, nur bin ich nicht in der Lage, diese Bedeutung zu erkennen.

Obwohl ich es im tiefsten Inneren weiß. *Conner.*

»Ihre Freunde werden bald weg sein«, holt er mich zurück in die Gegenwart. »Levi ist mit Josh zum Haus gegangen, weil er denkt, dass Sie dort sind. Wenn er dort die betrunkene Molly vorfindet, wird er sie mit einem Auto nach Hause fahren, das so präpariert ist, dass es zehn Minuten nach dem Anlassen des Motors unvermittelt in Flammen aufgehen und explodieren wird.« Er macht eine dramaturgische Pause. »Dann müssen wir uns nur noch um Sie kümmern. Noch ein *Unfall.*«

Er schiebt mich auf einen Abzweig zu, den ich gar nicht gesehen habe, ein dunkler Winkel des Tunnels.

»Damit kommen Sie nie durch. Am Ende wird man Sie kriegen.« Meine Kehle ist ganz eng; ich bekomme die Worte kaum heraus.

»Wir kommen jetzt seit zweitausend Jahren damit durch. *Nihil* wurde in Rom gegründet, von Sklaven, die sich von Adligen dafür bezahlen ließen, andere Adlige zu ermorden. Daran hat sich nichts geändert. Nur dass heutzutage kein Patrizier in einen Brunnen fällt, sondern vielleicht ein CEO bei einem tragischen Fahrradunfall stirbt oder ein Hedgefonds-Händler mit dem Privatjet abstürzt. Verdeckte Morde sind nichts Neues. Meuchelmörder ebenfalls nicht. Wir sind über die ganze Welt verteilt, arbeiten leise, töten sauber und machen mit unserer Arbeit ein Vermögen.«

Ich starre ihn an. »Aber wieso sollte jemand unschuldige Mädchen töten?«

»Unsere Mitglieder müssen ja an jemandem üben, Kenzie. Deshalb stellen wir eine Liste leicht manipulierbarer Mädchen auf. Und natürlich eine der Jungen, mit deren Hilfe wir sie manipulieren können. Nicht alle Jungen wissen Bescheid, nur dass sie dringend benötigtes Geld bekommen. Aber die Organisation macht gerade einige einschneidende Veränderungen durch und da wollte Jarvis gewissermaßen ein Statement abliefern. Er ist mein Sohn und ich habe ihn ins Geschäft gebracht. Ich muss ihn unterstützen.«

»Ist Josh auch eingeweiht?« Ekel steigt in mir auf. Habe ich einen Killer geküsst? Einen Komplizen? Einen Meuchelmörder?

»Nicht vollständig, aber *Nihil* ist in seinem Blut. Er glaubt natürlich, dass die ganzen Vorbereitungen auf etwas weniger ... Tödliches abzielen. Das heute Abend ist eine seiner Prüfungen. Er soll Levi glauben machen, dass er ein Held ist und ein Auto stiehlt, um ein betrunkenes Mädchen nach Hause zu fahren.«

Levi würde nie ein Auto stehlen, um ein Mädchen irgendwohin zu fahren. Außer wenn er denkt, dass er sie damit rettet.

»Sobald das erledigt ist, wird es Zeit, Josh genau zu erzählen, wer er ist und was für einer Familie er angehört. Ich habe große Hoffnung, dass er über die Maßen erfreut sein wird zu erfahren, dass sein Vater noch lebt.«

Nur sein Vater. »Aber seine Mutter war eines Ihrer Opfer, oder?«

»Eins von Jarvis' Opfern«, berichtigt Rex mich. »Tatsächlich war die Beseitigung seiner Frau sein erster Auftrag als Trainee bei *Nihil relinquere et nihil vestigi.* Es wird alles viel leichter, wenn man sich erst einmal bewiesen hat. Wir fordern alle Trainees auf, jemanden zu töten, der ihnen am Herzen liegt. Eine Art Aufnahmeritual, mit denselben Vorzügen. Es wäre interessant gewesen zu sehen, wie Josh sich mit Ihnen geschlagen hätte. Er hat nämlich *wirklich* etwas für Sie übrig, wissen Sie.«

Mir wird schlecht, wenn ich mir diese Geheimgesellschaft von Meuchelmördern dabei vorstelle, wie sie an unschuldigen Menschen übt. »Ist es nur Josh?«

»Dieses Jahr ja. Wir hatten seit Jahren keinen vernünftigen Nachwuchs mehr.« Er ächzt leise, tief in seiner Brust. »Wobei, vor zwei Jahren beinahe. Es hat nicht viel gefehlt.«

Ich weiß genau, wen er meint.

Er atmet langsam ein, wie um den Moment auszukosten. »Ein außergewöhnlicher junger Mann, Conner.«

Ja, das war er. Ich bezwinge den Drang, mich auf Rex zu stürzen, aber nur wegen der auf mich gerichteten Pistole.

»Training ist natürlich wichtig und sämtliche Mitglieder von *Nihil Relinquere* weltweit unterziehen sich einer rigorosen Ausbildung. Aber ebenso wichtig ist die Rekrutierung und sie ist meine Spezialität. Deshalb unsere Stipendiatenförderung, die mir in Wirklichkeit die Gelegenheit bietet, Talente zu entdecken. Das Stipendium ist natürlich rechtlich einwandfrei. Aber manchmal ... rekrutiere ich.«

»Und Conner?«

»Was für ein Potenzial.« Er verlangsamt seinen Schritt, um mich anzusehen. »Doch leider hatte er Moral. Das geht in diesem Job nun gar nicht. Also musste er sterben.«

Ich balle die Fäuste und fletsche die Zähne. »Sie haben ihn umgebracht.«

Ganz langsam greift er in die Tasche, holt etwas heraus und hält es mir dicht vors Gesicht.

»Nein, Mackenzie. Das waren Sie. Wissen Sie noch?« Die Halskette baumelt von seinen Fingerspitzen und ich erkenne sofort das goldene M mit den vierzehn Diamantsplittern.

Ich kann nicht atmen. Ich kann mich nicht bewegen. »Wie sind Sie —«

»Ach Kind, dieser Unfall ließ sich doch leicht arrangieren. Sie haben uns nur geholfen, die Situation vorzubereiten. Jarvis hätte sich Ihren Bruder im Keller dieser Drogerie geholt. Er war die ganze Zeit da, hat eingekauft und euch beobachtet.«

Hass und Abscheu und das massive Bedürfnis, ihn zu vernichten, brodeln in mir und lassen mich zittern. Er lacht.

»Hier, nehmen Sie. Sie können es beim Sterben tragen.« Er wedelt mit dem Kettchen und ich greife danach, schließe die Finger um das, was zwei Jahre lang das Symbol für den Tod meines Bruders gewesen ist.

Er macht einen Schritt nach hinten, als ein Geräusch vom Boden her meine Aufmerksamkeit auf sich zieht. Sehr langsam zieht sich unter uns der Felsen zurück, rollt weg wie eine Art Förderband und hinterlässt ein großes klaffendes Loch.

Rex presst sich flink gegen die Wand und ich tue es ihm nach und würge, als ein ekelerregender Gestank heraufsteigt.

»*Odor mortis*, wie ihr Sprachwissenschaftler sagen würdet.« *Der Geruch des Todes.*

Er schwenkt die Pistole zu dem Loch hin. »Wie ich schon sagte, manchmal müssen wir etwas auf die altmodische Art tun. Also landen Sie jetzt dort, wo schon einige andere geendet sind. Ich hätte es liebend gern gesehen, wenn Sie Joshs erste ernsthafte Prüfung geworden wären, aber uns fehlt schlicht die Zeit, das zu arrangieren. Also ... auf geht's.«

Da unten ist nichts als Schwärze. Endlose Schwärze.

»Es geht tief hinunter, mit vielen vorstehenden Felsen«, sagt er so ruhig, als würde er einen Strandspaziergang beschreiben. »Bis Sie unten aufschlagen, haben Sie sich sämtliche Knochen gebrochen. Da wird der Tod nicht lange auf sich warten lassen, keine Sorge.«

Ich bekomme keine Luft mehr und fange am ganzen Leib zu zittern an. Ich will nicht so sterben. Ich will überhaupt nicht sterben, aber auf gar keinen Fall auf diese schreckliche, schreckliche Art.

»Auch das haben wir von den alten Römern entlehnt. Niemand wusste etwas von dieser Art, zu töten, bis Archäologen die gebrochenen Knochen gefunden haben, und Sie können mir glauben, für die nächsten zweitausend Jahre wird auch niemand erfahren, was hier unter meinem Haus verborgen liegt. Also dann, Kenzie, auf geht's.«

Die alten Römer. Zum ersten Mal denke ich wieder an den Vierzack. Ich stecke die Kette ein und meine Knöchel streifen die Waffe.

»Nein!« Ich presse mich gegen die Wand. »Ich will nicht.«

Er hebt die Pistole. »Sie sterben lieber vorher? Das ließe sich machen, denke ich, auch wenn ich stolz darauf bin, dass ich bisher noch nie eine Schusswaffe gebrauchen musste.«

Meine Finger drücken den Vierzack, der dazu gedacht ist, einen Mann in die Knie zu zwingen. Wenn Rex in die Knie geht ...

Wie kann ich das schaffen? Ich muss mich bücken, tief genug, um an seine Knie heranzukommen ... praktisch in dieses Loch rein. Ich schließe die Augen und rufe mir das Video neulich ins Gedächtnis, in dem ein Gladiator seinen Gegner zu Fall brachte, indem er ihm den Vierzack direkt unter die Kniescheibe trieb.

»Erschießen Sie mich nicht«, sage ich leise. »Ich ... springe einfach.«

Er zieht eine Augenbraue hoch. »Denken Sie, Sie können das System irgendwie überlisten, Mackenzie? Den Sturz abfangen, sich vielleicht nichts brechen, irgendwie fliehen?«

Der Gestank dreht mir fast den Magen um. »Ja«, sage ich.

»Gut.« Er schwenkt die Pistole. »Nur zu.«

Ich überlege, ihn anzuspringen, nach der Waffe zu greifen und zu versuchen ihn da runterzustoßen, aber er ist ein ausgebildeter Killer. Ich bin ein sechzehnjähriger Lateinfreak. Und nur ein Lateinfreak kann wissen, wie man diese Waffe benutzt.

Ich gehe ganz langsam in die Hocke. Der Rand um das Loch herum ist keine dreißig Zentimeter breit und von dem Gestank werde ich ganz benommen. Rex scheint sich nicht daran zu stören. Kein Wunder: Dieser Mörder steht auf *odor mortis*.

Ich hocke jetzt.

»Und runter, Mackenzie.«

Ich beuge mich vor, als würde ich gleich springen, und neige mich ein bisschen dichter zu seinen Beinen hin. Ich muss ihn direkt unter der Kniescheibe erwischen, wo das weiche Gewebe ist. Die richtige Stelle – und er fällt um. Die falsche Stelle – und ich bin tot. Aber erst liege ich noch mit gebrochenen Knochen auf einem unterirdischen Friedhof.

»Sofort.«

»Gleich ...« Ich ziehe langsam die Hand zurück. »Nach ...« Ich hole Luft. »Ihnen!« Ich stoße die Waffe in sein Knie und sein Aufschrei und das gleichzeitige Krachen seines Gelenks hallen um mich herum.

Er knickt um, verliert direkt vor mir die Balance und taumelt auf das Loch zu. Mit einem schrillen Fluch greift er nach mir, aber ich schlüpfe aus seiner Reichweite und steche mit dem Vierzack wild nach seinen Händen, zerschmettere mit jedem Hieb seine Knochen.

»Gottverfluchtes Miststück, du –« Dann ist er weg und es klingt, als würde jemand eine Treppe runterfallen. Es kommen keine Worte mehr, nur Schmerzenslaute, während er tiefer und tiefer in die Grube stürzt.

»Nein, Rex. Gott hat dich verflucht, als du meinen Bruder ermordet hast.« Langsam stehe ich auf und habe Angst, dass meine zittrigen Beine mich im Stich lassen und ich ihm nachfolge, aber es gelingt mir, zurück auf sicheren Boden zu treten.

Kurz denke ich daran, ihm den Vierzack hinterherzuschleudern, aber dann wird mir klar, dass ich besser noch eine Weile im Gladiatorenmodus bleibe. Ich muss immer noch Molly und Levi finden, und wenn ich töten muss, um sie zu retten ... Nun, ich habe wohl gerade bewiesen, dass ich dazu in der Lage bin.

KAPITEL XXXIII

Ich arbeite mich durch weitere Tunnel und schlage hektisch gegen die Wände, um Öffnungen zu finden. Endlich führt eine Treppe nach oben, bringt mich in eine Höhle, und als ich sie verlasse, trete ich hinaus in einen heftigen Regenguss.

Trotzdem kann ich von hier aus die Lichter des Hauses der Colliers sehen.

Als ich auf das Haus zurenne und die Regentropfen mich blinzeln lassen, rast ein weißer Wagen die Auffahrt runter.

Levi! In dem Auto, das explodieren wird? Bringt er Molly weg? Ich laufe, so schnell ich kann, und winke verzweifelt, als ich die Auffahrt erreiche, aber das Auto ist schon auf der Straße und der Motor und der Regen sind zu laut, Levi kann nicht hören, wie ich aus voller Lunge schreie. »Neei—«

Eine Hand schlängelt sich um meine Hüfte, packt fest zu und zieht mich gegen einen kräftigen Körper. »Was zur Hölle machst du denn, Fünfte?«

»Josh.« Ich bringe seinen Namen gerade mal als Flüstern heraus und versuche mich loszureißen, aber er hält mich fest. »Wer war in dem Auto?«

Er zuckt mit den Schultern. »Ein paar Leute aus der Schule. Was machst du hier draußen, Fünfte?«

Ich will Abstand zu ihm gewinnen, aber er lässt mich nicht los. Ich kann ihn kaum ansehen, immerhin habe ich gerade seinen Großvater getötet und versucht seinen Vater umzubringen und vielleicht will ich ja auch ihn töten.

»Welche Leute aus der Schule?«, frage ich. »Wer war in dem Auto, Josh?«

»Keine Sorge. Mein Großvater hat bereits die Polizei gerufen. Die kommen nicht weit. Sorry, aber dieses Arschloch landet wieder im Jugendknast, wo er hingehört.«

»Nein«, sage ich kopfschüttelnd und bebe vor Zorn und Angst, während der Regen zunimmt und mich völlig durchnässt.

»Molly ist hackevoll hier aufgetaucht, also hat er sie in den BMW meines Großvaters verfrachtet und ist abgehauen, als wäre der Teufel hinter ihm her.« Josh zieht mich aufs Haus zu. »Sehen wir zu, dass wir wieder trocken werden.«

»Sie werden sterben«, stottere ich und bete, dass ihn das überrascht. *Bitte steck da nicht mit drin, Josh.*

Seine Antwort wird von lauter werdenden Motorengeräuschen übertönt und helle Scheinwerfer erfassen uns. Wir wollen beide wegrennen, aber der schwarze Pick-up legt auf dem Rasen eine Vollbremsung hin. Die Fahrertür fliegt auf und Jarvis steigt aus.

Ich erkenne die Kapuze über seinem Kopf, seine Statur. Er hat ein dunkles Halstuch um, auf das er eine Hand presst.

»Wer zur Hölle sind Sie?«, fragt Josh. Als ich entsetzt zurückweiche, hält er mich fest. »Kennst du ihn, Kenzie?«

»Er ist —«

»Bring sie ins Haus, Joshua.« Jarvis' Stimme ist schwer, als wäre er betrunken.

Die Anweisung lässt Josh sauer werden. »Was? Wer *sind* Sie?«

So gern ich den Darth-Vader-Moment auch miterleben würde, ich muss zu Levi. »Lass mich los, Josh!«

»Halt sie fest, Joshua. Rein mit euch. Ich blute.«

»Noch nicht genug«, sage ich und versuche verzweifelt, Joshs Griff um meinen Arm zu lösen und abzuhauen.

»Nein, vielleicht sollten wir auf ihn hören.« Josh mustert Jarvis. »Er, ähm, arbeitet ja vielleicht für meinen Großvater.«

Ich habe nur noch eine Karte und ich werde sie ausspielen. »Du meinst, er wird dir helfen? Du meinst, dieser Kerl wird dir ein besseres Leben verschaffen, Josh? Dich Sachen machen lassen, von denen dein Großvater behauptet, dass sie dir Macht und Geld und Einfluss verschaffen werden?«

Meine Worte lassen ihn rückwärtsstolpern.

»Rein!«, grollt Jarvis.

Ich schaffe es, mich umzudrehen, obwohl ich im nassen Gras wegrutsche. »Sieh ihn dir an, Josh! Siehst du nicht die Ähnlichkeit? Nein? Dieser Mann, dieser Killer, dieser *Meuchelmörder*. Er ist dein Vater.«

Joshs Griff lockert sich, aber nicht genug, dass ich wegkomme. Jarvis schweigt. Josh erbleicht sichtlich. Und ich kann an nichts anderes denken, als dass Levi und Molly vielleicht noch acht Minuten zu leben haben.

»Was?« Josh sieht den anderen mit zusammengekniffenen Augen an. »Mein Vater ist tot.«

»Wir müssen sie eliminieren«, sagt Jarvis schließlich und macht ein paar Schritte auf mich zu.

Aber Josh stellt sich dazwischen. »Mein Vater ist tot«, sagt er erneut und bekommt die Worte kaum heraus.

Für einen langen Moment starren sie einander an; zwei stahlblaue Augenpaare, die Blicke schneidend wie Schwertklingen.

»Nicht im eigentlichen Sinne *tot*«, sagt Jarvis ruhig, mit einem gruseligen Lächeln. »Ich erklär's dir, aber vorher müssen wir etwas erledigen.« Er springt vor und packt mich an der Schulter. »Wir müssen sie töten.«

»W-Was?«, stammelt Josh.

»Du, um genau zu sein.« Mit der freien Hand greift Jarvis in seine Hosentasche. »Diese Tablette ruft dieselben Symptome hervor wie eine Alkoholvergiftung. Schon ein bisschen geschummelt, durchaus, aber wenn du sie ihr verabreichst, werte ich das als bestanden.«

Ich starre auf Jarvis' Hand. Ich werde diese Tablette nicht schlucken. Ich zerfleische ihm die Hand mit den Zähnen, wenn es sein muss.

Josh starrt ebenfalls, in sprachlosem Entsetzen, Schmerz im Gesicht. »Meine ... Mutter?«

»*Sie* ist bei dem Bootsunfall gestorben.« Jarvis tritt vor, nimmt die Hand von dem blutigen Halstuch und greift in seine Tasche. Das Messer kommt wieder zum Vorschein.

»Was soll das alles?« Joshs Stimme ist kaum mehr als ein Flüstern.

»Später.« Jarvis hält mir das Messer an die Kehle, so dass ich die Spitze schmerzhaft spüre, und streckt die andere Hand Josh hin. »Steck ihr die Tablette in den Mund, mein Sohn.«

Er rührt sich nicht. »Ich bin nicht dein Sohn.«

»Das klären wir später.« Jarvis hält ihm ruhig seine Faust hin. »Nimm diese Tablette und steck sie ihr in den Mund.«

Ich kämpfe gegen den Drang an, wegzuhechten, aber mein

Puls klopft direkt an der Schneide. Eine Bewegung, und ich bin tot. Also bewege ich nur die Augen und sehe Josh an. Die Regentropfen sind jetzt mit Tränen vermischt.

»Mach!« Jarvis faucht das Wort praktisch. »Es ist dein Erbe. Du hast es im Blut. Es ist deine Bestimmung.«

Joshs Augen werden groß. »Du hast meine Mutter umgebracht.«

»Manchmal gibt es Kollateralschäden.« Er schwenkt das Messer leicht. »Können sogar Mädchen sein, die wir eigentlich ganz gernhaben.«

»Meine *Mutter*?« Josh wird laut.

»Beruhige dich, mein Sohn.«

»Du mieses Schwein!« Josh stürzt sich auf ihn und reißt ihn von mir weg. Sie rollen über den Boden.

Ich bin frei, bleibe aber stehen, hin- und hergerissen zwischen dem Wunsch, Josh zu helfen, und dem, Levi einzuholen. Die Messerklinge fährt durch die Luft und mir ist klar, dass jemand sterben wird.

Sie ringen grunzend auf dem Rasen, bis Josh Jarvis herumwirft, seinen Kopf auf den Boden knallt und Jarvis' Arme festhält.

»Du hast meine Mutter umgebracht!«

Jarvis ringt nur um Atem und starrt zu Josh hoch. »Du wirst darüber hinwegkommen.«

»Was?« Josh zerrt ihn hoch und rammt ihn wieder auf den Boden.

»Du wirst darüber hinwegkommen. Die Vorzüge sind zu groß. Und wenn du das nicht akzeptierst, bist du der Nächste, der einen Unfall hat.«

»Kenzie!« Josh lässt den Mann auf dem Boden nicht aus

den Augen. »Nimm ihm die Tablette weg.« Als ich mich nicht bewege, schreit er: »Nimm die Tablette in seiner Hand!«

Ich weiß, was er vorhat, oder jedenfalls glaube ich das. Ohne Diskussion werfe ich mich auf die Knie und packe Jarvis' Faust. Josh verdreht Jarvis' Hand, als würde er ihm das Gelenk brechen wollen, und Jarvis' Finger öffnen sich, so dass ich an die Tablette herankomme.

»Steck sie ihm in den Mund, Kenzie.«

»Wie?«, frage ich, denn Jarvis presst die Lippen aufeinander.

»So.« Josh richtet sich auf und rammt Jarvis ein Knie in den Solarplexus und der Ältere wirft den Kopf in den Nacken und stöhnt auf.

Ich stopfe ihm die Tablette in den Rachen, ohne zu zögern.

»Jetzt fahr, Kenzie. Ich pass auf ihn auf.«

Ich verschwende nicht eine Sekunde, sondern renne zu Jarvis' Truck, dessen Motor immer noch läuft. Hinter dem gigantischen Lenkrad komme ich mir wie in einem Bus vor, als ich die Ausfahrt hinunterbrettere und den Weg nehme, den Levi gefahren sein dürfte. Ich trete aufs Gas und bete, dass sie an jeder Ampel stehenbleiben mussten und dass ich sie in weniger als ... sieben Minuten einholen kann.

Mehr Zeit bleibt ihnen nicht.

Ich fahre auf die Route 1 und überlege fieberhaft, während ein Supermarkt an der Scheibe vorbeizieht. Ich könnte da rein und die Polizei verständigen – und bis die käme, wären sie längst tot. Also gebe ich noch mehr Gas, zische an einem viel langsameren Auto vorbei, heize rüber auf die linke Spur, dass das Wasser nur so spritzt, und schalte an den Scheibenwischern rum, damit sie schneller gehen.

Der Regen erschwert es sehr, den weißen BMW zu finden. Ich kralle die Hände um das Lenkrad und bin total unter Strom, weil ich Levi und Molly unbedingt aus diesem Auto rausbekommen muss.

Es ist fast kein Verkehr und ich fahre glatt sechzig Meilen, aber der Angebertruck kommt nicht ins Schwimmen wie mein alter Accord. Den Läden zufolge, die ich erkennen kann, sind es noch ein paar Ampeln bis zu der Abzweigung vor Mollys Haus.

Ich überfahre eine gelbe Ampel, dann noch eine, dann ziehe ich rüber nach rechts, um die nächste Kurve zu nehmen, und schlängle mich gerade durch ein Wohngebiet, als vor mir ein weißes Nobelauto die Straße quert und zurück auf die Route 1 fährt.

Ist er das? Ich folge ihm und will gerade die Scheinwerfer aufblenden, da biegt er wieder ab. Was zum –

O Gott. *Natürlich.* Levi sieht mich in dem schwarzen Pick-up und denkt, es wäre Jarvis. Er denkt, er wird verfolgt.

So wird er nie anhalten!

Ich fahre scharf nach links, nehme eine Seitenstraße und bete, dass er wieder auf die Route 1 will. Mein Herz schlägt im Takt mit den Scheibenwischern; es kracht richtig gegen meine Rippen und droht jeden Moment zu explodieren.

»Levi!«, schreie ich in die Nacht und meine Stimme hallt im Truck.

Ich rase auf die Route 1, fliege die rechte Spur runter, blinzle in die Nacht, und da ist er und nähert sich der Kreuzung. Ich muss ihn überholen. Ihn stoppen.

Ich trete das Gaspedal durch und schwitze und ächze, weil ich ihn einholen muss, und dann hab ich ihn. Ich werde es schaffen.

An der Kreuzung steige ich auf die Bremse und bleibe tatsächlich irgendwie stehen, während der BMW schneller und schneller auf den Truck zugerast kommt. Er wird mich rammen!

Ich lasse das Fenster auf der Beifahrerseite runter, damit Levi sehen kann, wer am Steuer sitzt, und kreische seinen Namen, flehe ihn an zu bremsen. Nur die beiden heranrasenden Scheinwerfer sind zu sehen, sie kommen näher und näher. Ich kneife die Augen zu, wappne mich für den Aufprall, höre Bremsen quietschen und eine Hupe schrillen und warte auf den Zusammenstoß ... der nicht kommt.

Als ich die Augen öffne, steckt Levi seinen Kopf in den Regen raus. »Kenzie! Was zur Hölle soll der Quatsch?«

»Steigt aus!«, brülle ich und stoße die Tür auf. »Raus aus dem Auto! Alle beide!«

Er klettert gerade aus dem Wagen, als ich bei ihm ankomme. Ich brülle speichelsprühend: »Hol Molly auch raus! Das Auto explodiert jeden Moment!«

Wir rennen beide zur Beifahrerseite, wo Molly bewusstlos im Sitz hängt. Ich reiße die Tür auf und Levi hebt Molly hoch.

»Beeil dich!«, kreische ich. »Weg von dem Auto! Schnell!«

Zusammen rennen wir über die Straße, Levi mit Molly in den Armen, wir springen über eine Leitplanke und rollen übers Gras, da wird es taghell hinter uns und eine ohrenbetäubende Explosion lässt die Nacht erzittern.

Levi liegt über uns, sein Körper presst Molly gegen mich, während der Schall und die Hitze über uns hinwegwalzen. Ich schaffe es, die Augen zu öffnen und luge zwischen seinem Ellbogen und Mollys Kopf hindurch, genau auf eine Reihe gelber Bögen neben der Straße.

Einen Moment lang kann ich weder atmen noch denken noch irgendetwas anderes tun, als zu begreifen, dass ich noch am Leben bin.

Und meine beiden engsten Freunde auch.

KAPITEL XXXIV

Der Friedhof, auf dem Conner begraben liegt, befindet sich an einem Hang über dem Ackerland des westlichen Pennsylvania. Die Bäume haben inzwischen fast ihr ganzes Laub abgeworfen, doch eine überraschend warme Spätherbstsonne scheint mir ins Gesicht, als ich aus meinem Auto steige und bei der Tür stehen bleibe.

»Möchtest du Gesellschaft?«, fragt Levi vom Beifahrersitz.

Ich sehe ihn an und dann zu Molly auf der Rückbank. »Stört es euch, wenn ich ein paar Minuten allein sein möchte?«

»Nur zu«, versichert sie mir. »Wir sind nur die moralische Unterstützung.«

Ich schenke ihr ein dankbares Lächeln und beuge mich ins Innere, um Levis Hand zu drücken. »Ich bin gleich wieder da.«

Doch es dauert deutlich länger, mich zwischen den Gräbern hindurchzuschlängeln und hier und da stehen zu bleiben, um mir die Namen und Daten anzusehen und dieses Gefühl von Ungerechtigkeit zu bezwingen, weil die meisten dieser Leben viele, viele Jahre gedauert haben.

Conners nicht. Ihm waren nicht einmal zwei Jahrzehnte vergönnt.

Ich erreiche sein Grab und sehe sofort, dass Mom und Dad

kürzlich hier gewesen sind. Seit wir die Wahrheit über Conners Tod erfahren haben, kommen sie oft hierher. *Zusammen.*

Ich betrachte ihr Werk; das Grab ist geharkt, die Blumen sind frisch und die letzten Blätter des Ahorns drüben alle entfernt worden.

Wenn Grabsteine das Leben und den Charakter eines Menschen versinnbildlichen sollen, dann haben wir schwer versagt. Im Gegensatz zu Conner ist sein Grab schlicht und nur mit einer kleinen Steinplatte versehen. Darauf stehen sein Name, seine Lebensdaten und ein einziges Wort: *Unvergesslich.*

Ich starre auf die gemeißelten Buchstaben, dann lasse ich meine Knie einknicken, damit ich neben ihm im Gras sitzen kann. Ich versuche, mir einen Scherz oder wenigstens etwas Geistreiches einfallen zu lassen, aber meine Augen füllen sich mit Tränen und, verdammt, ich bin nicht Conner. Er wusste immer, was er sagen sollte.

»Du fehlst mir«, flüstere ich und schließe die Augen, um sein Gesicht zu sehen. Sein kantiges Kinn, seine lachenden Augen, diese gleichmäßigen weißen Zähne, die stets aus einem Lächeln hervorblitzten.

Ich warte darauf, dass ich seine Stimme höre, doch da sind nur ferner Vogelgesang und eine Brise in den kahlen Bäumen. Wenn ich mich nur an seine Stimme erinnern könnte.

»Ich möchte dir etwas geben, Conner.« Ich greife unter mein Haar und lasse einen Fingernagel in den Verschluss der Halskette gleiten. »Wobei ich es wohl eher loswerden möchte.«

Ich lasse die Kette ins Gras fallen, dann beuge ich mich vor und grabe mit der Hand neben dem Grabstein ein kleines Loch. »Manche Dinge müssen begraben werden«, sage ich. »Reue, verspätete Kritik, Zweifel und Schuldgefühle. Ich möchte sie für immer begraben, damit ich aufhören kann, über mich nachzudenken, wenn ich an dich denke.«

Die Worte lassen mich lächeln. Mir ist gar nicht klar gewesen, dass mich das am meisten bedrückt hat. Die Erinnerungen an meinen Bruder waren so überschattet und bedrängt von Selbsthass, dass ich mich nie einfach über das Leben freuen konnte, das er hatte.

»Wir haben die Bösen geschnappt, Conner«, füge ich hinzu und beuge mich über sein Grab, um mit den Fingern über das Wort *Unvergesslich* zu streichen.

Aber ich bin nicht hierhergekommen, um darüber zu reden. Ich bin hier, um meine Schuldgefühle loszulassen und eine neue Beziehung zu meinem Bruder aufzubauen. Anstatt nur Schmerz zu empfinden, möchte ich mich an ihn als den umwerfenden Jungen erinnern, der er war.

»Mein Freund würde dir wahrscheinlich nicht gefallen«, sage ich zu ihm. »Also erst, wenn du ihn besser kennen würdest.« Ich atme schwer aus und denke an all die Dinge, die ich ihm erzählen möchte, jetzt da ich hierherkommen kann und frei von der Vorstellung bin, wie er mich anklagend ansieht. »Ach, und weißt du was? Weil diese ganzen FBI-Agenten dein Zimmer und deine ganzen Sachen durchsucht haben, hat Mom beschlossen, das Haus zu verkaufen, und sie und Dad wollen sich zusammen ein neues kaufen. Ist das nicht –«

»Kenzie!«

Ich stehe auf Levis Ruf hin auf, und als ich mich umdrehe und mir den Dreck von den Klamotten klopfe, stehen Molly und er bei meinem Auto und unterhalten sich mit zwei Männern ...

Nein, das eine ist kein Mann. Das ist Josh Collier, den ich seit dem Abend vor drei Wochen auf dem Rasen vor seinem Haus nicht mehr gesehen habe.

Ich lege, verblüfft von seinem Anblick, eine Hand auf meine Brust. Man hat uns erzählt, er wäre nicht festgenommen worden, sondern würde dem FBI bei seinen Ermittlungen helfen, aber das ist auch schon alles, was ich gehört habe. Natürlich ist das Informationsvakuum um die Ereignisse herum erstickend gewesen. All diese Todesfälle und über keinen einzigen wurde als Mord berichtet.

Das FBI hat uns mundtot gemacht. Außer uns kennt niemand die Wahrheit über all diese Unfälle und aus irgendeinem Grunde wollen die Behörden, dass das so bleibt. Ich blinzle in die Sonne und sehe zu dem anderen Mann, der einen Anzug trägt. Wo wir ja gerade vom FBI sprechen ... Einen Bundespolizisten erkenne ich jetzt aus einer Meile Entfernung. Levi winkt, dass ich kommen soll, und ich halte eine Hand hoch, um ihn wissen zu lassen, dass ich schon so gut wie unterwegs bin.

Dann drehe ich mich zu Conners Grab um und seufze. »Ich muss los, Bruderherz.« Ich strecke meine Hand aus, als könnte ich ihn berühren, und mir tut das Herz weh vor Sehnsucht nach einer letzten Umarmung. »Ich bin jetzt glücklicher und du hoffentlich auch.« Ich gehe ein Stück und drehe mich noch mal um, weil ich immer noch auf den Klang seiner Stimme in meinem Kopf warte. Auf seinen Bariton. Sein Lachen. Seinen endlosen Redefluss. Wieso kann ich mich nicht an Conners Stimme erinnern, obwohl ich sie vierzehn Jahre lang im Ohr hatte?

Doch ich höre nichts. »Ich hab dich lieb, Conner.«

Die einzige Antwort ist der Wind. Ich trabe zurück zum Auto

und kann meine Augen nicht von Josh abwenden. Er sieht größer aus, kräftiger, mutiger. Sein Kinn ist vorgeschoben und sein Blick ist zorniger, als ich es je erlebt habe. Also außer als er seinen Vater verprügelt hat.

Als ich beim Auto ankomme, nickt er weder, noch begrüßt er mich sonst irgendwie, aber der ältere Mann streckt seine Hand aus. Lichtes Haar und eine goldene Drahtbrille lassen ihn intellektueller aussehen als den durchschnittlichen FBI-Agenten.

»*Salve*«, sagt er zur Begrüßung und spricht es korrekt aus, mit dem V als W.

Ich lache leise. »Ein FBI-Agent, der Latein spricht?«

»Von der Sorte gibt es bei uns eine ganze Menge. Ich bin Special Agent Stewart von der Abteilung für Kunstdiebstähle. Ich störe Sie hoffentlich nicht. Ihre Eltern haben mir gesagt, dass ich Sie hier finden würde.«

Ich werfe rasch einen Blick nach hinten zum Friedhof. »Ich hab nur meinen Bruder besucht.« Endlich sieht Josh mich an. »Hey.«

Er nickt stumm.

Special Agent Stewart räuspert sich. »Ich – *wir* wollten vertraulich mit Ihnen reden. Sie haben keine Vorstellung, wie sehr Sie uns geholfen haben, Ms Summerall.«

»Kenzie«, korrigiere ich ihn. »Es war eine Gruppenleistung.« Ich nicke zu meinen Freunden hin und auch zu Josh. »Dürfen wir mit der Geschichte jetzt an die Öffentlichkeit gehen?«

»Nein«, sagt er schlicht. »Aber ich bin hier, um Ihnen mehr zu erzählen. Und um Sie zu fragen ...« Er wechselt kurz einen Blick mit Josh, der nickt, wie um seine Zustimmung zu geben.

»Vor ein paar Jahren«, fährt der Agent fort, »wurde ich zu

einem ungewöhnlichen Fall hinzugezogen, als das FBI auf eine Schatzhöhle mit Kunstgegenständen und Antiquitäten stieß, die viel Ähnlichkeit mit derjenigen besaß, die Sie gefunden haben.« Er beugt sich vor. »Die Artefakte befanden sich in einem bunkerartigen Keller außerhalb von Los Angeles.«

Ich merke, wie ich mich anspanne. »Hat Jarvis dort auch gearbeitet?«

»Nein, nicht soweit wir das beurteilen können. Aber als ich die Kunstgegenstände durch den Computer laufen ließ, hat mich ein Detective von Scotland Yard kontaktiert; die hatten auch einen Keller voller antiker Kunst gefunden. Ich bin zu ihm geflogen und habe mir die Arbeiten angesehen und wir fanden mehrere Exemplare hiervon.«

Er öffnet die Hand und zeigt einen Ring vor, der dem ähnelt, den Jarvis getragen hat. Ich höre Josh schwer schlucken, während wir alle den Ring anstarren.

»Sie sind mit den Worten auf der Innenseite vertraut?«, fragt mich Special Agent Stewart und zeigt auf die winzige Inschrift. *Secreta sodalitas sicariorum.*

»Das ist eine Geheimgesellschaft von Meuchelmördern«, sage ich.

»Plural«, fügt Josh hinzu – das erste Wort, das er sagt.

»Ja.« Ich sehe ihn neugierig an. »Diese Schreibweise bedeutet, dass es mehr als einen Meuchelmörder gibt.«

»Viel mehr.« Stewart steckt den Ring ein und starrt mich eindringlich an. »Das FBI geht inzwischen davon aus, dass es sich bei *Nihil Relinquere* um eine große Geheimgesellschaft mit Mitgliedern in der ganzen Welt handelt, die alle dafür ausgebildet wurden, Menschen zu ermorden, ohne irgendeinen Hinweis zu hinterlassen, dass überhaupt ein Verbrechen stattgefunden hat.«

Ich bekomme das kaum in den Kopf. »Wieso?«

»Auftragsmorde werden extrem gut bezahlt. Und wenn die Mitglieder in der Organisation aufsteigen, bekommen sie Belohnungen in Form seltener antiker Artefakte, was zu den Dingen zählt, die sie miteinander verbindet.«

Ich bekomme kaum Luft, als mir die Konsequenzen klar werden. Das bedeutet ... »Viele Meuchelmörder«, flüstere ich. »Viele Trainees.«

Der Agent nickt. »Und viele ›Unfälle‹, die ausschließlich Unschuldige treffen, an denen die Mitglieder ihr Handwerk perfektionieren. Die Opfer sind zumeist harmlose Teenager, die sich leicht einordnen und manipulieren lassen. Zum Beispiel die Mädchen Ihres Jahrgangs auf dieser Liste oder eine Schul-AG; jede beliebige Gruppe, die sich bilden lässt oder die man dazu bringen kann, zu einer bestimmten Zeit an einem bestimmten Ort zu sein. Die *Nihil* bedienen sich dabei ebenso fortgeschrittener Technologien – etwa zum Löschen von Textnachrichten – wie selbst erfundener Waffen und effektiver Methoden.«

Ich bin sprachlos, Molly jedoch tritt näher. »Dann gibt es solche Gruppen und AGs und Listen von Jugendlichen, die zum Training ermordet werden, also auf der ganzen Welt?«

Stewart nickt. »Wenn man von dem ausgeht, was wir mit Joshs Hilfe zusammensetzen konnten, dann trifft sich *Nihil* regelmäßig, vielleicht an einem Ort wie Colliers Untergrundmuseum, und die Mitglieder stehen in einer Art sportlichem Wettbewerb miteinander. Zum Beispiel die Warnung, die Sie nach Ihrem Autounfall erhalten haben, Kenzie? Die stammte wahrscheinlich von jemandem aus einer anderen Zelle, der Jarvis' Versuch sabotieren wollte, alle zehn Mädchen auf der Liste zu ermorden, weil sie so eigentlich gar nicht arbeiten. Normalerweise findet nur alle paar Jahre jemand auf diesen Listen den Tod.«

»Aber dieses Jahr war es anders«, sagt Josh. »Bevor mein – bevor Jarvis gestorben ist, erzählte er mir, dass es einen internen Machtkampf gab, den er gewinnen wollte. Er ist offensichtlich nicht der neue Boss von *Nihil Relinquere*. Aber irgendjemand schon. Und sie sind immer noch da draußen ... und morden.« Seine Stimme ist kalt, seine Augen sind tot. »Außer wir halten sie auf.«

»Wir?«, fragen Molly, Levi und ich im perfekten Chor.

Stewart legt eine Hand auf Joshs Schulter. »Dieser junge Mann hat eine Idee und ich muss sagen, sie gefällt mir. Sie besitzen einige außergewöhnliche Qualitäten, Kenzie. Sie kennen ihre Sprache und Sie haben auch schon einen tiefen Einblick in die Kultur gewonnen. Und Sie – und damit meine ich Sie alle, weil wir ein Team bräuchten – könnten sich unbemerkt einfügen, wenn wir eine Zelle infiltrieren wollen, und uns helfen, den Mörder zu identifizieren, der sie manipuliert.«

»Ich mach das«, sagt Josh. »Mit oder ohne euch.« Er sieht uns der Reihe nach an und Levi und er wechseln einen langen Blick. »Ich glaube, wir könnten wirklich gut zusammenarbeiten. Alle vier.«

Levi weicht verblüfft zurück und Molly bleibt der Mund offen stehen. Aber ich weiß, woran ich bin. »Also das ist eine Einverständniserklärung, die meine Mutter ganz bestimmt nicht unterschreiben wird.«

»Wir haben bereits mit ihr gesprochen«, sagt Stewart. »Sie

und Ihr Vater waren einverstanden, dass wir mit Ihnen reden, daher gehe ich davon aus, dass sie Sie unterstützen werden.« Sein Blick schweift über meine Schulter zum Friedhof hinter mir und mehr muss er wirklich nicht sagen. Ich weiß, warum Mom mich das machen lässt: damit keine andere Mutter ein Kind verlieren muss wie sie damals.

»Was ist mit der Schule?«, frage ich.

»Sie werden Ihre Schullaufbahn hier auf der Vienna fortsetzen, aber Sie müssen vielleicht einige längere Reisen unternehmen. Um die Einzelheiten werden wir uns schon kümmern. Sie drei – Sie *vier* – müssen entscheiden, ob Sie so etwas tun möchten.«

»Ich weiß schon, was ich tue«, sagt Josh. »Nämlich auf gar keinen Fall das Familienunternehmen fortführen.«

»Sprechen Sie es in Ruhe durch.« Der FBI-Agent legt mir seine Hand auf die Schulter. »Ich melde mich.« Er nickt Josh zum Abschied zu, geht auf die andere Straßenseite zu einer Limousine und lässt uns in einem mittleren Schockzustand zurück.

»Ich fass es nicht«, sagt Molly und klingt, als hätte sie schon eine ganze Weile die Luft angehalten. »Diese Zellen infiltrieren und rausfinden, wer die Unfälle arrangiert? Klingt ... cool.«

Ich sehe Levi fragend an und er lächelt. »Ich schätze, damit wäre ich dauerhaft meine Bewährung los.«

Alle drei sehen mich erwartungsvoll an. Ich atme schwer aus und drehe mich zu dem Hügel hinter mir um. Mein Blick wandert zu Conners kaum erkennbarem Grab.

Niemand sagt ein Wort, und doch ... ich kann etwas hören. Eine vertraute Stimme in meinem Kopf, die zwei Jahre lang geschwiegen hat.

Los, Mack, schnapp sie dir.

Endlich kann ich Conners Stimme wieder hören. Und ich weiß genau, was ich tun werde.

DANKSAGUNG

Mein Team lässt das hier so einfach aussehen, aber sie müssen ein bisschen Lob und Anerkennung bekommen …

Einen Riesendank an die Profis bei Delacorte Press, vor allem an die Lektorin Krista Vitola, deren behutsames Vorgehen und klarer Blick auf jeder Seite spürbar sind. Wie immer gebührt der Literaturagentin Robin Rue große Wertschätzung.

In diesem Buch steckt einiges an Latein, das sich Adam Mize liebenswürdigerweise angesehen hat, ein Meister des Lateinischen und ein wunderbarer Lehrer! Sämtliche Fehler stammen von mir, nicht von ihm. *Gratias*, Mr Mize.

Die Profis bei TreeTop Trek haben mir einiges Wissen über Seilrutschen und Kletterparcours nahegebracht … und alles, ohne mich dabei umzubringen. Der frühere FBI-Agent James Vatter verdient ebenfalls einen Gruß für seine Hilfe, was bundespolizeiliche Ermittlungen betrifft.

Bei jedem Buch, das ich schreibe, bin ich von tollen Freunden und Autoren umgeben, so auch diesmal. Liebe Grüße an das Team von Writers' Camp, die mich angefeuert und mir geholfen haben, den Plot bei jeder Gelegenheit, die sich ihnen bot, komplizierter zu machen.

Ich habe die beste Familie der Welt. Ich liebe euch alle.

Und zu guter Letzt, *soli Deo gloria*. Immer.

In fünf Tagen wird sie kommen

James Dawson
Sag nie ihren Namen
336 Seiten
Klappenbroschur
ISBN 978-3-551-31419-2

Als Bobbie und ihre beste Freundin Naya an Halloween den legendären Geist Bloody Mary beschwören sollen, glaubt niemand, dass wirklich etwas passieren wird. Also vollziehen sie das Ritual: Fünf Mal sagen sie Marys Namen vor einem mit Kerzen erleuchteten Spiegel ...
Doch etwas wird in dieser Nacht aus dem Jenseits gerufen. Etwas Dunkles, Grauenvolles. Sie ist ein böser Hauch. Sie lauert in Albträumen. Sie versteckt sich in den Schatten des Zimmers. Sie wartet in jedem Spiegel. Sie ist überall. Und sie plant ihre Rache.

www.carlsen.de

CARLSEN

Jagd nach der Wahrheit

Kate Kae Myers
Und weg bist du
400 Seiten
Klappenbroschur
ISBN 978-3-551-31183-2

Unfassbar: Die 17-jährige Jocey erhält einen Brief von ihrem Zwillingsbruder – dabei kam Jack bei einem Unfall ums Leben! Hat er seinen Tod etwa nur vorgetäuscht? Versteckte Hinweise im Brief führen Jocey in das verlassene Haus ihrer Pflegemutter, wo die Zwillinge einst Unaussprechliches durchlebten. Und zu Noah, einem Freund von damals. Aber was haben die Schrecken der Vergangenheit mit Jacks Verschwinden zu tun? Welche Rolle spielt Noah? Und wer sind die Leute, die plötzlich hinter ihm und Jocey her sind?

www.carlsen.de

Eine Liebe gegen den Willen der Götter

Rebekka Pax
Das Herz der Harpyie
400 Seiten
Klappenbroschur
ISBN 978-3-551-31362-1

Die siebzehnjährige Milena hat schon immer eine seltsame Begabung im Umgang mit Vögeln gehabt. Doch während sie tagsüber ein gewöhnliches Schülerpraktikum auf einer Vogelstation absolviert, streift sie im Schlaf als riesiger Raubvogel durch die Lüfte und sieht Menschen sterben. Immer wieder, jede Nacht. Bis sie auf den ungewöhnlich anziehenden John trifft und ihm in Vogelgestalt das Leben rettet. Ein folgenschwerer Fehler. Denn Milena ist eine Harpyie, eine Kreatur der Götter, die ihren Wünschen zu folgen hat ...

www.carlsen.de